COLLECTION QUAI VOLTAIRE

L'IMPÉRATRICE DE PIERRE

I

Kristina Sabaliauskaitė

L'IMPÉRATRICE DE PIERRE

I

ROMAN

Traduit du lituanien par Marielle Vitureau

Traduction publiée avec le soutien de l'Institut culturel lituanien.

LCI Lithuanian Culture Institute

Titre original : *Petro Imperatorė.*

26, RUE DE CONDÉ, PARIS 6e.

editionslatableronde.fr

Liste des principaux personnages

CATHERINE (née Marta Helena Skowrońska)

Marta Helena Wiesiołowska : nom d'adoption hérité de sa tante, Anna Maria Wiesiołowska

Catherine, Katerinouchka : nom choisi pendant sa captivité

Catherine Vasilievskaïa (*Vasilieva*) : adaptation russe de Wiesiołowska

Ekaterina Alexeïevna Mikhaïlova : nom de baptême orthodoxe

JOHANN CRUSE : son premier mari, fantassin et clairon suédois

PIOTR PETROVITCH (*Petrouchka*) : son premier fils avec Pierre

PAVEL PETROVITCH (*Pavlouchka*) : son deuxième fils avec Pierre

EKATERINA PETROVNA (*Katerinouchka, Katinka*) : sa première fille avec Pierre

ANNA PETROVNA (*Anouchka*) : sa deuxième fille avec Pierre

ELIZAVETA PETROVNA (*Élisabeth, Lizenka, Lizetta, Liza*) : sa troisième fille avec Pierre

PIERRE LE GRAND (né Piotr Alexeïevitch Romanov)

Peter : version allemande de son nom, utilisée par ses proches

Piotr Mikhaïlov : pseudonyme correspondant à son alter ego, capitaine d'armée

Pakhom Pikhaykhouï Mikhaïlov : pseudonyme du Synode pochard

EUDOXIE LOPOUKHINE : sa première femme

ALEXIS PETROVITCH ROMANOV : leur fils, tsarévitch

ANNA MONS (*Annchen*) : sa maîtresse

NATALIA NARYCHKINA : sa mère

NATALIA ALEXEÏEVNA ROMANOVA : sa sœur

PRASCOVIA SALTYKOVA : sa belle-sœur, veuve de son demi-frère Ivan

SOPHIE ALEXEÏEVNA ROMANOVA : sa demi-sœur

ALEXANDRE

Alexandre Danilovitch Menchikov (*Aleksachka*) : meilleur ami et favori de Pierre

DARIA MIKHAÏLOVNA ARSENEÏEVA (*Dachka, Dachenka*) : son épouse

VARVARA MIKHAÏLOVNA ARSENEÏEVA (*Varka*) : sœur de Daria

ANISSIA KIRILOVNA TOLSTAÏA : tante de Daria et de Varvara

MARIA DANILOVNA MENCHIKOVA : sa sœur

ANNA DANILOVNA MENCHIKOVA (*Anyuta*) : sa sœur

ANTONIO MANUEL DE VIEIRA (*Anton Devier, Anton Manouïlovitch, Antochka*) : son beau-frère, mari d'Anna Menchikova

FAMILLE GLÜCK

JOHANN ERNST : employeur de Catherine, pasteur luthérien

KRISTINA EMERENTIA VON REUTERN (*Frau Glück*) : sa femme

KRISTIAN ET ERNST GOTTLIEB : leurs fils

MARGARITA, AGNETA, CHRISTINA, ELISABETA : leurs filles

DOMESTIQUES DE CATHERINE

JOHANNA PETROVNA KARO : femme de chambre (*Kammerfrau*)

TANKA KOBYLIAKOVA (*Tanyucha*) : bonne

*

BOUTOURLINE (Alexandre Petrovitch) : aide de camp de Pierre, valet de chambre (*Kammerherr*)

CHAFIROV (Piotr) : interprète de Pierre puis diplomate russe

CHEREMETIEV (Boris Petrovitch) : feld-maréchal de Pierre

LESTOCQ (Jean Armand de) : médecin de Catherine

MAZEPA (Ivan Stepanovitch) : hetman de l'État cosaque zaporogue en Ukraine

OGILVY (George) : feld-maréchal de Pierre

PROKOPOVITCH (Théophane) : théologien, recteur de l'académie de Kiev

ROMODANOVSKI (Fédor) : gouverneur de Moscou en l'absence de Pierre, chef de la police secrète, prince-césar du Synode pochard

TOLSTOÏ (Piotr) : premier ambassadeur de Russie

VILLEBOIS (François Guillemot, *Nikita Villebois*) : officier français, aide de camp de Pierre

ZOTOV (Nikita) : ancien précepteur de Pierre, prince-pape du Synode pochard

5 (16) mai 1727

Palais Catherine, Tsarskoïe Selo

9

In nomine Patris, et Filii, et Spiritus Sancti… Vo imia Otsa, i Syna, i Sviatogo Doukha… Au nom du Père, du Fils et du Saint-Esprit…

C'était le dernier coup de l'horloge. Il est neuf heures. La nuit tombe. On doit être début mai. Pourtant les nuits ne sont pas encore blanches. Les verrai-je encore ? Il me faudrait prier. Mais comment ? Selon le rite catholique, tel que j'ai été baptisée, orthodoxe, auquel je me suis convertie, ou comme je l'ai appris chez le pasteur, qui ne faisait pas de signe de croix mais ouvrait son livre de prières… Comment dois-je prier maintenant ? Qui suis-je ? J'ai changé trois fois de religion, cinq fois de nom, je me suis mariée quatre fois, dont trois au même homme. J'ai été la vassale de trois souverains et la souveraine d'un autre. Je n'ai changé qu'une seule fois de couleur de cheveux. Ils étaient blonds et ondulés, aux reflets dorés, l'été, autrefois – les voilà noirs, collés à mes joues, tel un cordage marin empestant la transpiration et la graisse de hareng…

Inspirer, expirer.

L'air traverse mes narines aussi coupant que des lames de rasoir. Je sens le goût du sang dans ma bouche. Mais je ne peux cesser de respirer, sinon je mourrai. Respirer.

Inspirer, expirer.

Ma bouche s'est presque remplie de sang. Je vais devoir entrouvrir les lèvres si je ne veux pas qu'il déborde par le nez. Je vais tousser, m'étouffer. Une douleur atroce me comprimera la poitrine. Envahira tout mon corps. Je suffoquerai. Cela m'est déjà arrivé de si nombreuses fois. Où est Tanyucha? Elle me suit à la trace quand je n'ai pas besoin d'elle, et quand j'en ai besoin elle n'est pas là. Quelle incapable… Celle que je voudrais, c'est Johanna. Elle doit traîner quelque part, dans les chambres. Fidèle amie… Elle est sûrement déjà en train de voler. Elle sait ce qu'il faut dérober dans les boîtes à bijoux, ce qui n'a pas encore été inscrit dans les registres. Qu'elle… qu'elle me vole, jusqu'à en étouffer… Qu'est-ce que ça peut me faire?

J'ai du sang partout, sur la joue, près de l'oreille, dans les cheveux. Le sang séché me tire la peau. Ça me démange, ça se fendille. Je hais mon corps. Cette carcasse. Une immense carcasse épuisée, usée, tressaillant, enflée et endolorie. Un tas de chair avariée, gâtée par le vin. Mes jambes vont exploser tellement elles sont enflées. Chaque veine est douloureuse. Je suis allongée entre des draps du plus fin lin hollandais, pourtant le moindre effleurement est un supplice pour ma peau endolorie. Je suis trempée de sueur, fiévreuse. Allongée de tout mon poids sur un lit de clous. Maintenant je sais ce que ressentaient les condamnés. Le Seigneur en est témoin, je ne leur ai jamais souhaité le pire, j'ai toujours fait ce qui était en mon pouvoir… Mes seins sont si lourds, ils s'affaissent de part et d'autre de mon buste comme s'ils allaient déchirer mon thorax. Seigneur, pourquoi une telle injustice? Pourquoi n'ai-je pas pu profiter de ma jeunesse? Pourquoi me fallait-il toujours me défendre comme une brebis contre les loups? C'est maintenant que je réalise combien j'étais belle… on pouvait faire tenir un pot à bière sur mon décolleté. J'étais forte, mais svelte, des rondeurs là où il faut; pas la moindre varice, pas de graisse, de sang ni de pus – j'étais aussi bien faite que la statue de sa chère Vénus manchote dans le palais d'été. Il disait qu'elle lui faisait penser à moi. Sauf que j'avais mes deux bras. Autrefois, on me dévorait des yeux. Aujourd'hui, je ne supporte pas de me regarder dans un miroir. Il n'y a plus rien à faire. Rien. Plus moyen de masquer ce qui ne va pas. Ces jeunes garces qui m'entourent ricaneraient de mes efforts, de mes pommades et de mes fards, de ma taille épaisse. J'ai pourtant tout fait pour préserver ma beauté. J'ai avalé du vinaigre et de la cire. La *Car' Botchka*, la tsarine Tonneau, voilà comment elles me surnommaient à voix basse, j'entendais tout – mais cela n'a plus d'importance. Qu'elles médisent. Où sont-elles ? Que feront-elles lorsque je ne serai plus là ? Elles pourront continuer de se moquer au coin de la rue, là où se trouve leur place... Je donnerais tout pour ne plus souffrir. La douleur à chaque respiration est telle que je ne peux même plus m'assoupir.

Inspirer, expirer.

À nouveau la lame d'un couteau m'entaille. Et ce sang qui s'accumule au fond de ma gorge. Où est Tanka avec son linge froid et humide ?

Peut-être ferais-je mieux de prier ? *Au nom de Dieu le Père, du Fils et du Saint-Esprit...* C'est certainement ainsi que je priais avec ma pauvre mère. Maman, je me souviens de toi, mais je ne me souviens plus de ton visage... Je me rappelle les robes marron et les chemises d'un gris délavé que tu portais, tes joues creusées. Maman, tu aurais pu être avec moi à présent, installée entre des coussins de velours, vêtue de soie, tu aurais dégusté du caviar, des huîtres, des citrons et des pêches en sirotant un verre de tokaj. Je n'ai jamais eu l'occasion de te choyer. Je me souviens de ta voix comme dans un brouillard. Je me souviens du soleil brillant qui entrait par les carreaux de fenêtre encadrés de plomb. Des pleurs continus des nourrissons. Mes frères et mes sœurs, si doux, si tendres. Nous étions du même corps et du même sang. Le pasteur a déclaré qu'il ne savait pas où j'étais née. Était-ce à Jakobstadt, en Sémigalie, dans la Rzeczpospolita, la république des Deux Nations de Lituanie et de Pologne, où ma famille a habité durant un temps? Ou à Ringen? Mais là-bas, en Livonie, nous étions nombreux, nous les Lituaniens, à être gouvernés par Kettler. Jakobstadt, dont je n'ai plus aucun souvenir, était alors peuplé de Lituaniens, de Polonais, de Livoniens et de Russes, des orthodoxes vieux-croyants qui fuyaient leur tsar antéchrist. Est-ce que mes parents avaient une raison de fuir – un détracteur, des dettes? Peut-être. Même s'il est plus probable qu'ils aient fui la pauvreté des campagnes. Je me souviens vaguement de mon père. Ma tante m'a dit qu'il buvait beaucoup, qu'il n'était pas un honnête homme et que sa sœur avait dû se contenter de ce mendiant parce qu'elle n'avait pas de dot. Je ne me souviens pas de ça. Je revois mon père montrant à Samuel et Karol comment manier l'épée. Ça oui. C'est pourquoi je ne me suis jamais fiée à ceux qui voulaient nous faire croire que nous étions des serfs. Les serfs ne possèdent pas d'épée, et j'avais vu la nôtre de mes propres yeux. Ils ne portent pas de zupan carmin, et j'avais vu mon père en porter un. C'est flou, mais je le vois devant moi, grand, moustachu, vêtu d'un zupan carmin, brandissant son épée tandis que Samuel et Karol le regardaient, assis sur le plancher. Chaque fois que je m'entendrais dire qu'il valait mieux que la Russie me croie issue d'une famille de serfs plutôt que de nobles lituaniens, la rancœur formerait une boule au fond de ma gorge. Comme maintenant. Désormais, c'est un caillot de sang. Le sang de mon père et de ma mère. Un sang noble, le sang des gens d'épée, personne ne pourra me l'ôter, quoi qu'on en dise. Dieu voit bien que je ne suis pas une menteuse. Je me souviens aussi des blasons, même si nous avions peu d'objets sur lesquels ils étaient représentés. Sur le blason de mon père se trouvait un oisillon portant une croix et un fer à cheval, sur celui de ma mère un coq. Ma tante m'a dit qu'il s'agissait du faucon des Skowroński et du coq des Hahn. Le plus amusant, c'est que j'ai cru toute mon enfance qu'il y avait des oiseaux sur les blasons de tout le monde. Un jour, quand j'étais encore à Jakobstadt, j'ai vu un carrosse doré étincelant avec un aigle noir peint dessus. Les gens racontaient qu'on y transportait un duc quelconque. À mon tour maintenant d'avoir un aigle bicéphale sur mes armoiries. Dire que je suis passée d'un coquelet et d'un faucon à un aigle à deux têtes. Je voudrais en rire mais je m'étoufferais avec mon propre sang...

Tanka, Tanka ! Où es-tu ? Ma voix n'arrive même plus à l'appeler...

Elle devrait être là pour me tamponner avec un linge humide. Mais elles sentent toutes rôder la mort et ne font déjà plus aucun effort. Un filet de sang s'est encore échappé de ma bouche. Je vais me mettre à tousser si je n'entrouvre pas les lèvres. Il faudrait que Tanka ou une autre petite me redresse sur les coussins et me soutienne par les épaules pour que je puisse tout cracher. Il fait de plus en plus sombre. J'ai du sang sur les lèvres. C'était aussi le crépuscule ce jour-là. Je me rappelle cette soirée et cette nuit. Les cloches de l'église ne cessaient pas de sonner. Mon père et ma mère toussaient, du sang s'écoulait de leur bouche, quand ils se sont endormis c'était pour ne plus se réveiller – leurs corps sont devenus tout raides. Nous ne savions pas quoi faire, nous nous sommes lamentés toute la nuit, enlacés, à côté des cadavres de nos parents. Samuel, l'aîné, est allé l'annoncer aux voisins au petit matin, mais ils l'ont renvoyé et nous ont enfermés à clef de l'extérieur. Il fallait nourrir Anna, la plus petite, qui hurlait, et nous n'avions plus rien. Les cloches lugubres sonnaient sans répit... D'après ce que m'a dit ma tante, j'avais cinq ans, Kristina quatre. Karol avait deux ans de plus que moi et Samuel était le plus grand, mais nous ne connaissions pas sa date de naissance. Ma tante m'a raconté avec amertume que mon père, Samuel Skowroński, baisait comme un lapin. Si seulement il avait su gagner autant d'argent qu'il faisait d'enfants à Dorothéa – parce qu'il ne s'en privait pas, même pendant l'Avent ! Des gens sont venus, le visage recouvert d'un foulard, pour nous apporter un peu d'eau et de pain. Ils se signaient et répétaient à voix basse, la peste. Ça, je m'en souviens. Ils ont emporté nos parents, mais ils nous ont laissés enfermés. Nous pleurions, serrés les uns contre les autres, en nous promettant de ne jamais nous séparer. Kristina était encore si jeune, et Anna, à peine un nourrisson... Mais nous n'avions pas peur tant que nous étions ensemble. Tous les cinq, nos dix petites mains enlacées. Plus tard, dans les pires moments, je me suis toujours rappelé cette sensation. Nous étions si petits, des anges innocents... Puis la sœur de maman est arrivée, tante Anna Maria, elle aussi le visage recouvert d'un foulard. Elle nous a fait monter dans sa charrette et nous a emmenés chez elle. Un manoir pareil à la cabane en bois d'un simple paysan. Et nous sommes tous devenus des Wiesiołowski. N'empêche que nous savions tous les cinq que nous étions des Skowroński. Nous avions ordre de dire à tous qu'elle nous avait recueillis et que nous étions ses enfants adoptés, des Wiesiołowski. Mais elle ne nous avait récupérés que pour prétendre à un petit lopin de terre que mes parents possédaient quelque part en Lituanie. Je le sais parce qu'elle ne cessait d'évoquer cette terre avec mon oncle. L'aîné,

Samuel, les mettait en colère en disant : « Alors, si nous sommes des Wiesiołowski, c'est que notre oncle nous léguera ses biens ? » L'oncle Wiesiołowski lui décochait une gifle. Je me rappelle aussi qu'il avait la descente d'un Khmelnitski… Notre tante Anna Maria en faisait les frais. Mais tant que nous étions ensemble, rien ne nous paraissait terrifiant. Tous les soirs, séparés des servantes par une couverture de cheval, allongés dans le grenier – une étuve en été, traversé par le vent en hiver. Après avoir éteint le feu de copeaux, nous évoquions nos souvenirs de nos parents. Anna était la plus petite. Nous lui racontions tout. L'important était de ne pas oublier qui nous étions. Nous n'étions pas des Wiesiołowski. Nous n'avions rien en commun avec Anna Maria Hahn Wiesiołowska, son saoulard de mari et leurs enfants aux figures rougeaudes. Nous étions des Skowroński, les enfants de Dorothéa Hahn et Samuel Skowroński, descendants des blasons du coq et du faucon. Même si, officiellement, nous étions des Wiesiołowski, ou plutôt les domestiques corvéables à merci des Wiesiołowski, nourris avec les restes des repas. J'ai appris tôt à plaire : la faim me l'a enseigné. Dans l'église du village, chargée de l'odeur des fleurs fanées et du suif des chandelles, nous nous asseyions avec eux et leurs enfants sur le même banc. Nous récitions le *In nomine Patris, et Filii, et Spiritus Sancti,* comme une seule et même famille. Toute la paroisse savait pourtant que nous étions des orphelins. Les débris d'une vie étrangère recueillis par charité chrétienne, les descendants de la famille des Skowroński, ces misérables nobles ratés. Des déchets humains.

Mais chaque soir, avant de m'endormir, je récitais *Au nom du Père,* comme ma mère me l'avait appris, pour ne pas oublier.

Chaque soir, dans mon lit, je me répétais : « Notre Père qui es aux Cieux, protège-moi, moi Marta Helena

Skowrońska. » Je disais : « Dieu, notre Père, qui de là-haut me vois ici dans ce grenier. Tu es au courant de tout, alors Tu sais qui je suis. Je suis l'orpheline, Marta Helena Skowrońska, je ne suis plus que Ton enfant, puisque le prêtre dans l'église a dit que nous étions tous les enfants de Dieu. Je suis Ta petite Marta Helena Skowrońska et je T'aime très fort, car je ne possède rien, à l'exception de mes frères et sœurs, je les chéris autant que je peux parce qu'ils sont encore si petits, qu'ils ont besoin d'amour et que je suis leur sœur aînée ; je les aime pour moi et pour mes défunts parents. Aime-les, Toi aussi. Sois bon, Dieu notre Père, et protège-moi. »

Suis-je encore Marta Helena Skowrońska ?

Non.

Je suis devenue quelqu'un d'autre. Pas seulement sur le papier ou dans les registres de l'Église orthodoxe. Pas seulement depuis que je suis ointe de Ton huile. Mon corps a changé. Il n'est plus qu'un sac de douleurs, de graisse et de blessures intérieures. Plus rien ne subsiste de la petite fille maigre, perpétuellement affamée, sa couronne de tresses blondes sur la tête. Même son âme a changé. C'était une autre personne. Marta Helena Skowrońska n'existe plus depuis longtemps. D'elle, il ne reste rien. Je pensais qu'elle perdurerait, j'ai lutté pour qu'il en reste quelque chose, afin que ma mère me reconnaisse le jour du Jugement dernier, quand nous nous rencontrerons chez Toi. Mais ce que les gens n'avaient pas réussi à détruire, j'en suis moi-même venue à bout. À moins que ce soit Toi, Seigneur, qui l'aies achevé, Toi et Ton ordre divin.

Oui, Toi et Ton ordre divin.

Père Théophane me dit que Tu envoies les épreuves les plus dures à ceux que Tu aimes le plus. J'ai du mal à le croire, ce ne sont peut-être que des on-dit. Le père

Théophane raconte ce qu'il veut quand cela l'arrange – il ment en Ton Nom, il ment sans rougir, ce cochon de beau parleur… Envoyer des épreuves à quelqu'un est une chose, vouloir l'anéantir en est une autre. Dès le début, tout le monde a voulu m'anéantir. Mes frères ont dû connaître des épreuves. Ce sont des garçons. Anna Maria les a placés en premier, car ils étaient plus âgés. À nous, les filles, elle ne nous a jamais dit où, si c'était chez un artisan, comme domestiques ou sous la férule prématurée de l'armée. Un jour, elle les a emmenés et voilà tout. Et puis elle nous a battues pour avoir pleuré. J'ai compris que ce serait bientôt mon tour. J'étais l'aînée. Anna Maria se plaignait que je grandissais trop vite, que je mangeais trop, que je ne servais à rien. Un jour, elle m'a annoncé que nous irions en ville m'acheter une nouvelle robe. Je comptais alors douze étés, j'étais jeune et sotte… mais pas assez pour la croire. J'ai compris que si je m'avisais de la contredire, elle me battrait tant que je ne pourrais plus avancer. J'ai compris qu'elle avait tout inventé pour me cacher l'horrible vérité, et que je ne verrais jamais la couleur de cette robe. J'ai aussi compris que j'allais avoir besoin de toutes mes forces pour surmonter ce qui m'attendait. Si je résistais, elle me battrait et je n'en aurais plus. J'ai décidé d'accepter mon sort. Ce soir-là, j'ai récité mes prières et j'ai dit à mes sœurs : « Quoi qu'il advienne, moi, Marta Helena Skowrońska, je jure de vous retrouver dès que je le pourrai. » Surtout Kristina, qui avait un an de moins que moi et que j'aimais très fort. De cinq, nous étions passés à trois, et le jour d'après, elles ne seraient plus que deux. J'ai supplié Dieu de nous aider, elles et moi… Nous avions convenu d'un code secret. Si nous devions nous envoyer un message, nous nous ferions connaître comme les enfants du coq et du faucon.

Pour moi, tout s'est terminé par un aigle à deux têtes prédatrices. Un oiseau tiré d'un cabinet de curiosités…

Je ne me suis jamais délectée de l'impuissance et de la douleur d'autrui, bien que, en Russie, ce soit la distraction préférée des nobles ; sans cela, ils sont incapables de savourer leur puissance. S'il m'est arrivé de le faire une ou deux fois, c'est que c'était mérité. Peut-être Te venges-Tu à présent ? Si je le pouvais, je commanderais tout de même de fouetter notre tante Anna Maria jusqu'à la chair. Un coup de fouet pour chaque coup qu'elle nous a porté, alors que nous étions petits et sans défense. Heureusement pour elle, elle est déjà morte. C'est bien elle qui m'a vendue. Je détestais la ville, je la craignais, elle était loin, à une journée de route, au-delà de la colline, au-delà de la Livonie, de la Sémigalie, déjà en Livonie suédoise. La première fois, Marienbourg m'a paru immense, sale, puante, infestée de rats, de pigeons et de corbeaux. À vivre dans le village de ma tante, j'avais déjà oublié Jakobstadt. Bien plus tard, après avoir connu de nombreuses villes, Moscou, Vilnius, Varsovie, Toruń, Copenhague, Amsterdam et Pétersbourg, je n'ai vu en Marienbourg qu'une petite bourgade avec une forteresse en ruine. Mais à l'époque, la ville m'avait paru inquiétante, avec ses misérables effrontés, vociférant dans les rues. Sans parler de la langue suédoise – dont je ne comprenais pas un mot, mais qui était celle de tous les gens de pouvoir et de la moitié de la ville, car nous étions en territoire suédois. On parlait allemand dans la maison où on m'a amenée. Je comprenais quelques mots. Le pasteur Johann Ernst Glück, son épouse Kristina Emerentia, leur fils Kristian, quatre petites filles qui se suivaient et deux domestiques. Tous parlaient allemand, il n'y avait ni lituanien, ni polonais dans leur demeure. Je saisissais à peine ce qu'on disait, mais assez pour comprendre qu'Anna Maria me vendait.

Et qu'elle faisait mon éloge : de bonne race, en bonne santé surtout, résistante, forte, elle a survécu à la peste et n'est presque jamais tombée malade, elle est bonne pour toutes les tâches. Comme l'éloge d'un animal. J'ai été inscrite dans leur registre comme « aide domestique », moi Marta Helena Wiesiołowska. Je n'étais rien d'autre qu'une servante, corvéable à merci.

Ah, voilà Tanka Kobyliakova, ma servante.

Suante, échevelée et rougeaude, elle reste bouche bée devant l'horloge anglaise qui bat la mesure dans le coin.

— Oh, Matouchka Impératrice, ne te fâche pas, je suis partie un petit quart d'heure, c'est si vite passé. J'ai été prise d'une envie, si soudaine... Pardonne-moi, nourricière...

Dis-moi, Tanka, que tu t'es au moins lavé les mains avant de me toucher. Mais tu es la seule qui sache me relever si doucement et m'aider à tousser. Comme ça, sous les épaules, avant de m'éponger avec un linge humide, de l'eau froide, pour que le sang n'imprègne pas l'étoffe. Les taches de sang ne se lavent qu'à l'eau froide. Je me rappelle cela de mes années passées dans la buanderie : il ne faut jamais laver les bandages, les chemises des soldats ou les linges féminins à l'eau bouillante, car les taches rouges deviennent brunes pour toujours et sont impossibles à ravoir. C'est une loi du sang, de l'eau et du linge que personne ne s'explique. Voilà, je peux enfin ouvrir un peu la bouche. J'ignorais qu'elle puisse contenir tant de sang, ça n'arrête jamais. J'excrète des caillots, de la salive, je tousse. Un goût salé. La toux va peut-être passer, heureusement que Tanka me nettoie et me rafraîchit avec ce linge humide. La douleur est horrible, chaque quinte m'abîme tel un tissu que l'on déchire en deux, à croire que mes poumons vont partir en lambeaux. Oh, Tanka, Tanka. Je vois le dessous de tes ongles plein de merde et tu touches une malade… et pas n'importe laquelle… je n'ai pas réussi à faire de toi une fille comme il faut, nous ne t'avons pas appris la propreté. Combien de générations devront mourir pour que tes descendants apprennent ce qui, ailleurs, est simple comme bonjour ? Kristina Emerentia, elle, aurait su faire de toi une fille comme il faut – c'est ce qu'elle a fait avec moi, mais je ne peux pas t'en vouloir, Tanka, j'étais comme toi autrefois. Seulement moi, je n'ai pas été choyée, personne ne m'épargnait comme je t'épargne aujourd'hui – et comment me remercies-tu ? Tu as l'air d'une sotte candide, mais tu es une rusée fainéante… qui ne se lave même pas les pattes. Kristina Emerentia von Reutern Glück m'aurait battue pour des ongles crasseux, elle m'aurait accablée de travail et à la fin de la journée elle m'aurait encore forcée à m'agenouiller sur des petits pois pour prier pendant deux heures. C'était une femme terrible, une vraie Allemande de Livonie, digne du plus grand respect… Durant toutes ces années, elle a été ma maîtresse, depuis ce premier et dernier soufflet décoché le jour de mon arrivée lorsque j'ai voulu me signer et prier, suivant l'enseignement de ma mère. Elle ne faisait pas attention à mes bredouillis, à qui j'étais, elle m'avait obtenue comme une Wiesiołowska et inscrite comme telle et c'est ce que je suis restée – elle n'avait rien à faire de mon histoire, ce qui l'intéressait c'est que je lui sois utile. Prier selon le rite catholique dans sa respectable maison, dans celle du pasteur Glück, était proscrit. Pauvre homme, ce pasteur Glück, tout surintendant de Marienbourg qu'il était… À le voir sortir de la messe, tout de noir vêtu, avec son col de toile hollandaise blanche lavé et amidonné par mes soins, avec cette raie au milieu d'une calvitie déjà un peu lustrée, suivi de Kristina Emerentia et de leurs quatre filles Margarita, Agneta, Kristina et Elisabeta, on savait aussitôt qu'on avait affaire à la personne la plus respectée de la ville. Au marché ou dans les salons des plus riches, on dissertait encore toute la semaine de ses prêches tonitruants du dimanche. Il connaissait la théologie, la philosophie, l'éthique, la physique et bien d'autres sciences. À Marienbourg, il avait son école, où il enseignait ce qu'il avait appris dans les universités de Wittenberg et d'Iéna. Il ne se contentait pas de guider les âmes des citadins et d'assurer les fonctions de surintendant de la forteresse, il perdait son temps à un travail inutile qui ne lui rapportait rien : il traduisait la Bible du grec et de l'hébreu en dialecte livonien pour que les villageois puissent la lire. Je parle des hommes parce que les femmes, qu'elles soient d'ascendance noble ou filles des Glück, n'apprenaient qu'à coudre, broder, cuisiner, compter un peu, prier et être de bonnes épouses. Cette occupation non rentable, la traduction, agaçait prodigieusement Kristina Emerentia. C'était elle qui régnait dans la famille, même si elle marchait docilement deux pas derrière son pasteur de mari. C'est ainsi que je la vois : droite, son haut chignon caché sous une coiffe, une chemise blanche nouée sous le cou par un ruban noir, une robe noire, une chaîne en or et les clefs de la maison à sa ceinture, on aurait dit une religieuse catholique. Une religieuse venue de l'enfer, car dès qu'elle refermait la porte de la maison, elle se transformait en une despote inspirant la peur à tous. Tanka, Tanka... elle t'aurait rapidement disciplinée, elle aurait frotté tes ongles jusqu'au sang – elle t'aurait ordonné de les frotter jusqu'au sang. Avec le caractère qu'elle avait, Kristina Emerentia aurait dû naître dans la peau d'un homme – tout son entourage s'en serait mieux porté – malheureusement pour elle, elle était née fille du commandant von Reutern de Marienbourg et de Mme von

Patkul, descendante d'une noblesse enviable. Elle savait même lire. Le pasteur auquel elle avait été promise, tout instruit et respecté qu'il était, n'était qu'un citadin. Et elle lui devait obéissance, comme prescrit dans la Bible. Son royaume et sa vie étaient sa famille et la maison, bien qu'elle soit d'ascendance plus noble que son mari et qu'il y ait trois mouches sur le blason des von Reutern. Elle me traitait tellement mal qu'il m'arrivait de rêver, avant de m'endormir, que mes oiseaux, le faucon et le coq, se détachaient du mien pour avaler ses trois maudites mouches... Quelle déception ce devait être pour une femme comme Kristina Emerentia, à ce point obsédée par la propreté et l'ordre, d'avoir des mouches à merde comme blason ! Je me demande quel sort Frau Glück aurait réservé à Tanka, ou même à cette pièce, si elle lui avait fait passer l'épreuve de son doigt humecté de salive : c'était toujours ainsi qu'elle vérifiait la propreté, en passant son doigt sur les rebords de fenêtre, les corniches, les tables, les dessertes, les commodes. À la moindre trace de gris sur son doigt, la moindre poussière, je devais tout recommencer, deux voire trois fois... Elle disait : « Dieu le voit : la propreté de la maison est la propreté de l'âme. » Et elle ajoutait : « Nous ne sommes pas des catholiques papistes, personne ne nous absoudra durant la confession. » Mais elle m'a appris l'ordre et la propreté. Et la lessive, car à douze ans, c'était moi qui blanchissais le linge de toute la tribu Glück. Quand mes mains étaient irritées, quand je me sentais mal, nauséeuse ou prise de vertiges à cause des fortes vapeurs de lessive, elle me répétait : « Crains Dieu et remercie-Le pour la grâce qu'Il t'a faite puisque tu accomplis un travail qui Lui est agréable, tu rends le monde plus propre. » Les cols du pasteur, leurs chemises, les robes de nuit des petites, les draps, tout devait être du blanc le plus éclatant et plié avec le plus grand soin. Le cabinet du pasteur aussi devait être étincelant, et c'était un sujet de dispute entre eux : le pasteur se plaignait de ne plus rien retrouver après le passage de Kristina Emerentia. En homme de sciences, il avait accumulé livres, écrits et papiers, et chaque feuille avait dans ce chaos une place particulière. J'étais la seule capable de tout nettoyer et de tout remettre à sa place, c'est une chose qu'on apprend quand on est au service des autres. Le pasteur se querellait souvent avec Frau Kristina Emerentia – ils se chamaillaient puis se réconciliaient, même si une fois elle était tellement en colère que je l'ai vue lui tirer les cheveux et lui arracher une mèche. Cela finissait toujours par s'arranger, ils n'avaient pas le choix, mais il la redoutait, lui qui par ailleurs ne craignait rien des femmes et n'en faisait même aucun cas. Le pasteur Glück était informé des méfaits de ses ouailles – celui qui battait sa femme à Marienbourg, ceux qui allaient voir les putains, celui qui refusait de donner une pièce à sa petite femme ou l'affamait. Chez lui, c'était Kristina Emerentia qui tenait les cordons de la bourse – elle qui faisait les comptes. Le pasteur et sa science étaient là pour la forme et l'argent, pour maintenir la grandeur de son sang, le sien et celui des von Reutern. J'ai découvert le secret du pouvoir de Kristina Emerentia : elle ne le craignait pas. Le plus surprenant était que Johann Ernst semblait malgré tout aimer sa furie livonienne et que la féroce et pieuse Kristina Emerentia Glück daignait l'accueillir dans son lit : les Glück étaient riches et possédaient chacun un lit dans leur alcôve, tous deux ornés de rideaux de damas. Cela signifiait deux fois plus de draps, de couettes, de housses et de taies. Pour moi, la peau des mains plus craquelée, brûlée et rougie, et pour eux le luxe et peut-être le plaisir. Kristina Emerentia m'a abîmé les mains à tout jamais : leur blancheur n'est jamais revenue. Mais Dieu sait combien j'ai appris d'elle, je ne peux pas me plaindre. J'ai observé sa manière de diriger un homme, même un homme instruit comme le pasteur Glück. Humblement, l'air de rien. Et j'ai constaté par la suite que les hommes avaient beaucoup moins à craindre des jolies putains, bruyantes, gâtées et capricieuses qui les tenaient par les couilles, que des femmes vertueuses, exemplaires et humbles, anticipant leur moindre souhait et grignotant leur âme, comme la moisissure dans les pages humides des livres de Glück, jusqu'à ce qu'il soit trop tard. Kristina Emerentia aurait su discipliner Tanka, comme elle a su le faire avec moi, en me privant de ce qui m'était le plus cher. Des choses insignifiantes de la vie quotidienne : une cuillère de gras à étaler sur mes mains meurtries, une bouchée de mon plat préféré, quelques heures de repos, la promenade sur les remparts de la forteresse. Mais quand ces privations s'accumulent, on commence imperceptiblement à faire ce qu'ordonne le maître. Et la moindre concession, de la part d'un maître perpétuellement insatisfait, devient une grâce. Je n'ai pas eu cette patience, que ce soit avec Tanka ou avec les autres domestiques. Chez Kristina Emerentia, cette manière de diriger était une vocation divine : elle l'utilisait même avec le pasteur Glück, qu'elle considérait comme son chien dressé. Ses filles étaient ses ombres muettes, Kristian était son préféré. Le mien aussi. Les filles Glück m'adressaient à peine la parole, je n'étais pour elles qu'une chose qui servait à maintenir la propreté, un balai. J'allais comprendre qu'elles m'en voulaient aussi d'être plus belle qu'elles. Seuls le pasteur Glück et Kristian étaient aimables avec moi. Kristina Emerentia m'adressait aussi la parole, mais seulement parce que, en tant que maîtresse de maison, elle veillait à remettre tout le monde à sa place. Je ne l'ai vue faillir qu'une seule fois. C'était un an après mon arrivée chez eux, elle s'est trouvée mal et il est apparu qu'elle attendait à nouveau un enfant. Elle était plus jeune que son mari, qui avait déjà quarante-six ans, mais je me rappelle avoir été effrayée à l'idée que des vieux comme eux puissent forniquer et concevoir un enfant, surtout après avoir entendu les prêches enflammés du pasteur sur la vertu… Qu'est-ce que j'en savais à l'époque ? Le pasteur Glück devait avoir l'âge que j'ai aujourd'hui, Kristina Emerentia était plus jeune, et toujours fertile. Ses exigences grandissaient à mesure que son ventre s'arrondissait, si bien que vers la fin de son état béni, plus personne ne pouvait la satisfaire. Et puis est venu l'accouchement. J'avais quatorze ans, j'étais déjà grande, et j'ai été appelée pour assister la sage-femme, le médecin et la servante de la maison. Le Seigneur est témoin que Kristina Emerentia a tenté de faire bonne figure, allongée dans les draps blancs lavés par mes soins, mais sa dignité n'a pas tardé à s'envoler par la fenêtre avec des gémissements bestiaux et des cris. C'était mon premier accouchement et tout était d'une horreur indescriptible ; ma seule consolation était que Kristina Emerentia puisse elle aussi souffrir, crier et être échevelée. On aurait dit un animal. Pendant plusieurs heures, quelque chose de plus grand qu'elle l'a secouée, torturée et déchirée. Peut-être était-ce Dieu, mettant sa créature au monde. Si quelqu'un m'avait dit alors que j'accoucherais moi-même douze fois… Le pasteur Glück m'a expliqué que les souffrances de l'accouchement étaient la punition infligée par Dieu à Ève et à toutes ses filles pour avoir péché au Paradis. Les douleurs venaient comme une conséquence de la désobéissance quand on avait goûté au fruit interdit dans le jardin. Mais elles étaient respectables, car elles rapprochaient la femme, porteuse de vie, des souffrances du Christ. En naissant dans la douleur, les chrétiens se rappelaient le sacrifice ultime du Sauveur et ce qui se passait si la femme n'obéissait pas. Jusqu'où ira-t-on pour justifier le pouvoir masculin… Pourquoi cette injustice, pourquoi les hommes ne souffriraient-ils pas en concevant un enfant ? Ni le pasteur Glück ni le père Théophane n'ont su me l'expliquer. J'ai compris ce jour-là ce que signifiait être une femme adulte. C'est l'accouchement de Kristina Emerentia qui me l'a appris. Une femme, mon Dieu, n'est qu'un objet, un contenant destiné à porter les enfants. Après les explications de Glück, j'ai cassé un pot en argile en lavant la vaisselle et les draps pleins de sang. Volontairement, de rage. J'ai alors su, des tessons coupants plein les mains, que je n'étais pas un récipient. Ni plein ni vide, ni avec ni sans enfants, et que personne ne me casserait jamais. Kristina Emerentia était peut-être un récipient, puni par Dieu pour son orgueil de vouloir tout décider elle-même. Mais moi, non. Je ne suis ni un récipient, ni une cruche, ni un pot, je ne l'ai jamais été, même au service des Glück. C'est peut-être ce qui m'empêche de considérer Tanka seulement comme une chose utile, même si, Dieu m'en est témoin, elle ne mérite parfois pas mieux. J'ai commencé à avoir mes menstrues quelques mois après l'accouchement de Frau Glück. J'étais encore si naïve que si le pasteur ne m'avait pas enseigné que les accouchements ne se produisaient pas sans plaisir ni péché, j'aurais cru que ça m'arrivait à moi aussi. Heureusement, une autre servante m'a expliqué que j'étais devenue une femme et m'a montré comment me nettoyer. À l'eau froide. Le sang ne se détache des bandages et des jupons qu'à l'eau froide. Tout comme Tanka vient de me débarbouiller avec un linge humide…

— Tanka, de l'eau…

— Tout de suite, Matouchka, tout de suite…

— Où est Johanna ?

— Elle s'est allongée, Matouchka nourricière, elle ne tenait plus sur ses jambes. Elle sera là pour la nuit, après la visite du médecin – elle me remplacera…

Pendant ce temps-là, Tanka ira fouiller dans mes affaires, regardera ce que l'on peut subtiliser et vendre sans se faire remarquer. Elle prendra le linge de corps, les draps, les nappes, de la plus belle toile hollandaise. Osera-t-elle emporter la précieuse dentelle de Bruxelles qu'il a commandée, avec nos noms brodés à l'intérieur ? Ce serait dommage qu'elle se retrouve chez les receleurs d'objets volés…

— Donne-moi du vin, Tanka…

— Dieu miséricordieux, le médecin n'a autorisé le vin sous aucun prétexte, Matouchka Impératrice, je ne peux pas vous en servir, autant que j'adore Dieu, le médecin m'écartèlera s'il l'apprend…

— Donne-moi une gorgée, je ne demande pas la bouteille. Il n'en saura rien. Les douleurs sont horribles, je n'ai pas la force de discuter, je te l'ordonne…

Comme cela est bon… Cela me détend un peu, les douleurs s'éloignent. Je vais tenter de fermer les yeux et de somnoler un peu avant que les quintes ne reviennent. C'est comme la toute première fois, la première gorgée de ma vie. J'ai goûté au vin avec Kristian Glück, ce bon à rien avait dérobé une bouteille déjà ouverte – une rareté, car le pasteur Glück et son épouse ne buvaient du vin qu'en guise de remède ou à l'occasion des très grandes fêtes. Je ne comprends pas que Kristina Emerentia ait mis tant de temps à s'en apercevoir, alors que tout se déroulait sous son nez… C'est son mioche qui m'a sauvée au début. Il m'a fait gagner au moins quatre ans, sans lui on m'aurait renvoyée bien plus tôt. Mais je m'étais entichée du petit Ernst Gottlieb dès les premiers jours – il me rappelait tant ma petite Anna dont je ne savais rien, pas plus que de mes autres frères et sœurs... Le petit Ernst Gottlieb ne se calmait que dans mes bras, il devait sentir que je l'aimais comme un frère et dès qu'il en a eu conscience, il n'était bien que dans mes bras. Sans moi, Kristina Emerentia aurait été perdue – elle l'allaitait, mais le reste du temps il était collé à moi et elle avait les mains libres. Blanchisseuse, bonne d'enfant, servante : tout cela en échange du gîte, c'est-à-dire d'un matelas dans le cellier et d'une assiette de soupe. J'étais un meuble de maison, elle ne m'avait même pas vue grandir ; ma robe était devenue trop étroite, j'avais dû tant desserrer mon corset que le plastron, placé sous le laçage selon la coutume suédoise, ne couvrait plus toute ma poitrine. J'étais devenue une femme, j'avais commencé à saigner et mes seins perçaient, mais il y avait aussi autre chose, une chose que les filles Glück, elles, n'ont jamais possédée. Ah, si je pouvais retrouver ce secret qui attirait les hommes comme une friandise attire les chiens... À l'époque, j'en avais honte. Que faire, quand on a seize ans, qu'on vous a envoyée sur la place du marché ou que vous vous dépêchez de revenir de chez l'apothicaire ou de la boulangerie, et que les menuisiers et les maçons vous sifflent depuis leur échafaudage, que les cochers juchés sur les sièges de leur charrette claquent lascivement la langue – quand même les soldats suédois, sans se soucier de leur sergent, tournent la tête vers vous comme des oies, quand des mendiants, depuis leur recoin, vous crient des obscénités en s'agrippant l'entrejambe. On n'en tire aucun plaisir, seulement la plus grande des hontes, qui me faisait rougir et me donnait envie de disparaître sous terre. Même à l'église, pendant le sermon le plus élaboré de Glück, je sentais le regard des hommes tourné vers mon cou, mes oreilles, ma nuque et mes joues, tout ce qui n'était pas couvert, et non pas vers sa soutane noire tonnant les vérités de la foi. Glück lui-même, quand je faisais la poussière, restait de plus en plus souvent dans sa bibliothèque. Une fois, dans son cabinet, après un dîner copieux et arrosé, il a déclaré : « Ah, chère enfant, il y a en toi tant de joie de vivre, d'ardeur, de bonté, tant de vie brillant dans tes yeux, tant de douceur dans ton sourire, laisse-moi t'étreindre, parfaite créature du Seigneur ! » et c'est ce qu'il a fait, il m'a étreinte, m'a tenue longtemps contre lui, humant mon cou et mes cheveux, et c'était à la fois étrange et désagréable, car il ne se comportait en rien comme le tuteur noble qu'il prétendait être. Ni comme un père, si bien qu'il a eu honte. Je savais déjà un peu, grâce à son fils Kristian, que l'étreinte d'un homme n'est pas la même que celle d'un père. Kristian m'apportait un peu de vin, parfois un petit pain, ce qui était beaucoup pour moi, constamment affamée. C'était un jeune homme agréable, de quelques années plus âgé que moi, tout aussi curieux de son corps, de l'amour et désireux de se libérer des fers de sa mère. Tout ce temps où il n'y en a eu que pour Kristina Emerentia et son nouveau-né, je profitais des rares moments où je ne travaillais pas, ne m'effondrais pas de fatigue et ne berçais pas l'enfant pour échanger des baisers avec Kristian, puis des caresses de plus en plus osées. Comme tout cela est loin et innocent. Néanmoins, je Te remercie, mon Dieu, de m'avoir fait embrasser la première fois le fils du pasteur, propre, timide et bien éduqué, aussi peureux que moi, et non un quelconque soldat russe… Ils étaient doux, ces instants trop vite écoulés… De simples soupirs, une langue explorant les recoins frais d'une bouche, sans dents cariées ni tabac ni vapeurs de vodka. Rien que des doigts curieux, cherchant pendant un quart d'heure l'audace de gagner un centimètre sous la chemise… Un bruit dans la maison et l'on s'éparpillait comme des moineaux, en attendant la prochaine occasion d'avancer un peu plus… Mais après la terrible leçon du pasteur Glück, et surtout l'accouchement de Kristina Emerentia, je craignais de me retrouver avec un enfant dans les entrailles. Je disais à Kristian, en freinant sa main qui se glissait sous ma jupe : « Non, pas là, d'aucune façon, car ensuite il y aura un enfant. » S'embrasser et se caresser, pourquoi le cacher, me plaisait plus que tout. Je ne pensais plus à rien. Pendant ces quelques instants, tous les malheurs, tous les ennuis se retiraient, il ne restait que Kristian et la douceur.

Le pasteur Glück, qui avait lu des centaines d'ouvrages, était la preuve que la sagesse de la vie ne se trouve pas dans les livres. Quand les vérités des Écritures qu'il nous enfonçait dans la tête se sont retournées contre lui, il a changé de discours. Toutes ces sentences comme « les enfants de Dieu sont égaux », « l'honnêteté et la vérité mènent au Ciel », sonnaient bien dans un sermon, mais pas quand le pauvre Kristian est venu lui dire qu'il voulait épouser la servante. Moi, Marta Helena Wiesiołowska. Kristina Emerentia n'était pas la seule à être courroucée, le pasteur Glück aussi – quant à moi j'étais ahurie par la bêtise de sa demande. J'avais dix-sept ans, j'étais encore un peu candide, mais pas assez pour ne pas savoir que Kristina Emerentia ne tolérerait jamais que son aîné, le descendant des von Patkul et von Reutern, épouse une servante blanchisseuse démunie. Elle s'est fâchée, a tapé du pied, pleuré, giflé Kristian, et m'aurait aussi rouée de coups si je n'avais pas eu la présence d'esprit de dire que je n'étais personne pour contredire ou m'opposer au jeune monsieur ou ne pas lui obéir quand il me touchait et affirmait qu'il le fallait. Je lui obéissais parce que Frau Kristina Emerentia elle-même m'avait enseigné l'humilité. Le pasteur, attristé, a alors fait un sermon solennel sur l'ordre divin, glorieux et parfait, régnant dans le monde, où chaque personne appartenait à sa caste et malheur à celui qui voudrait troubler cet ordre.

Malheur à celui qui voudrait troubler l'ordre du Seigneur… Dieu m'est témoin, je n'ai jamais voulu tout cela. Je ne voulais qu'une chose – m'échapper de la maison du pasteur Glück, où madame autant que ses filles avaient transformé ma vie en enfer. Le pauvre Kristian m'a proposé de nous enfuir. Mais où ? Comment ? Vers quelles contrées ? D'alarmantes rumeurs de guerre circulaient, les Polonais, les Saxons et les Russes pénétraient en Livonie suédoise et même si l'année précédente, le roi de Suède avait écrasé les Russes à Narva et se battait actuellement en Rzeczpospolita, les nouvelles étaient mauvaises : le tsar russe était soi-disant l'Antéchrist et n'appréciait pas du tout la Livonie, car un jour qu'il était de passage, le gouverneur de Riga avait manqué de lui présenter ses respects, sans compter que l'armée du susceptible Antéchrist, formée de cruels Cosaques des steppes et conduite par le féroce général Cheremetiev, pénétrait de plus en plus loin en Livonie, en ravageant le pays. Pendant son sermon, le pasteur Glück nous apaisait : le roi de Suède était un excellent chef de guerre, et notre armée n'était pas celle des sauvages des steppes de l'Antéchrist ; les Suédois savaient ce qu'ils faisaient, ils avaient remporté tant de victoires, comme celle de Narva ; et puis Marienbourg se trouvait loin des côtes et l'armée de l'Antéchrist avait besoin de ports, d'embouchures et d'autres objets stratégiques militaires ; si Dieu le voulait, ils contourneraient Marienbourg. Moi, Marta Helena Skowrońska, j'étais perdue, je n'avais pas oublié que j'étais lituanienne et, bien que devenue sujet suédois, je ne savais pas, lorsque le pasteur annonçait les nouvelles, de quel côté devait pencher mon cœur : là où se trouvait le toit au-dessus de ma tête, avec le roi de Suède en train d'écraser mes compatriotes, ou bien avec le tsar et ses alliés lituaniens et polonais. Surtout que les rumeurs allaient bon train : on disait qu'en cas de victoire, la Livonie reviendrait à la République polono-lituanienne. Mais, autant que je m'en souvienne, ce que je désirais le plus était d'échapper à la prison de Kristina Emerentia, de disparaître, de me trouver un petit nid douillet et propre avec des rideaux de dentelle, peut-être fonder ma propre blanchisserie, un endroit où je pourrais agir à ma guise, prier comme je voulais, réunir mes frères et sœurs, sans plus personne pour me tourmenter. C'est pourquoi, lorsque nous priions tous ensemble à la maison, après la lecture de la Bible, j'implorais en silence, observant les visages hypocrites de Glück et de sa femme, et les yeux clos de Kristian, gonflés et rougis par les pleurs : « Seigneur, fais quelque chose pour me sortir d'ici… »

J'ai appris depuis à prier avec exactitude, car il arrive que Dieu se contente de prendre les prières au pied de la lettre. Tout s'est déroulé très vite, comme s'il avait suffi à Kristina Emerentia de lever un doigt humecté de salive : un jour, on m'a appris que j'allais me marier. On m'a aussi appris que le promis serait le pauvre Johann Cruse. J'allais causer la perte de ce clairon brabançon, mais la faute n'en revenait-elle pas à Frau Glück ? Avais-je eu mon mot à dire à propos de ce mariage ? Non. Pas plus que pour les sept puis onze années de souffrance qu'il allait endurer. Pour épargner Johann il aurait fallu que je me sacrifie moi-même. Mais Dieu est témoin que tout a été fomenté par Kristina Emerentia Glück, qui considérait la vie comme un échiquier et les gens comme des pions, blancs ou noirs, qui s'y déplacent et s'éliminent les uns les autres. Faisant fi de cette période trouble, elle a envoyé Kristian étudier en Allemagne ; quant à moi, je devais disparaître de la vue de son mari – il fallait m'écarter du plateau en utilisant le fantassin et clairon suédois Johann Cruse, un parti honorable qui louait une chambre en ville et bénéficiait d'un salaire de soldat de Sa Majesté. Pour ma dot, j'ai reçu la première robe neuve de ma vie, un peu de linge et un collier avec une petite croix en argent. Johann m'a passé une bague toute fine sous la bénédiction du pasteur Glück et sous les yeux de tous, à l'exception du malheureux fils du pasteur. De Johann, tout ce dont je me souviens c'est qu'il avait une grosse tache de naissance sur la joue, des yeux du bleu de son uniforme et les cheveux jaunâtres, comme le cuir de ses manchettes... Il y a eu un peu de sang, encore moins de plaisir, presque aucune tendresse, bien que mon mari ait usé de son droit chacune des sept nuits de la noce. « Grand Dieu, que tu es belle, laisse-moi t'admirer pour que je me souvienne longtemps de toi », disait le pauvre Johann Cruse. Moi, la seule chose dont je jouissais, c'était de pouvoir dormir sans être pourchassée par Frau Glück; j'étais une reine dans la chambre de Johann, je me couchais et me levais quand bon me semblait. Cela a duré huit jours, au bout desquels Johann a été appelé : les Russes approchaient, et l'armée se reformait face à l'ennemi; il s'est mis en route après avoir soufflé un trille d'adieu dans son clairon. Pour mon plus grand malheur, il a rendu la location de sa chambre et j'ai été obligée de retourner chez le bon pasteur, car il n'y avait personne d'autre pour s'occuper de moi, l'épouse d'un soldat. Je suis retournée là où tout avait commencé.

J'ai eu beaucoup d'occasions d'observer comment débutent les batailles, les campagnes et les attaques militaires. C'est toujours pareil : une carte et quelques vieux bonshommes autour. Ce ne sont pas eux qui mourront. Ceux qui se tiennent autour de la carte sont ceux qui s'en tirent, et s'ils sont faits captifs, on les échange. Ceux qui meurent, ce sont les autres, ces pauvres hommes de troupe en uniforme comme Johann Cruse, qui ne sont même pas au courant du destin qu'un index se trouvant à mille lieues d'eux leur dessine et leur réserve. Le doigt du chef martèle la rivière, le lac, la route, le pont, le rempart sur la carte, là où se situent les obstacles ou les positions les plus vulnérables. Les villages seront rayés d'un revers de la main. Rien n'est plus simple ; les villes ceintes d'une muraille ne sont qu'un point réclamant le feu des canons. Ne reste qu'à débattre de la stratégie la plus efficace : trouer les fortifications, pulvériser les ailes, réprimer le soulèvement, purger la population ? Simples assemblages de mots qui recèlent toutes les douleurs à venir, les impacts des balles, les corps éventrés, les bras arrachés, les jambes écrasées, les femmes violentées, les enfants piétinés et égorgés. Mais au commencement, il n'y a qu'un doigt et du papier, une plume dessinant les flèches des assauts, marquant les villes d'une croix… Une unique croix tracée à l'encre noire pour des centaines, voire des milliers de morts. Les survivants regretteront sûrement d'avoir échappé à ce sort. Ils ne le savent pas encore. Ils l'apprendront le moment venu. Tant qu'ils ne sont pas au courant, ils déambulent dans les rues, s'affairent dans leurs maisons comme des fourmis. Ce sont des morts-vivants, leur destin est écrit, mais ils ne le pressentent pas. C'est comme moi, quand Marienbourg a été encerclée et que les négociations ont débuté. Les derniers jours avant l'enfer, je faisais des courses pour Frau Glück : de la viande salée qui se conservait longtemps, du fromage. Il fallait des provisions faciles à emporter pour le cas où les négociations avec l'ennemi échoueraient et que les citadins seraient obligés de fuir. Marienbourg n'en était pas à son premier état de siège, la ville était déjà passée des mains des Lituaniens et des Polonais à celles des Suédois. Il y avait toujours des négociations et nous ne nous sommes pas inquiétés quand les Russes ont rejeté notre première proposition de capitulation. Glück nous disait : « Ça fait partie du jeu d'exiger plus. » Nous le croyions. S'ils ne parvenaient pas à un accord, nous pouvions être certains que les citadins auraient l'autorisation de se retirer avant que les canons reprennent la discussion. J'étais avec mon panier au marché, quand une explosion immense, la première que j'ai entendue, a retenti. Ma première pensée a été : « Où est ce pauvre Johann, est-il encore vivant ? » Ce n'est que plus tard que nous avons appris que le capitaine Wolff, de la garnison de Marienbourg, avait décidé de faire exploser les réserves de poudre, croyant que l'ennemi allait prendre peur et s'abstenir d'attaquer – et s'il attaquait, il ne trouverait plus de poudre... Ah, comme cet idiot connaissait mal le peuple russe ! D'où l'aurait-il connu ? Les réfugiés russes de mon enfance à Jakobstadt ressemblaient encore à des êtres humains sous leurs fourrures et leurs habits à l'ancienne, mais ceux-ci, vêtus de vert et de rouge, n'étaient que des bêtes en uniforme. Ils ont considéré que les négociations étaient rompues et ils ont donné l'assaut.

Quand on m'a barré la route, j'ai jeté mon panier et j'ai couru, mais je ne suis pas allée loin. Ensuite, j'ai prié, mais Dieu devait dormir ou regarder ailleurs. Je me suis vue d'en haut. Je ne sais pas combien étaient ces bêtes, je priais juste pour mourir et en finir le plus rapidement possible... Leurs bouches entrouvertes, puantes, écumantes, leurs barbes, leurs toisons... Ce n'étaient pas des visages d'hommes, le Seigneur n'aurait rien créé de tel à Son image – leurs yeux bleus ou noirs avaient beau briller, ils étaient morts. Leurs bouches étaient déformées... J'en voyais des milliers, ils se fichaient de savoir si j'étais vivante, l'un d'eux maintenait mon épaule à terre de sa chaussure ferrée, les autres tenaient mes jambes écartées – par chance ils n'avaient pas encore sorti leurs épées, ils ne les sortaient qu'à la fin, pour se divertir, le plus souvent une fois que la femme avait perdu connaissance… Le pire était leurs rires. Ils riaient, crachaient, éructaient des mots que je ne comprenais pas encore… Je voyais tout cela d'en haut, comme depuis les nuages : moi, cette bande me tombant dessus et leur chef arrivant à cheval et vociférant quelque chose en allemand, puis en russe : *« Ei, psy otstupite, eta khorochaya, etu – v nevoliu nevyabite mnie yeyo v kachu »*; quand j'ai appris leur langue, j'ai enfin pu le déchiffrer : « Eh, vous, les chiens, écartez-vous. Celle-là est mignonne, mettez-la en prison au lieu de la réduire en bouillie »… Dieu du Ciel, un mot, un geste me suffiraient à présent pour condamner leur régiment à la mort – sur le moment, j'étais incapable de crier. J'ai revécu cette scène des centaines de fois en rêve, je veux hurler, mais aucun son ne sort de ma gorge… Depuis, j'ai vu faire d'autres soldats russes, je les ai vus violer, étriper. Du corps de la femme sur le sol ne subsistent que des bras et des jambes désarticulés et, à la place du ventre, des entrailles, une bouillie sanguinolente… J'allais en croiser beaucoup des comme moi dans les capitales de Russie qui, après avoir manqué de se faire déchiqueter, avaient été faites esclaves en Ingrie et en Livonie : Lovisa de Narva, la pauvre entêtée qu'on n'a pas épargnée alors qu'elle avait six ans quand elle a été attaquée – ils ont tellement mutilé la poitrine de cette petite avec leur épée qu'un seul sein a poussé par la suite; Annika de Finlande, la fille d'un vicaire de campagne, qui ne s'est jamais remise de ce qu'elle avait subi; et, bien sûr, Euphrosine, qui a survécu pour mettre sa vengeance à exécution… cette putain a survécu parce qu'elle était forte, comme moi. J'ai appris à les reconnaître à leur regard... un même vide impossible à combler, un abîme béant, qu'un éclat de rire ne pouvait pas dissimuler. Moi? Est-ce que j'ai survécu? Maintenant, je me demande si Marta Helena Skowrońska n'est pas morte à ce moment-là. Est-ce encore moi que ce capitaine a soulevée de terre, enveloppée dans sa couverture de cheval avant de m'installer sur sa monture? Ou n'étais-je qu'un récipient humain, encore jeune, en bonne santé, mais fêlé pour le reste de ses jours? J'ai perdu ma petite croix, elle est restée quelque part dans une flaque de boue, de sperme et de sang avec la foi de mon enfance. Ma voix s'était envolée, comme dans les rêves, quand on veut crier, et qu'on n'y arrive pas.

— Seigneur, elle gémit à nouveau, Sérénissime... Elle m'a suppliée de lui donner un peu de vin, que voulez-vous... elle a somnolé et s'est mise à nouveau à s'agiter, à gémir comme une possédée. Mon petit Dieu, c'est affreux... Vaut-il mieux ne pas la réveiller?

Son Altesse Sérénissime. Alexandre est ici. Tant mieux. Enfer, je veux uriner, quelle honte, pourquoi maintenant, quand il est ici... Je me sens si faible, j'ai même du mal à ouvrir les yeux, comme s'ils étaient plombés. Je n'aurai pas la force d'aller jusqu'au pot de chambre, et devant lui, je ne veux pas.

Je ne peux plus me retenir.

Malédiction.

Ça y est.

— Tais-toi, Tanka, ne soupire même pas, tu la réveilleras. Vérifie plutôt que tout va bien sous la couette. Si elle gémit dans son sommeil, c'est peut-être qu'il fait trop chaud, trop lourd... Ça arrive à tout le monde, tâche de remettre de l'ordre...

Sa voix. Un murmure. Elle n'a presque pas changé en trente ans. Les années ont passé, c'est vrai, nous sommes devenus des petits vieux. Mais sa voix est restée la même. À l'entendre, les yeux clos, il me semble que nous sommes à nouveau jeunes. Toujours si sensible et attentif, capable de pénétrer dans l'âme de l'autre, comprendre ce qu'il souhaite et ne rien faire ni dire qui puisse le blesser. D'un regard, il devine les souhaits et les exauce avant même qu'on ait eu le temps de les formuler ; en sa compagnie, on se sent enveloppé d'un voile de soie. Quand il le souhaite. Quand il a quelque chose à en tirer. Cela n'a rien d'étonnant, il s'y est exercé pendant tant de décennies, comme moi. Notre survie en dépendait. Ah, combien de fois il m'a fait sortir de mes gonds, le *svolotch.* « Je suis peut-être un *svolotch,* mais le tien », me disait-il. Quand l'autre se fâchait, il lui répondait la même chose : « Rappelle-toi cette partie du corps, *svolotch,* qu'on ne peut pas montrer du doigt – tu serais où sans elle ? Ton *svolotch* aussi est indispensable, sans lui tu aurais de la merde plein les couilles. » Et il éclatait de rire, sa rage envolée. Je lisais en lui comme dans un livre ouvert. Il m'était si familier, c'était comme enfiler une chaussure déjà usée. Garnie de fourrure… Nous avons fait du chemin ensemble.

Tanka soulève le bord de la couverture. Elle reste bouche bée, puis lance un petit cri. Quoi ? Elle n'a jamais vu des draps mouillés de pisse ? Elle serait mieux avisée de tout nettoyer en silence.

— Oh, grand Dieu, de là aussi, elle saigne… Seigneur, elle saigne de tous les côtés, tel un cochon égorgé…

Un coup.

Un bruit sourd.

Tanka renifle silencieusement et s'efforce de se relever en ramassant ses jupes. Elle s'essuie le nez.

— Tais-toi, putain, tu parles de Sa Majesté l'impératrice. Appelle le médecin, apporte des draps, tu nettoieras plus tard.

Ah, Alexandre, parfois, je t'aime encore par habitude. Toi, mon ami… Mon ami jusqu'à la fin… Tanka claque la porte, le médecin n'arrivera pas tout de suite. J'ignore pourquoi je saigne de là. Ça ne me fait pas mal. Seul l'air qui passe dans mes narines est douloureux, et ma poitrine. Et les parties enflées. Le jour du mois est peut-être arrivé ? Je suis toujours une femme, mais j'ai perdu le fil des jours. Je ne sais plus quel mois on est, mon anniversaire était il n'y a pas longtemps, mais on est certainement déjà en mai. J'essaye d'ouvrir les yeux.

— Chut chut, Catherine, ne bouge pas, je vais te soutenir.

Il me relève par les épaules, avec délicatesse, précaution, comme s'il m'aimait toujours, plus que tout. Il essaye d'arranger le coussin pour que je puisse m'appuyer confortablement. Sa perruque et sa cravate en dentelle sentent le parfum, j'ai tellement envie de le respirer, le respirer encore… Hélas ! le parfum irrite mes narines… Je me mets à tousser. De minuscules gouttes de mon sang giclent sur sa cravate. Il nettoie d'abord mon visage et mes lèvres avec un linge humide, puis le place sous mon menton et dit :

— Ne fais pas attention, crache. Tousse et crache.

Ensuite, il m'éponge à nouveau, m'arrange. Tendrement, tant que personne n'est encore là, il passe sa main sur ma joue et dépose un baiser sur mon front :

— Tiens bon, Catherine, tiens bon…

Puis il dénoue sa cravate tachée de sang et la jette sur le sol, près du lit. Je l'ai vu faire ce geste cent fois, mais alors il enlevait aussi sa chemise. Il se débarrassait de tout. Il aimait déambuler nu. Aujourd'hui, son corps n'est certainement plus aussi ferme et musculeux, mais il a encore fière allure. Toujours beau, il se tient droit, il n'a pas de ventre, ni même de double menton. Il n'a pas un visage russe. Son Altesse Sérénissime, prince de l'empire de Russie et du Saint-Empire romain, duc d'Ingrie et de Cosel, feld-maréchal, le généralissime Menchikov.

Il rencontre mon regard.

— Catherine, il ne se passe pas un seul jour sans que je pense à nous…

Tu mens, *svolotch.*

10

TANKA ouvre la porte. Le médecin est ponctuel, l'horloge sonne encore quand il arrive. Jean Armand de Lestocq est un bel homme de trente-cinq ans. Un Français. Un de ces débris que les vagues de la vie ont fait échouer à la Cour de l'empereur de Russie. Les marins anglais appellent ces épaves de bateaux et de cargaisons rejetées sur la rive *flotsam* et *jetsam*, et seul le roi anglais dispose du droit de les récupérer. À l'évidence, parmi les détritus amenés par les vagues se trouvent parfois des pièces de grande valeur. Tous les étrangers de notre cour sont les *flotsam* et *jetsam* de l'Europe. Des rebuts venus d'autres palais. Les honnêtes gens, respectés dans leur pays et vivant dignement de leur savoir-faire, ne se rendent pas en Russie. Nous n'avons rien pour eux. Nous n'attirons que ceux qui fuient quelque chose avec tant de frénésie que même la Russie ne leur fait pas peur. Ou des cupides qui n'ont rien à perdre et désirent tirer beaucoup d'argent des barbares et de la richesse de nos terres sauvages. Cela n'empêche qu'il se trouve des gens doués et de grande valeur parmi ces arrivants précipités ici par le destin. Lestocq en fait partie. En France, il a eu le temps de séjourner en prison, apparemment pour de petits larcins, mais la cour est si tatillonne que même avec la protection de la duchesse d'Orléans, il serait resté éternellement souillé, un sujet de deuxième classe. Ici, il est le bienvenu. Il s'est présenté comme médecin, même si je n'ai aucune certitude qu'il ait suivi des études d'anatomie. Peu importe. L'essentiel est que jusqu'à présent personne ne soit mort de ses traitements. Au contraire, il a prolongé un peu la vie de ses patients, en s'appuyant certainement sur son expérience et son bon sens. Ici, il n'y a que des voleurs, c'est la coutume nationale – on dit : « *Kazyonnoye*, le Trésor public n'appartient à personne, c'est-à-dire à tout le monde » ; seuls ceux qui volent impudemment comme Alexandre se font attraper, ou ceux qui ne dérobent absolument rien. Ils deviennent suspects aux yeux des voleurs qui ne font qu'une bouchée de ces vertueux. Lestocq escroque certainement dans les limites du raisonnable, mais il a un autre vice. Ici aussi, il a été condamné – pas à la prison mais à la déportation à Kazan, après avoir engrossé la fille à peine adolescente du bouffon et avoir refusé de l'épouser. Il espérait peut-être qu'une si jeune fille ne tomberait pas enceinte… Il n'est pas français pour rien. J'ai réussi à le faire revenir au bout de cinq ans, après les funérailles du tsar. Il m'est utile ne serait-ce que parce qu'il s'y connaît au sujet des entrailles féminines. Il nous a aidées, moi et mes filles, surtout Lizenka. Il est plus délicat que nos médecins, qui n'ont pour tout remède que la vodka, les saignées et les frictions au banya. Je n'ai jamais supporté leur grossièreté, et encore moins maintenant qu'il s'agit de ma santé. Leur brutalité m'aurait déjà conduite à ma fin. Mieux vaut un courtisan français et poli. Je vois qu'il chuchote avec Alexandre. Il lui dira ce qu'il en est exactement. À moi, il m'annoncera une demi-vérité. J'ai beau savoir que la fin est là, cette précaution est appréciable. La main glissée sous la couverture, il presse fermement mon bas-ventre. Je ne tressaille pas. Je n'ai pas mal, j'ai mal seulement à la poitrine et dans les narines lorsque j'inspire. Et à mes jambes et bras enflés. Il dit encore quelque chose à Alexandre, qui hoche la tête. Je ne perçois que des bribes : « Léthargie, doigts d'Hippocrate… soulagerait… mais pas trop, si Votre Altesse Sérénissime désire qu'elle reste consciente… »

Si Alexandre a besoin que je reste consciente, c'est qu'il a un nouveau document à me faire signer. Qu'est-ce qu'il me veut encore, ce démon ? Le 15 avril, jour de mon anniversaire, nous avons déjà modifié ensemble mon testament pour ordonner à Piotr Alexeïevitch, le petit-fils du tsar, d'épouser Maria, la fille de Son Altesse Sérénissime. Qu'est-ce que ça peut me faire qu'il épouse Maria ou une autre, puisque je ne peux pas lui imposer de se marier avec une de ses tantes, mes propres filles ? Il aurait pu épouser Lizenka, mais comment l'expliquer aux gens… Qu'il épouse donc Maria Menchikova, à qui je suis un peu redevable eu égard à Piotr Sapieha… Que puis-je lui donner de plus, au Sérénissime, son sang et son corps demeureront au sein de la dynastie impériale, que veut-il de plus… Que veut-il encore me faire signer ? Je ne sens plus mes doigts, leurs extrémités sont blanches et ils sont si gonflés que je ne peux plus retirer mes bagues. Comment pourrais-je encore me saisir d'une plume… Lizenka signera à ma place, si le Sérénissime y tient tant.

— Votre Majesté impériale, l'important désormais est de vous reposer. Pensez à quelque chose de plaisant dans le calme de votre âme. Le cœur d'or de Sa Majesté impériale nous a toujours diffusé sa lumière, que cette lumière réchauffe dorénavant Sa Majesté. Je reviendrai dans quatre heures. Faites-moi appeler si nécessaire, mais vous ne devriez pas avoir besoin de moi.

Je ne mourrai donc pas dans les quatre prochaines heures.

Quelle galanterie. Un Russe m'aurait annoncé sans cérémonie le nombre d'heures qu'il me restait à vivre. Je sais que c'est la fin. Je l'ai compris quand Alexandre a insisté pour me voir le jour de mon anniversaire.

— Nous ferons ainsi, monsieur Lestocq, nous ferons ainsi. Vous pouvez disposer, je tiendrai compagnie à Sa Majesté impériale.

Tandis que Tanka, Johanna et quatre autres serviteurs me changent, mettent des draps propres et me bordent, Alexandre se tient discrètement près de la fenêtre, par laquelle on aperçoit les lumières de la ville dans le lointain. Dix heures viennent de sonner, la nuit tombe tard désormais. Il est toujours gouverneur général de Saint-Pétersbourg, même s'il a confié provisoirement ses fonctions à Apraxine il y a trois ans, quand les choses ont commencé à mal tourner pour moi et qu'il lui est devenu impossible d'endosser mes malheurs en même temps que ses fonctions de *généralissimus,* de *Serenissimus* et de gouverneur général. Saint-Pétersbourg est sa ville, c'est lui qui l'a construite. Il en a reçu l'ordre, c'est vrai, mais donner un ordre n'a jamais suffi à bâtir quoi que ce soit. C'est Son Altesse Sérénissime qui a tout édifié. La ville ne portera jamais son nom, mais elle est sa création. Sans lui, on n'y aurait vu que des fortifications, des embrasures, des casernes de soldats, des menuiseries, des forges, des tavernes et des ministères. Et une Kunstkamera. Peut-être quelques bicoques à la hollandaise avec leurs plafonds bas. La ville aurait été, dans le meilleur des cas, un deuxième Nemetskaïa Sloboda, un deuxième Faubourg allemand, construit cette fois sur un marécage. Dorénavant, elle n'est que beauté. Des palais, des fontaines, des jardins, des rues, des canaux, des temples. La Venise du Nord… Venise, la ville qu'il n'aura jamais vue, ayant dû faire demi-tour à cause des streltsy, les tireurs. Une ville-fantasme. Oui, ce sont les mots du Sérénissime pour désigner sa ville, celle qui ne portera jamais son nom. Tout comme je lui appartiens encore un peu bien que je n'aie jamais porté son nom. Heureusement pour lui, ces deux dernières années, il a pu être à moitié tsar, comme s'il était mon mari. La seule différence, c'est que nous ne dormions pas dans le même lit. Je sais par mes servantes – et Iagoujinski l'a confirmé – qu'il couche avec des fillettes de dix-huit ans, mais il ne reste jamais longtemps avec elles. On dit qu'il ne résiste pas aux blondes aux yeux marron. De quoi flatter mon amour-propre, au moins. Et puis elles sont rares, ici. Difficile de lui en vouloir. J'ai aperçu mes jambes quand Tanka m'a retournée avec Johanna – elles sont enflées comme des bûches. Rougies, ornées de veines bleues et écarlates entrelacées. On dirait les bourrelets de Cheremetiev, un tas de saucisses. Qui voudrait s'étendre près d'elles ? Mon corps n'est pas le mien. Ce n'est pas moi.

Alexandre m'a appris jadis à réapprivoiser mon corps, dont j'étais sortie après l'épisode des soldats russes à Marienbourg. J'étais quelque part à côté de ce morceau de chair fraîche. Le capitaine Bauer, celui avec le cheval et sa couverture, en a profité lui aussi, puisque j'étais sa prise de guerre personnelle, son esclave. Le jour, je le servais, la nuit, c'était lui qui se servait de moi. Il a fallu que les Russes arrivent en Livonie pour qu'on apprenne ce que signifie être esclave. L'esclave est un instrument de travail à l'apparence humaine, composé d'os et de chair et doté d'orifices de torture pour le plaisir d'autrui, une chose et non un être humain. Avec les Russes sont arrivés à Marienbourg un nouveau pouvoir et de nouvelles lois, des lois autorisant le servage. Les Glück eux-mêmes y ont échappé de justesse. Ils ont été faits prisonniers de guerre, ce qui était une chance pour eux. Le pasteur, s'imaginant encore dans un monde où sa position de surintendant avait un peu de poids, a essayé de négocier. Mais que voulez-vous négocier quand l'ennemi et son armée de vingt mille hommes occupent déjà la ville ? On nous a rassemblés – ce qui restait des mille cinq cents habitants de la ville – sur la place de Marienbourg par une chaude journée d'août. Il fallait enjamber les flaques de sang séché, les cadavres et leurs nuées de mouches. J'étais toujours avec mes habits déchirés, à moitié nue, rudoyée, claudiquant, enveloppée dans la couverture du cheval de Bauer – d'autres femmes paraissaient encore plus mal en point, certaines avaient le visage lacéré, les dents de devant cassées. Les familles de la noblesse, y compris les Glück, s'étaient cachées dans les caves pendant l'assaut et s'en sortaient mieux. Une fois de plus, ce sont d'autres lois qui valent pour les riches et les bourgeois, qui, contrairement aux pauvres, peuvent payer leur rançon. Le feld-maréchal Cheremetiev, un homme corpulent, coiffé d'une perruque, le nez et les joues charnus, grignotait en laissant discourir le surintendant en russe ; il n'écoutait pas ce qu'il avait à dire mais a estimé que ce pasteur instruit, maîtrisant si bien le russe, l'allemand, le suédois et le latin rendrait service à la chancellerie de Sa Majesté le tsar à Moscou, et c'est ainsi que le destin des Glück a été scellé. Toute la famille a reçu l'ordre de se déplacer sur la gauche, vers la file du butin à destination de la capitale. Le pauvre pasteur m'a alors aperçue dans la foule, enveloppée dans la couverture de cheval, et a voulu me porter secours en exigeant dans ce cas d'emmener avec lui un membre de sa famille, sa fille adoptive, sa servante et blanchisseuse Marta Cruse, mais Bauer s'est mis à éructer en russe, s'arrogeant la propriété de son butin ; l'affaire a été rapidement réglée. Le feld-maréchal a pris le temps d'examiner la cause de cette querelle et a déclaré que lui-même allait toujours tout crotté sur le champ de bataille, n'ayant personne pour laver ses chemises et ses pantalons, et qu'il ferait bon usage d'une *portomoïka*, une lavandière. Si bien que c'est sur la place de la ville, devant une foule de soldats raillant la *portomoïka*, que j'ai été inscrite par le *pisor*, le secrétaire de guerre, comme Marta Helena Cruse, née Wiesiołowska, blanchisseuse prisonnière et domestique de l'intendance militaire itinérante du feld-maréchal.

Après quelques jours avec ses domestiques, j'ai cru naïvement que j'avais eu de la chance et que, si je faisais bien mon travail et que le feld-maréchal était satisfait, j'aurais droit à un certain répit. On disait qu'il était un des nobles les plus fortunés du tsar, éduqué, buvant peu et condamnant en silence les mœurs dépravées de son souverain l'Antéchrist depuis qu'il avait passé beaucoup d'années comme envoyé dans les cours européennes. Il parlait polonais, ce dont je me suis alors réjouie – il ne devait pas être totalement sauvage. Il avait déjà un certain âge, la cinquantaine – plus âgé que Glück –, il était marié et père de trois grands enfants. Le fait qu'il tienne à sa propreté était un gage de la pureté de son âme. J'avais appris cette leçon de Kristina Emerentia. À peine arrivée parmi les servantes de sa maisonnée, j'ai été envoyée me laver à l'étuve. Son intendance militaire itinérante redoutait la crasse, les poux et les maladies. C'était la première fois que je me lavais après les soldats russes, après Bauer, et je suis restée dans l'étuve jusqu'à ce que mon cœur manque d'exploser de chaleur. J'espérais me débarrasser de leur semence, car s'ils m'avaient laissé un enfant dans les entrailles, Dieu m'est témoin, j'aurais mis fin à mes jours ; je voulais à tout prix me laver, devenir propre, oublier et tout reprendre depuis le début. Je me revois, sanglotant, me frottant la peau avec un linge jusqu'à en devenir écarlate, comme si je pouvais la poncer, l'arracher couche après couche, telle l'écorce d'un bouleau. J'allais apprendre que c'est ce que nous – celles à qui c'est arrivé – faisons toutes : nous fonçons nous laver, comme s'il était possible d'effacer les traces laissées par la violence sur notre âme en raclant la crasse de notre peau. Ça ne sert à rien, bien sûr… Pas plus que de noyer les réminiscences de la violence dans le vin, ou de se perdre dans la débauche. Mais j'avais dix-huit ans à l'époque, j'étais jeune et sotte. Une fois récurée, j'ai blanchi, repassé, amidonné, arrangé la dentelle du feld-maréchal Boris Petrovitch Cheremetiev avec le plus grand zèle afin qu'il soit satisfait de mon travail; être la blanchisseuse d'un noble si proche du tsar, vivre dans d'assez bonnes conditions quoique sur un champ de guerre, n'était pas, en fin de compte, le pire qui puisse arriver à une orpheline et toute jeune veuve que les soldats russes avaient failli réduire en bouillie. La première fois que j'ai reçu l'ordre de lui apporter ses chemises, chaussettes, manchettes et cravates, j'étais si propre sur moi et si zélée que même Frau Glück n'aurait rien trouvé à redire; je voulais commencer une nouvelle vie, celle d'une honnête blanchisseuse. Je voulais qu'il me garde à son service le plus longtemps possible et ne pas être violée par ses soldats. Le feld-maréchal avait pris ses quartiers avec sa suite dans la demeure d'un riche citadin – je l'ai rejoint dans la chambre à coucher transformée en bureau et remplie de papiers, de vin et de fruits, j'ai fait une brève révérence et j'ai posé le linge sur le lit. Il a voulu connaître mon nom. Marta Helena Skowrońska. Il m'a demandé si j'étais polonaise et pourquoi j'étais inscrite sous le nom de Wiesiołowska; il parlait très bien le polonais et j'ai voulu lui raconter ma triste histoire d'orpheline lituanienne, mais il a déclaré que c'était sans importance, m'a servi un verre de vin pour me remercier et m'a demandé si j'étais catholique – il m'a posé plusieurs questions plutôt aimables sur

Glück et Marienbourg et, au moment où je m'apprêtais à partir, il a bloqué le chemin vers la porte et a dit, comme si de rien n'était : « Allez, allonge-toi ma belle, nous allons faire connaissance. »

C'était un homme trapu, lourd, à la peau parsemée de taches rougeâtres ; il était chauve et paraissait encore plus gras sans sa perruque, son dos était recouvert de poils sombres ; j'ignore pourquoi cela se produisait à chaque fois, mais je me suis à nouveau vue depuis le plafond, comme sortie de mon corps ; le feld-maréchal Cheremetiev, avec ses taches et ses bourrelets, faisait penser, d'en haut, à des saucisses à la perche dans la boutique du charcutier : d'une teinte semblable à la viande hachée, luisant et suintant comme des boyaux. J'ai prié pour ne pas être prise de haut-le-cœur. Et pour la première fois de ma vie, je n'ai pas uniquement ressenti de la terreur, comme avec Bauer ou les soldats russes, mais aussi du mépris. Je savais pourtant que le feld-maréchal pouvait ordonner de m'achever si quelque chose lui déplaisait, et la torture n'était pas terminée : il m'a retournée sur le ventre et a poursuivi ce qu'il avait commencé, comme un chien – ça faisait encore plus mal, mais au moins je ne le voyais plus, ne sentais plus son odeur, et je pouvais sangloter sans bruit dans l'oreiller.

« Allons, pourquoi ces larmes ma petite Marta, ça va te faire un oreiller de plus à laver et je vais penser que ça ne t'a pas plu… Donne-moi un baiser et file. » Ses lèvres charnues tendues, une tape sur les fesses et le calvaire était terminé jusqu'à la fois suivante. Je ne sais pas combien de temps je suis restée chez lui, les semaines se sont confondues entre la prise de Marienbourg et celle de Nöteborg. Ça n'a pas dû être très long, mais j'étais comme un escargot, muet, impuissant, me retirant au plus profond de ma coquille. Installés dans les chariots du convoi de l'armée, nous cahotions tout le jour vers le nord, à travers l'Ingrie – par chance pas avec les régiments mais avec le commandement du feld-maréchal auquel étaient rattachées la suite et l'intendance. Arrivés à l'étape, dans la demeure réquisitionnée d'un bourgmestre ou d'un noble, je faisais chauffer des marmites d'eau pour faire bouillir le linge avec l'aide des autres esclaves, je préparais la soude, les savons à la graisse et le sel, je frottais et battais, faisais sécher près du feu, repassais et pliais. Il exigeait des dessous propres, même si je ne l'ai pas vu se laver une seule fois durant tout ce temps. Je le servais à table – d'autres officiers dînaient parfois avec lui –, ensuite il profitait de moi, heureusement sans me partager avec les autres. Presque toujours de la même manière : c'était un homme d'un certain âge, il avait ses habitudes. Au moins, je savais à quoi m'attendre. Je prenais mon mal en patience, comme quand je me forçais à toucher la viande froide et inerte que le boucher de Marienbourg enveloppait pour que je l'emporte. Il s'était adressé à moi en polonais au début, mais il m'a ordonné d'apprendre le russe. J'ai compris qu'il me garderait tant que je ne le lasserais pas. La langue ne me paraissait pas difficile, on aurait dit des mots polonais mal dégrossis, plus vulgaires ; les termes russes ne désignaient que les choses anciennes, tout ce qui était moderne était emprunté à d'autres langues. Je ne prononçais pas toujours comme il fallait, mais j'apprenais vite : il n'y a pas de meilleur professeur que la guerre. Quand je ne savais pas comment tourner ma phrase, je souriais d'un air contrit et mielleux. Que pouvais-je faire ? J'avais un toit au-dessus de la tête, une assiette pleine tous les jours, du vin et de temps à autre un ruban, un morceau de dentelle ou une pièce. Je ne mourais pas de faim, j'avais meilleure mine, les autres esclaves de l'intendance ne me maltraitaient pas, ils me protégeaient même, parce que je partageais mes restes avec ces malheureux. Notre sort de prisonniers de guerre était loin d'être scellé. J'ai entendu de mes propres oreilles le feld-maréchal dicter des lettres à son secrétaire, demandant au tsar ce qu'il devait faire de nous. Il se plaignait des Cosaques et des Kalmouks de son armée qui, comme à leur habitude, dévastaient tout sur leur passage et séquestraient tant de monde qu'il ne savait plus quoi faire des prisonniers. Les geôles explosaient, débordaient – et il ne parlait même pas de ceux capturés par les officiers. En tout douze mille âmes avaient été prises – l'entretien des esclaves livoniens avait un coût. Contrairement au bétail. Le bétail, il y en avait vingt mille têtes, mais on pouvait le saigner, le cuire et nourrir l'armée avec. Sans compter qu'un régiment entier ne suffirait pas à escorter tous ces prisonniers – que l'esclavage rendait maussades et hargneux – à Moscou, où ils pourraient être utilisés à des travaux. C'est pourquoi il ne sélectionnerait que les meilleurs, en priorité les menuisiers et leurs familles qu'ils enverraient à Azov, et quelques autres artisans ou contremaîtres particulièrement doués. Les autres, il faudrait s'en débarrasser. Je savais ce que sous-entendait le mot « se débarrasser » dans la langue de la chancellerie. J'avais également compris que je ne pouvais pas me permettre d'être maussade et hargneuse. Je m'efforçais de paraître de bonne humeur, affichant mon sourire le plus aimable. Je lessivais avec zèle, puisque c'était mon travail et mon unique savoir-faire. Celui qui me valait d'être sous la protection de Boris Petrovitch. Les soldats russes ne m'approchaient plus, ils n'osaient même pas me regarder : j'étais la chose de leur feld-maréchal. Je payais cette protection par mon travail et mon corps. Et je ne pouvais pas trop me plaindre : ne voyageant pas avec l'avant-garde, mais derrière elle, je voyais ce qu'il restait des campagnes et de leurs habitants une fois que les Russes étaient passés. J'ai même entendu le feld-maréchal se vanter d'avoir brûlé six cents villages. Je préférais qu'un vieux ressemblant à une saucisse profite de moi de temps à autre, plutôt que des dizaines de bêtes hagardes en uniforme. Je préférais aller me coucher après mon supplice que de finir en bouillie au bord de la route ou pendue à une branche. Et je savais que l'on se « débarrasserait » des domestiques inutiles. Mon sourire est devenu si éclatant que Boris Petrovitch me comparait à un rayon de soleil – je ne pouvais pas courir le risque de lasser le feld-maréchal. Mais dès que je me trouvais seule devant le chaudron bouillonnant, la peur d'être engrossée sourdait et avec elle le souhait d'en finir pour toujours : hélas, le chaudron ne ferait que m'ébouillanter, et qui voudrait de moi dans cet état ? Je regardais frémir la lessive de soude : on pouvait y laisser la peau des mains quand il y en avait trop, mais qu'adviendrait-il si j'en avalais ? Je ne redoutais plus le courroux de Dieu. S'Il ne se préoccupait plus de moi, pourquoi devrais-je me soucier de ce qu'Il pensait ? Je craignais seulement que la soude ingurgitée ne m'achève pas – un trop long martyre m'attendrait si elle se contentait de me rendre malade et inutile. L'envie me prenait de renverser la soude sur cette peau lustrée par les caresses du feld-maréchal afin de la mettre à vif. Ça n'aurait pas plu au maréchal. J'étais tentée de me mutiler avec un couteau, de m'entailler le bras, de saigner – pour ressentir la douleur et m'assurer que j'étais encore vivante. Mais Boris Petrovitch n'aurait pas voulu d'une marchandise abîmée. J'étais esclave et mon corps ne m'appartenait pas. Alors, dès que je le pouvais, je prenais une aiguille ou une épingle et je l'enfonçais le plus profondément possible – le temps que la pointe pénètre dans la peau jusqu'au muscle, la douleur pure et vraie que je m'infligeais me rappelait que j'étais toujours un être humain, et non une chose. Que je possédais encore la maîtrise de mon corps, le droit de le blesser par ma propre volonté. Cette volonté était à moi, pas aux autres. Tout reprenait ensuite son cours. L'attraction inexorable et pernicieuse de la soude et de l'eau bouillante. Je faisais comme si de rien n'était. Le travail, les repas, les soirées, la brève mise à disposition de mon postérieur, la poursuite du voyage avec le commandement du feld-maréchal et de son armée...

— Allons, allons, Catherine, pourquoi ces larmes maintenant ?

Sa main attrape mes doigts enflés et pâles, il les baise. Comment se peut-il que, dans l'état où je suis, Alexandre ne me prenne pas en horreur ? Du revers de la main, il essuie mes larmes – il semblerait que j'aie de nouveau sangloté en somnolant. Il m'a caressée de la même façon la première fois qu'il est venu chez Cheremetiev, il m'a baisé les mains. Je m'en souviens, comme si on y était... et il est là, assis tranquillement, il a à peine changé. Est-il toujours le même ? Ou est-ce que l'Alexandre d'alors n'existe pas plus que Marta Skowrońska ? Non, il est sans doute toujours le même... Une grande confusion avait précédé sa venue à l'époque. Selon son rang militaire, le comte Alexandre Danilovitch Menchikov était lieutenant feld-maréchal, le subalterne de Boris Petrovitch Cheremetiev, mais personne ne pouvait se mesurer à son influence : il était l'ami d'enfance du tsar, le favori, plus apprécié qu'un frère. Peu importait que tous déversent leur fiel sur lui, il était son bras droit – son assurance et son effronterie ne connaissaient pas de limite. Quand je les ai servis à table, j'évitais son regard tant il me transperçait, il était plus perçant encore que l'aiguille et les épingles – et à peine se posait-il sur moi que je sentais mon corps se couvrir de rouge. Mais, tout comme la pointe des aiguilles et des épingles, son regard me faisait sentir vivante. Je n'avais jamais vu d'homme aussi attirant que lui, ni en ville ni parmi les nobles. Sans parler de l'armée russe… Il était jeune, si élégant, si luxueusement vêtu, à la française, sa perruque toute neuve, propre et abondante – et ses traits n'étaient ni russes ni livoniens… Il avait le nez aquilin, la peau lisse, rasée de frais, sa mâchoire était ferme et proéminente, avec une petite fossette sur le menton, des lèvres fines, volontaires, des yeux bleu gris qui brillaient, révélant soudain un vide douloureux et connu.

« Petrovitch, d'où sort cette beauté ? » Boris Petrovitch s'était mis à parler fièrement de la fille adoptive du surintendant de Marienbourg, une blanchisseuse qui disait avoir été pendant huit jours la femme d'un clairon suédois, un *troubatch* – inutile de préciser qu'elle était veuve à l'heure qu'il était, s'était-il esclaffé ; il parlait de moi, Marta Skowrońska. Alexandre a demandé si j'étais polonaise – le feld-maréchal a dit : non, non, pas polonaise, lituanienne, une *litvinotchka portomoïka*, une Lituanienne blanchisseuse… Le feld-maréchal, qui ne pouvait rien refuser à son invité, était déjà écarlate de vin et de vodka. Il rigolait et disait : « *Krasavitsa troubatchova*, la belle femme d'un clairon, a trouvé un nouveau pipeau ! » J'en ai entendu depuis, des plaisanteries obscènes de militaires, mais j'y étais encore peu habituée à l'époque et j'étais comme transpercée de flèches d'humiliation, j'avais une boule de honte dans la gorge, d'être moquée en présence de ce jeune invité comme si je n'étais pas là. Le feld-maréchal trouvait désopilant que la fille adoptive d'un pasteur dévot de Livonie joue de son pipeau russe dès qu'il l'ordonnait… « Qu'as-tu à faire d'une telle beauté, toi le vieux Petrovitch, elle va te causer une apoplexie. Elle a les yeux tristes, vends-la-moi ! On t'envoie à Pskov, tu ne vas pas emmener les filles avec toi, tu vas être obligé de réduire ta suite. Moi, je reste en Livonie. »

Et il m'a attirée à lui, m'a installée sur ses genoux pour me regarder droit dans les yeux, longuement, attentivement, et ensuite, de la même manière qu'aujourd'hui, il a caressé ma joue et, comme à une grande dame, il a baisé ma main rougie. J'étais pétrifiée, personne ne m'avait encore dévisagée de la sorte – non pas d'un regard qui transperçait comme les aiguilles, mais d'un regard chaud, avide, comme s'il voulait m'avaler pour que je devienne une partie de lui. « Non, Danilovitch, je ne te la vendrai pas, riait le feld-maréchal. Qui lavera mes pantalons, si je n'ai pas de *portomoïka*? » Alexandre Danilovitch m'a soulevée brusquement, il s'est levé, je n'en revenais pas qu'il soit si grand et mince. Narquois, il a pris une coupe de vin rouge sur la table et l'a renversée sur son gilet et son entrejambe, et quand il s'est adressé au feld-maréchal Cheremetiev, sa voix était caustique mais menaçante : « Regarde, Boris Petrovitch, moi aussi j'ai besoin d'une blanchisseuse, où veux-tu que j'aille ainsi, si tu ne me la laisses pas ? Je ne donne pas cher de ta peau si Sa Majesté apprend que tu renâcles à vendre une domestique et que Menchikov repart souillé de chez toi, faisant honte à l'uniforme du tsar… » Alexandre Menchikov lui parlait d'un ton moqueur, mais surtout il humiliait le vieux feld-maréchal en lui opposant sa jeunesse et sa position de favori. Alexandre a fait allusion à d'autres affaires – il ne manquait pas d'arguments pour faire plier Boris Petrovitch –, mais j'allais vite comprendre que ce qui se jouait là n'était qu'un duel entre deux mâles, entre deux élans ou deux coqs de bruyère dans une clairière, et pour finir Alexandre a payé un prix élevé pour m'avoir. J'ai oublié si nous avions pris nos quartiers avec l'armée en Livonie ou si l'on était déjà en Ingrie. Le mois de septembre 1702 était pluvieux, j'avais dix-huit ans, Alexandre vingt-neuf. Il m'a emmenée le soir-même dans la demeure où il logeait temporairement.

— Viens, Alexandre, buvons un verre de vin…

« Viens, Marta, buvons un verre de vin… » J'ai de si vifs souvenirs de cette première soirée, qu'il me semble que c'était hier… Des bourrasques de pluie frappaient les fenêtres, le feu crépitait, la table était recouverte de cartes, de lettres scellées, attendant l'arrivée du *pisor*, le lendemain. Comme moi, Alexandre savait signer mais il écrivait et lisait avec difficulté, si bien qu'il a toujours été à la merci des *pisors*. Un lit ravi à un citadin ou à un noble, une croûte accrochée au mur, une épée par terre, des bottes, un uniforme, une cuirasse, des coffres à serrure avec de l'argent dérobé, un miroir appuyé contre un mur, des bouteilles prélevées dans une cave quelconque, des verres avec des blasons inconnus… Toutes les chambres provisoires d'un officier de l'armée ennemie se ressemblaient. Il m'a servi du vin rouge, il a vu que ma main tremblait, que je sursautais au moindre geste et il a tapoté sur le lit pour que je m'assoie à son côté. Nous nous sommes tus pendant un certain temps, nous avons bu, puis il m'a débarrassée de mon verre, il a pris mon visage dans ses mains et, après m'avoir longuement regardée, m'a ordonné en polonais : « Raconte-moi, maintenant, qui t'a malmenée de la sorte. »

Il est le seul à m'avoir jamais demandé cela. Je me souviens seulement de m'être mise à pleurer, il m'a étreinte, et mes larmes ont coulé à flots, comme après un coup de canon sur une digue hollandaise… Des larmes salées qui coulaient sur son épaule, mais à l'inverse du feld-maréchal, il ne m'a pas dit que j'allais devoir tout laver moi-même, il m'a consolée en silence : « Allons, pleure jusqu'à ce que tu n'aies plus de larmes… ceux qui se lamentent ne font pas long feu ici. » Il parlait un mélange de polonais et de russe. Il a ajouté que je pouvais tout lui dire, il était lituanien comme moi – par son père, Daniel Mężyk, un noble d'Orcha de la vieille famille princière des Abodrites, déplacé à Moscou par la guerre, ancien palefrenier principal du régiment récréatif. Alexandre, Dieu en était témoin, avait lui aussi goûté à la violence et à la misère, avant d'avoir les faveurs du tsar ; je pouvais tout lui raconter, il comprendrait. Et il m'a écoutée tandis que je lui disais que j'étais comme lui la fille d'un noble lituanien – à quoi il m'a conseillé de ne pas m'en vanter car, ici, ils n'étaient pas réputés pour être fiables. Je lui ai raconté mon mariage éclair et comment j'avais échappé au carnage de Marienbourg – j'ai expliqué que j'avais changé deux fois de propriétaire et qu'il était le troisième. Je sais à présent que mes malheurs ne lui étaient pas inconnus, il était lui-même soldat, avait attaqué les villes de Livonie et vu plus d'une fois les soldats russes à l'œuvre. Il avait été à la tête de ces hommes, s'était parfois comporté comme eux ; je ne dirai pas dans quel état je l'ai vu rentrer après avoir rasé la ville de Batourine. Mais tout cela je l'ignorais encore et ne pouvais me douter qu'il avait décapité des streltsy de ses propres mains, quelques années auparavant à Moscou. Je ne savais rien et je voulais croire qu'Alexandre était tel qu'il se décrivait, un noble lituanien, comme moi, ayant souffert à cause des Russes. Sachant tout ce que je sais aujourd'hui, cela me paraît encore plus magnifique qu'il ait fait preuve ce soir-là, comme il le ferait toujours, de tant de douceur à mon égard. Pour la première fois, des mains d'homme ne m'ont pas pétrie, battue et tripotée, elles m'ont étreinte. Ses bras me ramenaient à ma famille, à la maison dont je n'avais presque aucun souvenir. Je m'y sentais en sécurité, et en même temps il me semblait que c'était du vin et non du sang qui coulait dans mes veines ; je ne savais pas que l'on pouvait se sentir si chancelante et ivre à la fois – c'est ce qui s'est passé quand il a pris mon visage dans ses paumes et l'a baisé sans hâte. Ensuite, il a eu une requête : il m'a demandé de me déshabiller toute seule. Il voulait juste me montrer quelque chose ; je n'avais rien à craindre, il ne ferait rien sans mon accord, même s'il désirait ardemment me posséder un jour par la tendresse, car je l'avais frappé en plein cœur et il ne pouvait plus m'effacer de son esprit… Jamais il n'avait ressenti un tel désir… Comment le lui refuser ? J'ai obéi et pour la première fois je me suis retrouvée nue devant un homme de mon plein gré. Il s'était lui aussi déshabillé, il était bien bâti, musclé, large d'épaules, comme ces statues grecques que je découvrirais plus tard ; les cicatrices gagnées lors des batailles ne faisaient que l'embellir ; ses cheveux étaient bien plus courts que la perruque, mais magnifiques et épais. En nous observant pour la première fois dans ce miroir pillé quelque part au milieu de l'Ingrie, je me suis rendu compte que j'étais belle ; Alexandre en a fait la remarque. Il a dit : « Regarde, une vraie reine. Prends-moi comme ton chevalier servant. De tes cheveux mordorés et de tes yeux de jais jusqu'au bout de tes orteils, tu ressembles à une Vénus italienne, mais tu dois cesser d'être aussi craintive ; si les hommes sont attirés par les femmes farouches, ils s'en lassent vite et les anéantissent, inévitablement. » À ses côtés, je ne craignais rien. Nous ressemblions à deux dieux romains, tirés de la première page d'un livre en latin de Glück, et ce reflet existe encore dans ma mémoire comme dans un miroir mangé par la rouille…

— Buvons, Catherine.

Il veut m'aider à boire, mais je vais mieux maintenant que le soir tombe, je suis capable de tenir mon verre, marqué de mon blason. Même le vin est de ceux que j'aime, un vin français. Pas ce sempiternel tokaj que j'ai été forcée de boire toutes ces années, pour trinquer et tenir compagnie. Contrairement à moi, Alexandre s'y connaît en vin. Je serais curieuse de savoir s'il se souvient toujours de nous, jeunes et dénudés devant le miroir. Il prétend que oui… Il ment, sans doute. Même si Iagoujinski m'a avoué que Son Altesse Sérénissime n'avait d'yeux que pour les filles qui ressemblent à celle que j'étais alors, une blonde aux yeux marron et aux larges sourcils noirs ; un mélange rare dans ces contrées. Est-ce qu'il cherche à retrouver ce passé ? Si seulement nous pouvions avoir trente ans de moins aujourd'hui que nous sommes libres… Ça ne se passe jamais comme ça, il manque toujours quelque chose, il y a toujours quelque chose pour vous empêcher de jouir pleinement… Dès l'instant où les vœux se réalisent, vous êtes trop vieux. Il me l'avait dit et il n'avait pas menti : « Regarde-toi et savoure chaque jour, tant que tu es vivante, tant que tu peux, tes biens et ta beauté, car demain, toi comme moi pourrions ne plus être là. » Durant les premières semaines, il a tout fait pour que je me sente à nouveau une personne, et non une esclave : mille choses, insignifiantes et ridicules. Il m'ordonnait de lui montrer où on m'avait blessée, et il baisait cette partie de mon corps comme une mère avec son enfant, jusqu'à ce qu'il se rapproche d'un endroit où personne ne s'était hasardé jusqu'à présent, il me berçait, me sommait de régler son compte au répugnant feld-maréchal : il avait trouvé un portrait de lui, imprimé sur du papier, et les coupes de vin aidant, on a commencé par le barbouiller d'encre ; puis, dans une cour de la ville détruite, il m'a mis un pistolet dans les mains et m'a encouragée à lui tirer en pleine tête, à volonté : « Tue-le, ce sagouin, efface-le de ta mémoire, et, cette nuit, je t'aimerai tant que tu oublieras tout. » Avec lui, j'ai éprouvé du plaisir pour la première fois. Quand nous ne nous déplacions pas avec l'armée, nous faisions l'amour, ivres de vin; il m'a appris à monter à cheval pour que je puisse avancer à côté de lui lors des campagnes. Il m'a donné une cravache et a ri en disant : « Imagine-toi que le cheval est un homme, serre le fort entre tes cuisses, et évite de te servir de cette cravache trop souvent; si tu le frappes trop souvent, il te désarçonnera; le cheval ressent la peur du cavalier, tu ne dois jamais le craindre, Marta, pas plus qu'un homme. » J'ai sursauté en entendant mon prénom qui me rappelait tant de violences et de malheurs. Il m'a dit : « C'est la guerre, et dans le tourbillon de la guerre, tu peux être celle que tu veux, dis-moi comment tu préfères que je t'appelle, je peux t'appeler Vasilievskaïa, ou Troubatchova – tu peux être pour moi une autre personne; invente le prénom qui te plaît. » Je ne sais plus comment nous est venu Catherine, un prénom qui évoquait la paix, les cloches des églises chères aux chevaliers livoniens sonnant à la volée, le pain d'épices du marché et l'orgue de Barbarie du marchand ambulant qui joue *Katarinchen* en tournant sa manivelle. « Mais pas les clochers allemands, riait Alexandre en me caressant la poitrine, plutôt les coupoles et les orgues des cathédrales catholiques, les petits pains au beurre, les brocarts tissés d'or des princesses du Saint-Empire; tu es trop belle pour un prénom aussi simple que Marta, désormais tu seras la royale Catherine. » Nous n'attendions que ça, de pouvoir nous allonger sur notre couche, de nous raconter des bêtises en explorant pouce par pouce nos corps, nos manières d'être, nos malheurs; deux malheureux vagabonds découvrant qu'ils ont parcouru les mêmes routes, montagnes, marais et précipices. Il était franc avec moi : ayant remarqué les marques d'aiguille en train de cicatriser sur mes cuisses et mes avant-bras, il a demandé ce que c'était. Sa prudence était compréhensible, tous redoutaient de contracter les maladies de l'amour. Quand je lui ai dit que c'était de mon fait, il m'a montré ses cicatrices sur les avant-bras et celle d'un clou qui avait traversé sa joue. On racontait qu'il se l'était transpercée pour prouver sa fidélité au tsar, avec qui il jouait quand il était adolescent. La vérité c'est qu'il avait été si humilié par ce despote en devenir qu'il s'était percé la joue, de colère et d'impuissance. J'avais fait la même chose… Il ne m'a rien dit, à l'époque, du martyr que lui faisait subir son ami couronné ; je ne connaissais pas les rumeurs qui couraient au sujet du souverain et de son *Herzenkin*, rumeurs qui avaient déjà coûté la tête à deux personnes. Mais avec Alexandre, j'ai retrouvé le goût d'une chose que je croyais perdue à jamais : rire. Il disait : « Le rire est la meilleure arme et la meilleure cuirasse ; tant que tu peux plaisanter et rire, personne ne te vaincra jamais. » Il a raconté qu'un jour le tsar avait failli l'abattre : Alexandre avait dit quelque chose qui l'avait mis dans une rage folle, et il lui avait balancé son poing dans la figure, à le faire saigner du nez ; tout le monde avait espéré que le souverain ordonnerait aux gardes de l'emmener sur-le-champ et que Danilovitch monterait sur l'échafaud, mais il s'était mis à rire, en disant qu'il avait eu ce qu'il méritait ; par miracle, la colère du tsar était retombée, même si Dieu sait qu'il s'imaginait déjà sur le billot. Il m'a appris que le rire était une cuirasse, une arme capable d'arrêter un boulet de canon. Avec lui, je prenais du bon temps. Il m'a offert ma première belle robe, mon premier collier et mes premières boucles d'oreilles. Peu importait que ce soit un butin de guerre : j'ai nettoyé une tache de sang sur le revers de la robe, et voilà. Une fois de plus, l'eau froide a été efficace, il n'en restait pas une trace ; et le précieux tissu n'était pas abîmé. Alexandre me l'avait dit : elle n'est pas déchirée, il y a juste cette petite tache, porte-la sans scrupule, elle ne vient pas d'un *trup*, d'un cadavre. Il m'a appris à me moquer des futilités, ayant lui-même traversé de grandes souffrances. Quand je pense à tout ce qu'il m'a apporté… Du corps d'un homme dont je n'attendais que de la douleur, il m'a montré qu'on pouvait tirer du plaisir ; il m'a mise sur la voie et j'ai continué de l'explorer par moi-même… Après une de ces nuits d'amour, j'ai versé quelques larmes et lui ai dit que je pleurais parce que j'aurais voulu qu'il soit le premier homme que je rencontre. Il m'a apaisée : ça n'avait pas d'importance, il se considérait comme tel, puisqu'il était le premier avec qui j'éprouvais du plaisir, c'était tout ce qui comptait. À peine avions-nous passé quelques jours ensemble que nous nous demandions comment nous avions pu vivre l'un sans l'autre, c'était comme si une chaussure avait retrouvé son double égaré : jusque-là, nous avions avancé à cloche-pied. Il est le seul pour qui j'ai reprisé et lavé non pas par devoir – il me disait : « Lâche ces bassines et ce linge, tu vas t'abîmer les mains » – mais parce que je le voulais. Je souhaitais qu'il soit propre et beau. Et vivant. Qu'il vive le plus longtemps possible. Avec moi. Ou même sans moi… Je n'avais pas besoin de l'interroger pour savoir qu'il éprouvait la même chose. Il ne s'en est pas caché : « Catherine, je ne sais pas comment j'ai pu faire sans toi, c'est Dieu qui t'a envoyée, et, le Seigneur m'en soit témoin, je ne te délaisserai jamais. Mais nous devons réfléchir à la manière dont nous vivrons quand je me marierai. Mon cœur s'oppose à ce que je te ramène à la maison pour servir ma fiancée, mais comment lui expliquer que j'ai besoin de ta présence ? Dieu m'aidera, je trouverai. »

Sur le coup, c'était comme si un cheval avait rué dans mon ventre, mais à présent, allongée dans ce lit, je comprends que c'était la preuve qu'il m'aimait. C'était déjà un miracle qu'il ne me cache rien, lui qui passait son temps à mentir. J'ignorais encore combien il avait besoin de ce mariage pour assurer son rang : Daria Arseneïeva, née d'une vieille famille proche de la défunte tsarine Narychkina, était la courtisane et dame de compagnie de Natalia, la sœur du tsar. Ce fils d'un inconnu lituanien n'était, aux yeux des princes moscovites de la dynastie des Riourikides et des Gédiminides, qu'une habile raclure ; par jalousie on colportait toutes sortes de rumeurs à son sujet, notamment qu'il était non pas le fils d'un noble lituanien, mais celui d'un pâtissier, sous prétexte qu'il avait un grand-père maternel marchand. On ne pardonnait pas à cet insolent lituanien d'avoir, depuis son enfance, l'amitié et l'oreille du tout-puissant. On racontait aussi que le complice du tsar avait compromis sa fiancée Daria Arseneïeva lors de ses visites à sa jeune sœur Anna, installée dans le palais de la sœur du tsar. Qu'un homme se rende au palais était déjà scandaleux, mais Alexandre ne se privait pas d'inviter Anna et Daria chez lui. La jeune Daria Arseneïeva était devenue une marchandise avariée que personne n'épouserait et dont la propre famille ne pardonnerait pas à Menchikov de la repousser. On reprochait déjà beaucoup au tsar de débaucher des jeunes femmes de la noblesse russe – Alexandre et lui les sortaient de leur *terem*, les habillaient à la mode étrangère et les laissaient boire et manger dans la même salle que les hommes pendant les réceptions. Les mœurs dans le palais de la sœur du tsar Antéchrist n'étaient pas plus recommandables. Pendant que les hommes combattaient, elles vivaient seules, sans pères ni frères pour les chaperonner et une telle absence de tutelle et une telle négligence appelaient, aux yeux des Russes, le courroux de Dieu. Mais ni le tsar ni Alexandre ne s'en souciaient, ils agissaient à leur guise : Alexandre avait depuis longtemps consommé la virginité de sa fiancée ; mais il m'a fait comprendre que la pomme avait perdu de sa saveur une fois décrochée de sa branche… Le tsar avait fait preuve d'une hardiesse plus grande encore : pour se divertir, il avait jeté son dévolu, le temps d'une nuit, sur la sœur bossue de Daria, Varvara Arseneïeva. Sa difformité la condamnait à un destin de vieille fille, mais il appréciait sa gaieté et sa vivacité. C'était soi-disant un acte de générosité : la pauvre Varvara semblait sortir d'un cabinet de curiosités – la nature s'était moquée d'elle au point que personne n'allait l'épouser ni l'aimer, mais grâce à lui elle ne mourrait pas sans avoir partagé le lit d'un homme. Le tsar passait d'une fille à une autre, s'étant lassé de sa maîtresse – la même depuis ses dix-neuf ans, la fille de Mons, le marchand de vin. Cette putain allemande ne valait rien. Alexandre savait de quoi il parlait, il avait lui aussi eu affaire à elle. Mais pour en revenir au dilemme de ma venue à Moscou, s'il ne pouvait commander les élans de son cœur, il avait donné sa parole à Daria avec la bénédiction du tsar, et ne pas tenir parole aurait été impardonnable… Alexandre me racontait tout cela avec désinvolture, comme si cela coulait de source, et j'ai pensé au pasteur Glück qui aurait eu une crise d'apoplexie à l'entendre. Où étaient-ils à présent, le pasteur Glück et Kristina Emerentia, et leur monde régi par la Bible et le son des cloches, leur monde vertueux sans la moindre trace de poussière ? Bien loin d'ici, et de la campagne militaire d'Ingrie. Ici, il fallait se réjouir de ne pas pendre au bout d'une branche, se réjouir que les milans ne picorent pas vos intestins. Les bras d'un homme capable de me défendre, même de manière provisoire et même s'il faudrait les céder sous peu à une autre, paraissaient déjà un bonheur suffisant. Il avait promis de ne jamais m'abandonner, d'inventer quelque chose et de me trouver une place. Il disait qu'il fallait profiter de l'instant présent, qu'on ne savait pas de quoi demain serait fait.

Ces journées avant l'attaque de Nöteborg, puis celles qui ont suivi, des journées d'automne de plus en plus courtes, même remplies de peur et de désespoir, ont peut-être été les plus belles. Nous nous appartenions. Pour le reste, adviendrait que pourrait. Selon la volonté de Dieu.

Il est toujours là, à mon chevet. Les journées rallongent mais ça ne change rien pour moi… Il a essuyé le sang, il est assis et sirote son vin avec moi. Vingt-cinq ans ont passé depuis cette époque frénétique où, jeunes et nus, nous nous tenions devant le miroir, amoureux l'un de l'autre et de notre reflet. Impossible de mettre des mots sur nos ébats. Nous étions tels des sauvages, des endiablés. Je n'ai vécu ça avec personne d'autre. Lui non plus, sans doute.

Il a tenu sa promesse, il ne m'a jamais abandonnée.

Il est toujours là. Mais désormais, c'est seulement parce qu'il a besoin de moi. Il lui faut quelque chose que je suis la seule à pouvoir lui donner. Voilà pourquoi il se rend plusieurs fois par jour auprès de moi. Il me donne du vin, il reste assis. Quand il s'absente, il se fait porter des comptes rendus toutes les heures.

— Que veux-tu Alexandre ? Tu n'es pas venu pour rester assis à mon chevet à boire du vin…

— Boire du vin et être à ton chevet sont déjà de bonnes raisons. Nous sommes bien tous les deux. Nous l'avons toujours été, depuis le premier jour… Aurais-tu oublié ?

Je n'ai pas oublié. Seulement, je te connais trop pour croire tout ce que tu me racontes.

— Je n'ai pas oublié. Et je n'ai pas oublié non plus que tu n'entreprends rien sans raison…

— Ma seule et unique raison est de vouloir te protéger. Me protéger moi-même. Protéger tes filles. Protéger mes filles. Il en sera mieux ainsi pour tous.

— C'est le mari de ta sœur, Danilovitch. Anton Devier est ton beau-frère. Notre commissaire de police. Que vont penser les gens de notre police ? Épargne ton Anyuta, épargne ses enfants, ressaisis-toi. Et le jeune Boutourline… Tolstoï… Piotr Andreïevitch, notre meilleur diplomate, il n'y a pas un pays d'Europe où il ne soit pas allé… Que vont penser les étrangers de nous, de mon règne ? Il est membre du Haut Conseil Secret.

— Devier est portugais, un transfuge, impossible de faire confiance à cette nation. Et juif, ce qui aurait dû nous conduire à redoubler de vigilance… Il aurait fallu l'abattre quand il a troussé mon Anyuta, l'abattre comme un chien, comme je l'avais ordonné. On n'en entendrait plus parler. Le Batouchka ne m'en a pas laissé le temps… il lui a sauvé la peau. C'est une canaille, ce Devier, mais vous, les femmes, il vous attrape avec sa belle gueule, ses yeux tristes et sa langue pendante. Quelle racaille, quelle canaille… Crois-moi, il a toutes les caractéristiques d'un chien, toutes sauf la fidélité. Je lui avais pardonné alors, et voilà qu'il s'est retourné contre moi, a tout manigancé pour empêcher le mariage de Maria et de Pierre Alexeïevitch. Tu avais donné ta bénédiction – Devier est allé contre ta volonté. Et ce fieffé Boutourline, que voilà chambellan ! Tu lui as demandé de protéger Lizenka, tu lui as fait confiance et comment t'a-t-il remerciée ? Il a troussé la fille du tsar de dix-sept ans. Il a pris sa virginité, a souillé sa réputation aux yeux de l'Europe entière, et c'est avec le mal français pour dot qu'il va falloir lui trouver un mari. L'un de ses prétendants est mort, à croire que nous sommes maudits… Qui la prendra telle quelle ? On a déjà du mal à trouver parmi les princes et les rois étrangers un parti pour nos filles – à croire que tout le monde les prend pour des monstres à six bras et six jambes. C'est Boutourline qui a contaminé Élisabeth, personne d'autre. Cet idiot l'aime peut-être, et c'est pour ça qu'il veut la placer sur le trône, mais nous nous sommes déjà mis d'accord que son tour viendrait après celui de Pierre Alexeïevitch. Ce qui est inacceptable, c'est que Boutourline aille contre toi, contre ta volonté. Il entraîne les autres… Je ne veux même pas entendre parler de Tolstoï, rappelle-toi ce que ce monstre a fait à ton pauvre Willy. Tu ne vas pas te mettre à défendre Tolstoï ? Il a passé sa vie à s'esquiver, à se dérober, à sentir d'où venait le vent… Tu as beau le satisfaire, il repart à la chasse comme le loup dans la forêt, il ne fait que regarder en arrière. Si on le laisse se mettre en travers de nos plans, verra-t-on revenir tous les boyards avec leurs têtes de crétins, leurs barbes et leurs usages du temps du tsar Riourik ? Toutes nos réformes, tout ce que nous avons accompli, tout ce dont nous avons souffert, ce pour quoi toi et moi avons risqué quotidiennement nos vies, ce pour quoi Peter a passé des nuits blanches, tout cela sera-t-il à recommencer ? Comme le rocher de Sisyphe qui redescend toujours la colline ? Nous l'avons tant fait rouler, Catherine, réfléchis, nous l'avons fait rouler toute notre vie… Une signature de toi suffirait à tout régler… Tu n'aurais qu'à donner ton accord…

— Son Altesse Sérénissime ne croit-elle pas, pour une fois, qu'il y a eu assez de morts ?… Rappelle-toi comme le nombre de cadavres nous a indisposés, autrefois. Il y a eu trop de morts à l'époque du tsar. Devier est un bon commissaire de police, Boutourline un diplomate respecté. Si on les exécute, il n'y aura plus personne pour travailler…

— Encore une fois, Catherine… Ces traîtres sont des excréments dans notre eau : on a beau les chasser, ils remontent toujours à la surface et empestent… On enverra le vieux Tolstoï dans le monastère des îles Solovki. Il périra au milieu de la mer Blanche, je n'en entendrai plus parler et l'Europe non plus. Mais je t'en supplie pour le Portugais et pour Boutourline : ils sont jeunes et résistants, si nous ne les supprimons pas maintenant, ils n'en finiront pas de resurgir pour nous empoisonner la vie...

Ah, Alexandre, quand t'es-tu transformé en un tel gardien de la morale ? D'accord, Boutourline a défloré une jeune fille de dix-sept ans... Tu n'as pas toujours eu autant de scrupules... Faut-il te parler de Lizenka ? Ça te ferait peut-être changer d'avis quant à la succession du trône... Mieux vaut ne rien dire, puisque je n'en ai pas la certitude. Dieu seul le sait. Et tu en voudrais encore plus à Boutourline, j'en mets ma tête...

— Catherine, tout est clair, les preuves de leur culpabilité sont évidentes. Devier a avoué lors de l'interrogatoire.

Toi aussi, Alexandre, tu avouerais lors d'un interrogatoire... tu ne ferais pas d'histoires... Chez nous, tout le monde passe aux aveux, le contraire n'existe pas. S'il y a une chose que nous savons faire en Russie, c'est faire avouer les gens. Même ceux qui meurent lors des interrogatoires finissent par avouer ce qu'il faut : de l'au-delà, tout est directement inscrit sur le procès-verbal. Tu te souviens ? Mais oublions. Ça ne servirait à rien...

— Catherine, je vais demander qu'on prépare leurs sentences. Il n'y en a pas pour longtemps à les rédiger, elles seront prêtes demain... Demain, nous te les lirons et tu décideras... Mais le temps ne joue pas en notre faveur, ne tardons pas. Je vais faire appeler le *pisor* sur-le-champ pour qu'il nous écrive l'ordre de préparer les sentences...

Je m'inquiète pour toi, Alexandre. Je m'inquiète, comme avant l'assaut contre Nöteborg : c'était ta première bataille après mon arrivée chez toi. J'étais au désespoir, je craignais tellement que tu n'en sortes pas vivant. Si tu n'étais pas revenu de Nöteborg, j'aurais mis fin à mes jours... Je n'aurais pas pu vivre sans toi. Ma vie aurait tourné au désastre. Aujourd'hui, j'ai une autre intuition. Ce qui m'inquiète à présent, c'est de savoir ce que toi, tu feras sans moi ? Quand je ne serai plus là… Quand il n'y aura personne pour te freiner, t'empêcher de te casser le cou – qu'iras-tu encore inventer ?

— Qu'on prépare tes sentences, Alexandre, on me les lira demain…

Ils pourront toujours les lire, je ne les signerai pas. Je n'y songe même pas. Mais il vaut mieux le laisser penser qu'il dirige tout. Qu'il donne l'ordre de rédaction de ces sentences : ça n'engage à rien de signer un ordre, la sentence elle-même c'est autre chose. Elle ne vaut rien sans signature…

Le *pisor* est arrivé, le protocole est sans surprise. Un ordre succinct. Qu'il le lise à voix haute. Je ne sais pas lire. Mais après tant d'années passées avec ces *pisors*, j'ai appris à reconnaître les lettres, surtout les majuscules. Et la longueur des mots. Je ne sais pas lire, mais en regardant le papier, je peux dire si ce que l'on me lit à voix haute correspond à ce qui est écrit. Il faut plus de bougies. Voilà, c'est mieux. D'après ce que je vois, le *pisor* a l'air d'avoir fait ce qu'on attendait de lui. Sinon, il aurait fini en miettes. Décapité, ou écartelé. Les *pisors* le savent, ils n'essaient pas de nous berner. Mais il faut vérifier, au moins le nombre de mots et leur longueur. On ne sait jamais.

Signer n'a jamais été aussi difficile. Mes doigts sont si gonflés que je ne parviens plus à agripper la plume. Je finis par y arriver. Je serai tranquille pour quelques heures. Mais je m'inquiète pour lui, autant qu'avant Nöteborg…

— Tu te souviens de Nöteborg ?

— Je m'en souviens, Catherine, je m'en souviens. C'était la guerre, mais malgré tout, quelles années lumineuses… Notre jeunesse… Certainement nos jours les plus heureux… C'est à toi que j'ai rapporté la victoire, pas à lui. La forteresse était petite, mais elle a donné du fil à retordre… *Orechek*, comme on dit chez nous, une noix – Nöteborg signifie aussi noisette en suédois. Si nous n'avions pas pris Nöteborg, il n'y aurait pas eu Chlisselbourg, ni Saint-Pétersbourg. Et nous ne serions peut-être plus là… Comme nous l'appréhendions, la forteresse était inaccessible, entourée d'eau – et Peter ne se faisait pas confiance, après Narva, il a perdu la tête… Notre équipement russe nous a à nouveau trahis : de nombreux canons se sont grippés – la muraille nous résistait, et ce cinglé nous a donné l'ordre de prendre d'assaut la forteresse aux murs intacts… Qui a réparé une fois de plus ses sottises ? Si j'avais attendu son commandement, et si je n'avais pas attrapé la barque sur la rive opposée et ramé pour aller aider Golitsyne, nous n'aurions jamais remporté Nöteborg. Après, il a fêté la victoire, avec des fanfares, un arc de triomphe à Moscou, des poèmes… Il a renommé la forteresse Chlisselbourg – la clef de la Neva pour le commerce fluvial, ouvrant la voie jusqu'à la Chine. Il aimait y célébrer le Nouvel An… Qu'est-ce qui se serait passé, si je n'avais pas été là ? Tu te souviens, Catherine, quand je t'ai dit que tu m'avais porté chance…

Étrange, comme homme et femme peuvent garder un souvenir différent du même événement. Les récits de batailles que font les hommes se ressemblent tous. Les actions du narrateur, même minimes, sont déterminantes pour la victoire ; la défaite incombe à qui l'on veut, sauf à celui qui raconte. Je me souviens de la peur. La peur. Il fallait qu'il rentre à tout prix. Auprès de moi, sain et sauf. Je me souviens d'avoir beaucoup prié – dans ma langue maternelle, en latin, en allemand… J'ai essayé pour la première fois en russe – en suédois c'était une mauvaise idée, je risquais d'égarer Dieu et d'appeler la victoire des Suédois. J'ignorais combien de soldats vous étiez. J'aurais dormi plus paisiblement si j'avais su que le tsar, Cheremetiev, Repnine et toi étiez allés avec une armée de vingt mille Russes au-devant de quatre cent cinquante Suédois retranchés dans la forteresse. Et vous avez réussi à perdre deux mille hommes… Vous n'avez abattu que deux cents Suédois. Une forteresse inexpugnable, un tour de force, mais tout de même – une telle armée face à quatre cent cinquante hommes, cela ne vaut pas les trompettes de la déesse Victoire. J'ai appris plus tard qu'après trois jours de tirs de l'artillerie russe, la femme du commandement de la garnison de Nöteborg avait transmis une lettre au tsar, l'implorant de donner l'autorisation aux femmes de se retirer. Il avait répondu : à condition que vous emmeniez aussi les hommes de la forteresse – son cœur ne lui permettait pas de séparer ces dames suédoises de leurs chevaliers servants. Quel galant… c'était bien sûr contre ses principes de séparer les femmes de leurs maris. Et il ne les a pas séparés : après dix jours de bombardement et un assaut de treize heures, ils ont presque péri tous ensemble. Il n'en restait plus beaucoup après la capitulation – quatre-vingt-trois soldats suédois sains et saufs et cent cinquante blessés. Il t'a aussitôt promu gouverneur de Chlisselbourg pour ta bravoure – et je t'y ai rejoint quelques jours plus tard. La plupart des cadavres avaient été enlevés. Le feu de la poudre à canon avait rongé les pierres et le crépi. Mais le ménage avait été mal fait. J'ai trouvé, dans un coin, une chaussure de femme d'un beau cuir clair : un bout de jambe y était encore accroché. Peut-être celle de l'épouse du commandant qui avait écrit ? La tête enivrée d'amour, j'ai choisi d'oublier cette chaussure. De ne pas la voir. De revenir en arrière, de faire comme si je ne l'avais jamais vue. Mon Alexandre était en vie, il avait ramené la victoire et après l'avoir célébrée quelques jours avec l'armée, il m'avait tirée de mon campement pour m'emmener avec lui dans la forteresse de Chlisselbourg, dans ses *quartiers.* Nous avons fait l'amour avec avidité sur un lit qui venait d'être fait. Tu m'as aimée comme en est capable un homme après une victoire, je ne me souviens que de ton corps et de tes baisers. C'était certainement les jours les plus heureux qu'on ait connus.

11

— Dis au *pisor* de s'en aller, il se fait déjà tard, onze heures sonnent…

À nouveau, cette maudite toux.

Le Sérénissime tire sa montre de son gousset pour s'assurer qu'elle donne la même heure que l'horloge de ma chambre. Sa montre aussi est anglaise, en or, d'une valeur exceptionnelle, ornée des portraits en émail d'un duc et d'une duchesse. Il semble satisfait, la montre ne ment pas, l'heure correspond. Il veut ce qu'il y a de mieux, le plus beau et de la meilleure qualité. Cela a toujours été le cas. Comment ai-je attiré son attention, étais-je vraiment la plus belle ?

— Il est déjà parti, Catherine, tu avais les yeux fermés… Voilà une nouvelle larme qui roule… Qu'est-ce qui te perturbe à présent ?

Autrefois, c'était une trop grande quantité de vin, aujourd'hui c'est la maladie. Je me mets à penser à quelque chose et je m'endors sans m'en rendre compte. Pour combien de temps, je ne sais pas. Je me laisse dériver, comme un bateau, et j'échoue sur un banc de souvenirs… Je crois entendre et comprendre tout ce qui se trame autour de moi, mais je m'aperçois ensuite que des pans entiers de la réalité m'échappent, comme si le monde et moi vivions dans des fuseaux horaires différents. Ça m'arrive parfois quand je parle, en plein milieu d'une phrase. Lestocq appelle ça la *stupéfaction* ou la *stupeur*. Mais quand j'ai un accès de fièvre, je me mets à délirer, ce qui est encore autre chose. Je suis convaincue que je suis endormie alors que ce n'est pas le cas, et je me comporte comme dans un rêve. Je pense à voix haute. Tout ce qui me passe par la tête, mes pensées, tout remonte à la surface sans que j'en sois consciente et sans que je le veuille. Ce sont ces crises de delirium que je crains le plus, je redoute de raconter ce qu'il ne faudrait pas… et si on m'entendait ?

— Je me souviens de Chlisselbourg. Comme je craignais pour toi et comme ensuite nous nous sommes réjouis…

— Dieu nous a protégés tous les deux…

Il me soulève de nouveau délicatement pour que je puisse recracher le sang et tousser. Il m'essuie avec un linge humide. Inimaginable. Si j'avais cru un jour le voir faire ça. Ç'a toujours été nous, les femmes, qui nettoyions leur sang, pansions leurs plaies, les soignions. Il croise mon regard et a un moment d'hésitation.

— Le médecin a dit seulement un peu, mais quelle importance, nous irons bientôt dormir tous les deux.

Il remplit de nouveau nos verres. J'essaye de sourire.

— Si je m'endors pendant qu'on parle, laisse-moi, ne reste pas là, Daria doit devenir folle à t'attendre. Si je m'endors, fais venir Johanna et vas-y.

La culpabilité me ronge de ne pas avoir eu de temps pour lui ces dernières années. Il venait me voir pour affaires en milieu de journée, à onze heures, et moi qui dormais encore et le faisais attendre trois, quatre heures… Je ne savais plus ce que je faisais.

— Bon, bon, mais laisse-moi le temps de boire du vin.

Il se tait un moment, puis dit :

— Je craignais aussi pour toi, j'avais peur de ce qui t'arriverait après Chlisselbourg si je ne revenais pas. Personne ne pouvait prédire la tournure que cela allait prendre. J'ai tout fait pour te protéger, je me suis battu pour ton bien – le Seigneur m'en est témoin. Je ne suis pas resté immobile à attendre que la solution vienne d'en haut, de notre Dieu Tout-Puissant. Peut-être préside-t-Il, Lui aussi, à nos destinées en posant un doigt sur une carte étalée devant Lui ? Il m'est arrivé de le penser, tu sais. Mais dans la vie comme sur un champ de bataille, un seul homme peut parfois renverser le cours des choses… J'ai toujours cru que je pouvais être cette personne : je me disais « Dieu miséricordieux, aide-moi », je retroussais mes manches et me mettais à l'œuvre. J'ai été celui qui agit, qui donne corps aux fantasmes et aux chimères des autres, même les plus invraisemblables. L'ingénieur de tous les rêves.

Et il l'a été, assurément. Dieu n'est pas le seul témoin de ses efforts à mon égard. Nous avons passé presque six mois à Chlisselbourg. Le tsar avait enjoint au gouverneur Menchikov d'y passer l'hiver et de reconstruire la forteresse. Nous savions que nous allions y rester un moment, éloignés de tous et du champ de bataille. Les Suédois ont bien essayé de reprendre la place, mais ils ont été vite repoussés ; Alexandre a envoyé ses troupes jusqu'à ce qu'il ait « purgé » les environs. Le tsar lui écrivait de Moscou ou de Voronej pour lui exprimer sa satisfaction. Dans une de ses lettres, il disait avoir trouvé pour son *Herzenkin* un superbe endroit près de Voronej qu'il avait appelé Oranienbourg et qu'il le lui offrait pour se construire un palais ; Alexandre en était ravi, il a dicté au *pisor* une réponse où il lui disait le plaisir qu'il avait d'œuvrer pour lui. Et il ne se ménageait pas : dès l'aube, il partait à cheval repérer des endroits adéquats pour construire des chantiers navals, des mines de fer, des entrepôts et des fonderies. Je l'ai observé au travail : j'avais compris qu'il ne savait pas bien lire, mais il avait une mémoire et une vivacité d'esprit prodigieuses : le *pisor* avait à peine le temps de noter ses ordres tellement il les dictait vite. Il faisait le lien entre des événements qui n'avaient en apparence aucun rapport, ressortait des chiffres, des noms, des lieux entendus longtemps auparavant, mais le fait est qu'il savait précisément où il voulait en venir, il a toujours pris les bonnes décisions. Il était pressé que les choses se fassent. On aurait dit qu'un feu se consumait perpétuellement en lui. Il rougeoyait comme le métal dans la forge quand il travaillait, et quand il se reposait, les braises continuaient de se consumer en diffusant leur chaleur. Déjà à l'époque, il émanait de lui cette lumière ardente... Où qu'il aille, quoi qu'il fasse, tout s'améliorait et s'embellissait à son passage. J'appréhendais l'hiver dans cette forteresse austère construite plusieurs siècles auparavant sur les rives glacées du lac Ladoga, s'étendant à perte de vue, balayé par les vents. Les premiers ouvriers acheminés, des prisonniers finlandais pour la plupart, ont réparé les cheminées, ont maçonné des poêles ; trois cents menuisiers ont aménagé les appartements de la forteresse, tandis qu'un premier convoi a apporté des meubles et des tapis, des pelisses et des couvertures de fourrure. « Si nous devons passer l'hiver ici, vivons décemment », répétait Alexandre. Il s'est fait envoyer d'Arkhangelsk des attelages français et de luxueux traîneaux couverts, et de Moscou des tonneaux de vin étranger. Il aimait les bons vins français, la viande et les volailles de choix ; le lac fournissait les meilleurs poissons : des saumons, des truites, des esturgeons. Tous ces luxes étaient répertoriés de manière très simple dans les cahiers de comptes et dans les rapports au tsar : combustible, chevaux et provisions. Nous avions même de la musique pour ces soirées d'hiver, derrière les fenêtres aux vitres de mica, alors que la tempête soufflait sur le lac. Un certain Stroganoff, un marchand de sel de sa connaissance, lui avait prêté un organiste, le jeune Afonka, qui nous jouait des pièces allemandes sur un orgue portatif hollandais. C'était la première fois que je dansais avec un homme. Du temps où j'étais servante à Marienbourg, je me contentais de regarder les autres danser. C'était merveilleux de se sentir ainsi portée, soulevée, de tournoyer entre ses bras, légèrement ivre : la danse était comme une mise en bouche avant le festin qui nous attendait au lit. J'avais des fourrures et des robes neuves pour la toute première fois. Nous avons passé l'hiver au chaud, heureux de savoir qu'il en serait ainsi jusqu'au printemps. Quand on nous apportait des lettres du tsar, le *pisor* les lisait à voix haute : je n'en revenais pas, je croyais entendre le souverain, d'autant plus qu'il communiquait avec Alexandre sans détour et lui écrivait de sa propre main. *Mein Herz, mein Herzenchen, mein Herzenkin,* mon cœur, mon petit cœur, l'enfant de mon cœur – il s'adressait à son ami dans un allemand inexact. Gêné, Alexandre reprenait la lettre des mains du *pisor* pour essayer de la lire lui-même. Le tsar lui écrivait parfois sur le ton d'une amante, rassurante et languissante à la fois : « Tout va très bien ici, mais je prie Dieu pour qu'Il hâte nos retrouvailles », même s'il était surtout question dans ses lettres d'affaires liées aux batailles, ou de chamailleries entre deux fripons. Ils appelaient ces lettres entre eux des *tsidoulkas.* Des *tsidoulkas,* il en a aussi reçu d'un autre genre, ornées de grandes arabesques soigneusement dessinées et de cœurs entrelacés, percés dans le papier gris-bleu à l'aide d'une aiguille. Sa jeune fiancée Daria Arseneïeva lui écrivait de Moscou – et là aussi je croyais entendre sa voix, alors que c'était le *pisor* qui lisait. Elle avait appris à écrire, mais ses mots étaient ceux d'une ignorante, elle aurait mieux fait de s'en remettre au *pisor* :

« Toi, mon bonheur, mon Batouchka, mon petit père Alexandre Danilovitch, que Dieu protège ta santé pour de nombreuses années ; ne nous délaisse pas, honore-nous de tes lettres, mon bonheur. La douleur d'être séparées de toi nous afflige, petit père, et nous ne savons pas si tu nous tiens en amertume, si nous t'avons déçu. » Elle signait Dachka, de manière abrupte, comme une fille simple ; parfois Dachka et Varka, car il n'était pas rare que sa sœur bossue, maîtresse d'une nuit du tsar, se joigne aux salutations. Après chacune de ces lettres grises, j'étais traversée d'une douleur en même temps que du sentiment de ma prééminence : l'Alexandre que je connaissais – et je le connaissais si bien que nous aurions pu être faits de la même étoffe, il n'y avait pas une parcelle de son corps que je ne connaissais pas – ne pouvait pas aimer une femme qui l'appelait « petit père » comme une enfant et traçait chaque lettre avec une telle servilité dégoulinante. Qui voudrait éprouver les délices de Vénus avec son propre enfant ? Au contraire, fatigué par une journée de labeur, les mauvaises nouvelles ou nos ébats frénétiques, il posait souvent la tête sur ma poitrine et disait : « Aussi doux que pour un enfant. » En disant cela, ne craignant pas de se montrer fragile, il était plus que jamais un homme. Je savais, pour avoir entendu des bribes de conversation, des récits de ses voyages, qu'il rêvait de déesses antiques dénudées, de nymphes, de princesses européennes, de souveraines et de reines parées de perles et de soie, pas d'une femme-enfant soumise, plaintive et en quête constante d'attention. Lorsque nous étions seuls tous les deux, sans robe ni tablier, sans uniforme ni armure, je m'efforçais d'être celle dont il rêvait et celle que la lointaine Daria, s'agenouillant à ses pieds et trouant ses lettres de cœurs, ne serait jamais. J'étais tantôt une esclave, tantôt une souveraine exigeante. Plutôt me mordre la langue que de l'appeler un jour Batouchka, petit père. Pour moi, il n'était qu'Alexandre. Cela m'aidait à contenir ma jalousie, mais j'ai fini par ne plus la jalouser du tout, car il était impossible de ne pas l'aimer.

Avec le printemps, de plus en plus de dépêches sont arrivées : une importante opération militaire était prévue en mai sur les rives de la mer Baltique. Nous allions être déplacés à Moscou, c'était certain, et là-bas il me laisserait après m'avoir trouvé une place dans sa maison, avec les femmes de sa famille. J'avais si bien appris à réprimer ma jalousie qu'il a dû me juger digne de confiance et savoir que je n'irais pas causer d'ennuis. Comment aurais-je pu ? Il s'est montré aux petits soins pour moi pendant tout le voyage vers les vieilles terres russes, de Chlisselbourg à Moscou en passant par Novgorod et Tver, qui a duré plus d'une semaine. J'ignorais que j'allais emprunter ce chemin de nombreuses fois, dans un sens et dans l'autre. Cette fois-là, c'était un saut dans l'inconnu… Alexandre m'avait expliqué que la plupart des Vieux-Croyants et des renégats avaient fui Novgorod pour la Lituanie et la Livonie, mais en arrivant dans les premières villes russes j'ai été saisie d'effroi, car je comprenais que j'arrivais dans un autre monde. En Livonie, les villes, les bourgs, les forteresses, tout m'était familier : les clochers des églises, les places de marché, les échoppes, les maisons. Là, on aurait dit que j'avançais vers un passé sauvage et sombre, tout en bois ; seules les églises orthodoxes étaient en brique ou en pierre blanche, surmontées de tours dorées d'une forme étrange, comme des oignons. Je n'avais jamais vu des gens habillés comme ça. Même pas les Vieux-Croyants qui s'étaient réfugiés à Jakobstadt ou ailleurs en Livonie : ceux-là s'étaient aussitôt habillés comme nous, les hommes portaient des caftans et les femmes nos jupes gonflées. Si on voyage en Russie aujourd'hui, on verra, au moins dans les villes, des uniformes, des gens vêtus à l'allemande ou à la française, mais il y a un quart de siècle, c'était un autre monde… Un monde effrayant, grossier et horriblement bruyant. On y mangeait avec une cuillère ou avec les doigts, on buvait dans des gamelles en forme de barque. Je n'avais encore jamais vu autant d'ivrognes. À Marienbourg, quand les soldats s'enivraient, ils déambulaient en chantant – se tapaient dessus jusqu'à ce qu'ils s'écroulent. Les gens ne parlaient pas en Russie, ils criaient ; ils ne souriaient pas, ils ouvraient grand la bouche et se moquaient ; ils ne geignaient pas, ils se lamentaient ; ils ne se mettaient pas en colère, ils rageaient en tapant du pied, jetant leur chapeau par terre et s'arrachant les cheveux et leur longue barbe. Quand ils vous respectaient, ils se prosternaient encore et encore, à s'en frapper le front au sol. Pour vous prouver leur sincérité, ils déchiraient leur chemise, se signaient et baisaient la petite croix autour de leur cou. Si quelque chose leur déplaisait, ils crachaient et se mouchaient bruyamment, salive et morve atterrissant par terre, et si quelque chose leur plaisait, ils vous attrapaient par les oreilles ou vous embrassaient en aspirant vos joues ou vos lèvres ; je n'en revenais pas que des hommes se comportent de cette manière. Au moins avons-nous fait passer ces habitudes aux courtisans – mais il en a fallu, des punitions et des oukases pour que les jeunes gens cessent de cracher, de roter, de péter et de se moucher dans leur manche, au moins pendant les assemblées et les repas… À l'époque, tous les hommes qu'on croisait dans les rues des villes, s'ils n'étaient pas étrangers, courtisans ou soldats en uniforme, avaient une barbe embroussaillée et portaient de longues houppelandes, comme des zupans, en plus étrange. Il y avait aussi des mendiants en guenilles, certains allaient pieds nus, d'autres étaient hagards et fous, mais tous étaient dévots jusqu'à l'extrême ; Alexandre m'a expliqué que ces mendiants fous étaient respectés et qu'on les appelait *iourodivy*, on écoutait parfois leur parole comme celle d'un oracle, car on pensait que leurs divagations étaient un don de Dieu… Mon cœur se serrait à leur vue, je ne comprenais pas comment leur maladie pouvait être divine et pourquoi, s'ils étaient si respectés et vénérables, n'importe quel colporteur ou marchand ne leur offrait pas un toit, des habits chauds, des bottes de feutre, une miche de pain ou une écuelle de soupe ; quant aux hospices, aux asiles de fous, ou à l'aumône de l'Église ou du bourgmestre, il faudrait encore longtemps pour qu'on en entende parler. J'avais encore beaucoup à apprendre, mais en replongeant dans mes souvenirs, je constate que mes premières impressions étaient justes. Cela m'a frappée, par exemple, qu'en Russie seuls les régisseurs et les popes vivent bien – c'est pour ça que les cloches de leurs églises et de leurs couvents ne connaissaient et ne connaissent qu'un son joyeux. Rien à voir avec les cloches des villes de Livonie qui changeaient de voix selon ce qu'elles avaient à annoncer : j'entends encore le glas de l'épidémie de peste à Jakobstadt, comme les coups neutres marquant les heures à Marienbourg, les appels solennels à se réunir lors des grandes célébrations, et aussi la cloche latine de la paroisse des Wiesiołowski. Elle sonnait d'une certaine manière en hiver, d'une autre en été et d'une troisième à Noël. Alors qu'en Russie, les cloches des églises orthodoxes sonnent toujours de manière triomphale, victorieuse, joyeuse, comme si elles étaient devenues folles, et j'ai longtemps pensé que les popes et leurs sonneurs se réjouissaient de ne pas devoir souffrir avec le reste du monde, qu'ils appelaient ainsi les fidèles à ne pas craindre la mort et à se hâter chez le Créateur… Leur son était autre, joyeux et mystérieux. C'est plus tard, lorsque nous avons passé nous-mêmes commande de cloches pour

Pétersbourg, qu'Alexandre m'a expliqué pourquoi les cloches russes étaient différentes des cloches latines : leur alliage comprenait plus de cuivre, voire plus d'argent, elles étaient d'une autre forme, et ce n'était pas la cloche qui bougeait mais son battant. Les sonneurs – *zvonar*, j'ai retenu ce mot facilement, car il me faisait penser au polonais *dzwon* – les faisaient sonner d'une autre manière : chez nous il n'y avait qu'une seule cloche, ici il y en avait une multitude, toutes attachées les unes aux autres par une corde, et le sonneur ne sonnait pas uniquement avec ses mains, mais aussi avec ses jambes, se livrant à une danse endiablée : il faut avouer que je n'ai jamais vu de *zvonar* corpulent… C'est pendant ce premier voyage à Moscou que j'ai appris le mot *kolokola,* si chantant et si différent du mot polonais. Les cloches, même les plus imposantes, ne sonnaient pas, elles tintaient gaiement. Jamais elles n'annonçaient ni ne comptaient les heures. Au contraire, la gaieté de leur chant avait le pouvoir de suspendre le temps. En Russie, le temps n'était pas une unité de mesure, mais un mystère. Pas plus que sur la vie on n'avait de prise sur le temps – il s'écoulait entre le lever et le coucher du soleil, si bien que les jours en Russie ne se comptaient pas en quarts et en heures, ni en journées pleines, mais en jours et en nuits. Il arrivait qu'on renonce à les compter – une fois où Alexandre a demandé à un diacre à combien on était d'un endroit non mentionné sur la carte, celui-ci a répondu : « Cela, je ne le sais pas, à un jour, peut-être à deux, Votre Sérénissime, c'est comme Dieu le voudra, *kak Bog dast.* » Quand j'ai fait remarquer à Alexandre que ce devait difficile en Russie de faire les choses en temps et en heure si personne ne savait les calculer, il m'a regardée en riant : « Tu plairais au tsar ! Il y a trois ans, il a publié un oukase : "J'ordonne de cesser de prendre les gens pour des imbéciles et de se mettre à calculer les années, comme il est d'usage dans le reste du monde." On est passé au calendrier européen, les années ne sont plus comptées depuis la Création du Monde mais depuis la naissance de Jésus, la nouvelle année commence comme dans le reste de l'Europe, le 1er janvier et non plus en septembre. » Le tsar, a continué Alexandre, avait en outre instauré le décompte obligatoire des heures et ordonné de les sonner avec les cloches dans les villes. Il se peut que dans certaines parties de Russie – à Moscou, par exemple – on ait appliqué cette règle sans ciller, mais dans le reste du pays le temps, de même que la vie, tombait sur la tête des gens comme un coup du sort. On n'essayait jamais de se préparer à quelque chose, d'être prévoyant : les Russes paraissaient pris de court chaque fois que les routes étaient détrempées à l'automne, que les premiers flocons tombaient, que les crues printanières ou le dégel commençaient. Tous les ans, cela arrivait par surprise, sans qu'ils aient rien vu venir, et emportait fatalement la vie de quelques pauvres, car telle était la volonté de Dieu. Dieu le voulait, que pouvait-on y faire. Dès les premiers jours de voyage, j'ai su qu'en Russie, Kristina Emerentia von Reutern Glück serait devenue folle en l'espace d'un jour. Il était étrange de penser qu'elle se trouvait peut-être à Moscou, où je me rendais aussi, et que si Dieu le permettait, je la rencontrerais. Peut-être Dieu avait-Il eu pitié d'elle et lui avait-Il évité de courir les rues, hagarde, comme une *iourodiva*… Il régnait partout un tel chaos que je me suis mise à regretter Kristina Emerentia et son sens de l'ordre… Alexandre m'a assuré que les étrangers, malgré tout, finissaient par s'adapter à la Russie et que certains finissaient même par s'y plaire. Son propre père avait fini par s'y plaire, à la fin de sa vie, quand il avait épousé la fille d'un riche marchand. Il allait falloir que j'y survive moi aussi, à ce pays si étranger que je découvrais avec effroi en avançant vers Moscou avec l'unité d'Alexandre : ces sombres forêts, ces bouleaux blancs fantomatiques, ces villes d'une autre époque et le son envoûtant des cloches de leurs églises qui semblait suspendre le temps. Je redoutais les gens que je voyais dans les rues, j'étais effrayée par les hommes, mais aussi par leurs femmes… C'était le printemps, et pourtant il faisait encore froid et toutes les Russes qu'on voyait le long des routes des villages et des villes étaient emmitouflées dans des foulards et avaient des chapkas en fourrure enfoncées sur le front. Elles avançaient en balayant le sol de leurs longues jupes, de leurs pardessus ou de leurs fourrures et ressemblaient à de hautes meules de foin multicolores sans taille, en pointe, coiffées d'étranges crêtes brodées posées en travers de la tête qui ne tenaient pas chaud, ne protégeaient pas de la pluie et dont le nom, *kokochniks*, faisait penser aux poules. Je me rappelle que, cahotant à côté d'elles dans la carriole ou, pire, chevauchant sur une selle d'homme, avec ma jupe, mon corset serré, mon chapeau noir et mes vêtements d'hiver de Livonie, je me sentais dénudée, comme si je commettais quelque chose de sacrilège et d'obscène. Il était impossible de les imaginer monter à cheval… Plus nous croisions de femmes russes, plus les lettres soumises de la jeune Daria à Alexandre me paraissaient incroyablement osées. Elles allaient le regard baissé, comme si elles avaient honte de quelque chose de terrible, et ne levaient les yeux que pour cracher bruyamment dans ma direction. Cela signifiait : tu ne nous plais pas. Elles lançaient aussi un mot à mon encontre en se signant : *okayannaïa.* Maudite. J'étais une étrangère, une femme légère et l'œuvre du diable, qu'il fallait craindre. Je les craignais tout autant : elles faisaient peur à voir. Les plus riches d'entre elles, qui avaient les moyens de se parer de couleurs, venues y compris de Chine, se promenaient le visage blanchi, comme enfariné, les sourcils noircis et des ronds rouges dessinés sur les joues, telles les poupées de chiffon des filles Glück. Une femme ayant aperçu le bel Alexandre chevauchant dans son uniforme vert et rouge du régiment Preobrajensky a osé lui lancer un regard et le gratifier d'un timide sourire de fillette. Un sourire hideux, je n'avais jamais rien vu de tel, sa bouche n'était qu'un trou noir béant, sans aucune dent. Alexandre m'a expliqué qu'il s'agissait d'une vieille coutume russe : les belles riches se noircissaient les dents pour cacher leurs dents gâtées ; elles prenaient ce qu'elles avaient sous la main : une décoction d'écorces de chêne, du charbon de bouleau mélangé avec je ne sais quoi ou encore des bouillies de mercure… Il crachait de dégoût : « Bah, elles sont repoussantes, qui peut les trouver belles ? En Europe, oui, les femmes sont belles. » Moi non plus je ne comprenais pas qu'un homme préfère embrasser un trou noir, pourri, plutôt que des lèvres rosées aux dents blanches. Il m'a alors regardée d'un drôle d'air et m'a demandé ce qui me faisait croire qu'on embrassait ces bouches-là ? Les vieilles traditions conjugales russes – une fois de plus il s'est félicité que son tsar les combatte et soit prêt à toutes les abolir – avaient de quoi vous hérisser le poil. Les femmes avaient la vie dure dans ce pays. Leurs popes, à la différence du pasteur Glück, ne sermonnaient pas les mauvais maris et ne se mêlaient pas des affaires conjugales. Battre sa femme était monnaie courante, il s'agissait d'une coutume familière – quand un père mariait sa fille, il détachait son fouet devant le pope et, une dernière fois, solennellement, sans ménager ses forces, il cinglait le dos de sa fille, puis la donnait au marié en disant : « Maintenant ce sera ton tour de la battre. » En passant par Novgorod, Alexandre m'a raconté qu'avait été écrit dans cette ville un livre, appelé le *Domostroï*, sur la vie que devait mener tout véritable croyant ; il y était même expliqué comment un fidèle devait battre son épouse fautive : il ne devait pas utiliser de barre en bois ou en fer, ni frapper le visage, les oreilles ou le ventre, pour ne pas qu'elle devienne sourde, aveugle, paralysée, qu'elle souffre de maux de dents ou perde son enfant, s'il se trouvait qu'elle était enceinte sans que son mari le sache. Frapper de toute autre manière et à tout autre endroit était autorisé, a-t-il dit amèrement. Son père à lui était lituanien et il ne l'avait jamais vu lever la main sur sa mère, morte prématurément. Mais les Russes, eux, battaient leurs femmes – et qui aurait pu les protéger, quel recours avaient-elles puisque même les livres sacrés et les popes étaient derrière eux ? Qu'auraient-elles dû faire ? Si elles se tuaient, elles iraient en enfer. Ce n'était pas une solution. Alors, elles courbaient l'échine : les misérables dans les taudis, les riches et les nobles dans les *terems*, où elles vivaient séparées des hommes, dans des bâtiments fermés, barricadées comme des poules dans un poulailler. Les mieux loties étaient les femmes de marchands, que toutes les autres enviaient : leurs maris étaient absents, ils voyageaient loin et longtemps, et s'ils frappaient parfois leur femme, ils rentraient avec des cadeaux précieux. Toutes souffraient... et se consolaient avec un dicton stupide selon lequel l'homme a beau être à la tête de la famille, la femme en est le cou et peut orienter la tête dans toutes les directions. Une contre-vérité d'un point de vue anatomique, mais qui les aidait à tenir. Et elles buvaient. Ça, elles le pouvaient, les hommes eux-mêmes l'encourageaient parfois, pensant qu'elles seraient plus joyeuses et plus conciliantes. Elles buvaient, car c'était la seule façon de se divertir dans ce pays... Pour les péchés charnels ou l'adultère, elles encouraient la peine d'être enterrées jusqu'à la taille, puis lapidées. Avant de me retrouver en Russie, je pensais que la mort par lapidation n'existait que dans la Bible du pasteur Glück et les temps anciens. Aujourd'hui, je ne compte plus le nombre de femmes et de filles que j'ai vues cognées, traînées, battues au sol par leur mari ou leur père qui s'enroulaient parfois leur tresse autour du bras pour ne pas qu'elles s'échappent… Voilà où je suis arrivée alors avec ma houppelande trop courte, mes cheveux blonds, mon décolleté et ma peau hâlée par le soleil de Livonie. À ceux que je prenais pour le diable en personne, je devais apparaître comme le rejeton de l'Antéchrist… Alexandre me rassurait, à Moscou tout serait différent : depuis les temps anciens, il s'y trouvait un quartier des étrangers, le Faubourg allemand – que les locaux peu instruits appelaient péjorativement Koukouï et qui ressemblait à une ville allemande, hollandaise ou polonaise. Le tsar et lui y avaient grandi, ils étaient donc habitués à voir des dames étrangères et savaient se comporter avec elles depuis leur enfance et leur voyage en Europe. Exception faite de la stupide Allemande – car il avait du mal à cacher qu'il n'appréciait pas beaucoup la maîtresse du tsar –, Alexandre n'avait d'yeux que pour ces femmes d'Europe : qu'elles soient anglaises, hollandaises, allemandes ou polonaises – elles étaient des personnes comme il faut, des dames ; leur compagnie était agréable, elles riaient et lançaient des piques, ce n'étaient pas des épouvantails aux dents noires, rougissants et tout emmitouflés, d'où ne sortait aucune phrase intelligente. Le tsar lui répétait que les nôtres n'avaient rien à leur envier, qu'elles naissaient belles et qu'il fallait en faire des dames… Pareil pour tous les Russes : les instruire, les libérer, qu'ils le veuillent ou non, ils finiraient par en être reconnaissants. Mais il y en avait une que le tsar n'avait pas réussi à libérer, c'était sa tsarine. Ils avaient un fils ensemble, mais elle était tout ce qu'il détestait, c'était une femme d'avant, comme il disait amèrement – elle n'était que pleurs, plaintes et servilité –, ce n'est pas avec elle qu'on pouvait lever son verre, danser, rire. À croire qu'elle sortait tout droit du *Domostroï*; il n'y avait donc rien d'étonnant à ce que la tsarine Eudoxie, dont le tsar s'était séparé quatre ans plus tôt, ait fini au couvent de Souzdal, où était sa place. C'était une autre histoire avec la tsarine Prascovia Saltykova, la veuve de son défunt frère, qui acceptait volontiers tout ce qui était étranger, ou avec la sœur du tsar, Natalia Alexeïevna. Natalia n'avait jamais mis les pieds hors de Russie, mais elle n'aurait été la risée d'aucune cour européenne : elle était intelligente, lisait des livres, s'habillait à la dernière mode. Pareil pour sa suite et toutes les femmes de sa famille que je verrais bientôt – Daria, Varvara ainsi que les sœurs d'Alexandre, Maria et Anna –, toutes avaient adopté les habitudes, les modes et les manières étrangères, elles étaient autorisées, dans les fêtes, à danser et même à s'asseoir à table avec les hommes lors du dîner. Ce n'est qu'en faisant le voyage de Chlisselbourg à Moscou que j'ai compris que ce qui était habituel ailleurs, chez nous, était en Russie une avancée nécessitant la plus grande audace. Surtout de la part des femmes.

Alexandre avait raison, mais seulement en partie. Mon premier printemps passé dans sa maison à Moscou l'a confirmé. Les vieilles habitudes rances avaient beau être recouvertes d'habits neufs, il y avait une sorte de *terem* pour accueillir sa sœur et sa promise quand ces dernières, libérées de leurs devoirs auprès de la sœur du tsar, Natalia Alexeïevna, venaient chez lui. Il l'avait fait installer dans la belle maison individuelle qui avait appartenu à Lefort, un autre favori, décédé quatre ans plus tôt sans avoir eu le temps de profiter du palais encore plus grand que lui avait offert le tsar. Là-bas, les filles Arseneïeva – sa promise Daria et sa sœur bossue –, ainsi que la sœur d'Alexandre, Anna

Danilovna, occupaient une aile réservée aux femmes, exactement comme dans un *terem*, ce qui arrangeait tout le monde puisque le souverain avait jeté son dévolu sur la demeure de son favori pour organiser ses fêtes, et que les jeunes filles, les *devitsas*, ne seraient pas témoins de ces libations commentées par tout Moscou. La demeure d'Alexandre était particulièrement luxueuse et jolie, même s'il se plaignait qu'elle soit devenue trop exiguë. Moi, je n'avais jamais rien vu de plus beau : des tentures de soie chinoise brodées d'hommes à moustache et de dragons, des récipients et des vases en faïence hollandaise bleu et blanc, des tapis orientaux, des meubles allemands, des tableaux et même des livres, bien qu'Alexandre lise avec difficulté. L'aile réservée aux femmes, où je me suis retrouvée au début, était plus modestement aménagée, mais tout aussi confortable. Il m'a expliqué ce qu'il allait raconter aux femmes, mêlant le vrai et le faux, pour que ce soit plus difficile à vérifier : j'étais une veuve captive, une noble lituanienne ayant appartenu à Cheremetiev, qui avait abusé de moi. Il dirait que j'avais passé ces derniers six mois non pas avec lui, mais avec le maréchal Cheremetiev, que je lui avais sauvé la vie près de Chlisselbourg, de manière fortuite, et qu'en guise de remerciement il m'avait prise, sans quoi je serais morte quand l'armée se serait mise à combattre ; il dirait qu'étant très douée et capable de tenir une maison comme on le faisait en Europe, je ferais une parfaite *Kammerfrau*, une femme de chambre. Le tsar avait ordonné d'amener à Moscou tous ceux qui étaient en mesure de se conformer aux usages des cours étrangères. Mon amant m'a donc présentée à sa promise Daria, sa sœur Varka, et à ses propres sœurs, Maria et Anna, comme un cadeau rapporté en plus du taffetas de soie, des dentelles et autres tissus luxueux, acquis avec l'argent du tsar et du Trésor sous prétexte de ravitailler la forteresse de Chlisselbourg. Alexandre a toujours préféré faire des cadeaux avec l'argent des autres. Il leur a ordonné de « m'aimer et de me respecter » et de profiter de mes capacités domestiques hors pair. Alexandre avait beau être né à Moscou et avoir été baptisé dans une église russe, on voyait qu'il appartenait, de toute son âme, à un autre monde, qui se déployait à l'ouest d'une frontière encore floue. Était-il un nouveau Russe d'origine lituanienne ? Quand il avait besoin de prouver son altérité, de montrer combien il était proche des mœurs des étrangers, il se prétendait lituanien, étranger jusqu'au bout des ongles bien que né à Moscou, pourtant il était aussi capable de jurer ses grands dieux qu'il était un Moscovite pure souche ; sans doute voulait-il incarner le nouveau Russe européen que son tsar voulait créer. Il serait ce pont reliant de manière ingénieuse les deux mondes, un tamis par lequel ne filtrerait que ce qui est beau, juste et nouveau venant de l'Occident.

Si j'étais encore loin, durant les premiers mois à Moscou, de connaître toutes les histoires qui composaient le tableau du passé d'Alexandre et du tsar, je savais que le souverain et lui avaient voyagé, j'avais entendu parler de leur Grande Ambassade en Europe, qui leur avait laissé une impression ineffaçable. Non sans fierté, Alexandre m'avait raconté la première rencontre du souverain avec l'Occident. Il prononçait ce mot d'une voix particulière, comme s'il ne s'agissait pas d'une région du monde mais d'un monde en soi. Ils venaient de quitter la Livonie, et se trouvaient quelque part près de Palanga, sur les côtes sablonneuses du grand-duché de Lituanie. En longeant le rivage, le tsar était tombé sur un petit village de pêcheurs et il était resté stupéfait en voyant que les maisons n'étaient pas fermées à clef, que les pots en argile mis à sécher sur les joncs de la clôture étaient intacts, qu'elles étaient entourées de jardins de fleurs et qu'à l'intérieur tout y était étincelant de propreté ; il n'y avait là rien de superflu, mais ils n'avaient pas l'air pauvres : les pêcheurs vivaient honnêtement et dignement de leur difficile gagne-pain. À toutes les fenêtres étaient accrochés des rideaux de dentelle d'un blanc éclatant, brodés par les femmes des pêcheurs. Ce n'est pas dans les palais moscovites qu'on aurait vu ça. Alexandre se rappelait comment, de dépit, il avait juré et cinglé les herbes avec son épée : « Pourquoi nos Russes ne peuvent pas apprendre à vivre ainsi ? » Cette fois-là, il a rendu hommage au petit village de pêcheurs en menaçant sa suite : si le moindre objet venait à disparaître, si quelqu'un dans la délégation des ambassadeurs de Russie devait voler ne serait-ce qu'une épingle, dérober une miette, il se chargerait lui-même de lui couper les deux mains. Mais il y avait eu d'autres moments, et Alexandre s'esclaffait toujours en les racontant, où l'Occident et son excès de formalités et de règles de bienséance – qui vous faisait vous demander quel pied mettre en avant, quoi faire de vos mains, ce qu'il fallait boire dans quel verre et quel était le bon usage de chaque couvert – avaient rendu le tsar fou de colère. Alexandre se rappelait leur mauvais coup à Deptford, en Angleterre, où le roi avait loué la demeure d'un noble pour leur délégation ; le luxe tout britannique de l'endroit, propret et prétentieux, avait exaspéré le tsar : « À la fin, nous avons réduit la demeure en pièces, brûlé toutes les chaises, pris les portraits pour cible et labouré le jardin. » Ils avaient transporté le tsar, sur son ordre, dans une brouette, fonçant à travers le labyrinthe de haies, soigneusement taillées par les Anglais pendant des décennies, jusqu'à ce qu'il n'en reste que quelques souches sur une terre qu'on aurait crue retournée par des sangliers ; non sans fierté, le tsar aimait se rappeler que le propriétaire anglais s'était effondré en larmes en voyant sa maison saccagée. J'enregistrais dans ma tête tout ce que me racontait Alexandre : pour ce tsar, l'Occident était une bonne chose, mais il y avait des limites à ne pas dépasser – comment saurais-je, moi, l'orpheline lituanienne élevée par un pasteur allemand de Livonie, où s'achevait l'Occident qui plaisait aux Russes et où commençait celui qui les insupportait ?

C'est pourquoi j'ai pénétré dans la demeure moscovite d'Alexandre à tâtons, telle une aveugle découvrant un monde inconnu. Les premiers jours délectables, lorsque j'étais encore seule avec lui, sont passés très vite. Ensuite sont arrivées sa promise et leurs sœurs à tous les deux. Il avait acquis un tel pouvoir depuis son triomphe à Chlisselbourg, qu'il pouvait faire ce qu'il voulait. J'ai dû m'adapter à elles. L'ouïe et l'odorat de la soi-disant aveugle se sont aiguisés : je m'efforçais de déchiffrer les pensées et les sentiments des gens qui m'entouraient et leur disposition à mon égard. Si je me faisais remarquer, éveillais le moindre doute, le moindre soupçon, si l'on venait à nous surprendre Alexandre et moi, je mourrais. Mon destin ne dépendait plus uniquement de lui, mais aussi de la volonté et de la bienveillance des femmes de sa famille. Un geste malheureux, une querelle, et un mot de leur part suffirait à m'anéantir. Heureusement, lorsqu'elles sont arrivées et que nous nous sommes enfin rencontrées, j'ai constaté qu'elles me regardaient sans dissimuler leur curiosité. Pas comme ces femmes-bottes de foin crachant dans les rues de Novgorod et Tver, plutôt à la manière du tsar devant les rideaux blancs des pêcheurs lituaniens. Elles ont tout de suite vu, m'a-t-il semblé, que la nécessiteuse, orpheline et captive de guerre que j'étais, avait quelque chose de désirable aux yeux d'Alexandre Danilovitch et du tsar. Je détenais un secret que leurs hommes convoitaient, et qu'elles n'avaient pas encore réussi à percer. Je venais de là où le soleil se couchait, de cet Occident mystérieux qui avait envoûté leur souverain, leur amoureux, leur frère ; de là d'où venaient la liberté, les divertissements inédits, les découvertes scientifiques et, de manière générale, tout ce pour quoi il fallait débourser des sommes considérables dans leur pays. Je ne savais pas encore quelle source de fierté c'était pour les nobles russes d'avoir une amante venue de l'Ouest. Après les dîners d'Alexandre avec les femmes de sa famille, auxquels il ne convenait évidemment pas que j'assiste, je me faufilais chez lui, dans la partie du palais réservée aux hommes, par un passage secret qu'il m'avait indiqué, et me donnais à lui avec un zèle encore plus grand, presque enragé. À peine m'effleurait-il que ma peau se consumait, et qu'il me venait des caresses qui lui faisaient perdre la tête. Je ne me calmais pas tant que je ne l'avais pas épuisé, tant que nous n'étions pas exténués, tremblants, à bout de souffle tous les deux. Il répétait souvent avec malice qu'une esclave était parfois la souveraine de son maître. Et je l'étais. Du moins durant ces moments. Comme si je voulais lui prouver l'indicible fossé entre ses femmes et moi. Je n'étais freinée par aucune honte. Je ne redoutais pas Dieu, Il ne se préoccupait pas de moi. Et je n'avais rien à perdre. Puis Alexandre, appelé par le tsar, a dû partir. Je suis restée à Moscou, seule avec elles. Au moins je n'étais pas avec l'armée, avec les soldats sur un champ de bataille. Ni éviscérée au bord d'une route. Il fallait se taire, aimer Dieu et m'entendre avec ces femmes : j'allais y arriver, d'une manière ou d'une autre…

Je les ai observées pour essayer de comprendre en quoi elles avaient l'air différentes, si inhabituelles. Je n'avais pas vu beaucoup de femmes nobles, et ne connaissais que les habitantes de Marienbourg, Kristina Emerentia, les épouses du bourgmestre, du commandant de la garnison, et encore quelques riches citadines, mais à côté de ces nobles russes, l'épouse de Glück, si fière et sûre d'elle, aurait ressemblé à une reine. C'étaient des femmes d'apparence agréable, vêtues de toilettes françaises particulièrement luxueuses, convenant pour une fête, et parées dès l'aurore de diamants et de bijoux. À l'exception évidemment de Varvara Arseneïeva, la bossue. Celle-ci était assurément laide, on aurait dit un crapaud sans cou – je ne savais pas quoi penser de ce tsar de Russie qui s'était entiché d'elle – mais c'était la plus frondeuse de toutes et elle avait la langue bien pendue, si bien que, quand elle lançait une réplique, il était difficile de ne pas exploser de rire. Elle semblait scruter le monde de ses yeux sombres et exorbités, séparant le bon grain de l'ivraie. Quant à sa sœur, la promise, Daria Mikhaïlovna, fille du *voïvode* de Iakoutie Arseneïev, que je connaissais déjà par ses lettres lues à haute voix, elle avait le même âge que moi – elle n'était pas particulièrement belle, mais elle avait un visage rayonnant, des cheveux couleur noisette et, contrairement à sa sœur, de grands yeux étonnés. Elle était attachante, simple, sincère, humble et encore un peu puérile, à l'instar des motifs de ses lettres. Quand elle parlait, je voyais les petits cœurs enfantins percés à l'aiguille et je me retenais de ne pas afficher par mégarde le sourire amer de celle qui sait. Après avoir rencontré Daria, j'ai ressenti pour elle de la compassion, car nous étions deux à aimer Alexandre Menchikov, même si dans ses yeux à elle ne se lisait pas un amour brûlant mais celui d'un chien docile attaché à son maître. Il était évident qu'elle ferait une épouse parfaite, même battue quotidiennement selon toutes les directives de cet abominable livre orthodoxe. Je ne dirais pas que je me suis mise à l'aimer au premier regard, mais elle ne m'a pas paru dangereuse, et cela a apaisé ma jalousie. Anna

Danilovna, la sœur d'Alexandre – qu'il comptait, comme je l'avais compris à ses allusions, introduire dans la dynastie des tsars en la mariant à un quelconque parent de son ami couronné –, avait aussi mon âge et ressemblait tellement à son frère qu'on ne pouvait douter de leur lien de sang. Seulement, ces mêmes traits qui rendaient un jeune homme attirant – un menton volontaire, un nez aquilin – paraissaient un défaut chez une jeune fille de dix-huit ans ; l'autre sœur d'Alexandre, Maria, aux cheveux noirs, était plus charmante et allait bientôt épouser le capitaine Golovine. Il y avait aussi leur tante plus âgée, de la branche des Arseneïev – Anissia Kirilovna Tolstaïa –, laquelle avait, comme elle se plaisait à y faire allusion, partagé la couche du tsar. Toutes paraissaient déguisées. Je n'y connaissais rien, mais je voyais que quelque chose n'allait pas dans leur mise. Des détails. Leurs fontanges en dentelle n'étaient pas piquées là où il le fallait et ressemblaient à des crêtes, et, surtout, elles portaient trop de couches superposées n'importe comment. Personne en Livonie ne se serait habillé de la sorte. Tout comme les cloches ne s'étaient pas encore habituées à sonner les heures, ces femmes ne paraissaient pas encore habituées à leurs nouvelles parures et à la nouvelle manière de faire.

Après le départ d'Alexandre, j'ai eu moi aussi des difficultés à m'habituer à cette maison et à mes nouvelles maîtresses. Elles ne se gênaient pas pour venir me déranger quand je travaillais, triant le linge et donnant des instructions aux serviteurs ; je craignais qu'elles me punissent par la suite pour avoir négligé mes tâches. Tout prenait deux, voire trois fois plus de temps qu'à Marienbourg, et finissait par se faire dans la précipitation. Dans cette demeure, il ne fallait pas s'étonner de trouver une servante en train de ronfler dans un fauteuil en plein milieu de la journée. J'essayais de la réveiller, de la chasser de là avant que les demoiselles Arseneïev et les demoiselles Menchikov la rouent de coups de poing ou qu'Anissia Kirilovna lui donne une claque. En Russie, il n'y avait pas que les épouses qui pâtissaient des coups, il y avait aussi les servantes. Ces dames exigeaient d'elles qu'elles veillent toute la nuit derrière la porte de leur chambre, quand ce n'était pas à leur chevet, et s'indignaient ensuite qu'elles tombent de sommeil le lendemain. Quand on m'adressait la parole, je m'efforçais de parler le moins possible pour éviter d'en dire trop, mais les demoiselles semblaient n'avoir rien de mieux à faire que de revenir me voir. Elles paressaient et s'ennuyaient, seule la bossue Varvara Mikhaïlovna priait beaucoup et passait une grande partie de son temps un livre à la main. Elles maîtrisaient l'oisiveté à la perfection, et l'art de se fatiguer à ne rien faire ; scruter des heures durant par la fenêtre du palais était appelé « regarder par la petite fenêtre » et constituait une occupation quotidienne tout à fait légitime. C'était ce qu'elles faisaient depuis leur naissance, elles ne se posaient pas de questions – elles étaient simples, sans malice, indiscrètes, sans talent et complètement désœuvrées. Et quand bien même elles auraient eu un don, elles n'auraient pas pu le mettre à profit... Par conséquent, le temps, qu'aucun travail, aucun devoir ni activité ne venaient interrompre, filait différemment pour elles. Le temps, c'était l'attente, l'attente que quelque chose se produise, qu'Alexandre revienne ou qu'elles reçoivent une *tsidoulka* de sa part. Et dans cette attente, assises, elles se racontaient leurs rêves naïfs, des sottises... Parfois de manière si puérile que c'en était gênant, pitoyable. Tout ce qui leur passait par la tête se retrouvait sur leur langue. J'ai fini par comprendre que ce qui nous séparait, c'était qu'elles savaient rêver. Moi, non. De quoi aurais-je pu rêver ? De rester vivante. Ma vie jusqu'alors avait prouvé que même cela n'était pas toujours une chance. Il n'y avait plus là-bas ni soldats ni le répugnant Cheremetiev. Il n'y avait qu'Alexandre, même s'il était loin et pas entièrement à moi. En son absence, ses femmes me questionnaient. Tout les intéressait : la Livonie, la guerre, Chlisselbourg, les assauts sur les villes; en répondant dans un russe hésitant, je m'efforçais d'éviter les sujets qui risquaient de les froisser. À savoir leurs hommes, leurs héros, en uniforme rouge et vert. Elles disaient : les nôtres prendront tout – les nôtres sont les plus téméraires, ils vaincront – les nôtres ont déjà repris Chlisselbourg-Orechek, ils reprendront toute la Livonie, ce sont des terres russes, appartenant à la Russie depuis toujours. De tout le temps que j'ai vécu en Livonie, je ne me souviens pas avoir croisé de Russes, si ce n'est des égarés ou des Vieux-Croyants réfugiés, il n'y avait rien de russe là-bas, mais qu'aurais-je pu rétorquer? Elles ne faisaient que répéter les mots entendus dans la bouche de leurs hommes, peut-être même dans celle du tsar. Elles étaient leurs femmes. Les femmes de ces soldats en vert et rouge, dont un seul ne m'inspirait pas de haine. Mais cet unique soldat, il fallait l'évoquer le moins possible afin qu'elles ne soupçonnent rien. Surtout Varvara, qui était dotée d'autant d'esprit que Dieu lui avait retiré de beauté. Je ne leur parlais que de ce qui ne pouvait pas être compromettant. De mon père adoptif, le père Glück, qui était peut-être là, à Moscou. Alors elles m'ont donné du « Catherine Glükovna », et j'ai dû leur expliquer que le prénom de mon père était Samuel, que je m'appelais à l'origine Marta Skowrońska mais que tout le monde m'appelait Catherine Wiesiołowska, et qu'il n'était pas habituel chez nous d'être appelé par le nom du père. Je suis alors devenue Catherine Vasilievskaïa, un nom beaucoup plus évident pour elles.

Durant tout ce printemps et cet été, les plus grandes

joies et distractions étaient les lettres. Les lettres d'Alexandre, si rares, étaient un événement. Elles les lisaient à voix haute, pleuraient, gémissaient, piaillaient, sanglotaient, se signaient, riaient à gorge déployée, tellement émues qu'elles embrassaient le papier, se lamentant et se tordant les mains. C'était d'autant plus étrange qu'elles portaient des toilettes à la française et avaient une façon de parler vieillotte et précieuse. Qu'elles appellent Alexandre Danilovitch leur « bonheur », leur « lumière », je pouvais le concevoir – mais je frissonnais quand, toujours aussi rouges d'émotion, elles s'adressaient à leur « tourtereau ». Je voyais aussitôt les pigeons de la place du marché de Marienbourg, crottés, claudiquant et fatigués... Je devais apprendre qu'en Russie « tourtereau », ou « tourterelle », était l'expression de la plus grande affection et de la tendresse. Ce qui ne les empêchait pas de l'utiliser en parlant des hommes et des femmes qu'ils envoyaient à la torture ou sur le billot : « Alors, tu es tombée dans nos filets, tourterelle, *popalas' ty namgolubouchka*, nous allons torturer le tourtereau et lui couper la tête, *otrubim golubtchika...* » J'ai souvent eu, durant les premiers mois, l'occasion d'observer ces bizarreries russes qui surgissaient de sous le vernis de la mode venue de l'étranger. Et puis, je m'y suis habituée. Je ne les relevais plus. Tout comme je m'étais habituée à la lecture à voix haute des lettres reçues sur le champ de bataille en Ingrie. Les Russes avaient pris l'importante forteresse de Nyenskans, brûlée par les Suédois lors de leur retraite, un an plus tôt. Le 7 mai 1703, le tsar et Alexandre, ces frères d'armes, avec trente canots remplis de soldats, attaquèrent la flotte suédoise, imprudemment entrée dans l'embouchure de la Neva; mes mains tremblaient tandis que Daria lisait : « Avant le septième jour du mois, monsieur le capitaine – c'est ainsi que Sa Majesté le tsar désirait être désigné par ses plus proches frères d'armes – a daigné attaquer, et j'étais avec lui, et nous sommes revenus, et pas les mains vides. Deux navires ennemis avec leurs pavillons et leurs canons et tout le ravitaillement ; dans le premier il y avait dix canons et dans le deuxième, huit. » Une meilleure nouvelle encore était que le tsar, ravi de sa première victoire maritime, s'était alloué, ainsi qu'à son ami, la plus haute distinction de l'apôtre André pour cette bonne fortune ; et avait accordé à Alexandre le privilège de posséder sa propre garde de défense, un privilège réservé au souverain. Une autre forteresse russe allait sans doute être construite à l'embouchure de la rivière, à la place de la forteresse conquise – Nyenskans, rebaptisée du nom hollandais de Schlotbourg. En bas de la lettre – Daria, en la lisant, s'est mise à gémir de joie – se trouvait une signature inhabituellement longue : Alexandre Menchikov, chevalier et gouverneur de Schlotbourg et Chlisselbourg. Sur le papier gris-bleu de la réponse, Daria ne s'est pas contentée cette fois de percer deux cœurs avec des aiguilles, ni d'envoyer une chemise festonnée, elle a aussi glissé un cadeau particulièrement cher, mis de côté depuis longtemps, un pendentif en forme de cœur diamanté. Même Varka a glissé à son bienfaiteur et à celui de sa sœur une cravate brodée… Seule et abandonnée, assise à coudre dans mon coin, je me réconfortais en me disant que c'était moi qui lui avais apporté le succès. Je méprisais en silence le stupide cadeau de Daria, jamais il ne le porterait – aucun soldat ne porterait un petit cœur, même serti de diamants, alors qu'une chemise et une cravate lui seraient utiles. Je ne me trompais pas. Nous avions appris à nous connaître tous les deux, mais je ne pouvais rien lui faire parvenir sans éveiller les soupçons. Vingt jours plus tard, nous avons reçu une nouvelle lettre : monsieur le capitaine avait décidé de détruire la forteresse de Schlotbourg, dont on venait de commencer la construction, et de fonder à sa place une ville russe totalement nouvelle, qu'il avait déjà baptisée Saint-Pétersbourg en son honneur et celui de son protecteur. Cette fois, la lettre était signée : Alexandre Menchikov chevalier et gouverneur de Chlisselbourg et de Saint-Pétersbourg.

Comment aurions-nous pu prévoir, nous les femmes de la demeure Menchikov, que ce nom n'évoquant rien, la ville de saint Pierre, ce nouveau fort inconnu, cet amoncellement d'échafaudages sur les rives de la mer Baltique à l'embouchure d'une rivière inconnue, allait devenir dans quelques années, pour moi et Dachka, la bossue Varka, Maria et Anna et la tante Anissia, toute notre vie ? Qu'elle allait être la plus belle création dans la vie d'Alexandre ? Que c'est ici, tout près de Saint-Pétersbourg, que j'allais mourir… Ça ne va plus tarder. Non, quand nous avions dix-huit ans, ce n'étaient que des mots creux dans une lettre, un amusement de garçons : attaquer, détruire, construire, poser la pierre angulaire de la forteresse Pierre-et-Paul sur l'île aux Lièvres… Tout cela ne m'intéressait que dans la mesure où Alexandre était vivant et en bonne santé, qu'il obtenait un titre supplémentaire, que sa position s'affirmait et que ses richesses continuaient de croître. Daria espérait qu'Alexandre l'épouserait plus rapidement une fois devenu gouverneur général – combien de temps fallait-il encore attendre ? Ils étaient fiancés depuis plusieurs années, mais il y avait toujours ces batailles, la guerre contre la Suède, qui était censée toucher à sa fin. Aucune de nous ne soupçonnait que la guerre allait encore durer dix-huit ans, presque une éternité, autant d'années que nous venions de vivre dans ce monde. Daria ne soupçonnait pas qu'elle allait encore attendre longtemps avant de se marier ; et moi je l'enviais et fulminais en silence – qu'est-ce que j'allais tirer de tout cela ? Je ne pouvais pas savoir que le temps jouait en ma faveur.

J'ai tout. Tout ce que je peux convoiter… même Alexandre est à mon côté. Je suis presque libre… Mais ma santé, ma jeunesse, mes envies ont disparu. Je n'ai plus de forces. Je n'ai plus la force de respirer. Des lames de rasoir… Je ferais aussi bien de cesser de respirer. Qu'est-ce qui me retient ? À nouveau, la toux. Le sang. Tousser me fait me recourber comme une écrevisse…

À travers un brouillard, je vois Tanka qui accourt. À sa suite entre Johanna. Avec Alexandre, elles me tendent cuillère après cuillère d'un bol, c'est le lait de Lestocq, un lait de laudanum, qu'on me donne quand je vais très mal. Ça me réchauffe, me détend, apaise la toux, m'envoie des vagues de chaleur dans tout le corps, comme la marée qui vient lécher le sable sur la rive en été, ces vagues que je ressentais dans le lit d'Alexandre, quand nos corps mêlés s'apprêtaient à jouir. Mais la toux revient dès que le lait ne fait plus son effet. Cela donne envie de vomir. Il ne faut pas que j'en prenne trop, cela me rend encore plus malade. On m'en donne pour la nuit. C'est qu'elle doit être en train de tomber.

La main d'Alexandre est sur mon front. Sèche, agréable. Je voudrais enfouir mon visage dans ses mains, il me semble que je me sentirais tout de suite mieux. Mais je n'y tiendrais jamais, gonflée et pétrie de douleur comme je suis. J'aimerais que ces vagues de chaleur me lavent de toute ma douleur ; me fondre en lui, dans son corps, comme autrefois. Au lieu de cela, je dis :

— Va Alexandre, vas-y. Daria t'attend.

Je ne sais pas si je le dis ou si je m'imagine le dire. Je ne sais pas si je souffre de stupeur ou de delirium. Les sons s'atténuent autour de moi et semblent flotter sur l'eau. Penché, Alexandre effleure mon front de ses lèvres et dit :

« Il n'y a pas un seul jour, Catherine, où je ne pense pas à nous. Sais-tu ce que j'ai ressenti le jour où tu l'as rencontré ? J'ai éprouvé ce que tu as dû éprouver à Marienbourg, allongée sous les soldats. Je me suis senti violé. Impuissant contre une force beaucoup plus grande. Comme toi, j'ai survécu, mais j'ai été violé. Et j'ai encore plus souffert que la première fois où il a abusé de moi. »

Alexandre a-t-il vraiment dit cela, m'a-t-il vraiment effleurée de ses lèvres, ou l'ai-je encore imaginé ? Est-ce ce que j'ai envie d'entendre ? Je n'ai jamais su avec certitude s'ils avaient commis ce péché honteux dont parlent les gens, et n'en ai aucune preuve. Ces commérages ont coûté la tête à certains. Mais les gens ne parlent pas sans raison : il n'y a pas de fumée sans feu. Tous les deux avaient un tempérament de feu, surtout lui… C'est peut-être pour cela qu'il a puni Alexandre, par jalousie, au moins au début. Il ne supportait pas qu'Alexandre ait trouvé quelqu'un de commerce plus agréable que lui… On sait ce qui s'est passé ensuite.

Il me semble qu'Alexandre est déjà parti. Dieu m'accordera peut-être de le voir au lever du jour. Il accourra avec tous ses papiers à charge… Dire qu'après tant d'années, je ne sais toujours pas s'il agit sincèrement ou par calcul. Peu importe, désormais.

Johanna s'installe dans le recoin le plus lointain, à côté du bougeoir. Elle veillera cette nuit. Je suis contente que ce soit elle et non Tanka. Johanna Petrovna Karo garde le silence. Pour son silence, je la paye deux fois plus que Tanka Kobyliakova – je lui donne cent vingt roubles par an, Tanka seulement cinquante. Les reflets des flammes vacillent sur les murs, animés par les courants d'air du mois de mai qui entrent par les fenêtres. Est-ce que ce sont vraiment des reflets ou y a-t-il encore quelqu'un ? On dirait que son visage se détache des tentures. Se détache et me fixe. À moins que ce soit son portrait ? Mais je dois délirer, j'avais ordonné de décrocher ce portrait. Dès le lendemain de son décès. Je pensais que cela me soulagerait. Mais on dirait qu'il m'observe, même quand il n'est plus là. Ou bien est-il venu me chercher ?

12

Les coups de l'horloge me traversent le corps en même temps que les vagues chaudes de laudanum me font vibrer comme une corde. Toute ma chair résonne... Quelle heure est-il ? Je n'ai pas le cœur à compter... Je n'ai pas l'esprit clair... Qu'importe. Il est déjà tard... Il semble que j'entends chaque ressort de l'horloge, chaque mouvement des pignons... Comme si c'était la douleur qui grinçait, luttant contre le médicament avant de se retirer... Jusqu'à ce qu'il ne reste plus, dans la pénombre, que le battement sonore.

L'horloge anglaise dans la maison d'Alexandre battait tout aussi fort. Elle battait et j'attendais. Nous, les femmes de sa maisonnée, attendions. Que le messager arrive avec une lettre, qu'Alexandre revienne de Saint-Pétersbourg en construction. C'était surtout moi qui me languissais car les maîtresses de maison, elles, se rendaient de temps en temps à Preobrajenskoïe, dans le manoir en bois où vivait Natalia, la sœur du tsar. Elles étaient sa cour et étaient appelées à la divertir. Moi, je n'avais nulle part où aller. Il m'arrivait de les accompagner dans le Faubourg allemand, une ville dans la ville qui différait seulement de Marienbourg en ce que les maisons étaient moins rapprochées, elles étaient plus spacieuses, avec des jardins ; il y avait quelques églises avec des flèches et un temple calviniste écossais, et évidemment des tavernes. Un grand palais carré se détachait sur la place, sa façade était large de huit fenêtres et il avait un haut toit : c'était là que résidait la maîtresse du tsar. Il logeait là, lui aussi, quand il venait à Moscou. Tout le monde le savait. Comme on savait qu'il n'appréciait pas le palais du Kremlin – sombre, étouffant, rebutant et empestant le passé. Je n'allais jamais à Moscou, à l'exception du Faubourg allemand, qui était un endroit assez clos : on me disait qu'une femme seule n'y était pas en sécurité, même au marché… Je vivais enfermée entre quatre murs. À la fin de l'été, la nouvelle de l'arrivée imminente d'Alexandre a mis la maison en émoi. Ces dames couraient dans tous les sens, comme prises de diarrhée, pour préparer son retour, en vain : il s'est tant fait attendre que lorsqu'il est enfin arrivé on ne l'attendait plus, et qu'il a été accueilli par des cris perçants et des gémissements. Un seul regard de sa part m'a suffi pour comprendre que rien n'avait changé. Qu'il se languissait de moi. Qu'il était toujours mien.

En cette fin d'été et ce début d'automne 1703, l'horloge semblait faire le décompte du temps qu'il nous restait. Sans doute toutes les horloges comptent-elles le temps qui s'amenuise, notre vie qui s'abrège à chaque mouvement de l'aiguille. On n'y pense jamais, on croit que l'aiguille additionne le temps vécu dans ce monde. Mais c'est faux. Les sabliers sont plus honnêtes, même s'ils sont moins pratiques : on voit de ses propres yeux diminuer les grains du temps imparti. Alexandre et moi voyions filer ce temps ensemble… Nous savions qu'il ne durerait pas : les caresses échangées à la nuit tombée, nos mains qui se frôlaient quand nous nous croisions dans les couloirs, les baisers dérobés, les mensonges, les regards en coin… Le cœur battant d'émotion et de langueur. Et puis les nuits. Ces nuits volées. Ces rendez-vous furtifs, à l'aube et au crépuscule, volés au temps qu'il devait passer avec Daria. Car elle aussi le désirait... Parfois, je me détestais d'être assez faible pour l'aimer autant, de ne pouvoir lui résister. Il était comme de l'eau pour l'assoiffée que j'étais. J'étais la deuxième, la secrète. À son avidité, je comprenais que j'étais la seule à lui donner ce dont il avait besoin. J'avais même pitié de Daria... Au petit matin, en regardant l'horloge de sa chambre compter le temps jusqu'au dénouement, nous savions que cela ne pouvait durer. Quelque chose allait se produire. J'allais tomber enceinte, ou quelqu'un nous surprendrait – Daria, Varka ou leur tante Anissia. L'un des domestiques allait nous dénoncer ou nous trahir. L'un des gardes de Chlisselbourg allait parler. Il y aurait des larmes, Daria et sa famille nous poseraient un ultimatum, comme à la guerre... Ce monde était trop petit pour que l'on puisse se cacher si longtemps. La stratégie d'Alexandre, je la comprends désormais en me la remémorant, était la suivante : acquérir le plus possible de puissance et de biens pour pouvoir se comporter à sa guise. Pour que même sa promise Daria soit dans l'obligation de s'accommoder de son comportement. Pour que ce soit elle, l'Arseneïeva, la fille du voïvode, qui ait besoin de l'influent Menchikov. Pour que tous, dans son entourage, aient trop à perdre en le perdant. Il atteignait le sommet de sa gloire ; sa faim, son ambition, l'audace de ses rêves étaient tout simplement illimitées. Un matin, à l'aube, dans un demi-sommeil, alors que le vin de la veille se mêlait à la transpiration et que des pensées folles se déchaînaient dans sa tête, il m'a avoué, en jouant avec mes seins et en passant son doigt sur mon ventre comme pour y dessiner ses plans, qu'il souhaitait rapprocher sa sœur Anna du souverain. Le moment était opportun : le tsar était en mauvais termes avec son

Allemande Anna Mons. Il s'était plaint à Alexandre qu'il devait parfois supplier sa petite Anna d'être tendre avec lui. Il avait parfois le sentiment de la torturer, tant son visage paraissait malheureux et impatient que tout ça se termine. Aucun homme ne pouvait endurer cela sans que son désir s'effondre comme une voile sans vent… Et Alexandre était bien placé pour savoir comment se comportait Anna Mons : celle-ci, quand le souverain était en voyage, ne l'attendait pas et le trompait avec Koenigsek, l'envoyé du roi de Pologne et de Saxe. Personne n'en aurait jamais rien su si ce Koenigsek n'avait pas bu la tasse au printemps dernier à Chlisselbourg : ivre, il était tombé à l'eau en inaugurant un yacht dont on venait d'achever la construction, et en le repêchant, inerte, on avait trouvé dans ses poches les lettres d'amour adressées par cette putain de Mons ! Et aussi un portrait d'elle, son regard innocent peint sur de l'ivoire : un cadeau de l'infidèle à ce Saxon. C'est Alexandre qui avait tout récupéré et mis sous scellés : il se déplaçait avec une bombe et attendait le moment de tout révéler à son compagnon… car ce dernier, par le passé, était allé jusqu'à vouloir la faire tsarine. Il hésitait désormais, même s'il ne se doutait de rien ; il désirait toujours autant sa petite Annchen, mais voulait se venger de sa froideur, c'est pour cela qu'il a commencé à fréquenter en cachette sa sœur, Modesta Mons, que tout le monde appelait ici Matriona Balk, ou même la Balkcha, après son mariage avec le brigadier d'armée Fédor Balk ; Alexandre n'aurait qu'un mot à dire, il n'aurait qu'à ressortir ces lettres pour qu'Anna Mons quitte la couche refroidie du tsar et retrouve la place qui lui revenait, sur un tas de fumier. Elle était malheureusement luthérienne, ce qui excluait de la mettre au couvent même si elle aurait bien mérité cette peine. Il osait à peine imaginer la réaction du tsar – contre qui se dirigerait sa colère, et avec quelles conséquences… Alexandre se disait parfois qu'il valait mieux laisser les choses reposer et se démêler d'elles-mêmes selon la volonté de Dieu, telle la corde sur le pont d'un bateau, plutôt que de mettre le nez dans les affaires de cœur du tsar. Le Batouchka avait déjà rempli son devoir pour la patrie en donnant naissance à un héritier avec la tsarine Eudoxie, dont il avait divorcé et qui était au couvent – il se plaisait à dire que se marier était une bêtise, mais que s'il prenait une femme pour épouse, il fallait qu'il la désire, peu importe son rang, et c'est là qu'apparaissait Anna Danilovna, la sœur d'Alexandre, blonde comme son Allemande puisqu'il semblait ne s'intéresser qu'à ces dernières. J'avais du mal à me faire une idée du goût du souverain, d'après ces récits. À les entendre, le tsar baisait tout ce qui passait. Il n'y avait qu'à voir Varka… Voilà que j'avais déjà fait miennes les blagues salaces et la grossièreté d'Alexandre. Qu'aurait dit le pasteur Glück s'il avait pu lire dans mes pensées ? Et d'ailleurs où était-il passé, avec ses préceptes et sa politesse ? Je pensais ce que je voulais… Et que penser d'autre dans un pays dont les habitants appelaient leur souverain l'Antéchrist tout en se signant ? Alexandre, au moins, m'était fidèle dans son infidélité, mais l'autre ? Si j'en croyais le récit de ses aventures, c'était un loup en rut… Alexandre parlait parfois de son souverain avec une pointe d'animosité, parfois avec admiration, comme un petit garçon pris dans les filets de son aîné. Lorsque je lui ai demandé comment était le tsar alors qu'il venait de recevoir une *tsidoulka* annonçant son retour à Moscou à l'automne, Alexandre m'a répondu, dans un sourire torve : « Un grand homme, mais simple. Avec tout ce que cela compte d'avantages, et d'inconvénients. » Sa force inouïe ne l'empêchait pas d'avoir une santé fragile. Alexandre m'a prévenue, au cas où le souverain nous rendrait visite, que quand il était en colère ou troublé, la moitié de son visage se crispait, et il arrivait qu'il s'écroule, en proie à de violentes convulsions – il fallait parfois lui mettre le manche d'un poignard dans la bouche pour éviter qu'il se morde la langue. Il fallait toutefois se garder de montrer le moindre signe d'inquiétude ou de compassion, sans parler de l'imiter ou de se moquer : il convenait de faire comme si de rien n'était. Le moindre cri ou sanglot risquait d'empirer son état, et, ayant repris ses esprits, il avait plus d'une fois puni les avortons qui s'étaient moqués de Sa Majesté… Il lui était arrivé de punir un bègue par erreur, croyant qu'il avait osé l'imiter. Certains disaient que cette affliction du souverain remontait à son enfance et aux abominations dont il avait été témoin après la première insurrection des streltsy. D'autres disaient que sa sœur Sophie, l'insurgée, avait tenté de l'intoxiquer et que ce handicap était une séquelle de ce poison. Le souverain souffrait tout simplement de la maladie de Saint-Valentin. À Marienbourg, le pasteur Glück rendait visite à un citadin qui était tombé d'un échafaudage et s'était ouvert le crâne – c'est alors que s'était déclaré le mal caduc, lequel n'avait rien à voir avec le poison ; le pasteur disait que Jules César, l'empereur romain, en souffrait aussi. Sa cause était à chercher dans le cerveau : elle provenait d'une blessure ou d'une anomalie. J'étais outrée que dans ce pays on puisse se moquer d'une personne dont le malheur ne dépend pas d'elle. Rire des malades de la Saint-Valentin était aussi incompréhensible que d'admirer les *iourodivy*, les uns comme les autres étant des pauvres du Seigneur. J'avais encore beaucoup à apprendre. Le plus terrible, c'est qu'Alexandre s'était habitué à toutes ces choses effrayantes qu'il essayait de m'expliquer. Il était né à Moscou et y avait grandi. Il n'y avait rien à faire. Il avait été élevé aux côtés du tsar Pierre.

J'essaye de me rappeler comment ça s'est passé, ce que j'ai ressenti en le voyant pour la première fois… Est-ce que le Tout-Puissant nous envoie un avertissement, un signe, avant de tout mettre sens dessus dessous ? Est-ce qu'une intuition nous traverse, nous chatouille le cœur, quand nous apercevons celui qui va changer notre vie ? Je ne me rappelle pas tout, mais je sais que j'étais sidérée de voir de mes propres yeux, dans la demeure de Menchikov, le tsar russe et le souverain de Moscou. Je me souviens aussi de l'avoir trouvé étonnamment grand. Un géant. Élancé, les épaules étroites et une tête relativement petite. Il n'était pas aussi bel homme qu'Alexandre, mais, l'un à côté de l'autre, on aurait dit de jeunes dieux grecs : portant beau, l'un aux yeux bleus, l'autre aux yeux marron, sans perruque, les cheveux noirs et courts. Le tsar avait trente et un ans, douze de plus que moi. Il était habillé simplement, comme un citadin, d'un justaucorps sombre semblable à celui des marchands allemands. Rien de royal, à l'exception de sa bague et de sa somptueuse épée, qu'il a détachée à peine entré dans la demeure de son ami. Je me souviens avoir pensé qu'Alexandre était plus beau, plus viril, mieux bâti, aux traits plus fins, au nez aquilin, alors qu'il y avait encore dans le visage du tsar quelque chose d'enfantin – le nez petit et rond, les yeux en amande, un peu exorbités mais insondables, cachés sous ses longs cils noirs. J'ai su par la suite qu'il avait du sang tartare du côté de sa mère, d'où ces yeux sauvages de nomade et ce regard de corbeau – noir, impénétrable, tétanisant. Rien dans ce visage n'attestait de l'ascendance noble du souverain, mais il était impossible d'en détacher son regard : il faisait peur, mais on ne pouvait s'en empêcher tellement il était hors du commun. À peine entré dans une pièce, il la dominait de sa hauteur, tout tournait autour de lui. Il était si grand qu'à côté de lui tout paraissait petit, rétréci, affaissé. Même Alexandre. Quand ils ont surgi dans le salon, le tsar riait et avait un bras autour du cou d'Alexandre, le coinçant sous son aisselle. Lorsqu'il l'a libéré, Alexandre s'est redressé, mais il était toujours plus petit. De cette toute première fois, je me rappelle aussi avoir vu quelqu'un à côté de qui Alexandre, l'homme qui représentait tout pour moi, est devenu plus petit. Ça me revient maintenant clairement : j'ai pensé à cet instant que je détestais ce nouveau-venu. Si j'avais su…

Ce soir-là, nous avons dîné. Je ne me souviens pas de ce qui a été servi. Je le revois manger, comme une personne simple après une dure journée de labeur : déchirant avidement la viande avec ses doigts, les coudes sur la table, s'essuyant la moustache avec sa manche, se léchant le pouce et nettoyant ses mains sur la nappe blanchie par mes soins. Ses mains immenses aux larges paumes et aux doigts courtauds n'avaient rien de royal. C'étaient celles d'un matelot, d'un menuisier, d'un maçon. Nous avons bu du vin hongrois, son préféré. En plus d'Alexandre et du tsar, il y avait quelques officiers de la garde qui l'accompagnaient, et nous, les femmes. Je faisais le service ; les plaisanteries fusaient, Daria riait à tout ce qu'ils disaient, Varka répliquait de temps en temps, quant aux autres, Anissia, Maria et Anna, elles hochaient la tête en gratifiant le tsar d'un « notre Batouchka Piotr Alexeïevitch ». Même affranchies des anciennes manières, vêtues à la mode étrangère, elles n'étaient pas encore habituées à plaisanter. Quand le service a été terminé, on m'a autorisée à m'asseoir à table. Le tsar aimait être entouré de femmes, et le fait que ce soit proscrit par les vieilles traditions ne lui en donnait que plus envie. Je l'observais en douce. Il parlait beaucoup, surtout de ce Saint-Pétersbourg en cours de construction. Difficile de dire ce qu'il pensait, mais on voyait tout de suite qu'il était d'une nature impatiente, qu'il ne supportait pas l'opposition et qu'il appréciait les plaisanteries et les traits d'esprit. Anyuta Danilovna Menchikova, à l'évidence, ne l'intéressait pas du tout. Anissia Kirilovna, elle, lui jetait des regards pleins d'espoir, en vain : elle était un plat entamé et refroidi. Varka brodait dans son coin sans rien perdre, elle non plus, de ce qui se passait. Alors que je passais à côté de lui avec une bouteille de vin, il a tiré si fort sur les lacets de ma robe, comme le font les petits enfants pour vous titiller, que j'ai failli lâcher le tokaj ; je me suis reprise en faisant une révérence et, le regardant droit dans les yeux, je lui ai dit : « Je prierais Votre Majesté de ne pas recommencer, la bouteille aurait pu me tomber des mains, il y en aurait eu partout, et si vous aviez défait mon nœud j'aurais dû vous quitter et il n'y aurait plus eu personne pour vous servir. Vous seriez resté dans votre flaque de vin, comme à la taverne. » Aux visages ébahis des femmes, j'ai compris que j'avais commis un impair. J'ai eu peur… mais il est parti d'un éclat de rire : « Aleksachka, d'où sors-tu cette belle aux yeux noirs et à l'esprit si vif ? » J'ai failli lâcher la bouteille une deuxième fois. J'avais déjà vécu cela, tout se répétait : je n'étais à nouveau qu'une esclave, une chose, à la différence que, à l'époque, tout s'était joué entre Alexandre et Cheremetiev… Alexandre a répété mot pour mot ce qu'il avait raconté aux femmes de sa famille, mais j'ai vu que le tsar n'était pas dupe, il avait déjà tout entendu à propos de ce butin exceptionnel, de la bouche d'Aleksachka – je détestais qu'on l'appelle ainsi –, ou de celle de quelqu'un de la garnison de Chlisselbourg, peut-être le maréchal lui-même, si bien qu'il n'a pas lâché prise : « Ah, c'est cette prisonnière suédoise que tu as libérée de Cheremetiev ? » Il faisait exprès de me tourmenter, sachant que nous, les habitants des villes de Livonie, ne nous considérions jamais comme des Suédois – mais comme les vassaux des terres que ces derniers avaient occupées : il mesurait parfaitement l'affront qu'il me faisait. Il m'humiliait à dessein. Alexandre se taisait et ne me défendait pas. Je lui ai lancé un regard désapprobateur. Il n'avait sans doute pas le choix. J'ai été envahie d'une telle rage que plus rien n'avait d'importance. Je devais répondre quelque chose pour me rappeler que j'étais un être vivant et non une chose, comme autrefois, quand je me blessais avec des épingles. En le regardant dans les yeux, j'ai dit du ton le plus aimable : « Il se trouve que je suis née en Livonie, mais mes parents sont lituaniens et je suis aussi suédoise que Son Altesse Alexandre Danilovitch. » Je ne savais pas ce qui arriverait. Alexandre s'est empourpré et les narines de sa majesté se sont dilatées un peu plus. Il a éclaté de rire, affirmant que j'avais décidément de la repartie et me demandant de qui je la tenais. Je lui ai parlé du pasteur Glück, mon ancien tuteur, un connaisseur des langues immensément instruit, qui, si Dieu l'avait gardé en vie, devait se trouver à Moscou. J'ai compris qu'il ne l'avait jamais rencontré. Si on t'a dit qu'il était à Moscou, c'est qu'il est à Moscou, a-t-il fait avec un geste de la main. Espérons qu'il ne lui est rien arrivé. Les instruits sont *prigodiatsa,* on a toujours besoin d'eux. « Tu verras, nous allons édifier une telle Russie que vous, les prisonniers, vous remercierez Dieu chaque jour de vous retrouver ici, vous ne voudrez plus repartir, les étrangers venus d'Europe se précipiteront pour nous demander accueil, les coups de fouets ne suffiront pas à les décourager, mais nous n'accepterons que les meilleurs. » Il avait l'art de raconter – il parlait des chantiers navals, des fonderies et des hôtels des monnaies, de la flotte, des manufactures de soie, de verre et de papier, des villes qu'il ferait bâtir, des voies commerciales, par la terre et les rivières, qui mèneraient jusqu'aux villes. Ses paroles étaient si vivantes qu'elles semblaient se dessiner sur les murs. Il était de ceux qui peuvent parler des heures du moment que leur verre est plein. Il m'a interrogée sur l'assaut de Marienbourg, mais je suis restée prudente, car si je ne pouvais pas mentir, je ne voulais pas non plus le mettre en rage… J'avais du mal à m'exprimer. J'aurais voulu que tout appartienne au passé. Quelque part dans une flaque de boue d'une ville détruite de Livonie. Là où j'avais perdu la petite croix. Et là où j'avais laissé mon nom, Marta Helena Skowrońska. Quand le tsar s'est enquis de mon prénom, j'ai répondu sans réfléchir : « Catherine. » Varka, voyant ce qui se passait, s'est empressée d'ajouter avec malice : « Vasilievskaïa, *portomoïka,* blanchisseuse et veuve d'un clairon. » Il l'a aussitôt remise à sa place en répliquant d'un ton acerbe, les yeux plantés dans sa laideur : « Allons, allons, Varvara Mikhaïlovna, tout le monde n'a pas la chance d'être aussi bien née que toi ! » J'étais heureuse qu'il me défende contre elle. Voyant qu'il aimait taquiner, j'essayais de me montrer enjouée, quoique respectueuse, pour le garder de mon côté. Ses yeux brillaient, et quand il riait ses narines se dilataient, lui donnant un air carnassier. Puis il s'est mis à se moquer d'Alexandre comme pour asseoir sa supériorité ; nous avons encore bu du vin. Ils ont fumé, de longues pipes hollandaises. Il a ordonné à Alexandre de jouer à « deux bègues qui se disputent », à l'évidence un vieux jeu qu'ils appréciaient tous les deux. Alexandre s'est exécuté, à contrecœur. Ce spectacle était cruel et tordant à la fois. Et d'autant plus accablant que le tsar rabaissait son ami en le forçant à être son bouffon devant sa fiancée, ses sœurs et moi, son amante… Même son plus vieil ami n'osait lui dire non. Le plus curieux était qu'il s'amusait des bègues alors qu'il était lui-même sujet à des crises de convulsions. Il aurait dû compatir avec les malheureux. Levant son verre de vin pour la énième fois, il a fait signe à Alexandre d'approcher et lui a chuchoté quelque chose à l'oreille. Alexandre a pâli. J'allais avoir de nombreuses occasions de voir les gens pâlir à l'annonce d'une mauvaise nouvelle ou d'une sentence de mort, de voir leur visage se vider de toute leur vitalité comme un tonneau dont on aurait retiré le bouchon. La peau prenant une teinte d'un blanc grisâtre, les yeux s'enfonçant dans leurs orbites. Voilà l'effet qu'ont eu ces chuchotements sur Alexandre. La vie s'était retirée de lui. Il ne disait rien, il hochait juste la tête. Et puis il m'a regardée. Ses yeux, d'habitude si vifs, étaient ceux d'un chien battu. Mais il s'est aussitôt ressaisi, a bu une gorgée de vin, s'est remis à rire – seul son regard demeurait insondable. Vide. J'ai compris que quelque chose d'important venait de se produire. Je n'allais pas tarder à l'apprendre.

Quand tout le monde a commencé à avoir la tête lourde, ivre de vin et les paupières tombantes, quand il n'est plus resté des bougies qu'un amas de cire crépitant et quand les plaisanteries n'ont plus suscité chez les femmes qu'un rire sans entrain, leurs visages semblables à des navets empourprés, il a remercié Daria et les sœurs Menchikov en disant qu'il devait repartir tôt le lendemain. En se levant et en se dirigeant vers la chambre qui lui était préparée dans la demeure d'Alexandre, il m'a fait un signe désinvolte du doigt et a dit, l'air de rien : « Quant à toi ma jolie, tu m'accompagneras et tu m'éclaireras à la bougie. Tu apporteras la bougie dans ma chambre. » Au visage d'Anissia Kirilovna, j'ai compris que cela signifiait autre chose. Et il m'a suffi de me rappeler le visage d'Alexandre un peu plus tôt pour comprendre ce que ça signifiait.

Avançant dans la pénombre, la bougie à la main, j'avais la tête qui tournait à cause du vin et des vagues d'effroi me traversaient, comme le laudanum maintenant. Je me rappelle que mon cœur battait à mes tempes. De peur et de colère. Et ces tressaillements à l'intérieur. Leur souvenir est si vif. J'avais de nouveau été donnée, comme un objet. On m'avait de nouveau prise, sans me demander mon avis. C'était à nouveau ainsi qu'allaient se jouer ma vie et mon avenir. Je devais lui convenir, ou cela pourrait prendre une mauvaise tournure pour moi et pour Alexandre. Nous étions chez lui, et je n'étais qu'un ustensile qu'il empruntait. Si je lui déplaisais, il ne se contenterait pas de me briser, Aleksachka aussi payerait. Je ne devais pas le décevoir. Le beau parquet grinçant sous nos pieds, j'ai ressenti un sentiment nouveau : l'orgueil. Ce n'était peut-être pas lui qui allait me posséder, mais moi qui aurais entre les mains celui que tous redoutaient. J'allais m'allonger aux côtés de l'homme à qui Dieu avait conféré le pouvoir suprême et, pendant quelques instants, ce pouvoir serait le mien. Ensuite, il filerait forniquer ailleurs, comme il en avait l'habitude. Je n'allais pas me raconter des histoires. Mais plus j'avançais dans le couloir, plus la curiosité s'emparait de moi. Une curiosité sans bornes. Comment cela se passerait-il cette fois, avec lui ? Comment serait-il, une fois que nous serions seuls ? Le souverain… Et puis, il y avait ce sentiment de revanche. Contre Alexandre, qui avait permis qu'on m'emprunte sans protester. Qu'il soit le vassal, le favori, et n'ait pas son mot à dire n'y changeait rien… Il n'avait pas eu le choix, je le savais, mais j'étais tout de même en colère et meurtrie : j'allais me venger. Tu m'as donnée, tu le regretteras. J'ai ruminé toutes ces pensées le temps d'arriver à sa chambre. Mes genoux se dérobaient et quelque chose battait par vagues dans mes entrailles.

Une fois dans la chambre, je me suis retournée. À la lueur vacillante de la bougie, j'ai vu son visage se détacher dans l'obscurité. Des moustaches fines, comme gravées.

Des yeux de rapace insondables, très écartés, luisant sous l'ombre de ses cils. Des narines dilatées, des lèvres souriantes. J'ai pensé qu'il n'avait pas si mauvaise allure, dans la pénombre.

« Ne crains rien, ma jolie. »

Il l'a dit ainsi, ne crains rien. Imagine que je ne suis pas le tsar, mais... un capitaine d'artillerie... ou un bombardier... avec sa baïonnette – tu sens ce canon ? Appelle-moi Peter.

Ma tête bourdonnait de vin et de tout ce que j'avais entendu à son sujet : Eudoxie n'avait été qu'humilité et gémissements, impossible de rire ou de danser avec une telle femme. Annchen ne supportait pas qu'on la touche, il avait le sentiment de la torturer... il devait parfois la supplier. Il aimait que les femmes soient libres, mais pas trop...

J'ai posé la bougie sur la table et je lui ai souri.

« Peter, ce ne serait pas convenable, monsieur le capitaine, *gospodin kapitan.* »

Je n'ai pas reconnu ma voix tant elle était rauque d'émotion. Ça lui a plu.

Il a ri. Et m'a embrassée. Je me souviens de son baiser, il était si différent de ceux d'Alexandre qui effleuraient tendrement mes lèvres jusqu'à ce qu'elles s'épanouissent comme une fleur. Non. Le sien m'aspirait – sa langue dure entrait de force, sans retenue. Arrivée à la fin de ma vie, et l'expérience aidant, je peux dire qu'un baiser est toujours annonciateur, un prélude éloquent, un signe révélateur... Je me souviens qu'il m'a dit : « Dieu, quelle poitrine. Quelle beauté... » Comme un petit garçon qui voyait cela pour la première fois. J'en avais plus que les autres, c'est vrai – on aurait pu y poser un pot rempli de bière. J'avais vingt ans, mes seins étaient fermes, la maternité ne les avait pas encore affaissés... Le tsar était loin d'être aussi éloquent qu'Alexandre, il faisait moins bien l'amour, mais il compensait cela par une voracité sincère. Il était comme affamé. Tremblant même. Ç'a été facile, plus facile que je ne l'avais imaginé. Nu, marqué par quelques cicatrices, il n'était pas repoussant – il était élancé et solide, même s'il était velu. Je me rappelle qu'à la lumière de la bougie, la petite croix orthodoxe brillait entre les poils noirs de son torse ; les muscles de son ventre étaient encore durs, comme une planche à lessiver. L'odeur de sa sueur n'était pas écœurante, pas comme celle du maréchal Cheremetiev. L'expérience m'avait appris que quand la sueur d'un homme a une odeur supportable, le mal est moindre, et que quand elle ne sent rien, voire qu'elle embaume, c'est l'amour… Mon corps a répondu à ses caresses avides et impatientes, et j'ai aussitôt senti que c'était moi qui conduisais cette danse. Intrigué, surpris, il se laissait faire. Moi, il ne fallait pas me prier, contrairement à cette Annchen. Je voulais lui faire bonne impression. Qu'il se souvienne longtemps de cette nuit. Et, bien sûr, je voulais me venger d'Alexandre. Pour cette soirée. Je lui ai montré tout ce que je savais. Tout ce que l'autre m'avait appris. Et ensuite, comme dans une danse, je me suis laissé guider. À la fin, il s'est endormi dans mes bras, et non pas moi dans les siens. À croire que pour ces hommes de guerre habitués aux champs de bataille, aux camps, à la pluie, au froid et au vent, la poitrine nue, douillette et chaude d'une femme est le refuge le plus précieux qui soit. Ronflant légèrement, il dormait du sommeil des justes. Son regard acéré ainsi masqué par ses paupières closes, il ressemblait encore plus à un enfant. Tous les hommes, même les plus âgés, ont parfois besoin d'une mère. Au petit matin, dans la lumière bleutée de l'aurore, les yeux à peine entrouverts, la tête posée sur mon épaule, si impuissant, désarmé et vulnérable, le visage pris dans mes cheveux comme un poisson dans un filet, il a soupiré et murmuré dans son sommeil : « Anna... » J'ai compris que mes boucles claires étaient responsables. La nuit, dit-on, tous les chats sont gris. Au petit matin, toutes les blondes étaient son Anna Mons, son amante depuis qu'il avait dix-neuf ans, celle qui le supportait à peine à présent et souffrait ses attouchements les dents serrées ; elle aimait l'envoyé des Polonais et des Saxons, dont elle ignorait encore le sort de naufragé. Anna n'était pas plus au courant de la noyade que Peter ne l'était de l'infidélité d'Anna. Seul Alexandre savait. Et moi. Ce premier matin, j'ai pensé : tu vas voir, Peter, j'évincerai Anna de ton esprit. Au moins ce matin. J'étais excitée et confiante, rien ne pouvait m'arrêter puisque je n'avais rien à perdre. Je pensais qu'il n'avait connu que les Russes et Anna, cette Allemande du Faubourg, ainsi que sa sœur, Balkcha. À l'époque, je ne savais pas encore pour les Allemandes, les Polonaises et les Autrichiennes, la cupide Laetitia, cette cantatrice de Londres. Et il valait sans doute mieux que je n'en sache rien. J'étais effrontée et insolente et cela lui avait plu. À peine a-t-il ouvert les yeux, qu'il en a redemandé. Monsieur le capitaine Peter a déclaré qu'il n'y avait rien de tel qu'un assaut de tendresse pour commencer la journée, et qu'il était maintenant l'heure de se lever. Il m'a donné une tape sur le derrière. Il a ri et a dit : « Maintenant, Catherine, tu peux m'appeler Peter. » Il était si satisfait qu'avant de sortir de la maison d'Alexandre, il m'a embrassée devant tout le monde, sans faire de manières – m'a prise dans ses bras et embrassée comme on embrasse une fille de taverne, en me tendant un ducat. À l'époque, j'ignorais qu'il en glissait un à toutes les filles pour chaque nuit passée avec elles. Il appelait ça son « tarif » et l'inscrivait dans son livre de comptes pour en faire l'addition à la fin de l'année. Alexandre me l'a expliqué plus tard, il faisait pareil pour toutes, sauf Anna à qui il avait donné la demeure, les bijoux en diamant, les chevaux, les villages et même les serfs. Même si je ne savais encore rien de tout ça, quelque chose me disait que je ne devais pas accepter son ducat. Que j'avais plus à y perdre qu'à y gagner, même si je n'aurais su dire quoi exactement. Le respect? Je n'étais respectée de personne. Je n'étais rien. Il s'agissait peut-être d'amour-propre… Était-ce par défi ou pour me venger d'Alexandre, toujours est-il que j'ai fait une révérence et que je lui ai dit : « Votre Majesté, enfin, monsieur le capitaine, si c'est une récompense pour le plaisir reçu, c'est moi qui vous suis redevable. » À l'évidence, cela le réjouissait immensément : il s'en est allé joyeux comme un enfant, gai comme un pinson, d'un pas sautillant. En vérité, c'était un homme simple. Avec tout ce que cela comptait d'avantages. Et d'inconvénients. Quoi qu'il en soit, il fallait voir leurs têtes, à tous, surtout celles des femmes. Rien que cela valait la peine de s'être donnée gracieusement. J'aurais payé pour voir ces visages abasourdis. Varka promenait son regard de tous côtés, réfléchissant à ce qui allait se passer ensuite. On voyait les pensées s'enclencher dans sa tête comme le mécanisme d'une horloge.

Tout a changé ce jour-là. Les femmes de la maisonnée se sont mises à me considérer avec respect. J'avais eu le cran de répondre à leur souverain et il avait apprécié. Tellement apprécié qu'il m'avait priée de lui donner du capitaine, chose qu'elles n'auraient jamais osé imaginer. Je n'avais pas encore conscience que, élevées depuis la naissance dans une crainte permanente, elles ployaient telles des tiges de roseaux quand soufflait la moindre brise de pouvoir. Le souffle du plaisir, quant à lui, s'était dirigé vers moi, même pour une seule nuit. Comme habitée par un pressentiment, Daria a été la plus chaleureuse et a dit :

« Pardonne-moi, Catherine Vasilievna, si je ne me suis pas conduite comme je l'aurais dû, j'ai tout de suite vu que tu étais une femme exceptionnelle. ». Un soir, après avoir bu du vin, elle m'a dit : « Que Dieu te garde, Catherine Vasilievna, voilà longtemps que nous n'avions pas vu notre Batouchka, Pierre Alexeïevitch, notre lumière, si comblé et paisible. Que la santé soit avec toi, Catherine, que Dieu fasse que cela se reproduise plus souvent. Comment arrives-tu à lui répondre sans le courroucer ? Si tu pouvais nous révéler ton secret… » À ces paroles, je me suis demandé comment il se comportait quand il n'était pas satisfait. Anissia Kirilovna, bien qu'ayant perdu la faveur du tsar petit père, s'est transformée en la tante prévoyante que je n'avais jamais eue : « Tu es en plein courant d'air, Katerinouchka, tu n'as pas froid, faim, petit soleil, veux-tu un pirojok ? » Anna Danilovna et Maria, la future épouse Golovina, acquiesçaient. Seule Varka n'entrait pas dans leur jeu et un jour, après m'avoir tranquillement épiée, elle m'a asséné en passant : « Tu crois, Catherine Vasilievna, qu'elles font tout cela par amitié ? Elles ont peur, voilà tout… Réfléchis plutôt à ce que tu feras quand il ne daignera même pas te reconnaître… » Sachant qu'elle tirait les leçons de son amère expérience, j'ai fixé ses yeux exorbités et pleins de malice et j'ai dit : « Je sais, Varvara Mikhaïlovna, je sais. » Mais je devais garder la tête haute, j'étais une femme venue de cet Occident qui les attirait tant. Elles étaient persuadées que j'en savais plus long qu'elles, alors que j'étais tout aussi effrayée. Pour me rassurer, j'ai ajouté : « Ne t'inquiète pas, je ne me laisserai pas faire. » Un miracle s'est alors produit : nous nous sommes souri. Nous nous sommes reconnues, elle aussi était de celles qui ne comptaient pas abandonner la lutte même si la vie ne les avait pas épargnées. Une âme sœur qui est restée telle depuis cet instant…

Quant à Alexandre, je ne savais qu'en penser. Toute sa vie cet homme a marché sur la glace et taquiné l'ours… Je ne l'ai jamais complètement cerné. Il est demeuré une énigme pour moi jusqu'à ce jour. Seul le diable peut le comprendre – on croit le connaître, et il fait tout le contraire de ce qu'on attendait. Cette première fois où Peter m'a empruntée, j'ai vu combien il en souffrait. Il est venu me voir le soir-même et il m'a prise, douloureusement, rageusement, comme s'il voulait effacer toute trace de l'autre en moi. Quand il est apparu sur le seuil de ma petite chambre, je l'ai giflé. J'enrageais. Il m'a prise violemment, presque par la force, une force qui s'est muée ensuite en tendresse, comme si son corps cherchait à exprimer des mots qu'il ne trouvait pas. Comme s'il demandait pardon. Je lui ai pardonné, je n'étais plus en colère. Je ne pouvais pas lui en vouloir. Il a baisé mon front comme il l'aurait fait à une enfant. « Que Dieu nous vienne en aide, Catherine. Peut-être l'a-t-Il voulu ainsi. Peut-être est-ce Sa façon de nous protéger. » J'ai cru apercevoir des larmes dans ses yeux. *Svolotch.* J'ignore encore s'il était sincère. Impossible de savoir, avec lui. Les mauvaises langues ont raconté qu'Alexandre m'avait délibérément apprivoisée pour me passer ensuite à Peter. Qu'il m'avait enlevée à Cheremetiev dans ce seul but, et qu'il avait abusé de moi au passage… Je ne pense pas que ce soit vrai – cela dit, il n'avait plus à se poser la question de ma présence sous son toit aux côtés de Daria, sa promise. Peter m'a ravie lui-même, alors qu'Alexandre lui destinait sa sœur… Peter n'a eu besoin de personne pour me convoiter. Voilà la vérité. Mais il est vrai aussi qu'Alexandre a tout fait pour que je conserve l'attention de Peter. Pour que je ne commette pas de bévue. Il était le premier à dire, lorsqu'il recevait un billet lu par le *pisor* : « Notre Batouchka ne cesse de s'enquérir de toi, Catherine, il semble que tu lui aies tapé dans l'œil. » Une *tsidoulka* du tsar a annoncé son retour à Moscou en octobre : « J'habiterai chez toi, *mein Herz*, pendant cinq semaines, si tu veux bien. » On n'avait jamais vu ça – de passage à Moscou, le tsar allait reposer sa tête fatiguée non pas chez Anna, dans son palais, mais chez son favori dans une maison pleine de femmes. Alexandre y a vu un signe que les choses allaient mal avec Anna. On la disait malade depuis le début des frimas, sujette à d'horribles quintes de toux. Peter craignait peut-être d'être contaminé... Personne ne veut d'une femme souffrante. Alexandre a commencé à me préparer, comme un régiment avant la bataille. Il m'a raconté tout ce qu'il savait de Peter, tout ce qui pourrait m'être utile. Ce qu'il aimait, ce qu'il exécrait. Je me devais de lui plaire et de lui convenir. Je me suis remémoré la dernière nuit, minute par minute, pour chercher des indices, en vain. La seule chose dont j'étais sûre, c'est qu'il fuyait désormais Anna. Il n'était plus à l'aise en sa présence. Ce qui ne signifiait pas que les choses ne pourraient pas s'améliorer. Il la fréquentait malgré tout depuis plus de dix ans, depuis sa jeunesse. J'ai cherché à pénétrer dans sa tête, à réfléchir comme lui. Alexandre faisait pareil. Et j'ai compris que je devais être le contraire absolu de cette maudite Anna Mons. Elle était froide, terne, et, aux dires d'Alexandre, cupide et rapace. Capricieuse, à cheval sur l'étiquette, hostile à toute plaisanterie un peu grossière, aux beuveries et au désordre. Pieuse, mais superstitieuse et croyant aux sortilèges. Elle n'appréciait aucune surprise, sauf s'il s'agissait d'un luxueux cadeau de la part de Peter, une broche avec son portrait, sertie de diamants et d'une valeur de mille roubles. Elle était constamment préoccupée par la finesse de sa taille, elle avait les cheveux clairs... Je me suis alors souvenue que ce matin-là, je ne sais par quelle diablerie, il m'avait confondue avec Anna. Les cheveux...

C'étaient les cheveux. Elle aussi avait les cheveux blonds. Quand je repense à ce que j'ai fait, je me dis qu'il fallait de l'audace. J'en serais incapable aujourd'hui. Si j'étais aussi effrontée à l'époque, c'est que je n'avais rien à perdre. J'ai fait bouillir des écorces de chêne, des coquilles de noix venues d'Italie, des orties et de la teinture noire de Moscou. Mon travail à la blanchisserie m'avait appris à blanchir le linge, mais aussi à le teindre, de même que la laine – et ça ne faisait pas grande différence avec les cheveux. L'important était de terminer par un rinçage au vinaigre pour éviter que la teinture coule à la première pluie. Quand Alexandre m'a vue, j'ai cru qu'il allait me tuer... Les femmes sont restées bouche bée, Varka s'est signée à ma vue. Personne n'a compris, ni comment ni pourquoi. Je n'en avais rien à faire, je me plaisais. Je me sentais différente, neuve. Je ne me ressemblais plus, ni à son Anna, et c'était tout ce qui comptait. Les cheveux noirs faisaient ressortir mes yeux, ma peau paraissait plus pâle. J'étais devenue quelqu'un d'autre. Plus noble, je dirais.

Quand il est arrivé avec la pluie d'octobre et a pénétré dans la demeure d'Alexandre, il a d'abord étreint son compagnon. Nous étions toutes alignées, et il nous a passées en revue, le front plissé, jusqu'à m'apercevoir et me reconnaître : sur ses traits se sont alors succédé la perplexité et la surprise. Tels des chiens avec leur maître, nous étions à l'affût du moindre haussement de sourcils, de la moindre expression. Quand son visage s'est détendu, on en aurait remué la queue si on en avait eu une. J'ai compris ce jour-là que la puissance change votre entourage en une meute de chiens attendant les coups, ou leur os. J'ai eu l'intuition de me comporter avec lui comme un chat : être agréable, affectueuse, fidèle, mais imprévisible. Je ne sais pas d'où me venait cet esprit de contradiction. Une chatte... il fallait y penser... qu'est-ce qu'il en reste aujourd'hui… Tanka m'a appelée le cochon égorgé… elle ne me respecte plus, l'infâme… Mais à l'époque tout était différent. J'étais si sûre de moi, j'avais tout d'un chat. Une odeur de chien mouillé émanait de ses vêtements quand il est entré, tout trempé. Pendant que nous dînions, la pluie battait contre les fenêtres qui, à l'intérieur, se couvraient de buée. Les hommes buvaient et fumaient, la fumée de leurs pipes rendait l'atmosphère lourde. Il a été le premier à se lever, prétextant qu'il était fatigué. Il a attrapé une bouteille de vin sur la table, il s'est approché de moi et m'a attrapée fermement par la main. « Prends des verres », m'a-t-il dit. Et il m'a emmenée.

Nous avons passé quatre jours dans la chambre qu'on lui avait préparée, celle avec les tentures chinoises. Nous y sommes restés blottis même quand la pluie a cessé et que le faible soleil d'automne s'est mis à briller. Un garde était posté devant la porte, lui apportait son courrier ou faisait entrer une fille avec de la nourriture sur un plateau, elle apportait aussi des bûches et des bougies pour les candélabres et remportait les bouteilles vides et les pots de chambre pleins. Nous avons passé quatre jours à boire, manger, et à nous distraire dans le lit.

Alors, Catherine, ton capitaine t'a manqué ? Salue ton capitaine. Dis-lui bonjour, acclame-le. Donne-lui un baiser… Regarde, il se met au garde à vous…

Bribes de souvenirs. Je me souviens des franges des rideaux en damas de l'alcôve, de chacun de leurs fils, mieux que de ses caresses. De la pièce chaude et étouffante aux vitres embuées, derrière lesquelles grondait la pluie d'octobre et s'étendait la grisaille. Je me souviens que nous avions tant bu de vin que le jour et la nuit se confondaient. Nous étions bien au chaud dans le lit. Nous dormions et nous faisions l'amour. Mais tout cela n'avait qu'un temps. D'autant qu'il ne s'attardait pas sur les rivages du plaisir. Je devais faire preuve d'inventivité pour prolonger ce plaisir et le tenir éveillé avec toutes sortes de plaisanteries et de futilités. Je l'écoutais, le laissais parler. Voilà une chose qu'il appréciait...

Comme je suis bien ici avec toi, Catherine, c'est si bon de ne rien faire... À vous de juger, monsieur le capitaine, moi, c'est la première fois que ça m'arrive – mais je dois avouer que ce n'est pas désagréable...

Je ne savais encore rien de sa vie. C'est maintenant que je me rends compte qu'il avait dérobé ces quatre jours à lui-même, à sa vie habituelle, comme s'il s'agissait d'une pierre précieuse. Une vie passée à cheval, les pieds mouillés dans ses bottes, dans des tentes militaires froides et humides, dans des tavernes, des chambres ou dans les palais des souverains étrangers, où tout était si nouveau, si propre et si luxueux que, pour reprendre ses mots, il avait envie de tirer sur les girandoles, déchirer les tentures, briser les vases en porcelaine, chier et pisser dans les cheminées en marbre blanc. Tous ces excès de luxe étranger, *blyad*!, ça le dégoûtait. Pareil pour les excès de manières chez les femmes : personne ne voulait d'une fille de campagne mal dégrossie, on préférait une dame, seulement on se serait bien passé de ses mines outragées quand on pétait au lit et de son regard méprisant d'icône sainte, tournant le dos dès qu'on ne se comportait pas comme il fallait. Anna Mons était apparemment de celles-là. C'est d'ailleurs à se demander comment il l'a supportée aussi longtemps.

Durant ces quelques journées d'octobre 1703, Peter a eu tout ce qu'il voulait : un lit sec, chaud et douillet dans la maison d'un ami, à boire et à manger, et une femme qui ne le fustigeait pas, sans pour autant se mettre à genoux devant lui. Une femme qui savait jouer à toutes sortes de jeux de l'amour. Qui aimait ça. Dehors il pleuvait, il faisait gris et nous n'avions ni l'un ni l'autre mieux à faire. Il ne faut pas non plus oublier que mon avenir, ma vie dépendaient de ce que j'avais entre les jambes, de ma poitrine, de mon corps tout entier, et de la façon dont je m'en servais pour le satisfaire. Ceux qui ne survivent pas, je les avais vus au bord de la route en Livonie, après le passage de l'armée. L'assaut contre Marienbourg remontait à un peu plus d'un an. Je revois clairement, maintenant, ce qui s'est passé dans cette chambre – je suis à nouveau sortie de mon corps, je me suis élevée, encore plus haut que le plafond, et je me suis vue de haut. C'était comme si j'étais montée au-dessus de la chambre, au-dessus du Faubourg allemand, au-dessus de Moscou et au-delà du temps : je me suis vue un an plus tôt, écrasée sous le poids des soldats dans les flaques de boue et de sang de Marienbourg. Un an après, je me retrouvais bien au chaud dans une chambre aux fenêtres embuées, décorée de tentures de soie chinoise brodées de dragons, abreuvée de vins fins, nourrie des mets les plus savoureux, de fruits d'automne, prunes et pommes, avec le plus haut chef et le souverain de ces mêmes soldats, le plus grand de ce pays et des alentours, nu et désarmé, la tête posée sur ma poitrine et me disant : « Comme je suis bien ici avec toi, Catherine. Je ne sais pas quel est ton pouvoir, mais avec toi, tous les soucis s'effacent comme par miracle... » J'ai vu tout cela de haut, ces deux visions, aussi inconcevables que le secret divin ou le dessein du Seigneur qu'Alexandre évoquait de temps à autre. Sur le moment j'ai cru que Dieu me protégeait, moi, Helena Marta Skowrońska. J'avais changé au point que ma mère ne m'aurait pas reconnue, mais quelle importance ? Peut-être fallait-il en passer par là. Je lui ai susurré des mots doux et l'ai embrassé avec encore plus de fougue.

Quand le pâle soleil d'octobre s'est remis à briller,

dimanche avait déjà passé, sans prières et sans églises. Pas une seule fois je ne l'avais vu prier. Nous n'avions idolâtré que Vénus et Bacchus. Des divinités qui n'ont jamais sauvé aucune âme, seulement bonnes à vous enivrer. Un garde est venu lui présenter quelques lettres, à la lecture desquelles il a dû se lever, aller régler ses affaires et gouverner le pays. Il était assoiffé et épuisé après ces quatre jours de beuverie, et aurait bien eu besoin de quelques heures de sommeil pour discerner le jour de la nuit. Mais peu lui importait, je ne l'ai jamais connu autrement : quand il le fallait, il se levait et y allait. Il aurait mieux valu qu'il ne se rende nulle part dans cet état.

Nous nous sommes habillés et, une fois qu'il était prêt à partir, il a annoncé à Alexandre qu'il s'absentait brièvement pour affaires urgentes en ajoutant : Aleksachka, Catherine m'a beaucoup plu. Donne-la-moi, Aleksachka. Elle ne doit plus laver que mes pantalons à moi. Voici ce que je te propose : elle reste habiter chez toi pour le moment, mais tu me la cèdes. Elle ne lavera plus que mes pantalons et pas ceux des autres. Tu as compris ?

C'était très clair. Il avait compris. Il n'a pas prononcé un mot. Il a seulement hoché la tête.

Il avait en face de lui Peter, et à ses côtés, Daria et Varka. Ainsi que sa tante Anissia et ses sœurs.

Nous avions tous les trois compris.

Varka aussi avait tout compris et je détectais de l'admiration dans ses yeux. Même Daria avait perçu le sous-entendu de la lessive des pantalons ; elle a rougi et s'est mise à tirer sur sa manche puis, d'un air absent, à mordiller la dentelle de la fontange qui descendait sur son épaule. Voyant cela, Peter a agité un doigt autoritaire et ajouté en riant : « Et vous, les filles, ne vous avisez pas de la maltraiter, elle est à moi désormais, vous devez vous comporter avec elle comme avec une princesse. Toi, tante

Anissia, veille à ce qu'elle ne s'épuise pas à la tâche. À ce qu'elle ne lave pas pour quelqu'un d'autre par habitude. Et que personne ne s'approche d'elle, c'est entendu ? »

Cette nuit-là, il n'est pas revenu. Avec Alexandre, nous avions compris qu'il était chez Anna. La force de l'habitude l'attirait là-bas. Il est réapparu le lendemain soir, légèrement aviné, mais pas complètement ivre. Les filles ont raconté qu'il était de très méchante humeur. Il a réclamé à boire, il souffrait d'un mal de tête terrible. Je n'étais pas dans la pièce à ce moment-là. Varka, qui avait accouru sur ses ordres, s'est dépêchée de lui servir de la vodka, puis Alexandre est arrivé et moi à sa suite. C'est là que tout a commencé.

Un de ses yeux s'est mis à tressauter, la paupière et le dessous de l'œil. Puis il s'est mis à bâiller de manière terrifiante, incontrôlée, pas comme d'habitude. Je n'ai pas tout de suite vu qu'une partie de sa bouche seulement bâillait, s'étirant du côté de l'œil qui tressautait. Les convulsions déformaient une moitié de son visage : si violentes qu'elles menaçaient de lui déchirer la peau. Un instant, on a pu lire l'étonnement dans son œil intact, comme s'il ne pouvait croire que cela se reproduisait. L'instant d'après, ses deux yeux se sont écarquillés, son corps s'est arqué : secoué par une force invisible, il se débattait, frétillant comme un poisson hors de l'eau, bégayant comme s'il voulait dire quelque chose. Sans réfléchir, je me suis précipitée vers lui et je l'ai soulevé par les épaules pour poser sa tête sur mes genoux, afin qu'elle ne cogne pas contre le parquet. J'avais vu faire un jour la petite épouse du maçon de Marienbourg, elle disait qu'il fallait maintenir la tête par les tempes, délicatement, mais fermement. C'est ce que j'ai fait, puis je lui ai aussi caressé la tête, comme je caressais celle du petit Ernst Gottlieb Glück quand il partait dans une crise de larmes si forte qu'il se cabrait. Et, comme à un nourrisson, je murmurais : « Chuttt… tout va bien, tout va bien, cela va passer, Dieu envoie cette maladie à certains grands hommes… » Je racontais ce qui me passait par la tête, j'ai même parlé en polonais et j'ai constaté que la voix et les caresses le calmaient. Les convulsions se sont affaiblies, mais ses yeux restaient écarquillés, jusqu'à ce que, enfin, les paupières lourdes recouvrent son regard sauvage. Il était allongé, inerte, ne donnant aucun signe de vie. J'ai craint un instant qu'il ne soit mort dans mes bras, et puis j'ai remarqué qu'il respirait, imperceptiblement. Il dormait.

Il a dormi sur mes genoux pendant trois heures et demie, peut-être quatre heures. Je regardais l'horloge. Cette première fois m'a paru longue, c'était si inconfortable d'être affalée par terre au milieu de la pièce, sa lourde tête posée sur mes genoux. Mon dos me lançait, j'avais un bras coincé sous sa tête qui commençait à s'engourdir, mais j'évitais de bouger. Personne ne savait quoi faire. Tous chuchotaient, moi j'osais à peine ouvrir la bouche. Seule Varka a eu l'idée de m'apporter à boire au bout de deux heures. Elle m'a glissé : « Veux-tu quelque chose de plus fort, de la vodka ? Tu vas prendre froid sur le sol… » Le plancher était froid, certes, mais j'avais surtout mal au dos et aux épaules. J'ai hoché la tête. Elle a porté à mes lèvres un verre de vodka qui m'a brûlé la bouche. J'ai senti la chaleur se répandre dans mon corps. Cela m'a un peu détendue, j'ai même réussi à déplier une jambe. Je suis restée assise encore longtemps. Pendant que l'horloge battait et qu'ils chuchotaient autour de moi. J'ai cru ne jamais en finir. Et pourtant si. Tout s'arrête un jour…

Quand il a fini par se réveiller, il paraissait aller mieux, même s'il disait avoir la tête qui tournait. « Allons, *mein Herr*, il faut te reposer et reprendre des forces, lui expliqua Alexandre alors qu'il promenait autour de lui un regard vide. Tu peux remercier Catherine, elle a su calmer ta crise, on aurait dit qu'elle l'ôtait d'un coup de baguette, après quoi tu t'es assoupi. » Nous n'avons pas eu de mal, vu sa taille, à nous glisser sous chacun de ses bras pour le soutenir jusqu'à sa chambre. Il a demandé de la vodka, qu'il considérait comme le meilleur remède contre les maladies et les malheurs de la vie, même s'il fallait être idiot pour croire que c'était une bonne idée après une crise pareille. Alexandre lui en a servi – que pouvait-il faire d'autre ? Peter s'est rendormi, il a ronflé toute la nuit.

« Allez dormir vous aussi, les filles, je dois parler avec Catherine. » Alexandre les a renvoyées dans leurs chambres et nous a servi des verres. Nous avons passé la moitié de la nuit ensemble, à boire. Il a parlé. Réfléchissant à voix haute, comme il en avait pris l'habitude en ma compagnie. Il a dit que tout lui paraissait clair : Peter s'était de nouveau rendu chez Anna Mons. « Il avait mauvaise conscience d'avoir couché avec toi. Il est attiré par elle, malgré tout. Il y est attaché… Mais tu as vu par toi-même dans quel état il est revenu… Visiblement, elle l'a irrité. Qu'il en soit ainsi. Dieu sait que ni toi ni moi n'avons eu le choix, mais nous ferons ce que nous devons. Toi, surtout. Tu as eu le bon réflexe de le prendre sur tes genoux. Tu étais au bon endroit au bon moment. Il ne s'est même pas cogné la tête, cette fois. Tu as su le calmer. Où as-tu appris ça ? Anna l'a mis en rage, pour une raison quelconque, et toi tu l'as calmé. À la perfection. L'une après l'autre, et la différence est flagrante. Encore quelques fois et il en tirera lui-même les conclusions. On n'aura peut-être même pas besoin de sortir l'artillerie, les lettres, au grand jour. Je ne voudrais pas déclencher un accès de rage et que quelqu'un en pâtisse. Mieux vaut creuser l'écart peu à peu. Anna a les cheveux clairs, elle est glaciale, elle provoque désormais sa rage et ses *biesy*, toi, tu as les cheveux noirs, tu es ardente, apaisante… »

Il réfléchissait à voix haute. Alexandre et moi, en compagnie l'un de l'autre, nous disions toujours ce que nous pensions. Toute la vérité. Enfin, peut-être pas toujours. Mais le plus souvent. Il arrivait que l'on se comprenne sans avoir besoin de parler. Et cette fois, nous avons compris une chose : nous avions affaire à un élément incontrôlable, qui tenait toute la puissance du monde entre ses mains. Nous avons compris que ce qui nous sauverait serait notre capacité à prévoir ces bizarreries et à les utiliser à notre profit. Dans un but précis. Celui de préserver nos têtes. Je n'avais pas oublié comme on terminait au bord des routes, les entrailles picorées par les corbeaux, et lui avait vu plus d'une fois les hommes terminer sur le billot. Notre unique but était de survivre. Alexandre et moi étions les mêmes.

Dès le lendemain, Peter nous a étonnés. Il a invité Alexandre, Daria et moi à nous promener en carrosse. Sans protection, sans suite, nous sommes partis dans les rues du Faubourg et nous sommes dirigés vers la maison large de huit fenêtres. Le cocher a reçu l'ordre de ne pas se hâter, il a fait faire plusieurs allers-retours au carrosse, jusqu'à ce qu'une pâle silhouette de femme apparaisse à une fenêtre du premier étage. Peter m'a alors attrapée, attirée à lui et, de façon que cela se voie à travers la fenêtre du carrosse, il m'a embrassée. La silhouette pâle derrière la fenêtre s'est recroquevillée, secouée de sanglots. Une boule s'est formée dans ma gorge, mais je l'ai vite ravalée. Je n'avais pas le temps de m'apitoyer sur moi-même et encore moins sur d'autres femmes. Il valait mieux le distraire et détourner son attention. J'ai dit que puisque nous étions de sortie, je voulais voir Moscou, dont je ne connaissais que le Faubourg allemand. Alexandre hésitait :

ce n'était pas prudent, sans gardes ni protection. Mais Peter s'est entêté : puisque Catherine le veut, montrons-lui !

Nous ne sommes pas allés très loin – à peine étions-nous sortis du Faubourg allemand, à peine avions-nous pénétré dans le premier marché, que des légumes pourris ont commencé à s'abattre sur notre carrosse.

« Ych ty, svolotch kukuyskaya, vypolzla, katis' obratno v Nemetskuyu Slabodu ! » meuglaient les gens.

Les *svolotch* du Koukouï, retournez d'où vous venez, le Faubourg allemand.

Ni notre carrosse ni nos habits ne nous distinguaient des Allemands. Ils n'avaient rien d'impérial. Peter était habillé simplement, comme un citadin. Fou de rage, il s'est tassé sur la banquette. Il a violemment frappé du poing contre le plafond pour que le cocher s'arrête, a ouvert la porte et s'est précipité hors du carrosse. Tous l'ont reconnu à sa stature de géant et à son profil, le même que sur les pièces de monnaie. Ils sont tombés à terre en se signant, le visage dans la boue. Hommes, femmes et enfants. Tous couchés à ses pieds. La place entière était visage contre terre.

Telle a été ma première rencontre avec le véritable Moscou. Honteux, Peter m'a dit : « Tu verras, Catherine, encore quelques années et ils seront comme les gens de ton pays. Des Européens. Moscou ne sera pas différente de l'Europe. »

Vingt-quatre ans ont passé et *ni khouïa.* C'est à peine si la cour et les riches ont changé. Ils ont un peu évolué. Le peuple est resté tel qu'il était.

Mais il est désormais à mes pieds.

1

Ai-je rêvé ? Est-ce que j'ai entendu quelque chose ? Non, je me fais des idées. Il n'y a que le ronflement régulier de Johanna dans un coin. Je n'ai presque plus mal, c'est le plus important. Je peux essayer de respirer en suivant son ronflement. Cela me calme. Cela m'a toujours apaisée. Quand quelqu'un ronfle à côté de vous, il faut essayer de respirer en suivant ce ronflement. Cela aide à s'endormir, au lieu de s'impatienter en vain. J'ai appris cela il y a longtemps, quand j'ai commencé à dormir avec Peter. Au début, il ne ronflait que quand il se couchait ivre. Puis il s'est couché ivre toutes les nuits. Nous avons fini par faire chambre à part, comme tous les puissants en Europe. Passer une nuit paisible, sans que les ronflements, les soupirs et les flatulences de l'autre s'insinuent dans vos rêves, est l'un des plus grands privilèges de la vie. Mais pendant un temps, les nuits ont été silencieuses, quand il cherchait la douceur, la chaleur et la sérénité entre mes bras. Quand il n'était pas épuisé, c'était lui qui m'étreignait. Ma tête passait parfaitement dans le creux de son épaule. Là, j'avais l'impression que rien ne me menaçait. J'étais sereine. Surtout lors de ce premier hiver à Moscou, quand il m'a prise pour lui. Il est resté chez Alexandre jusqu'à la mi-novembre. Il ne se rendait plus chez Anna, ou alors à la hâte, en journée. Ses nuits, il les passait avec moi. Lorsqu'il faisait beau, nous passions souvent la journée tous les quatre, avec Alexandre et Daria. Comme un double rendez-vous galant. Alexandre imaginait des distractions pour rendre ces moments joyeux. Daria avait embelli à la lumière d'Alexandre Danilovitch, elle avait éclos telle une rose, ses yeux brillaient, ses cheveux resplendissaient, ses joues rougissaient. Sans aucun doute, il la satisfaisait. Elle était très aimable avec moi, maintenant que j'avais les faveurs du Batouchka Piotr Alexeïevitch. Nous étions deux couples d'amis et d'amants, partant monter à cheval ou nous promener en carrosse, escortés par des gardes qui, une fois que nous étions en forêt, nous trouvaient une clairière et disposaient notre festin sur une souche. Parfois, Peter et Alexandre allumaient un feu et nous rôtissions une poule ou une perdrix tout juste chassée, ou bien cuisions dans la cendre son mets préféré, une racine ronde apportée de Hollande qu'il s'était mis à cultiver au manoir de Preobrajenskoïe et qu'on appelait pomme de terre. Sa préférence pour l'Occident concernait aussi la nourriture, et heureusement car je ne portais pas la nourriture russe dans mon cœur, ces légumes et champignons marinés dans le vinaigre, ces choux fermentés dont ils farcissaient chaussons et petits pains. Je n'aimais que le poisson, surtout les esturgeons, et encore plus leurs œufs. Peter ne choisissait que des vins hongrois, pas les français. Grisés, Alexandre et lui faisaient les fous, plaisantaient, se chamaillaient comme des garnements. Ils tiraient, montaient à cheval, se bagarraient. Pour nous impressionner. M'impressionner, moi ? J'osais à peine y croire. Daria, enhardie par les verres de vin, par l'affection et par cette tendance très moscovite à s'affranchir des limites, cherchait à me sonder : comment est-il ? Quand tu es seule avec Pierre Alexeïevitch, que te fait-il ? J'avais la présence d'esprit de ne rien raconter. Je disais : « Il a été béni par le Tout-Puissant, Dieu me fustigerait si j'ébruitais cela. Il n'y a qu'avec Lui que je pourrais en parler. » Le soir, après le dîner, nous nous retrouvions dans sa chambre avec les tentures de soie. Nous étions enfin tranquilles. Je lui demandais ce que monsieur le capitaine désirait, ce qui lui ferait plaisir, où le caresser. J'ai remarqué qu'il était timide, qu'il lui était plus aisé de parler des choses sur le ton de la plaisanterie ou en se dissimulant derrière le simple capitaine Piotr Mikhaïlov. Peter était un beau parleur et un orateur partout, sauf en amour. Il bafouillait quand il faisait une déclaration ou bien jurait comme s'il était attablé avec sa pinte dans une taverne, comme s'il n'était pas le tsar, éduqué depuis l'enfance, mais un cocher ou même un moujik. Peu importait, nous avions bien plus que les mots. Nous prenions notre temps tandis que le feu crépitait et que le poêle en faïence sifflait, aspirant la chaleur pour la rejeter dans les cieux noirs étoilés. Pour la première fois de ma vie, je me sentais en sécurité, je n'avais même plus à craindre qu'on me surprenne comme avec Alexandre ; je n'avais pas l'impression de tromper le destin, parce que avec Peter je ne risquais rien, il était la puissance suprême, le seul dont je pouvais craindre quelque chose. Il pourrait finir par se lasser de moi, et je ne me racontais pas d'histoires : on finit toujours par se lasser, surtout quand on est choyé et puissant… Tout a une fin. Je devais profiter de chaque instant qu'il avait à me consacrer. Pourtant, à l'époque, il ne donnait aucun signe de lassitude, pourquoi aurais-je dû me faire du souci ? Il est parti début novembre, sans adieu ni promesse, en disant seulement : Ce n'est pas un adieu, je reviendrai quand Dieu le voudra, pour le Nouvel An si Dieu le veut.

Une semaine ou dix jours plus tard, Alexandre m'a ordonné de lui écrire : Tu dois, Catherine, te rappeler à son bon souvenir, ajoute un mot à ma *tsidoulka.* J'ai demandé au *pisor* d'écrire quelque chose de simple, que Catherine lui souhaitait une bonne santé et se languissait de lui. Il a répondu qu'il viendrait en décembre et comptait rester à Moscou jusqu'au dégel, en mars. Avant de partir le rejoindre, Alexandre m'a fait venir : « Prépare-toi, Catherine, c'est le moment décisif. Il a toujours passé les fêtes chez Anna Mons, mais l'heure est venue de lâcher la bombe. » Alexandre n'a pas daigné écouter mes objections, et qui étais-je pour le convaincre ? Il connaissait Peter depuis bien plus longtemps que moi, et m'a affirmé savoir ce qu'il faisait.

Peter est arrivé peu avant le Nouvel An, une célébration qu'il avait lui-même introduite et qui lui tenait particulièrement à cœur. Trois ans plus tôt, avec l'introduction du nouveau calendrier, un oukase avait ordonné à tous de fêter le Nouvel An, comme les Allemands ou les Hollandais, en décorant maisons et villes avec des branches de sapin ; les enfants s'amuseraient à faire des descentes en luge ; les adultes, eux, ne devraient pas trop boire ni en venir aux mains, ce qu'ils faisaient déjà beaucoup le reste de l'année. Le Faubourg ressemblait alors à une véritable ville allemande : un sapin décoré se dressait sur la place du marché, où une foire de Noël battait son plein, cela sentait bon la brioche et le pain d'épices, les bâtiments étaient ornés de branches de conifères et éclairés par des lanternes, et le soir, aux fenêtres des maisons, scintillaient des bougies. Un candélabre brillait à chaque fenêtre de la demeure d'Anna, qui pouvait se permettre ce luxe. Je n'ai jamais su précisément ce qui s'est passé – c'est en vain que Daria et moi avons essayé d'interroger Alexandre… Et je ne me serais pas risquée à interroger Peter à ce sujet. Les récits divergent, et je n'ai jamais su s'il était allé directement chez elle ou s'il était installé chez nous lorsque Alexandre a lâché la bombe. Quand je lui posais la question, Alexandre se contentait de secouer la tête : « Catherine, il vaut mieux que tu ne saches pas, tu pourrais nous trahir sans le vouloir… » C'est grâce aux bribes de récit des quidams, des domestiques, des *babas* et des témoins que j'ai pu reconstituer les faits : il semble qu'Alexandre lui ait tout raconté, en lui montrant le portrait et les lettres, dès son arrivée à Moscou. Certains ont dit que le tsar a saccagé tout ce qui se trouvait à portée de main. D'autres qu'il est devenu muet et calme, ce qui était bien pire que de le voir enrager. Quoi qu'il en soit, il s'est ensuite rendu comme si de rien n'était à la réception de Noël donnée chaque année par Anna Mons en l'honneur de son amant le tsar, où étaient conviés les nobles du Faubourg, ses amis et les envoyés. Tous les invités étaient unanimes : ils se sont amusés, ont bu, fumé et dansé jusqu'à ce que Peter, légèrement ivre, s'approche d'elle, arrache les colliers de son cou, ôte les bracelets de ses poignets et détache de sa poitrine la miniature sertie de diamants avec son portrait. Et puis il a ordonné aux gardes de Fédor Romodanovski de la surveiller. Il l'assignait à résidence. Pas seulement elle, mais aussi sa mère, qui vivait ailleurs, la vieille Modesta Mons, alitée, qui ne pouvait plus marcher et que tous appelaient *staroukha Mons,* la vieille Mons. La fête d'Anna s'est achevée sur-le-champ. Peter était apparemment coutumier de ce genre de facéties. Il vous accordait sa faveur, vous ornait de diamants, et l'instant d'après vous étiez assigné à résidence et n'aviez plus rien. Voilà un plaisir qu'offre la puissance, celui d'élever pour mieux rabaisser et anéantir. Mais la puissance n'a pas de remède pour un cœur blessé.

Il ne s'agissait peut-être que d'une blessure d'amour-propre, mais je pense que Peter l'aimait malgré tout, et Alexandre l'a ramené à la maison complètement ivre. Je ne sais pas d'où ils arrivaient, probablement d'une taverne, ou du palais de Lefort, où le souverain tenait parfois des beuveries – toujours est-il qu'ils sont rentrés tous les deux en titubant, en se cognant aux meubles et en renversant les chaises. À un moment, Peter a saisi un candélabre et l'a projeté dans un coin de la pièce en hurlant : « J'aurais dû la pousser par la fenêtre cette putain, *souka tvar'* », et il a fondu en larmes. Une chance qu'il n'ait pas mis le feu à la demeure d'Alexandre… Il paraissait meurtri. Il n'a pas eu de convulsions, sans doute était-il trop ivre. Les domestiques s'y sont mis à plusieurs pour le porter dans sa chambre, celle avec les tentures.

Le lendemain matin, j'ai trouvé Alexandre dans la cuisine, au milieu des femmes qui couraient de tous côtés. Installé près du feu, il grelottait de froid malgré sa robe de chambre doublée de fourrure. Ses yeux bleus étaient rougis, gonflés, fixes, son regard semblable à celui d'un poisson mort. Cela m'a surprise, lui qui avait une aussi bonne descente que Peter était en train de se soigner de leur cuite de la veille en buvant la saumure des cornichons, un verre de vodka posé à côté de lui. Une des domestiques lui a apporté une écuelle d'un breuvage fumant. « Ne faudrait-il pas que quelqu'un en apporte à Sa Majesté, notre Batouchka le tsar ? » murmura-t-elle d'un air terrifié. Ni Alexandre ni elle n'osaient déranger Sa Majesté. Je lui ai apporté. Je n'ai pas écouté Alexandre qui me déconseillait d'y aller. Car si Alexandre se trouvait mal, Peter devait être tout aussi mal en point. Quand je suis entrée avec le plateau, une grimace a déformé son visage, ses cheveux trempés de sueur étaient collés à son front. Je ne me souviens pas bien de ce que j'ai dit, sans doute pas grand-chose… Dans son état, le moindre bruit devait lui transpercer le cerveau. « Quand vous serez d'humeur, monsieur le capitaine, cela vous réchauffera et vous fera du bien. » J'ai versé un peu d'eau de la carafe dans un bol, humecté une serviette que j'ai repliée pour essuyer ses cheveux puis la poser sur son front, comme j'avais vu faire Kristina Emerentia quand le pasteur allait mal pour la même raison. « Tu es une bonne femme, Catherine, va », a-t-il juste dit. Je suis sortie, pour ne pas l'agacer plus longtemps. J'étais peut-être stupide, mais pas tant que cela…

Nous avons fêté le passage vers l'année 1704 par un grand bal dans le palais de Lefort, dans le Faubourg allemand, près de la Iaouza. Peter a ordonné que je vienne aussi, même si je n'avais pas ma place à sa table. C'est une chose de partager la couche du tsar, c'en est une autre de s'asseoir à sa table. L'important était qu'il m'ait conviée au bal avec les femmes de Menchikov. Le palais du défunt favori, une jolie construction, servait surtout à accueillir les grandes fêtes de trois cents personnes et n'était pas habité. Une immense salle était consacrée aux fêtes, aussi haute que le bâtiment dans son entier, avec dans un coin un imposant poêle en faïence. Une gigantesque tapisserie représentant une scène de bataille était accrochée au mur, et peut-être dix miroirs aux cadres simples, à la mode hollandaise, pour renvoyer la lumière des bougies. La table de Peter était dressée près du poêle, sur une estrade – tous les autres, c'est-à-dire les nobles, les amis, les envoyés et les fonctionnaires, étaient installés à de longues tables qui faisaient le tour de la pièce. Quant à nous – les femmes, les rangs inférieurs, la plèbe –, nous attendions debout qu'ils soient rassasiés. Heureusement, on ne cessait de remplir nos verres pour faire passer le temps. J'observais Peter et Alexandre sur l'estrade. Le maréchal Cheremetiev était là aussi, à une des tables… En le voyant s'esclaffer avec sa gueule rougeaude, j'ai été secouée d'un hoquet de dégoût, mais il ne m'a pas aperçue. Peut-être ne m'a-t-il pas reconnue ? J'avais désormais les cheveux noirs et je portais la belle robe offerte par Alexandre à Chlisselbourg. J'ai senti de nombreux regards sur moi. J'étais étrangère, et dans cette foule on repérait vite les étrangers. Sur ordre du souverain, tout son entourage devait s'habiller à la mode occidentale : plus de caftans, plus de sarafanes, plus de *kokochnik* et plus de longues barbes, même si l'on voyait encore quelques barbes courtes, de grandes moustaches démodées qui n'allaient pas avec les perruques, ou des fourrures par-dessus les justaucorps. Mais nous, les nouveaux venus, étions tout simplement différents, nous n'avions pas les mêmes visages, nos voix étaient plus discrètes et nos gestes plus réservés et dignes. J'aurais pu passer pour une princesse, moi, l'orpheline, la fille adoptive du pasteur, surtout au vu des princesses de cette cour, au nombre de deux : Natalia, la sœur chérie du tsar, devenue célèbre, selon Alexandre, pour ses habitudes modernes, et Prascovia Saltykova, la veuve du frère du tsar. Toutes les deux étaient laides, elles avaient les traits grossiers et le teint gris, comme si elles ne connaissaient pas le grand air ; même habillées dans leurs somptueux habits, elles arrivaient à paraître négligées, comme si elles ne s'étaient pas lavées. Et si les yeux de la sœur de Peter brillaient d'une lueur d'intelligence, comme ceux de Varka, la tsarine Prascovia faisait peur à voir avec son gros ventre, son triple menton et ses petits yeux de rat. Elle ne parlait pas avec les femmes qui l'accompagnaient, elle hurlait, les bousculait et les frappait. Je l'ai même vue en attraper une par l'oreille et lui arracher une boucle, en tirant jusqu'au sang. D'après Daria, ces deux princesses étaient les plus grands soutiens de Peter pour introduire les nouveautés à la cour, surtout Natalia Alexeïevna. Prascovia le faisait pour être dans ses bonnes grâces ; elle y mettait tant de zèle qu'un jour, craignant qu'un de ses domestiques ne la dénonce parce qu'elle continuait de vivre à l'ancienne mode dans sa demeure d'Izmaïlovo – traînant dans sa maison habillée d'un caftan –, elle l'avait emprisonné, fouetté, aspergé de vodka… puis brûlé. Pour que l'on ne doute pas qu'elle approuvait les manières de gouverner du tsar. Il n'était pas étonnant qu'avec de telles princesses, les étrangères se détachent de la foule du bal. Nous nous tenions différemment, droites, comme nos mères nous l'avaient appris, nous nous exprimions en regardant notre interlocuteur dans les yeux, hochions la tête et répondions poliment aux hommes, quoique dignement. Il y avait aussi des étrangers. Ils étaient plus minces, plus grands, ils n'avaient pas ce teint rouge ou brun mais la peau claire. L'élégant Keyserling, envoyé de Prusse ; Villebois, l'officier français et valet du tsar ; Whitworth, l'envoyé britannique récemment nommé ; les Écossais, les Hollandais, les Italiens – tous resplendissaient dans la foule et plus d'un m'a suivie du regard alors que je me tenais à l'écart. Tous les autres me faisaient l'effet d'une mascarade, comme si on avait pris les vendeurs du marché pour les vêtir d'habits étrangers, si bien que même l'horrible Cheremetiev s'en tirait bien en comparaison. Telle a été ma première impression de la noblesse de Moscou. Alexandre se distinguait par sa beauté et sa mise luxueuse. Toute sa personne resplendissait, au-delà de sa décoration de l'ordre de Saint-André. En novembre, le jour de sa fête, lui, l'enfant d'un petit noble de Lituanie, avait reçu de Peter et du Saint-Empire romain son premier titre de comte de Hongrie, ainsi que la fonction de gouverneur d'Ingrie. Peter aussi se distinguait, par sa stature et sa simplicité. Au milieu de la foule, on ne voyait que lui, alors qu'il était le plus simplement habillé. Il aurait pu se vêtir de haillons qu'on l'aurait reconnu. J'ai pensé que les années précédentes, Anna Mons avait trôné à ses côtés durant le bal. Quand les feux d'artifice ont commencé à être tirés, tout le monde s'est précipité vers les fenêtres. Accompagné d'Alexandre, Peter s'est approché de notre petit groupe et a demandé l'air de rien : « Toi aussi, tu es là, Catherine ? Quand tu seras de retour à la maison, attends-moi, ne t'endors pas. » Et il a souri, comme pour me caresser du regard. J'avais bien conscience de me détacher dans cette foule, j'avais dix-neuf ans, j'étais au sommet de ma beauté et de ma jeunesse, et Alexandre a renchéri, complice : « Regarde, *mein Herr*, comme nos Catherine et Daria sont resplendissantes, de vraies déesses !… » Un instant, au milieu de la foule, j'ai senti la large main protectrice et chaude de Peter se poser sur ma taille. J'ai souri et levé le regard vers lui. Ses yeux étincelaient de la même chaleur que ceux d'Alexandre, son sourire était fier et satisfait, ses narines dilatées frémissaient comme à leur habitude. Puis la foule l'a entraîné vers les fenêtres du palais, à travers lesquelles j'ai observé mon premier feu d'artifice : des coups qui n'avaient pas pour intention de tuer, mais de divertir. Des bouquets ronds de flammes crépitant au bout de longues perches, et traversant la nuit noire avec des reflets vifs : je n'avais jamais rien vu d'aussi beau. J'ai appris, des années plus tard, que ces feux d'artifice étaient appelés les roues de Catherine, en hommage à la sainte torturée sur une roue. Je n'en savais rien alors, j'admirais seulement ces cercles de lumière, qui devaient leur nom à une martyre. Je n'y voyais encore que la beauté, le miracle, un éclat, la fête, la promesse que la vie pouvait aussi m'apporter un moment d'émerveillement, même si ça ne devait pas durer. Parfois, mieux vaut flamber comme un feu d'artifice que se consumer lentement, année après année, comme un feu sur lequel quelqu'un, le destin malheureux, ne cesse de se soulager… Le tsar lui-même, Peter, m'avait repérée dans la foule, ce qui était une marque de reconnaissance. J'ai vu son regard. Cette nuit-là, j'étais un feu d'artifice, belle et scintillante, distinguée entre tous par le souverain. L'élue, même si ce n'était que pour une nuit.

Catherine, attends-moi, ne t'endors pas.

Je l'ai attendu cette nuit-là dans la chambre aux tentures, resplendissante de la confiance et du désir qu'il avait allumés en moi. Il est rentré peu de temps après nous, à l'aube. Il avait bu une telle quantité de vodka qu'il était épuisé et que les souhaits de monsieur le capitaine n'ont pas pu se réaliser. Peter s'est endormi, et il a ronflé. Mon feu d'artifice d'espoir s'est éteint en chuintant, me laissant une boule dans la gorge, celle que connaît toute femme qui a un jour perdu la bataille de la tendresse d'un homme contre la boisson. Plutôt que de m'en attrister, j'en ai tiré une leçon : inutile d'espérer des plaisirs du lit après un festin russe. On n'était ni en Pologne, ni en Saxe, ni en France, où les banquets, les bals, la bonne chère et la boisson sont des préliminaires enflammés aux jeux de l'amour. On n'était pas non plus en Hollande ou en Prusse, où chacun boit sa part sans excès et file rejoindre sous les couvertures chaudes son épouse, sa maîtresse ou son adjudant. En Russie, le vin et la vodka mettent un terme à tout le reste. Il n'y a plus ensuite que le mal de tête.

J'ai vite compris que je n'y pouvais rien. Pour survivre, pour le garder, je devais être plus rusée. Pour changer quelque chose dans ce monde, il fallait commencer par s'y plier. Alors seulement, sans se faire remarquer, on pouvait gagner du terrain, comme la moisissure ou la vermine.

J'ai repris le dessus en janvier. Il gelait à Moscou, ce qui était un atout pour le retenir au chaud à l'intérieur, puis, une fois dans la chambre, l'attirer au lit. Alexandre m'a aidée autant qu'il a pu : devant Peter, il me flattait, et en son absence, il me conseillait ou se renseignait auprès des domestiques. Peter s'était rendu quelques fois chez Anna, heureusement sans grand succès. Elle a commencé par ne pas vouloir le laisser entrer, espérant qu'il implorerait son pardon. Il s'est évidemment fâché. Elle lui a alors écrit des *tsidoulkas* de sa main pour le supplier de revenir, a fait brûler de l'encens et tenté de lire l'avenir dans la cire de bougie et dans les affaires qu'il avait laissées, pour savoir s'il reviendrait. À force d'implorer une visite, elle a fini par l'excéder, comme cela arrive souvent chez les amants en froid, qui ne parlent plus la même langue et ne vivent plus à la même heure, si bien que l'un voit noir quand l'autre voit blanc. Il est revenu vers moi, qui étais modeste, de bonne humeur, jeune et encore nouvelle à ses yeux. Un territoire inconnu, charmant, truffé de surprises qu'il pouvait explorer tel un pionnier. Il aimait ça, voyager et découvrir – ce qu'il fallait c'était lui donner l'impression qu'une surprise l'attendait deux pas plus loin. Ce n'était pas sorcier. Et puis Alexandre avait raison, il était affectueux. Il était surpris qu'une femme puisse ne pas être pleurnicharde, ne pas faire de reproches et ne pas être effrayée du mode de vie d'un homme tel que lui. Qu'elle puisse ne pas se signer à chaque juron ou plaisanterie salace, ne pas repousser une caresse osée ou une plaisanterie d'ivrogne. Qu'une femme fasse rire, et mes reparties le faisaient parfois rire aux larmes. « Tes boutades, Catherine, sont piquantes à souhait ! Presque aussi bonnes que celles de Danilovitch ! » Je ne me méprenais pas, je n'étais pas pour Peter le compagnon qu'était Alexandre, son frère, il ne m'appelait pas son *Bruder*, et ne me disait pas *mein Herz*, mon cœur. Les amis demeuraient, les femmes ne faisaient que passer… Mais je possédais d'autres avantages… Quand nous dînions tous les quatre, il aimait m'asseoir sur ses genoux; il posait sa tête contre ma poitrine et m'embrassait soudainement. C'était inhabituel de le faire en public, comme un soldat dans une taverne, même s'il n'y avait que nous quatre pour le voir. J'ai appris à faire abstraction de la présence des autres et à lui rendre la pareille. Je n'allais pas tarder à apprendre qu'il était capable de bien pire.

La période de début février jusqu'au Carême était consacrée, depuis la jeunesse du tsar, au carnaval, Maslenitsa, et Peter n'attendait pas le jeudi de la débauche, le *razgoul*, pour le célébrer. Tout le mois était pour lui un immense *razgoul*, durant lequel il convoquait son « Synode très-fou, très-bouffon et très-pochard », créé pour railler les vieux popes et leurs règles. Quand il a constaté qu'il ferait mieux de ne pas se moquer de l'Église et de ses fidèles, il a prétendu qu'il raillait les catholiques, leur stupide Église et le pape de Rome. Il est plus aisé de s'en prendre à ceux qui sont loin et ne savent même pas qu'on se moque d'eux que de rudoyer l'Église orthodoxe de son propre empire. Pour ce qui était de sa foi, Peter avouait simplement, le plus souvent en levant son verre ou son pot à bière : « Je ne crois en rien, surtout pas en ces popes, qui ne servent qu'à nous abrutir la cervelle ! » et il s'esclaffait, même s'il implorait l'aide de Dieu avant chaque bataille et Le remerciait après la victoire. Dans ses *tsidoulkas* aussi, l'expression « *Si Dieu le veut* » revenait souvent, sans qu'il s'en rende compte. On se tournait vers le Seigneur quand la situation était grave et qu'on avait besoin d'aide. Le reste du temps, Il pouvait bien somnoler là-haut sur Son nuage, au milieu des autres nuages, Il ne serait pas dérangé par les prières de Peter. L'Église orthodoxe, les popes et leurs momeries, et l'Église en général, étaient à ses yeux une farce permettant de régner sur ce peuple ignare. Lui, le souverain oint, n'était pas concerné. C'était à croire qu'il se sentait suffisamment puissant pour tutoyer le Seigneur. Toujours est-il qu'il se sentait investi de la sainte mission de railler les popes qui diffusaient la parole de Dieu, et qu'il méritait assurément le surnom d'Antéchrist. Il s'en lavait les mains, cependant, puisqu'il possédait sa propre Église : le Synode pochard, composé de deux douzaines de personnes de son entourage proche. Il s'y comportait à sa manière et renversait les règles en vigueur : dans cette Église, chacun avait une fonction et un titre, il y avait aussi bien des hommes – dirigés par l'archi-prince ou « prince-pape », Nikita Zotov, l'ancien précepteur de Peter au nez cramoisi, par l'encre peut-être mais aussi par la vodka – que des femmes – dirigées par la princesse higoumène Daria Rjevskaïa, obèse et rougeaude, descendante de la grande famille noble des Riourikides, même si c'était difficile à croire. Elle était à la tête des religieuses, les *monakhinia*, dites « monakhouïnia » ou « monakhouïakhinia ». Les membres du Synode étaient rebaptisés de sorte que le juron *khouï*, désignant une queue, se retrouve dans leur nom. « Catherine, ne t'inquiète pas, choisis un autre déguisement, évite celui des *monakhouïakhinia*, habille-toi en homme et il ne t'arrivera rien… Si tu survis à cela, tu survivras à tout. Maintenant, allons-y ! » m'a dit Alexandre avant ma toute première mascarade, ou *machkara*, du Synode pochard, comme ils l'appelaient, et qui commençait dans un petit manoir en bois à Presbourg, sur une île au milieu de la Iaouza, près de Preobrajenskoïe, où résidait la sœur du tsar. Natalia Alexeïevna était là aussi, comme spectatrice mais aussi comme camarade de beuverie. Une chose qui manquait là-bas était les étrangers, il n'y avait aucun envoyé. Ces derniers auraient tout décrit à leurs cours royales et n'auraient rien compris à cette langue du Synode, dont je devais apprendre à déchiffrer les codes le plus rapidement possible : *Ivachka Khmelnitski* était le nom de code pour la vodka, le vin et tout ce qui permettait de s'enivrer; *Yeremka*, allez savoir pourquoi, c'était la débauche, le *razvrat*; on utilisait *yabatsia* ou *yebimatsvovat'* pour tout ce qui se rapportait à la fornication; pour les entrailles de la femme on disait *pizda*, le con, mais *pizda* pouvait être aussi une action ou le résultat de cette action : celui-là a tant bu qu'il est *pizda* ! Les voleurs l'ont *pizdé*, ils ont *pizdé* sa bourse, et cet imbécile ne tenait tellement pas sur ses jambes qu'il est *pizdé* à la rivière ! À tout le reste, en Russie, on pouvait appliquer le mot *khouï*, qui désignait la verge. Ceux qui croulaient sous les richesses croulaient sous le *khouï*, les pauvres n'avaient pas de *khouï*, et il n'y avait pas d'entre-deux – un demi-*khouï* ne servait à rien; le beau et l'admirable se disaient *okhouïenno*, ce qui manquait d'éclat était *khouïovo*, et les futilités *khouïnya*; si quelqu'un était malade ou avait trop bu la veille, il se sentait *khouïovato*, et si quelqu'un tombait en disgrâce auprès de Peter, c'était aussi *khouïovato* – une complète *pizda*. Pour envoyer quelqu'un au diable on l'envoyait au *khouï*, sans songer qu'à force de s'y envoyer les uns les autres ils y étaient arrivés depuis longtemps.

Peter et les membres du Synode se rebaptisaient en adoptant les noms les plus anciens possible, des noms liés à l'Église et aux moines et contenant tous le mot *khouï* : Fédor Apraxine, à la tête de la contre-amirauté, gouverneur d'Arkhangelsk et d'Azov, un noble de grande valeur, était devenu Répare-ta-Pine Apraxine; Piotr, le père de Boutourline – futur admirateur de Lizenka – était Piétine-sa-Pine Boutourline, qui se faisait aussi appeler « roi de Pologne »; il y avait aussi Doute-de-sa-Pine Tourgueniev, Prélève-Pine Moussine-Pouchkine, Souffle-Pine Chemiakine, Fourre-Pine Klutchariov, Creuse-Pine Ronov, Théopine Choucherine, Ramasse-ta-Pine Timachiev, Anapine Iouchkov et même un Pine-d'ours, le valet de Peter, son *Kammerherr* de basse origine. De tous ces noms, on pouvait déduire les difficultés et les avantages de chacun : celui qui n'avait pas de quoi se vanter, celui qui devait se la tenir, celui qui avait besoin qu'on la lui tienne, celui qui aurait pu s'en servir pour creuser des tranchées, celui qui n'avait rien à envier à un ours... Peter avait le titre de protodiacre lors des fêtes de son Église et se présentait comme *Pakhom Pikhaykhouï Mikhaïlov*, Pine-en-avant Mikhaïlov. Et je suis bien placée pour dire que ça lui correspondait. J'ai eu de la chance, je ne suis pas devenue *monakhouïakhinia*, je m'étais habillée en homme pour mon premier office, comme me l'avait conseillé Alexandre, et je portais un uniforme semblable à celui du régiment de Preobrajenskoïe, ce qui m'a valu d'être aussitôt rebaptisée *Amazonka*, l'Amazone, le Synode et son protodiacre s'amusant ensuite à répéter que j'aimais chevaucher ce que Mikhaïlov poussait si bien en avant...

Mon tout premier Mardi-Gras avec le Synode a été épouvantable. Je les avais déjà vus s'enivrer, mais jamais à ce point. Nous avons commencé à midi, sur l'île de Presbourg, là où se trouvait la petite forteresse en bois dans laquelle Peter jouait à la guerre depuis son enfance : elle était dans un état abominable, les poutres étaient trouées par les balles, les tables étaient tailladées de coups de canif et tachées de vin ; tout était poisseux, puait le tabac, et une odeur nauséabonde de vomi et de pisse persistait dans les recoins ; on aurait dit une dizaine de vieilles tavernes moisies réunies en un seul endroit. Nous nous sommes échauffés à la vodka avant de partir pour la ville, dans le crépuscule lacéré par le froid. Tous étaient habillés de manière ridicule : le « pape » Zotov portait un manteau de cartes à jouer, et il avait enfilé sur sa tête un petit seau en fer-blanc en guise de mitre. Juché sur un tonneau, il a déclamé son serment : en l'honneur de

Bacchus, qu'on s'abreuve de boissons fortes et qu'on n'en perde pas une goutte. Plutôt pousser son propre père du toit que d'en perdre une seule ! Levant son verre, il a béni l'assemblée à l'aide de deux pipes hollandaises qui lui servaient de croix, et a embrassé d'un baiser sonore la poitrine nue de la princesse higoumène Rjevskaïa. C'était une femme d'âge mûr, ayant allaité plus d'un enfant avec ces seins désormais striés de vergetures et de veines, dans lesquelles coulait le sang des Riourikides, et aux tétons flétris – et en regardant Zotov y poser son nez gonflé, ridé, prêt à se détacher de sa figure, et sa barbe emmêlée et pleine de miettes, j'ai pensé que je n'avais jamais vu quelque chose d'aussi répugnant et obscène de ma vie. Même les horreurs scandées par le groupe, que je ne comprenais pas toutes, n'étaient pas grand-chose en comparaison, car elles n'étaient pour la plupart que des variations grammaticales d'un seul juron. Chacun avait à la main une saucisse, symbole de ce qui les occupait tant. Peter était habillé de noir comme un marchand hollandais, avec un chapeau à larges bords, et Alexandre était déguisé en paysan, comme pour se moquer de ses origines ; les autres nobles portaient des peaux de mouton retournées, des souliers en écorce de bouleau ou en paille, des fourrures de chats et d'écureuils, ils s'étaient enrubannés de guirlandes de clochettes et de grelots et soufflaient dans des sifflets ; l'un d'entre eux avait recouvert son luxueux manteau de peaux de rats… Il fallait voir notre procession de traîneaux et de carrioles. La nôtre était tirée par des chevaux pour assurer la sécurité du souverain ; mais les autres « religieux » – diacres, éclaireurs et archiprinces, le pape Zotov et la princesse higoumène Daria Rjevskaïa – étaient tirés par des cochons, des chèvres, des ânes, des bœufs et de grands chiens qui tous se bagarraient en aboyant, bêlant, glapissant et hurlant.

L'un des membres était accompagné par un grand ours apprivoisé qui n'attendait qu'une chose : que son maître se saoule pour se libérer de ses chaînes. Je bus de la vodka au même titre que les autres, c'était le seul moyen de supporter ça ; un instant, alors que nous approchions de la ville, j'aperçus le regard concentré de Peter à la lumière du flambeau. « Ce n'est pas un sacrilège, Catherine, Dieu est trop grand pour s'offusquer de pareilles broutilles. Ne me regarde pas de cet air méchant ! » Il n'a pas fallu me le répéter. J'ai compris qu'il ne plaisantait pas. Que je devais à n'importe quel prix, le prix de ma tête sur mes épaules, lui plaire. Heureusement que je ne craignais pas de boire, même si j'étais incapable de les suivre, Alexandre et lui.

Les libations du Synode pochard se sont poursuivies selon une règle simple : nous débarquions dans la demeure d'un quelconque noble moscovite, le mieux était d'arriver à réveiller toute la maisonnée, les femmes et les enfants couraient se cacher, et le maître de maison devait nous donner à manger et à boire et boire lui-même, et en guise de remerciement il recevait les quolibets du Synode. Le plus souvent, on entonnait des chants grivois en son honneur, dont chaque vers rimait avec *khouï* ; on lui donnait l'ordre de boire encore et encore, debout sur une chaise, dansant sur un pied, et on l'encourageait en agitant les saucisses devant lui d'une manière obscène, puis en les lui jetant dessus si bien qu'il en avait partout sauf dans la bouche. Les contrevenants qui ne voulaient pas ouvrir leur porte, ceux qui ne servaient pas à boire, ne s'amusaient pas de manière assez zélée ou ne se saoulaient pas assez vite devaient avaler cul sec une « punition », un litre de vodka dans un calice en argent décoré d'un aigle bicéphale, qui les assommait si elle ne les tuait pas. Ou alors ils avaient affaire à l'ours apprivoisé qui, excité, arrachait leurs vêtements avec sa patte ; ou encore, on sortait un fouet ou une épée pour les « chatouiller ». Peter et le Synode avaient la volonté et le pouvoir de transformer la fête de Maslenitsa, période où l'on buvait, mangeait et s'amusait avant le Carême, en une torture et une humiliation ; le rire de Peter était pour les autres l'horreur et les larmes. Je les ai vus à l'œuvre dans l'une de ces maisons ; j'ai entendu quelqu'un renifler dans une pièce reculée, j'ai poussé la porte et vu l'épouse du maître de maison, sanglotant sans bruit, entourant ses deux enfants comme une poule ses poussins, la main sur leur bouche, pour qu'ils se taisent… Je voyais dans ses yeux la même terreur que dans ceux des femmes à Marienbourg au lendemain de l'assaut. J'ai posé l'index sur mes lèvres pour qu'ils sachent que je ne les trahirais pas et j'ai refermé la porte. Le souvenir de Marienbourg m'avait rappelé que je me trouvais en territoire ennemi, mais je constatais que les ennemis étaient pauvres et tout aussi opprimés, maltraités par le pouvoir et la violence contre lesquels il n'existe aucune possibilité de se révolter. Moi, l'esclave, la captive de guerre sans aucun droit, défendue par aucune loi mais soumise à la loi du plus fort, j'ai compris que les gens libres du pays qui m'avait vaincue, même les nobles, étaient aussi asservis que moi. Au contraire de Marienbourg, où le bourgmestre consultait le commandant et où les deux écoutaient attentivement le pasteur, ici, il n'y avait aucune règle, les différentes instances ne se surveillaient pas entre elles et c'étaient finalement les bourgeois qui faisaient la loi, à force de conflits. Ici, il n'y avait que des esclaves et le pouvoir de Peter se déchaînait comme une tempête au-dessus d'eux : la foudre rageuse, une pluie de menaces, de punitions, de disgrâces, un déferlement de nouvelles lubies et d'ordres, changeant de direction comme le vent. J'ai compris que je partageais la couche de la puissance suprême de ce royaume du mal, et une terreur m'a saisie. Elle s'est éteinte, chassée par la vodka, lorsqu'on est entrés dans le palais de Cheremetiev. Ce dernier avait l'habitude des visites du Synode, il s'amusait, faisait tout pour plaire, mais il était surprenant de voir comme on se moquait de lui, comme tous ceux qui le souhaitaient le rabaissaient, et surtout Alexandre, protégé par la grâce de Peter. Mon regard a croisé celui d'Alexandre. Il a souri, du même sourire qu'à Chlisselbourg, l'air de dire : regarde, Catherine, c'est pour toi, à ta santé ! Cheremetiev m'a reconnue, mais il n'avait pas le temps de me dévisager : il devait se protéger, plaire et accepter qu'on l'humilie pour ne pas souffrir. Peter était déjà si saoul qu'il n'avait plus aucune limite. Tout aurait pu arriver. À cet instant, j'ai éprouvé le plus véritable, le plus épuré, le plus animal et viscéral des plaisirs coupables. Peter savait réveiller ce qu'il y avait de pire en moi. Et il m'ordonnait de ne pas me sentir coupable pour cela. Je n'y arrivais pas toujours. Mais ce jour-là, envahie par cette colère joyeuse, comme une flatulence venue des tréfonds de l'âme où se cache tout le crottin de la nature humaine, je criais fort avec les autres, j'applaudissais, je hurlais, je me moquais. À un moment, Peter m'a étreinte et m'a embrassée sur les lèvres devant tout le monde, comme pour sceller le contrat par lequel je vendais mon âme au diable. Dans cette folie, mon âme, ivre de vodka et de hurlements, s'est envolée et je me suis vue de l'extérieur, empourprée, mes boucles brunes semblables à des serpents noirs, une bacchante au visage déformé, habillée en homme, ivrogne parmi les ivrognes, échevelée entre les bouffons et les idiots qui se battaient à coups de saucisses et tripotaient d'un air grivois les cuisses nues des pauvres filles assommées par la vodka, des *monakhouïakhinia* effrayées par la présence de l'immense Antéchrist – ce dernier penchait vers l'ordre et le progrès qui régnaient à l'Ouest, là où se couche le soleil, sans comprendre qu'ils allaient de pair avec l'intelligence, la foi et l'amour de son prochain. À peine s'y essayait-il qu'il baissait les bras et retombait dans la débauche. Un instant, j'ai pensé : « Qu'est-ce que je suis en train de faire ? Que penserait ma mère, si elle me voyait ? Et le pasteur Glück ? Et Dieu ? » Mais ensuite, je l'ai imité, et je me suis laissée aller. J'ai continué de crier avec les autres. Dans une maison quelconque, au petit matin, alors que je voyais double et que mes tempes palpitaient douloureusement, j'ai senti que ce crottin de l'âme avait fermenté comme le levain et voulait se précipiter au-dehors. La terreur m'a submergée, je ne voyais ni Peter ni Alexandre, mais j'ai compris que, où qu'ils soient, ils étaient tout aussi ivres et seraient incapables de me défendre si quelqu'un avait l'idée de me supplicier. Je me suis éloignée de l'assemblée et j'ai ouvert un énorme coffre, peut-être celui d'une dot, où j'ai vomi d'un coup, sans plus pouvoir retenir la peur, le mal et la douleur. Je me rappelle qu'Alexandre, qui s'était enquis de moi, m'a trouvée à cet endroit.

Titubant, des larmes d'ivrogne coulant de ses yeux vitreux, arrivant à peine à parler, hésitant sur les mots, il m'a soufflé : « *Blyad*, Catherine, si tu savais comme ça me désole de te voir dans cet état ! »

— Allons… Votre Majesté, je fais vite, ne dites rien, ne vous fatiguez pas, il faut vous reposer… Je me dépêche, si vous saviez comme ça me désole de vous voir dans cet état…

Pourquoi Alexandre est-il si respectueux tout à coup, à murmurer d'une voix de femme ?

Est-ce la stupeur ou le delirium ?

Non, ce n'est que Johanna. Elle s'est réveillée, elle a accouru pour me tourner sur le côté. Elle me découvre et vérifie que tout est propre, que je ne me suis pas salie. Apparemment non. Ce n'était peut-être qu'un renvoi. Elle m'installe sur le côté, le sang afflue à nouveau contre mon palais, remonte par mon œsophage. Le laudanum, sûrement. Il soulage la douleur et la toux mais, en plus des vagues de chaleur, il est cruel pour l'estomac et me provoque des renvois. Il faut se mettre sur le côté si on veut éviter de s'étouffer… on dit que ce *svolotch* de Romodanovski est mort comme ça, étouffé avec son propre vomi – c'est du moins ce qu'on dit, et si c'est vrai il l'a mérité. Mais une impératrice ne peut pas se permettre une telle mort… Ils pourront toujours cacher la cause du décès, ils n'empêcheront pas les gens de parler. Quoique non, Johanna ne me trahirait pas. Une Allemande de Hambourg. Que j'ai sauvée. Une ancienne prostituée… fidèle, à la manière des prostituées. Jusqu'à la tombe. C'est pour cela qu'elle est la mieux payée parmi mes domestiques. On l'aurait fait boire pendant ces soirées du Synode qu'elle se serait tue. Une fois ivres, tous se mettaient à parler. Les envoyés étrangers ont toujours cru que la débauche du Synode était une preuve de l'ingéniosité de ce tsar barbare. Ils ne pouvaient pas comprendre comment un barbare tel que Peter pouvait dans le même temps être un héraut de la science et du progrès cherchant à faire de la Russie un État semblable aux autres États du continent européen. Ces idiots ne comprenaient pas que la folie du Synode pochard était pour Peter une façon de montrer sa puissance autocrate à tous, à la Russie, à ses proches, aux ministres, aux amiraux, aux maréchaux et au chef de la police secrète. J'ordonnerai et nous te couvrirons de saucisses, j'ordonnerai et tu t'agenouilleras pour laper de la vodka dans une écuelle sur le sol, j'ordonnerai et tu trousseras une vieille répugnante devant tout le monde, si tu ne bandes pas, nous te ferons bander, si tu ne sais pas, nous t'apprendrons, si tu ne veux pas, nous te forcerons, j'ordonnerai et tu danseras avec un ours et tu chevaucheras un porc, j'ordonnerai et ta femme sera ordonnée diacre, de ta fille vierge nous ferons une *monakhouïakhinia*, j'ordonnerai et tu lécheras les pieds de ton domestique en songeant que tu as de la chance d'appartenir à la bande des compagnons de beuverie les plus proches du tsar, et je crache sur les titres de noblesse, sur l'Église et les popes, sur le pape de Rome et même sur Toi... Moscou et les streltsy avaient effrayé Peter dans son enfance, il prenait sa revanche... Moscou lui obéissait au doigt et à l'œil, même pendant la débauche du Synode. Il dirigeait. À la vérité, son seul but était de les enivrer au point que leur langue se délie et qu'ils commencent à raconter ce qu'ils savaient. Qu'ils révèlent ce qu'ils voulaient garder secret. Peter avait beau être ivre lui aussi, je le voyais tirer un petit carnet avec un stylo d'argent pour noter ce qu'il entendait, pour ne pas oublier... C'est comme ça qu'après avoir entendu la discussion entre Romodanovski et un autre sur les commerçants de l'État moscovite qui dissimulaient leur véritable chiffre d'affaires pour éviter les impôts toujours plus lourds, Peter avait ordonné à Moussine-Pouchkine de préparer et de publier un oukase : collecter les *skazka*. Les marchands et les commerçants ont reçu ordre de présenter par écrit tout ce qu'ils possédaient et à combien s'élevait leur chiffre d'affaires : combien ils avaient de réserves et d'étals sur les marchés, combien ils avaient vendu, ce qu'ils avaient accumulé dans leurs maisons, et même le nombre de plats en argent en leur possession. Tout ça pour que le tsar sache précisément combien leur soustraire d'impôts : la guerre avec les Suédois durait depuis quatre ans, la construction de la forteresse de Saint-Pétersbourg avait commencé – pour tout cela il fallait de l'argent, et le seul moyen d'en récolter était d'augmenter les impôts. Moussine-Pouchkine n'était pas né de la dernière pluie, il avait déjà mis en place un oukase de Peter sur les biens des églises et des couvents et savait que les gens éviteraient de présenter ces *skazka*, qu'ils mentiraient comme des arracheurs de dents pour dissimuler leurs biens. Il a alors eu une idée : le voïvode, ou le marchand, pourrait, en présentant ses *skazka*, « comparer » ses biens et ses gains à ceux d'une personne plus riche que lui. Au lendemain de la débauche de la Maslenitsa et du Synode pochard de 1704, les marchands de Moscovie se sont réveillés avec un impôt supérieur dont la collecte serait assurée par un système de délation mutuelle signé de la main du tsar. Quant à moi, je me suis réveillée de cette bacchanale avec une honte terrible de m'être amusée comme une possédée durant un tel déchaînement d'ivresse, de violence et d'humiliation qui, en plus, permettait au tsar d'espionner son entourage. En soignant mon mal de tête, j'ai compris que Peter n'agissait jamais sans raison – même sa folie se basait sur une perfidie calculée, froide et profitable. En cela il faisait réellement penser à l'Antéchrist. Pourtant, avant son départ, la tête posée contre ma poitrine, il était encore plus doux et passionné que d'habitude. Il m'embrassait en s'oubliant, les yeux fermés, s'enfonçant dans le plaisir. « Je suis si bien avec toi, Catherine, tout est si simple… Promets-moi que tu m'attendras. Prie pour que ton Peter ne meure pas au combat. » C'était une autre personne, comme si je l'apaisais, le rendais meilleur. Avec moi, il baissait la garde. Il était fort, mais il avait besoin de moi, même s'il voulait aussi me défendre. Durant ces instants, je l'aimais presque – le Pakhom Pikhaykhouï Mikhaïlov, du Synode pochard, n'était plus qu'un cauchemar. Il n'était plus que Peter, celui qui me caressait du regard, faisait taire la vénéneuse Varka, voulait fêter le Nouvel An, souhaitait que les popes arrêtent de farcir la cervelle de leurs ouailles, que les cloches sonnent les heures et cessent leur bourdonnement abrutissant qui suspendait le temps, que tout soit propre, que les sapins brillent, que les enfants dévalent joyeusement les collines en luge en humant l'odeur du pain d'épices et que la vie soit plus agréable pour tous, pas seulement pour lui, celui qui me traitait, moi, l'esclave, comme un être humain, comme sa femme. Ce Peter du palais de Lefort, me protégeant de sa grande main chaude dans la cohue, ce capitaine regardant la mort en face, désirant que quelqu'un l'aime, que quelqu'un l'attende et prie pour lui. J'ai rétorqué que je pouvais le lui promettre, mais à une condition – il a haussé les sourcils –, que le capitaine revienne auprès de moi, qu'il vienne au rapport, me dire si les prières avaient aidé. Il s'est mis à rire, longtemps, à gorge déployée, puis il m'a embrassée et a dit : « Je reviendrai, mais toi, attends-moi et ne trahis pas le capitaine… tu es jeune, belle, fougueuse, une vraie fille d'Ève, j'ai vu les hommes te regarder, ils te déshabillent du regard, ça pourrait te donner des idées… » C'était l'homme qui avait parlé, et non le tsar ; j'allais devoir le rassurer, lui prouver par les actes que rien ne le menaçait.

Mais naturellement, j'ai prié. Les temps étaient troubles, les événements ne se déroulaient pas comme prévu. À Varsovie, à peu près au même moment, en février, aux alentours de Mardi-Gras, les Suédois et les Polonais, aidés par les malcontents, avaient renversé le roi de Pologne, Auguste le Fort, l'allié de Peter. Ils n'étaient pas seulement liés par la politique, ils étaient amis. Stanislas Leszczyński avait été désigné roi à sa place, mais c'était en vérité un usurpateur, le général suédois Arvid Horn, qui tirait les ficelles. J'avais compris cela par des bribes de conversation entre Peter et Alexandre. Des répercussions étaient à prévoir, il fallait construire et protéger la forteresse de Saint-Pétersbourg qui essuierait inévitablement une attaque suédoise au printemps, tout en gardant un œil sur ce qui se passait en Rzeczpospolita et s'y rendre au besoin. Peter est parti en mars, malgré les routes encore mauvaises. Alexandre, lui, a pris la direction de Saint-Pétersbourg.

Les femmes de la maison de Menchikov ont recommencé à attendre.

Moi aussi. Seulement je ne faisais pas qu'attendre leur retour. J'attendais aussi un heureux événement.

Je ne l'ai pas tout de suite compris. J'avais mis mes malaises sur le dos de mes excès. Je recommencerais à saigner quand j'aurais repris des forces. Quand Peter était à Moscou, je me souvenais rarement de ce qu'on avait fait la veille, alors j'étais loin de compter mes jours de retard… Mais le sang n'est pas revenu après leur départ. J'ai commencé à être très sensible aux odeurs qui, à Moscou, même dans le Faubourg allemand, étaient âpres et nauséabondes. Cette ville n'avait rien de la demeure immaculée de Kristina Emerentia Glück. J'avais des haut-le-cœur, des brûlures d'estomac. Comme maintenant. J'avais tout le temps envie de manger pour contrer les nausées. Rien d'autre ne m'aidait. J'avalais tout ce que je trouvais dans la cuisine, même les plats que je n'appréciais pas. Je raffolais de tout ce qui était mariné dans du vinaigre ou à la russe, des champignons, des cornichons et même du chou. Tout ce que j'avais eu en horreur autrefois. Anissia Kirilovna, notre doyenne, a compris très vite, elle a même applaudi et s'est signée : « *Gospodi blagoslovi*, que Dieu vous bénisse. » Je l'ai suppliée de ne rien dire à personne. Mais il n'y a pas de secret entre les femmes de Moscovie. Encore moins de secret porté par des entrailles étrangères. Anissia l'a dit à Daria, puis Daria à Varka, puis Varka à Anyuta Menchikova. Daria m'a embrassée et a déposé un baiser sur mes deux joues en disant : « Quel bonheur. » Pour elle, bien sûr, puisque cela m'éloignerait encore un peu d'Alexandre. À Daria le bonheur, à moi la peur. Varka a commenté : « Anna Mons n'y est pas arrivée en dix ans, on commençait à craindre le pire. Mais Katia est arrivée – nous voilà rassurés. Vive Katia et l'an nouveau ! » Varka était maligne et perspicace, telle une vipère sous un tronc, mais elle avait bon cœur. Anyuta, comme il sied à une sœur, s'est empressée d'écrire une *tsidoulka* à son frère Alexandre Danilovitch. Daria lui a écrit de son côté, bien que je l'aie suppliée de n'en rien faire. Mais aurait-elle pu le dissimuler à son fiancé ?

Alexandre est arrivé dès qu'il a pu quitter Pétersbourg, deux mois plus tard.

Nous savions tous les deux que l'enfant n'était pas de lui. Il ne s'était rien passé entre nous depuis ce mois d'octobre où Peter m'avait choisie. Le risque était trop grand. Nous savions tous les deux qu'il n'était pas de lui, mais une fois au courant, il a accouru, dès qu'il a pu.

— Voilà, Votre Majesté, tout est en ordre, je vous ai remis un linge humide. Reposez-vous, Votre Majesté. Comment vous sentez-vous ?

« Comment te sens-tu, Catherine ? » Je ne lui ai pas répondu, je n'ai fait que hausser les épaules. Aujourd'hui non plus, je ne réponds pas à Johanna. Je n'en ai pas envie. Pourquoi gaspiller mes forces ? Les médicaments vont bientôt cesser de faire effet. Ce sera à nouveau l'enfer dans mon corps. Pourquoi gaspiller mes forces en répondant à des questions inutiles ?

« Comment te sens-tu, Catherine ? » m'a demandé Alexandre en me regardant longuement dans les yeux. Est-ce ainsi qu'un homme regarde la femme qu'il aime et qui porte l'enfant d'un autre ? Je me rappelle avoir répondu : Dis-moi plutôt comment il se comporte avec les bâtards. Avec ses enfants. Son fils ? Son fils, le tsarévitch Alexis Petrovitch, avait quatorze ans et depuis ses treize ans il avait intégré le régiment d'artillerie. Son père le voyait à son image, un descendant digne d'un chef de guerre. Je n'en savais pas plus. Peter n'évoquait jamais son fils. Du moins pas pendant les moments de plaisir et d'amour qu'il prenait avec moi. Ça m'inquiétait. Mais Alexandre a répondu : « Je ne peux pas te dire. C'est le tsarévitch, mais il est né d'une femme que Peter n'a jamais pu souffrir – pour lui, il n'est rien d'autre qu'un descendant, certes de sa chair et de son sang, mais étranger par son caractère. Peter n'a encore jamais eu d'enfants avec une femme aimée. Peut-être aimera-t-il le tien ? Dieu fasse que ce soit un fils. Cela pourrait tout changer. » J'ai cru qu'il plaisantait, il employait souvent ce ton qui laissait planer le doute, ce que Peter adorait. Savait-il quelque chose qu'il ne pouvait me dire ? Il était comme un frère pour Peter, leur amitié ne cessait de se renforcer et les largesses d'affluer. On voyait que Peter lui était reconnaissant d'avoir renoncé à moi sans discuter. Et Alexandre avait compris que je prenais de l'importance pour Peter. Ça me semble évident à présent… Il a de nouveau foncé comme un bélier sur Anna Mons. Il lui a porté de nouveaux coups, comme s'il voulait l'effacer de la vie de *mein Herr*. Il faut dire qu'elle s'était montrée d'une rare bêtise. Même assignée à résidence, elle avait à nouveau trompé Peter, cette fois avec le beau Georg Johann Keyserling, l'envoyé de Prusse. Celui-ci était parvenu à rendre visite à sa compatriote, il avait succombé à ses charmes et n'avait pas pu s'empêcher de se mêler de ce qui ne le regardait pas. Il tenait à ce que l'Allemande luthérienne puisse sortir pour aller à l'église. Autrement dit, il cherchait des occasions de rendez-vous… Alexandre a tout raconté au tsar : « Au lieu de se repentir, cette putain est capable d'être infidèle à Sa Majesté, même sous surveillance ! Encore un Allemand. Elle les attire, comme une chienne attire les mâles de sa meute ! Une bonne à rien ! Contrairement à la jeune Catherine, belle, attendant fidèlement ; les femmes racontent qu'elle perdra ses yeux à force de guetter ton retour ! »

Je faisais des cauchemars : je ne savais pas si nous avions conçu cet enfant pendant les moments de tendresse dans la chambre aux tentures ou durant les journées sauvages et enivrées, les journées de Carême dont on se souvenait à peine. Je rêvais parfois qu'un beau nouveau-né joufflu et en bonne santé naissait, et parfois que les sages-femmes s'écartaient, le visage déformé par la terreur. Je rassemblais mes forces pour me redresser sur les coudes et jetais un regard entre mes cuisses sanguinolentes : là, sur le drap, une flaque rouge où reposait la petite chose couverte de poils que je venais de mettre au monde… un chiot. Ce rêve-là venait des histoires que se racontaient les servantes dans la cuisine de la demeure des Menchikov, au milieu des nuages de vapeur, sur les tsarines qui accouchaient non pas de chiens ou de chats, mais de bêtes sauvages inconnues. Des histoires sur celles qui donnaient naissance à des nouveau-nés bien portants que les boyards ennemis échangeaient contre un chien. Ma crainte était que mon enfant ait été conçu avec ce cruel Pikhaykhouï Mikhaïlov que j'avais vu tout dévaster lors du Synode pochard. Je préférais mille fois élever l'enfant du capitaine Pierre, protégeant mon dos de sa main chaude. Mais Alexandre avait une longueur d'avance sur moi :

l'enfant dans mes entrailles n'était ni celui de Pakhom Pikhaykhouï Mikhaïlov, ni celui de *mein Herr*, le capitaine Peter. Même né hors mariage, l'enfant était celui du tsar de Moscovie, Piotr Alexeïevitch Romanov, et n'était pas un simple nourrisson, mais une affaire d'État aux conséquences majeures.

2

DING, ding. Serait-il vraiment deux heures ? Ou est-ce que j'entends sonner autre chose ? Cela vient de trop loin, le son est trop faible, trop doux. Ce ne peut pas être l'horloge. Il ne peut pas être déjà deux heures. Ding, ding, puis silence. Le jouet faisait le même son : un petit sifflet en argent et ses cloches délicates. Ding, ding. Il est à présent dans mon tiroir, celui de ma coiffeuse incrustée d'écailles de tortues, d'or et de nacre, devant laquelle je ne me suis pas assise depuis une éternité. Il ne tinte que dans mes souvenirs…

Quand j'attendais mon premier-né, je ne pensais pas aux jouets. Je ne possédais rien. Je n'ai commencé à préparer le trousseau que dans les derniers mois. Je n'étais sûre de rien au début, je craignais qu'il me rejette maintenant que j'étais enceinte. Je n'allais pas être disponible pour les plaisirs du lit durant les derniers temps de la grossesse et les premiers mois après l'accouchement – j'avais vu cela avec Kristina Emerentia. Quant à Alexandre, il ne perdait pas de temps. C'est maintenant que je prends conscience de tout ce qu'il avait mis en place, attentif à chaque détail. Je n'ai rien vu à l'époque, tout paraissait s'être déroulé naturellement. C'est maintenant que je comprends tout ce qu'Alexandre avait entrepris. Il avait tout prévu, tout... Dans la mesure de ses moyens.

J'ai revu Peter quelques mois plus tard. Alexandre avait tout arrangé, choisissant le meilleur moment, avant les campagnes d'été de l'année 1704. Il lui avait dit « Passe la voir, *mein Herr*, ne fais pas le fier, une bonne nouvelle t'attend. » Mon état ne se voyait pas encore trop, mon ventre avait tout juste commencé à joliment s'arrondir, je ne délaçais que le bas de mon corset. Je resplendissais, mais je n'avais pas envie de parler de ma grossesse devant tout le monde, devant ces femmes aux oreilles dressées. J'espérais une occasion de la lui annoncer moi-même dès que nous serions tous les deux. Mais Alexandre a pris les devants : « Ta belle Catherine, *mein Herr*, porte un adjudant dans ses entrailles. » Peter a bondi, puis s'est figé. Ensuite, il a cligné des yeux plusieurs fois et j'ai eu peur que les convulsions reprennent. Surtout, j'avais peur de le décevoir : que se passerait-il si ce n'était pas un « adjudant », comme le disait Alexandre, mais une fille ? Je ne pouvais pas savoir ce que je portais en moi... Seuls les fils avaient de la valeur aux yeux des hommes... Les femmes ne servaient qu'à passer du bon temps, à les réchauffer dans le lit et les réconforter. Mais il m'a attrapée sous les épaules, m'a soulevée, m'a fait tourner et m'a embrassée bruyamment en me reposant sur le sol : « Eh bien voilà, Catherine, Dieu a voulu que nous ayons un enfant ensemble ! » Il ne s'agissait pas d'une question, mais d'une affirmation. Le soir, Alexandre a frappé à ma porte. « Viens, il t'appelle. »

Il m'attendait dans la chambre aux tentures, un peu timide, un peu gêné. Il m'a posé des questions, il voulait savoir si j'allais bien, si je ne manquais de rien. J'ai ri et j'ai répondu que seul comptait le fait que mes prières aient été efficaces et que le capitaine soit revenu au rapport.

J'étais rassurée. Pour le reste… à part des envies de manger aigre, du chou ou des champignons marinés, rien n'avait changé, je me sentais forte et en bonne santé. « Fais attention, Catherine, avec les champignons, tu pourrais tomber sur un vénéneux ou te faire refiler un mauvais morceau par des personnes mal intentionnées… » Il était préoccupé, attentif à chacune de mes paroles. « Catherine, ne te mêle pas trop aux gens dès que ça se verra, quelqu'un pourrait te jeter un sort, protège notre recrue. » Je me souviens d'avoir songé que la langue russe était étrange et qu'elle employait des mots sans se soucier de ce qu'ils signifiaient… Recrue ? Il voulait probablement dire « soldat » pour parler de notre futur enfant, car le destin des recrues était cruel. Selon la loi qu'il avait lui-même promulguée, chaque village, chaque manoir devait en livrer à l'armée, et ces recrues servaient à perpétuité, jusqu'à ce qu'elles meurent ou ne puissent plus avancer… Ces soldats-là terminaient leurs jours seuls ou estropiés. Était-ce vraiment le destin qu'il souhaitait pour notre enfant ? Non, il avait dû parler sans réfléchir. Je me suis mise à délacer mon corset, mais j'ai été décontenancée par son regard. Le mot recrue me restait en travers de la gorge. Ma langue n'arrivait pas à le prononcer. « Monsieur le capitaine souhaiterait-il caresser son aide de camp ? » ai-je demandé de la manière la plus ludique possible. Cela l'a amadoué ; il n'avait pas imaginé que ce soit possible. Sa large paume ardente a tremblé en effleurant mon ventre à travers ma chemise. « C'est comme si cette recrue était enfermée dans une prison. L'heure venue, elle se précipitera vers la liberté… » a-t-il dit, songeur. Je lui ai répondu : « Il bouge déjà. Je ne sais pas si cela se sent de l'extérieur. Mais à l'intéricur, c'est comme un petit poisson qui plonge de temps à autre. » Il a semblé ému, sa main toujours sur mon ventre. « C'est la première fois,

Catherine, que je caresse ainsi mon futur enfant. Les *babas* ne me laissaient pas approcher la tsarine enceinte, sans même parler de lui caresser le ventre. Et même quand elle n'était pas enceinte, elle était toujours enfouie sous des fourrures, des brocarts, des sarafanes, des tissus et des chemises, comme une relique sous son linceul à l'église... » J'ai répondu qu'il s'agissait de vieilles traditions, mais que je ne voyais rien de mal à ce que le père qui a conçu l'enfant caresse le ventre et fasse ainsi connaissance. La tendresse n'a jamais nui à personne. « Catherine, comme tu es une femme bonne. Et sensée. » Le petit poisson dans mon ventre a frétillé, comme s'il avait entendu sa voix. « Petit poisson », a repris Peter en se figeant. Ses yeux se sont mouillés. Mais il a vite ri : « Non, ce n'est pas un poisson, ce sera un amiral ! Il dirigera la flotte ! » Son regard resplendissait de joie, je l'ai trouvé beau et, à mon propre étonnement, j'ai pensé que je le désirais. Je me rappelle qu'il a tout de suite ajouté : « Durant les premiers mois un enfant ressemble vraiment à un petit poisson, il a la taille d'un petit goujon. » Il avait vu ça de ses yeux en Hollande, où la médecine était très en avance. Là-bas, les médecins étudiaient les fœtus, y compris les fœtus humains. Que ce soit dans les universités ou dans leurs cabinets, ils en avaient des collections entières, conservées dans des bocaux. Peter a commencé à me parler d'un professeur de Leiden, Frederic Ruysch, qui conservait des fœtus et des milliers de nouveau-nés à différents stades de développement, ainsi que des membres embaumés, dans des liqueurs de Zeus et de Poséidon, à Leiden et Amsterdam. Il avait acquis un de ces bocaux. L'enfant paraissait vivant, comme si on venait seulement de le plonger dans le liquide. Ce bocal se trouvait à Preobrajenskoïe, dans son palais, il me le montrerait à l'occasion. Un jour il se rendrait à nouveau à Amsterdam. « Voudrais-tu que je t'emmène à Amsterdam, Catherine, pour tout te montrer, toutes les machines, les bateaux et les miracles ? » Il était ainsi. Un instant, il parlait de fœtus macérés à une femme enceinte, l'instant d'après il promettait de l'emmener à Amsterdam. Avec lui, on ne savait jamais à quoi s'attendre... D'un instant à l'autre, il n'était pas la même personne. Je devais en tout cas le remercier pour sa proposition de voyager à Amsterdam. Je l'ai embrassé et il a répondu de plus en plus passionnément. Puis il a pris peur et s'est figé en se rappelant mon état. Mais je me sentais parfaitement bien et je voulais conserver sa tendresse, la renforcer, tant que je le pouvais et que mon état le permettait. Je réfléchissais comme un homme, comme un officier, comme un stratège. J'avais appris d'eux. De lui. Et d'Alexandre.

Alexandre, intuitivement, comme s'il cherchait à faire de la place pour mon enfant, s'occupait de l'aîné de Peter, le tsarévitch Alexis Petrovitch. À l'inverse de son père, ce dernier était peureux et mollasse. Alexandre a convaincu Peter d'emmener son fils lors de la prochaine campagne militaire pour renforcer les positions en Ingrie. Il avait dans l'idée de confronter Alexis Petrovitch à la discipline de la réserve, mais aussi aux véritables manœuvres de guerre et à l'art militaire. Il est allé le chercher à Preobrajenskoïe. Je n'allais jamais oublier cette première rencontre avec l'héritier légitime de Peter, âgé de quatorze ans, alors que j'étais enceinte de mon premier enfant. Je n'avais jamais eu l'occasion de voir un jeune homme si désagréable et indifférent. Il n'était pas beau garçon, et cependant il était impossible de le considérer comme laid : on voyait déjà qu'il serait grand comme son père, il avait le front saillant, un signe d'intelligence, mais il paraissait avoir hérité tout le reste de sa mère : des yeux bridés, très écartés, un nez épais, une petite bouche, presque féminine, perpétuellement entrouverte, exprimant de l'ennui voire du dégoût et qui le rendait disgracieux. S'il portait l'uniforme vert et rouge du régiment Preobrajensky pour plaire à son père, on voyait qu'il aurait préféré revêtir un caftan. Tout ce qui était nouveau dans l'entourage de son père le rebutait. Abreuvé depuis l'enfance par les mises en garde de sa mère et des *babas* sur les nouveautés impies et corrompues du tsar Batouchka, il était très religieux et nous considérait avec méfiance, nous les habitantes de la demeure Menchikov. Il ne pouvait pas savoir que j'étais enceinte, pourtant ses yeux se sont remplis de dédain lorsque, s'apercevant que Peter me parlait tendrement et sans formalités, il a daigné me regarder : j'étais la femme à côté de son père. Une autre femme, et non sa mère. Mais le dédain a vite été remplacé par la peur. Chaque fois que le regard de son père se posait sur lui, il se crispait, se mettait à bégayer tant il redoutait de dire une bêtise, qui finissait immanquablement par lui échapper. Peter s'efforçait d'être patient et doux, mais il y arrivait difficilement. Comme pour s'en convaincre lui-même, il louait les capacités du jeune homme, mettant en avant son éducation. Alexis, instruit par l'Allemand von Huyssen, possédait une bonne mémoire, parlait parfaitement le hollandais, l'allemand, le français et le latin, mais n'éprouvait aucune inclination pour les mœurs des pays étrangers et détestait assurément son précepteur, qui ne perdait jamais une occasion de dénigrer les usages moscovites, les considérant comme barbares et sauvages. Loin d'être rassuré par les louanges de son père, le jeune homme se renfermait encore plus sur lui-même. Il avait grandi auprès de sa mère Eudoxie, et son père avait toujours représenté le camp adverse. Après son déménagement chez sa tante Natalia Alexeïevna à Preobrajenskoïe, personne ne s'était vraiment préoccupé de lui et son père ne lui avait pas rendu visite pendant de longs mois. Même lorsqu'il se trouvait à Moscou, Peter préférait consacrer son attention à Anna Mons, et plus tard à moi. Le père d'Alexis Petrovitch lui était étranger et l'effrayait. Je voyais ce que Peter reprochait à son fils. Mais il ne comprenait pas que l'amour d'un fils ne va pas de soi, surtout quand celui-ci ne voit jamais son père. Peter enrageait que son héritier, sa chair et son sang, ne soit pas aussi parfait que lui et lui ressemble si peu – convaincu que lui ressembler ne pouvait être qu'un atout… Plus Peter fulminait et perdait patience, plus Alexis le rejetait, rentrait comme un escargot dans sa coquille, ce qui n'arrangeait rien. Cela faisait beaucoup de peine de les voir s'enfoncer dans ce cercle vicieux. Alexis Petrovitch était désagréable parce qu'il n'avait jamais été aimé et en était malheureux. Je ne faisais plus attention aux regards rancuniers du louveteau lancés dans ma direction, j'avais seulement pitié de lui. Saisissant une occasion, j'ai adressé un sourire compatissant à Alexis Petrovitch, comme pour lui signifier que je le comprenais et que nous pouvions malgré tout être des alliés. Une sorte d'étonnement a éclos sur son visage, mais il s'est tout de suite renfrogné.

Peter a emmené Alexis Petrovitch avec Menchikov pour lui faire tâter de la guerre ; il y a d'abord eu l'attaque de Dorpat avec Cheremetiev, puis celle de la forteresse de Narva, en Ingrie, assiégée depuis mai par l'armée russe. Ils nous ont ensuite fait appeler, avec Daria. Nous avions ordre de nous rendre au camp militaire et l'on nous a fourni une protection. Une semaine et demie plus tard, nous étions là-bas avec nos cadeaux pour les hommes, des cravates et des chemises propres. À Narva, Peter avait subi une humiliation quatre ans plus tôt, mais cette fois, encouragé par de menues victoires et la prise de la forteresse de Dorpat, il ne tolérerait pas la défaite. Il lui fallait la victoire. Il voulait montrer à son fils l'art militaire dans sa plus haute maîtrise. Alexis devait être le témoin et l'acteur de la victoire incontestable de son père. Peter lui avait révélé son secret pour vaincre l'ennemi : une armée en nombre, le meilleur rapport étant de dix Russes pour un adversaire. Contre une garnison d'environ cinq mille Suédois à Narva, trois mille huit cents fantassins et mille trois cents cavaliers, il a envoyé... quarante-cinq mille de ses hommes et cent cinquante canons. On appelle cela prendre *en masse*. Il a aussi employé une ruse : il a habillé une partie de son armée en bleu et jaune, les couleurs de l'uniforme suédois, allant jusqu'à simuler une confrontation entre les Russes et ses propres soldats vêtus à la suédoise, à l'endroit où la garnison de Narva attendait les renforts du général Schlippenbach. N'y tenant plus, la garnison a quitté la forteresse pour leur venir en aide, et c'est à ce moment qu'il a lancé l'attaque. Le 30 juillet, comme ils nous en ont informées dans une *tsidoulka* adressée à Daria et moi dans le camp éloigné de quelques verstes, ils ont commencé à bombarder la forteresse de Narva. « Nous les avons assaillis de boulets de canon, quatre mille six cents en tout. » Lisant la *tsidoulka* à voix haute, Daria se réjouissait et se signait, elle n'avait pas oublié comme les Suédois avaient triomphé des Russes à Narva quatre ans plus tôt et comme la honte avait terrassé Peter et tous les autres durant de longues années. Quant à moi, je ne pouvais pas ne pas repenser à mes derniers jours à Marienbourg... Peter rapportait ensuite qu'après avoir tiré et détruit l'un des bastions, ils avaient offert au général suédois Horn une occasion de se rendre, mais que cet idiot n'avait pas accepté... Les fantassins et la cavalerie avaient attaqué le 9 août, mais comment résister à une force dix fois plus importante ? Ils n'avaient tenu que trois quarts d'heure, ensuite ç'avait été le massacre des Suédois. Les pauvres avaient tenté de se rendre en levant les bras, mais il était trop tard : quand les Russes reçoivent l'ordre d'envahir et de nettoyer, il est déjà trop tard… C'est par le récit de la pauvre Lovisa von Burghausen, capturée à Narva, âgée d'à peine six ans, que j'ai compris que ce qui s'y était déroulé était bien plus cruel qu'à Marienbourg. À Narva, les Russes ont massacré tous ceux qui se trouvaient sur leur chemin, les hommes, les femmes et les enfants. Les soldats du tsar pestaient contre les mares de sang qui rendaient les rues glissantes, faisant trébucher leurs chevaux. En larmes, Lovisa m'a raconté les têtes qui volaient et les ventres éviscérés, les chevaux moscovites qui piétinaient les enfants… Elle disait que c'était comme si les soldats du tsar étaient possédés et ne pouvaient plus s'arrêter. Peter lui-même en a été témoin en entrant à cheval dans Narva peu de temps après : « J'ai ordonné de sonner la fin des hostilités, j'ai envoyé les sonneurs dans les rues principales, mais ces fils de putains ne les écoutaient pas ! Il a fallu que je tranche la main de l'un d'entre eux avec mon épée pour qu'ils se ressaisissent ! » Le tsarévitch Alexis Petrovitch est entré avec Peter dans la ville soumise. Il a vu les rues de Narva baignant dans le sang, tapissées de chair humaine, dans laquelle s'enfonçaient les sabots de son cheval. C'est sans doute pour signifier qu'on ne lui désobéissait pas devant son fils que Peter a tranché la main d'un soldat… Debout devant Horn dans la luxueuse mairie, il a lancé son épée sur la table en disant au général, assez fort pour que son fils entende : « Regarde, elle est tachée du sang d'un Russe et non d'un Suédois. J'ai blessé les miens pour contenir la rage dans laquelle ton entêtement les a mis ! » Mais Arvid Horn tremblait et hoquetait en silence, il venait d'apprendre la mort de sa femme, trucidée par l'ennemi. En me le racontant, Peter a haussé les épaules :

« L'idiot n'avait qu'à se rendre quand je l'ai proposé, il a été trop fier... Nous n'avons fait que montrer le bout de notre nez, qu'il ne vienne pas se plaindre ! » Peter était heureux, la honte de la défaite à Narva quatre ans plus tôt était enfin lavée et, grâce à la localisation stratégique de la forteresse, Saint-Pétersbourg et les terres environnantes étaient à l'abri d'une menace suédoise à l'ouest. Les quelques survivants de Narva ont juré devenir ses vassaux, et c'est ainsi que cette charmante ville, avec ses richesses et ses hauts toits, est devenue partie prenante de la Moscovie. Un mois plus tard, dans une Narva nettoyée de ses cadavres, il a signé un accord avec Auguste, le roi déchu de la Rzeczpospolita : lutter jusqu'à ce que soit conclue une paix commune, sûre et bénéfique aux deux parties, une paix qui allait coûter pas moins de deux cent mille roubles chaque année, que Peter enverrait à son allié. Tout se terminait bien en apparence, j'attendais Peter victorieux le soir dans la confortable demeure de la rue des Chevaliers et je serais bien restée dans cette ville pour l'éternité... Au contraire d'Alexis Petrovitch : Alexandre m'a raconté qu'après son premier baptême de guerre à Narva le tsarévitch s'était mis à crier dans ses rêves et avait même mouillé son lit. Alexandre, en fidèle ami de son père, l'a pris sous son aile : il lui a appris à boire un peu de vodka tous les soirs, pour l'audace, la gaieté et pour se changer les esprits. En six mois, le garçon est devenu un véritable ivrogne qui vivait pour sa bouteille du soir, jusqu'à sa bouteille du soir suivant : il ne se mettait jamais au lit sobre et ne se réveillait plus sans de lancinants maux de tête. J'avais pitié du jeune homme, tout déplaisant qu'il était... Alexandre, lui, s'en fichait : il ne désignait pas Alexis Petrovitch autrement que d'un méprisant *slabak*, une mauviette, et était fier de le soumettre à son autorité. Alexandre enchaînait les victoires : il avait repoussé, durant les premiers jours de juillet, l'attaque de la marine suédoise, dirigée contre Saint-Pétersbourg, et son autre division avait défendu Kronstadt avec succès, si bien que les faveurs pleuvaient, comme tirées d'une corne d'abondance. Il était devenu le lieutenant général Menchikov et usait d'une influence encore plus grande sur Peter. Cela le rendait très fier, et il m'a traversé l'esprit qu'il cherchait aussi à se pavaner devant moi. Certes, j'étais proche du tsar, mais lui non plus n'était pas à la traîne et gravissait les échelons.

L'automne arrivant, Alexandre, Daria et moi sommes retournés à Moscou, dans la demeure de Menchikov. Un jour, il a proposé une sortie à l'église de l'archange Gabriel. Je m'y suis rendue aussi. Toutes les femmes ont été épouvantées en descendant du carrosse – à la place de l'église se dressaient des murs effrités et un tas de briques, et il ne restait de l'iconostase, dont toutes les icônes avaient été retirées, qu'une carcasse, telle une ruche aux alvéoles vides. N'étant pas orthodoxe, je ne m'étais jamais rendue dans cette église, mais Daria et les autres ont éclaté en sanglots. Alexandre a salué l'architecte et les tailleurs de pierre, et les a calmées en riant : ils étaient en train de construire une autre église à sa place. Elle serait encore plus haute que le beffroi d'Ivan le Grand au Kremlin. Elle serait orthodoxe, mais européenne dans le meilleur sens. Des paroles que les femmes ne manqueraient pas de lui rappeler à l'avenir, ainsi que sa promesse d'aménager ce quartier de Moscou. Ce serait son église, sa tour, pour qu'on repère de loin la propriété de Menchikov. C'est là que j'ai compris l'étendue de sa richesse. J'avais l'habitude de le voir dans les forteresses et les campements militaires provisoires. Sa maison était belle, il ne manquait jamais de rien et il consolidait les châteaux avec l'argent du Trésor… Mais construire une église, sur ses propres fonds ? Je ne le savais pas si dévot, ni surtout si fortuné. Peut-être avait-il quelque chose à se faire pardonner ? Les femmes exultaient et baisaient la main d'Alexandre. Je m'efforçais de lui montrer que tout cela m'impressionnait peu. Depuis que j'appartenais à Peter, j'avais tendance à vouloir donner tort à Alexandre. Je me suis pincé le nez : « Toi, Alexandre Danilovitch, tu ferais mieux d'assainir ces mares. Sinon toute cette beauté empestera. Il n'y a qu'à Moscou qu'on songerait à ériger une église au milieu d'un cloaque. » Non loin s'étendaient des étangs marécageux où stagnait une eau puante, et où des chèvres grignotaient les roseaux. Les marais croupis, *Pogannye Prudy*. Son regard brilla comme la lame de son épée : « Eh bien, Catherine, heureusement que tu es là pour veiller à notre propreté... je les ferai nettoyer ! Tu ne me crois pas assez riche pour ça ? » Le soir, à la maison, il n'a pas su résister, il m'a attrapée et attirée à lui dans un couloir, puis s'est aussitôt reculé. « Je te rosserais volontiers, Catherine, mais je crains que Peter ne me pardonne pas... » a-t-il dit en riant.

Il nous a raconté que Peter traversait des jours sombres. Nous n'avions pas su que l'horrible demi-sœur du tsar, Sophie Alexeïevna, la tsarevna qui avait voulu le renverser, était soudainement morte au début de l'été 1704 derrière les hauts murs de pierre du couvent de Novodievitchi, près de la Moskova. Alexandre nous a appris que Peter, lorsque la nouvelle lui était parvenue dans le camp militaire, s'était mis à l'injurier tout haut, comme s'il voulait se consoler et faire taire les reproches de sa conscience. « Elle est morte, *Bruder*, elle est morte cette *zmeya podkalodnaïa*, cette vipère sous le tronc ! » se réjouissait Peter. « Elle est morte, *mein Herr*, elle est morte, plus personne n'aura besoin de se salir les mains avec cette empoisonneuse », avait renchéri Alexandre. « Elle s'est étouffée, elle a avalé de travers ses propres poisons, cette diablesse ! » essayaient-ils de se réjouir, enfin débarrassés du danger qui les menaçait depuis leur enfance. Elle était l'unique femme que Peter craignait : de quinze ans son aînée, elle avait eu, sans même être mariée, plus de pouvoir sur les boyards que lui, un jeune novice régnant avec son frère dans une dyarchie. Même Natalia Narychkina, la défunte mère de Peter, la considérait comme une redoutable adversaire. Ils avaient le même père, mais ils avaient une relation difficile. Peter avait beau craindre et haïr Sophie, il l'aimait aussi un peu : elle lui rappelait l'époque tumultueuse de son enfance, et il la respectait pour son caractère bien trempé ; malgré lui, il désirait qu'elle l'adoube. Alexandre m'a appris que Peter lui avait rendu visite deux fois dans le couvent de Novodievitchi. Quelque chose l'y attirait : espérait-il qu'elle se jette à ses pieds ou reconnaisse avoir monté les streltsy contre lui ? Ce qui était certain, c'était qu'il devait chercher soit sa repentance, soit sa colère, afin de pouvoir enfin affronter sa conscience. Je ne comprenais pas encore pourquoi les femmes de Moscou redoutaient autant le couvent orthodoxe : j'avais toujours entendu dire, du moins chez nous, que l'on entrait au couvent pour la paix de son âme. Mais pas en Moscovie, ni dans un couvent russe pour femmes… De ce qu'on en disait, et encore plus de ce qu'on en taisait, j'ai compris qu'il s'agissait d'une cruelle prison pour le corps et l'âme. On y envoyait les femmes nobles quand elles étaient tombées en disgrâce, comme la tsarine Eudoxie, ou comme Sophie, la sœur du tsar… Pour purger une peine ou après un divorce afin qu'elles périssent dans une solitude repoussante, et que leur père, leur frère ou leur mari n'aient pas à se souiller les mains avec leur sang. Le froid, les conditions austères et les tortures quotidiennes, infimes mais impitoyables, infligées par les sœurs supérieures, achevaient ces épouses, ces filles et ces sœurs tombées en disgrâce… Il n'existe pas de bourreaux plus cruels que ces vieilles femmes malheureuses, aigries et en position de force qui envoyaient les plus jeunes vers la tombe, lentement mais sûrement. D'où la mauvaise conscience de Peter, qu'il espérait faire taire en se réjouissant tout haut. C'était lui qui avait envoyé Sophie là-bas, et il ne restait désormais plus rien d'elle ; le fait est qu'il l'avait envoyée à la mort, et torturée de surcroît : Alexandre m'a appris qu'à la suite de la mutinerie, il avait ordonné de pendre le chef des insurgés devant la fenêtre de la cellule de sa sœur. Il avait fait construire un échafaud sur lequel il avait pendu le cadavre, de sorte que dès que la tsarevna Sophie ouvrait ses volets pour respirer une bouffée d'air ou faire entrer la lumière, elle voyait le cadavre du rebelle, du streltsy, se décomposer et se ratatiner à mesure que les corbeaux le picoraient. Tout ça dans un couvent de femmes non loin de Moscou… Ça me paraissait inconcevable, et plus encore après avoir visité, lors de mes voyages, des couvents catholiques en Lituanie, en Pologne et en Saxe avec leurs beaux vergers respirant la sérénité, des couvents qui n'étaient pas des prisons, mais des refuges contraints de refuser des novices qui fuyaient le monde troublé. En Moscovie, tout était différent : on envoyait les femmes au couvent pour les punir. « *V monastyr' yeyo* » : lorsqu'elles entendaient cette sentence, les femmes se mettaient à hurler et à sangloter, se jetant aux pieds des hommes et implorant leur pitié. Tout était différent et difficilement explicable : ce qui était blanc en Occident était noir ici. Peter envoyait les gens au bagne ou à la mort, et ensuite se rongeait les sangs. À l'annonce de la mort de Sophie, les vociférations de Peter ne l'ont pas empêché d'avoir une nouvelle crise. « Dommage que tu n'aies pas été là, Catherine, m'a dit

Alexandre. Ils ont fait venir une Estonienne, mais elle a eu tellement peur des convulsions que non seulement elle ne l'a pas aidé mais elle s'est mise elle-même à hurler… Il a fallu la faire sortir… » Alexandre avait gentiment grondé son ami : « *Mein Herr*, ne gâche plus ta santé pour cette vipère de Sophie. Elle a vécu et disparu, c'était son destin. Regarde, *mein Herr*, Dieu miséricordieux a tout arrangé : Il t'a débarrassé du mal, du sang des Romanov contaminé par la haine, et S'est arrangé pour que ton sang se perpétue dans le monde. Pense à la bonne nouvelle que te réserve Catherine ! » Alexandre m'a tout raconté pour que je sache à quoi m'en tenir avec Peter lors de notre prochaine rencontre. Il m'a aussi conseillé de lui écrire pour me rappeler à son bon souvenir et le féliciter de sa victoire. Dicte ta *tsidoulka* à Anissia. Je ne savais pas par où commencer, mais Alexandre m'a dit : « Écrivons-lui quelque chose qui l'intéresse. » Ce jour-là, c'était une journée d'automne, Alexandre nous a emmenées, avec Daria, Anna et Varka, sur les chantiers navals près de la Iaouza. Je me réjouissais de pouvoir sortir de la maison, car avec mon ventre qui s'arrondissait, je voulais être dehors le plus possible, profiter de ces journées encore chaudes, mais il aurait été risqué de sortir seulement entre femmes. Une petite embarcation à rames, appelée demi-galère, venait d'être achevée sur le chantier et le constructeur a dit : « Vous pouvez annoncer au tsar que nous avons terminé et que le résultat n'a rien à envier à l'original hollandais. » C'est là que nous avons écrit ma toute première lettre. Il a d'abord fallu que je bataille avec Anissia qui voulait ajouter tous ses titres royaux et même un « Batouchka, toi, notre lumière ». Je préférais m'adresser à lui simplement, comme nous nous parlions, pour que Peter sache en lisant qu'il s'agissait de moi, qu'il entende ma voix, comme j'entendais la sienne et son ton plaisantin dans ses lettres. J'enrageais de ne pas savoir écrire et j'ai forcé Anissia à déchirer la première *tsidoulka* parce que j'avais remarqué qu'elle grattait beaucoup plus de mots que je ne lui en dictais. Je voulais que cela reste simple. Nous avons fini par écrire : « Que monsieur le capitaine soit salué. Votre Majesté, le constructeur nous a priés de vous annoncer que la demi-galère était achevée. Votre Majesté, faut-il vous l'envoyer ? Depuis le chantier naval au dix-septième jour. » La réponse, arrivée après plusieurs semaines et tombée d'une *tsidoulka* d'Alexandre pour Daria, était la toute première lettre que je recevais, écrite et scellée à mon attention. Anissia Kirilovna me l'a lue.

« Sois saluée, toi aussi, Matka. Je te remercie de cette nouvelle. Il n'y a pas besoin de faire envoyer la demi-galère, je préfère me hâter de revenir la voir, avant que la rivière ne gèle. Comment va la recrue ? Est-ce qu'il sortira de sa prison d'ici le Nouvel An ? Peter. »

Matka... Était-ce parce que je maîtrisais encore mal le russe, le mot sonnait durement à mes oreilles. On disait *matka* pour « la génitrice » comme pour « l'utérus » ou pour parler d'une femelle... C'était un mot que j'avais entendu pour les animaux dans la cour du palais... Offensée, j'ai ravalé mes larmes ; je ne pouvais me trahir devant Anissia Kirilovna. J'étais blessée. Et j'avais honte qu'il s'adresse à moi de manière si grossière. Mais Anissia Kirilovna avait l'air de se ficher de ces mots si rudes, ce qui l'impressionnait c'était que le souverain m'ait fait l'honneur de m'adresser un courrier personnel. *Matka*. J'étais pour lui un utérus, la génitrice de son bâtard. Qu'avais-je espéré ? Qu'il me désigne princesse de ses rêves ? Il n'employait pas ces mots-là. Les siens étaient simples. Sommaires. Et pour tout dire : rudimentaires. Je me consolais en songeant que les actes avaient plus de poids que les mots. D'autant qu'il était soldat, et non un des poètes ou un des rhéteurs des livres de Glück. La langue russe n'était peut-être pas faite pour exprimer son respect à l'égard des femmes.

Matka. Encore heureux qu'il ne m'ait pas appelée orifice… quel mufle…

Je devais me réjouir qu'il ait promis de venir et s'inquiète de l'enfant que je portais, sans ergoter sur les termes. C'est ce que j'ai fait. J'ai commencé à réunir les linges et les vêtements de l'enfant avec l'argent qu'Alexandre m'avait laissé, étant donné la longue absence de Peter, en disant qu'il ferait les comptes avec son ami qui n'avait certainement pas pensé que j'aurais besoin de tant de choses. À vrai dire, je n'avais besoin de rien, seulement que l'enfant naisse en bonne santé. Le 27 novembre, nous avons rédigé une nouvelle *tsidoulka* où je lui disais que je l'attendais avec impatience. À son retour, peut-être sortirait-il lui-même la recrue de sa prison ? Mon ventre ne rentrait plus dans mes habits, la sage-femme disait que c'était pour bientôt…

Peter est arrivé à Moscou le 14 décembre. On m'a dit qu'il avait fait une entrée triomphale pour marquer sa victoire à Narva. La colonne de prisonniers menée par le général Horn est entrée la première, suivie de cent cinquante officiers en captivité, des soldats restés en vie et des quatre-vingts canons de l'ennemi. Puis Peter, une couronne de lauriers dorés posée sur la tête, est passé à cheval devant trois arcs de triomphe en carton et en bois décorés d'allégories et spécialement construits pour l'occasion. Des jeunes filles – on n'avait encore jamais vu ça ! – jetaient des branches de sapin à ses pieds. On disait que, sur la Belle Place, une immense estrade de planches avait été assemblée pour accueillir de vrais acteurs de théâtre, avec leurs instruments de musique, et non pas de simples bouffons. Rien que cela était un réjouissement et une nouveauté, ça changeait des échafauds qu'on y montait pour les peines exceptionnelles. La foule des Moscovites qui avaient envahi les rues était bouche bée. Enfin, après de longues années de défaites et d'échecs, ils avaient une parade. Et de la musique avec des tambours, des trompettes et la fanfare militaire. Quand Peter s'approchait d'eux, on disait qu'ils lançaient d'une seule voix des « hourras » de joie vibrante. Les cloches, comme si elles étaient devenues folles, ont sonné si fort ce jour-là que leurs cordes ont écorché les mains des sonneurs, à ce qu'on a raconté. Le son des cloches et la clameur de la foule s'entendaient jusque chez nous : mais je n'entendais plus que le *kolokola* des cloches, un vacarme insensé pour accueillir Peter. Pendant la procession, disait-on, Peter avait l'air aux anges sur son cheval. Moi, j'étais encore alitée, même si j'aurais pu me lever : selon les coutumes, je devais garder le lit encore deux semaines. J'avais supporté l'accouchement plus facilement que je ne l'aurais pensé, j'étais jeune, robuste et résistante. Les douleurs n'ont duré que quelques heures, mes entrailles se sont ouvertes rapidement. La matrone, Anissia et les filles ont aidé. Quand la matrone m'a appuyé sur le ventre et a crié « Pousse, ma tourterelle », j'ai crié en polonais : « *Zamknij się*, tais-toi ! » Je voulais me libérer d'elle, je poussais, je criais et je poussais, j'étais forte... Quand tout a été terminé, la matrone s'est signée en prononçant des sortilèges, puis a pris l'enfant pour le nettoyer. À peine me l'a-t-elle rendu, débarbouillé et emmailloté, que je me suis mise à pleurer : pas de joie, non. Il m'a suffi d'un regard pour comprendre que quelque chose n'allait pas. Il avait une tête, un corps, deux bras et deux jambes, et c'était un garçon, mais il était tout menu, tout pâle, son visage était étrange, comme marqué par la mort. Nous n'avons pas su dire tout de suite ce qui n'allait pas : ses yeux à peine ouverts étaient petits, bridés, ils ne bougeaient pas, et il avait la peau toute lisse entre le nez et les lèvres, là où aurait dû se trouver un creux. Au lieu de crier comme le ferait un nourrisson en bonne santé, il chuintait en silence, sans discontinuer, tel un bébé pigeon. Il ne tétait pas le lait tiède de ma poitrine débordante, et paraissait de cire. De temps à autre, son petit corps se contractait. J'ai cru qu'il n'allait pas passer la journée, mais il a survécu. La matrone, effrayée, ne cessait de se signer, implorant la pitié de Dieu miséricordieux et le Ciel pour ce *khvoroye ditia*, ce pauvre petit, mais il était impossible de ne pas voir qu'il manquait quelque chose à cet enfant et qu'il ne serait qu'un hôte passager sur notre terre. Encore peu de temps auparavant, en Moscovie, on asphyxiait ces nourrissons si faibles… Mais Peter avait publié, deux ans plus tôt, un décret selon lequel de tels actes, comme l'infanticide, étaient punis… Au grand honneur des femmes, je dois reconnaître qu'aucune d'elles, ni Daria, ni Anna, ni Varka, ne m'a trahie. Jamais elles n'ont soufflé mot de nos doutes à une âme masculine. La matrone, quand elle a eu fini de marmonner *khvoroye ditia*, a disparu aussi subitement qu'elle était arrivée. En y repensant aujourd'hui, je me dis qu'Alexandre s'en est peut-être chargé, à la demande de Daria, à moins qu'il se soit douté de quelque chose, puisqu'il était à Moscou où il s'occupait des préparatifs du triomphe de Peter. Je ne savais pas ce qu'il fallait dire à Peter. Comment allait-il réagir à cette mauvaise nouvelle après sa victoire triomphale ? Je ne savais pas ce qui m'attendait. Quand un enfant naît robuste et en bonne santé, c'est le père qui récolte les félicitations ; si l'enfant est malformé, la coupable est toujours la mère. Elle n'a pas mangé ou bu ce qu'il fallait, ne s'est pas habillée comme elle aurait dû, elle a regardé par la mauvaise fenêtre et a vu des choses inconvenantes, elle ne s'est pas rendue dans la bonne église ou a péché d'une manière ou d'une autre… Je sais aujourd'hui que rien n'était ma faute. Le frère de Peter aussi était souffrant, un *slabak*, qui se déplaçait à peine et a eu l'intelligence d'un enfant toute sa vie. Et tous les autres… Peut-être qu'une infirmité touchait toute la lignée masculine des Romanov. Peut-être Peter lui-même portait-il un mal dont il n'avait pas connaissance… Mais, à l'époque, je m'en suis tellement voulu que je pensais que mes cheveux allaient blanchir et que j'allais devenir folle. Je craignais d'avoir déçu Peter et de lui devenir inutile. Je redoutais qu'il me mette à la rue ou m'envoie au couvent une fois qu'il aurait vu le nourrisson maladif. Durant toutes ces journées, des pensées noires m'ont assaillie. J'étais si jeune… La nuit, je rêvais que mon enfant mourait. Je ne dormais presque plus, je tendais l'oreille dans la pénombre pour vérifier qu'il respirait toujours. Il respirait. Il a même timidement commencé à prendre le sein. J'essayais de me convaincre que tout finirait par aller bien pour lui. Mais non. Ses yeux louchaient vers le bout de son nez. Il a appris très tard à lever la tête et la maintenait difficilement. Il est mort sans savoir parler… Et malgré tout, Dieu m'est témoin, je l'aimais de toutes mes forces. Peut-être parce qu'il était condamné dès sa naissance… pauvre petit, inutile dans ce monde… il avait encore plus besoin de mon amour, d'amour maternel. Je l'ai aimé, je le jure, jusqu'à son dernier souffle. J'ai tout fait pour qu'il résiste, même si j'avais conscience dès le début que c'était sans espoir. Je savais, j'avais éprouvé dans ma chair ce que c'était d'être un enfant sans parents. Je ne pouvais abandonner mon bébé, même souffrant et même en transit sur cette terre. Je m'étais juré que les journées qui lui étaient imparties seraient remplies d'amour. Que je l'aimerais pour toutes les années qui lui étaient refusées. Encore aujourd'hui, les larmes me viennent à son souvenir…

Lorsque Peter est arrivé, quelques jours plus tard, mon cœur a fait un bond dans ma poitrine. J'ai pensé, advienne que pourra, peu importe qu'il me mette dehors ou m'envoie au couvent. Mais il s'est approché du berceau, il a regardé l'enfant et sans rien remarquer d'inhabituel, il a dit : « Petrovitch… un vrai Romanov », il m'a étreinte contre sa poitrine chaude, recouverte de cuir et sentant le tabac, m'a embrassée et a dit : « Eh bien, Catherine, est-ce la recrue Piotr Petrovitch ? Laisse-moi te regarder, Matka. Tu es resplendissante, ta poitrine est encore plus belle ! La maternité te va bien ! »

N'avait-il pas remarqué mes cernes ? L'effroi dans mon regard ? N'avait-il pas ressenti, perçu, que l'enfant n'allait pas bien ?

Non, il n'avait rien vu. Comment aurait-il vu ? Il n'était pas sage-femme, il n'avait aucune expérience des enfants. Encore moins des nouveau-nés. Était-ce que je lui avais manqué et qu'il ne voyait rien d'autre ?

Toujours est-il qu'il n'avait rien remarqué. Dieu merci. Je n'allais pas le tourmenter après la victoire et son entrée dans Moscou. Le faire redescendre des hauteurs de son triomphe avec mes soupçons concernant la santé de notre enfant. À quoi cela aurait-il servi ? Au fond de moi, j'espérais, comme espèrent toutes les mères de patients condamnés : si Dieu le permet, il grandira et guérira peut-être. Je me suis peut-être imaginé tout ça.

Pendant les fêtes, à la veille de la naissance du Seigneur, les femmes de la maison Menchikov ont allumé des bougies et de l'encens pour se préparer à lire l'avenir en versant de la cire dans l'eau. L'excitation était à son comble, le moment de l'année était enfin arrivé, et leurs fontanges en dentelle en tremblaient d'émotion à la lueur des bougies. Tandis qu'elles minaudaient, l'une des domestiques, une femme un peu attardée, à la mine mystérieuse et omnisciente, lisait l'avenir en enroulant des mèches de cheveux autour d'une alliance. Cette vieille ne savait sûrement pas compter jusqu'à dix, et pourtant toutes l'écoutaient en retenant leur souffle, comme si le manque d'instruction et la stupidité de la vieille étaient un gage de connaissance des secrets de l'éternité. Je me suis rappelé les *iourodivy* qui, dans ce pays, étaient considérés comme touchés par la pensée de Dieu. Était-ce une coutume locale ? Plus une personne était stupide, plus elle était considérée comme un grand devin. À croire qu'ils s'imaginaient que l'intelligence et les connaissances ne faisaient que restreindre l'horizon d'une personne et ne permettaient pas de percevoir la respiration d'un monde mystérieux. Daria n'avait qu'une seule question à la bouche : quand allait-elle enfin épouser son amoureux ? Anna voulait savoir qui lui était destiné et quand il allait se manifester. Anissia Kirilovna devait l'interroger au sujet de l'argent. Je ne sais plus ce que Varka a demandé. Moi, j'aurais aimé demander combien de temps durerait ma relation avec Peter, à quel moment il se lasserait de moi, ce qui m'attendait ensuite et si mon pauvre enfant allait guérir un jour… Mais il ne le fallait pas, ç'aurait été montrer mes faiblesses. Alors j'ai déclaré que je ne souhaitais pas que l'on me dise la bonne aventure, que je n'y croyais pas. La *baba* s'est fâchée en disant que le destin punissait les vaniteuses de ma sorte et, sans qu'on le lui demande, elle a expliqué qu'un grand malheur et la disgrâce m'attendaient. Elle a prédit que Daria Mikhaïlovna serait mariée avant même d'avoir eu le temps de s'en rendre compte, possiblement d'ici les prochaines fêtes, qu'Anna Danilovna épouserait non pas un bel homme, mais quelqu'un de bien, un chef de guerre d'une lignée princière. Elle a enjoint Anissia Kirilovna de faire très attention à sa santé et a annoncé à Varvara qu'elle ne tarderait pas à se marier et donnerait naissance à tout un régiment d'enfants. Le temps a montré que cette *baba* à demi-folle se trompait... Daria a bien épousé Alexandre, mais longtemps après... Anna Danilovna n'a pas épousé un prince laid, mais Devier, un beau juif roturier du Portugal. Anissia Kirilovna aussi a trouvé un mari mais Varka est restée vieille fille. Elle est juste devenue très pieuse. Quant à moi, elle ne s'est pas trompée, mais on ne pouvait pas se tromper en prédisant des difficultés. Elles nous attendaient tous. Chacun devient la cible du courroux de Dieu un jour ou l'autre. C'est inévitable. Cela a toujours été le cas. De même qu'en Russie on a toujours vénéré les idiots par peur des sages. On préfère anéantir les sages plutôt que de se sentir inférieur à eux. C'est pourquoi les plus rusés font toujours semblant d'être un peu stupides. C'est ce qui m'a aidée à tenir, à garder ma place pendant vingt-quatre ans... Mais ce soir-là, en rapportant à Peter toutes ces prophéties, je riais franchement. Lui aussi riait, puis, accoudé sur l'oreiller, il m'a regardée attentivement et a demandé : « Et toi, Catherine, que voulais-tu savoir ? Qu'as-tu demandé ? » J'ai rétorqué que je ne croyais pas à ces choses-là. Il a insisté : à quoi rêvais-je ? Qu'est-ce que je souhaitais pour l'année à venir ? J'ai répondu ce qu'il voulait entendre : que mon seul souhait était de voir mon capitaine vivant et en bonne santé le plus souvent possible, mais que cela ne dépendait pas de moi... Que je devais me contenter de le réjouir quand il était à mes côtés. « Je suis toujours sur les routes, Catherine. Je vais d'un camp militaire à l'autre, d'une ville à l'autre. Tu me manques, je t'emmènerais bien à Saint-Pétersbourg, mais le supporteras-tu ? Tout est encore en construction, le confort y est sommaire, mais tu verras, ce sera *le paradis.* Le paradis sur terre. Ce sera ma capitale. » J'ai répondu que seul m'importait d'être dans un endroit sûr et qu'avec lui je me sentais en sécurité partout... À son expression et aux instants passionnés qui ont suivi, j'ai compris qu'il n'avait jamais entendu de tels mots venant d'Anna Mons.

Cette nuit-là, au comble de nos caresses, au moment d'ouvrir le feu de sa passion, il a dit, ou plutôt gémi : je t'aime, Catherine.

Liubliu tebia, Katerina.

C'était peu de temps après l'accouchement, et j'avais encore mal. Mais cela en valait la peine. Il ne s'est peut-être plus souvenu par la suite des mots prononcés pendant l'étreinte, mais une chose était sûre, il n'oublierait pas le plaisir qu'il avait pris cette nuit-là.

Cette nuit-là, j'ai vaincu Anna Mons. Une femme que je ne connaissais pas, mais dont le souvenir pendait au-dessus de ma tête comme une épée.

L'année 1705 a été accueillie dans la joie, avec le triomphe à Narva, une nouvelle monnaie, des roubles en argent nouvellement émis, des kopecks en cuivre et de nouveaux impôts pour financer la victoire. Et les *smotry*, chères à Peter. À la différence de la conscription, touchant les garçons des familles paysannes, ces parades qu'il avait imaginées deux ans plus tôt lui permettaient d'enrôler des fils de familles nobles. Non pas pour subir la discipline de l'armée, mais pour servir l'État, comme officiers, comme fonctionnaires, pour diriger les guildes d'artisans et les manufactures. Il commençait par les envoyer se former à l'étranger. Mais le plus souvent, hier comme aujourd'hui, ça ne leur disait rien d'apprendre... Tout ce qu'ils voulaient, c'était vivre paisiblement, à l'écart, dans leurs demeures en bois, entre les bouleaux et les cèdres, se réchauffer contre le poêle sur des fourrures de zibeline, boire de la bière, de la vodka et de l'hydromel, en mangeant du lapin et des champignons marinés, épouser une noble à la longue tresse, aux joues fardées et aux dents noircies, l'aimer et la battre, se reproduire selon toutes les indications du *domostroï*, en bénéficiant des fruits des *votchinas* héritées de leurs pères et des richesses produites par les mains des serfs. Dans cette vie qui était la leur depuis des centaines d'années, l'unique grain de sable était les collecteurs des impôts, mais ceux-là étaient facilement amadoués avec des pots-de-vin plus ou moins importants. Il faut se dire que les gens simples ne désirent qu'une chose : que le pouvoir ne trouble pas le cours de leur vie. Et nous qui échafaudons toujours plus de réformes… qui les poussons vers l'avant et cherchons des moyens de leur extirper leur dernière pièce pour les besoins de l'État, autrement dit les nôtres… Qui pouvait donc se réjouir du règlement de ces *smotry*, prévoyant que chaque famille noble présente au palais du tsar un fils devenu majeur, comme une offrande à l'État, tel Abraham avec Isaac ? Peu importait qu'il soit l'aîné ou l'héritier… Peter et quelques nobles parmi les plus fiables choisissaient qui irait où : celui qui était doué et doté d'une bonne mémoire partirait à l'étranger pour étudier, celui qui était obéissant et assidu deviendrait fonctionnaire, celui qui était niais mais costaud irait à l'armée, puisqu'on n'avait pas besoin d'intelligence là où il y avait de la force… Peter devait arbitrer de son œil avisé. Il rentrait fatigué après ces *smotry* et disait à Alexandre : « Tu verrais, Aleksachka, les garçons que nous avons, des diamants bruts, mais il faut les polir comme des brillants, sans quoi ils deviendront ternes comme les pierres de leurs *votchinas*. Regarde, Aleksachka, ce que nous avons fait de toi. Sans nous tu serais encore à Preobrajenskoïe au milieu du crottin de cheval, ou au mieux dans la *lavotchka* héritée de ton oncle marchand… Au lieu de ça, *mein Kamerat*, tu es comte, général lieutenant, cavalier et héros. Si tu es sage, je te ferai prince ! De quoi veux-tu être le prince, hein ? » Après les *smotry*, Peter se délassait avec son vin hongrois préféré et, s'étant enivré, il devenait généreux et d'humeur joyeuse – Alexandre ne pouvait laisser filer l'occasion. « Prince de Lituanie, par fidélité à mes ancêtres, *mein Herr*, je serais heureux de reconquérir la gloire de ma parenté, les princes lituaniens, *Bruder*... » Peter a éclaté de rire : ces Lituaniens n'avaient plus de princes, il n'y avait plus que des nobles chez eux, ils étaient tous égaux, et il fallait voir où ça les menait ! Seul l'empereur du Saint-Empire romain pouvait conférer le titre de prince à Aleksachka... « Mais tu te vois en prince, *mein Herzenkin*, toi qui ne penses qu'à t'amuser... Plus vite tu épouseras Dacha, plus vite ta dynastie sera lancée... Les mauvaises langues commencent à s'agiter, on raconte que le tsar et Aleksachka se promènent en Ingrie avec leurs cantinières. Si tu épouses Daria Mikhaïlovna, elle deviendra une femme honorable et Catherine pourra se déplacer avec elle, comme son amie et dame de compagnie. Elles pourraient venir nous voir quand nous sommes retenus en campagne. En Livonie, en Lituanie et en Pologne... Nous n'aurions pas à nous languir d'elles... » Daria écoutait en rougissant, elle attendait cela depuis plusieurs années... J'ai compris que Peter voulait me voir plus souvent. Il cherchait un prétexte. Mais ces propos n'étaient pas du goût d'Alexandre. En plaisantant, il s'est défendu : « *Mein Herr*, pourquoi ne te maries-tu pas toi-même ? Je ne peux pas faire un affront au tsar en passant devant lui ! » Peter a frappé la table de sa main : « Dieu m'en est témoin, *Bruder*, si cela était si simple, je n'hésiterais pas ! Tu as donné ta *parole* à Daria Mikhaïlovna. Si les choses étaient aussi simples pour moi, je me contreficherais du reste et je donnerais ma parole également, sans hésiter ! J'intercéderais pour toi, si besoin, mais qui intercédera pour moi ? »

Les choses n'étaient simples pour personne. Ce n'est que quatre ans plus tard, à Toruń, que j'ai appris pourquoi Alexandre hésitait toujours à se marier. Peter, même s'il connaissait la raison, l'y encourageait. Nous, les femmes de la maison de Menchikov, nous ne nous doutions de rien. Peut-être était-ce mieux que Daria ne sache pas. Elle aurait pu devenir folle… Faire une bêtise… Il y a parfois des choses qu'il vaut mieux ignorer.

J'espérais être la cause de ce délai… Alexandre attendait peut-être que le tsar se lasse de moi pour que nous puissions être ensemble. Comme à Chlisselbourg, tous les deux, sans se cacher. J'étais emplie d'orgueil. Mais je voyais aussi qu'Alexandre continuait d'être jaloux. Après cette soirée, en me croisant entre deux portes, saisissant l'occasion, il m'a glissé : « Il te mange dans la main, Catherine. » Dans sa voix, on percevait à la fois de l'amertume et de la fierté. J'ai penché la tête et soutenu son regard, effrontément. À la lumière des bougies, ses yeux bleus scintillaient comme des diamants : vifs, froids et perçants. Nous nous sommes tus un instant… Il est parfois impossible de savoir si c'est par une gifle ou un baiser que se termineront de tels instants. Ni l'un ni l'autre, en l'occurrence. Chacun a continué son chemin, lui vers ses appartements, moi vers la chambre des invités aux tentures de soie chinoise. À l'étage supérieur, on entendait le ronflement continu de Piotr Petrovitch. Varka était avec lui. À elle, je pouvais faire confiance. L'impitoyable destin ne l'avait pas épargnée, elle non plus.

Après cette soirée, Daria a compris que je pouvais l'aider pour son futur mariage : plus Peter se languirait de moi pendant ses voyages, plus il ferait pression sur Alexandre, qui hésitait pour on ne savait quelle raison.

Elle était gentille, même si ça lui coûtait au début. Mais qu'aurions-nous pu faire, nous, les filles ? Nous étions otages des circonstances. Daria est allée jusqu'à me prêter une robe pour les célébrations du Nouvel An au palais de Lefort. J'avais peu d'habits, tout ce que j'avais m'avait été offert par Alexandre, et depuis le temps mes robes commençaient à être usées. Sans compter qu'elles me serraient à la taille depuis l'accouchement... Je ne voulais pas demander d'argent ou de cadeaux à Peter. D'autant plus que lui-même ne se souciait en rien de son allure ; il se contentait d'un justaucorps sombre, et revêtait parfois l'uniforme du régiment Preobrajensky. Je ne voulais rien lui demander : Anna Mons lui réclamait constamment des pierres, des diamants, des parfums, des chaussures, des robes et autres chiffons... Je devais être différente, mais je devais être belle. C'est pourquoi j'ai apprécié la robe de Daria, qu'elle m'a autorisée à choisir moi-même. J'ai choisi une robe de soie jaune, brodée de motifs noirs, avec des galons noirs et dorés et de la dentelle. Elle m'allait bien mieux à moi, avec mes yeux noirs et mes cheveux teints en noir, qu'à Daria qui avait la peau pâle et les yeux bleus. Sur elle, on ne remarquait que son côté bariolé. Moi, je resplendissais et je scintillais. Peter serait fier de se montrer avec moi. Il m'a déshabillée du regard dès qu'il m'a aperçue. Il m'a prise par la main, devant tout le monde. Nous avons dansé, je revois encore son sourire de fierté. Je me rappelle l'ivresse, les trompettes et les tambours assourdissants de la musique hollandaise. Ses yeux noirs ont brillé toute la soirée. Nous dansions comme dansent les amants qui se désirent, comme deux instruments jouant la même mélodie. J'ai été heureuse durant ces quelques heures : tous les malheurs et les inquiétudes étaient restés derrière la porte du palais de Lefort. Il était excellent danseur, et fort en plus, si fort que quand ses mains enserraient ma taille, me soulevaient et me faisaient tourner, je me sentais voler tel un oiseau. C'était bon de voir son visage se rapprocher toujours plus : je voulais l'embrasser, je savais que dans quelques heures, je le pourrais, pour peu qu'il boive moins que la dernière fois. Je l'aimais peut-être aussi, finalement. À moins que ce soit seulement l'effet de l'amour que je voyais dans ses yeux ? Il était évident qu'il me désirait. Tous dans la salle, ce soir-là, l'ont vu. Sa manière de danser et le fait qu'il ne voulait danser avec personne d'autre étaient un aveu public. Oui, je l'aimais, je l'aimais d'être aussi fort et puissant, de pouvoir faire ce qu'il voulait, de ne pas avoir honte de se montrer avec moi. Tous les nobles, tous ses généraux et les envoyés étrangers ont vu le joli couple que nous formions, et le lendemain, ils se sont préparés à gratter des rapports qu'ils enverraient aux palais de leurs souverains : le tsar était amoureux d'une inconnue ; il était certain qu'elle n'était pas russe, mais de quel roi d'Europe était-elle donc la vassale ? Personne ne s'est imaginé qu'il dansait avec une prisonnière de guerre, je suis prête à le parier : un souverain n'aurait jamais traité une esclave avec autant de respect. J'aimais qu'il se comporte avec moi d'égal à égal et se préoccupe de moi. Je savais ce que c'était d'être utilisée comme une chose. Nous dansions devant tout le monde, il était fier de m'exhiber comme à la parade.

Quand nous sommes rentrés à la demeure des Menchikov, j'ai remarqué que le devant de la robe que m'avait prêtée Daria était humide : du lait coulait de ma poitrine. Je me suis excusée pour aller nourrir l'enfant en vitesse. Puis je suis retournée auprès de Peter. Il m'attendait. Il s'est montré tendre et avide. Insatiable.

On dit qu'une femme qui allaite ne peut pas tomber enceinte. C'est faux. Quand Peter est parti pour Voronej, début février, je portais un nouvel enfant de lui. Mais cette fois, j'étais sereine. Nous ne l'avions pas conçu pendant le *razgoul* et le Synode pochard, mais lors d'heures d'une infinie tendresse, avec cet autre Peter, non pas l'affreux, mais le doux Peter dont j'étais tombée amoureuse. Sans compter qu'il faisait des efforts. Peu de temps auparavant, aviné, il avait soutiré à Alexandre la promesse d'épouser Daria le plus rapidement possible pour que nous puissions nous montrer tous les quatre. Avant de partir, il a annoncé à son ami qu'il venait de le nommer prince du Saint-Empire romain, que ça suffisait de mener Dacha par le bout du nez et qu'il devait se comporter comme il convenait à un prince. En prononçant ces mots, il m'a fait un clin d'œil. C'était si agréable de se sentir acceptée. J'ai reçu de l'argent et une magnifique broche en diamant, ornée de trois perles telles des larmes. Mais surtout, on nous a ordonné – à Daria, Anissia, les filles et moi – de déménager à Preobrajenskoïe chez sa sœur, Natalia Alexeïevna. Il m'a lui-même présentée à son hideuse sœur : Tu connais Catherine Vasilieva, elle est la mère de mon fils, Piotr Petrovitch, et elle attend un deuxième enfant; tu dois la respecter, l'aimer et t'occuper de mes recrues. Heureusement, la tsarevna Natalia m'a laissée vivre; elle ne me considérait pas autrement que comme une amante de passage, ça se lisait sur son front, mais elle vénérait son frère, l'aimait sincèrement, et les souhaits de Peter étaient sacrés. Les longs mois d'attente ont recommencé, pour elles comme pour moi... Peter m'écrivait des lettres en les adressant à Daria, dont il savait qu'elle me les lirait : « Les plaisirs sont peu nombreux ici à Voronej. Vous, les matouchkas, occupez-vous de mon petit Petrouchka. Commandez-lui des habits, veillez à ce qu'il ne lui manque ni à boire ni à manger. Saluez Alexandre Danilovitch de ma part. Et donne-moi des nouvelles de ta santé. » Mais il n'y avait rien à dire à propos de mon état. J'étais en pleine santé, contrairement à maintenant… Peter, en revanche, est tombé gravement malade en mai. Il tombait toujours malade au printemps, après les festivités du Nouvel An, les libations à la vodka et au vin, bien qu'il soit encore jeune… Mais cette année-là, la fièvre l'avait alité pendant près d'un mois. Même malade, il s'inquiétait à mon sujet et écrivait. Il m'a envoyé des cadeaux : des citrons. Il s'était souvenu que je voulais quelque chose d'acide. Ces citrons jaunes étaient une preuve de son amour. Je priais pour qu'il guérisse.

Est-ce que quelqu'un prie pour que je guérisse ?

Ou plus personne ?

3

Lestocq est de retour. Quatre heures se seraient-elles déjà écoulées ? J'ai l'impression que je viens d'avaler mes médicaments. Il y a à peine quelques instants. Les douleurs vont reprendre. Je vais à nouveau m'étouffer avec des caillots de sang. Quelle chose étrange que le temps. Nous le mesurons en heures et en minutes, mais il arrive qu'une journée file en un instant, et qu'une minute dure une éternité. Surtout quand on attend. Quand la douleur est là. Quand on se ronge les sangs. Quand on voit souffrir l'être aimé. Quand on sent partir son enfant malade. À côté de ça, il y a des moments de plaisir qui semblent durer des heures, des nuits, des constellations entières : on croit avoir fait l'amour pendant un temps infini, on regarde l'horloge et on se rend compte qu'il ne s'est passé qu'un quart d'heure… Les minutes d'humiliation et de violence aussi semblent durer une éternité. Peut-être ne finissent-elles jamais ? Elles s'enfoncent dans notre âme et notre mémoire, tel un ongle dans la chair, et à peine effleure-t-on cet endroit qu'il devient douloureux et sensible. On dit que les années passées en prison ne représentent qu'un instant pour les condamnés, mais que les journées qui précèdent leur libération sont interminables. Pendant l'enfance et la jeunesse, le temps paraît infini. En vieillissant, les journées se mettent à filer comme un cheval débridé, on ne peut plus les compter. On ne me fera pas dire pour autant que la jeunesse est une torture, et la vieillesse un enchantement. C'est simplement qu'à l'approche de la mort, comprenant que le temps nous est compté, on est saisi d'une faim et d'une soif insatiables pour la vie. Comment la vie se mesure-t-elle ? Et la mémoire ? C'est comme avec l'écriture. Les choses mettent longtemps à s'écrire, mais se lisent rapidement quand on sait lire. On vit pendant de longues années, mais un souvenir ne dure que quelques instants : ce sont pourtant des visions si denses qu'un *pisor* mettrait des jours à les décrire… Et quand on est ivre, souvent on ne se souvient de rien. La mémoire ne retient rien des journées, des nuits, des semaines ou des années qu'on a vécues… Je suis si malade qu'il ne me reste plus qu'à vivre dans mes souvenirs. Les minutes de douleur s'éternisent, une éternité de souvenirs se transforme en minutes… Je voudrais me rappeler les instants de joie, de bonté, de beauté, les prolonger, mais je n'y arrive pas… Si seulement je pouvais… Si je ne souffrais pas… si j'étais en bonne santé… Je me lèverais et je vivrais, sans compter !… Combien de temps vais-je encore tenir ? Que dit Lestocq ?

Ses doigts, parés de riches bagues, enserrent mon poignet. Le médecin de cour compte mes battements de cœur. Le cœur est l'horloge du corps. Il mesure le temps qu'il nous reste avant la mort. Jusqu'à ce qu'il s'arrête – toutes les horloges s'arrêtent un jour ou l'autre. Les horloges sont la mesure du temps. Que peut-on dire du cœur ? Sans doute qu'il mesure la vie.

Les bagues aux doigts de Lestocq. Elles parlent des vies et des maladies des autres, de secrets et du silence qui les entoure. Elles ne viennent certainement pas de son salaire de médecin de cour. Combien le payons-nous ? Je ne me souviens plus, en tout cas pas assez pour s'offrir de tels diamants. Ni une améthyste de la taille de celle de l'évêque catholique. Les bagues sont les dessous-de-table des malades pour son silence. En Russie, tous les serments ont leur prix, même celui des médecins, le serment d'Hippocrate, celui que prononcent les Français et les Allemands… Taire ce qui n'a pas besoin d'être divulgué et se préserver de tout méfait. Ce serment est coûteux. J'ai moi-même dû payer Lestocq pour qu'il se taise au sujet de la maladie de Lizenka. Il ne s'est pas contenté de se taire, il l'a guérie, même si tout le monde dit que le mal français de l'amour est incurable. Aurait-elle pu l'éviter? Aucun amour n'est sans danger. Même l'amour exempt de sentiments, purement charnel, est menacé de maladie. Ma Johanna Karo est là, à côté de Jean Armand de Lestocq. Les courtisans immuables du palais de l'impératrice de Russie. J'ai toujours voulu être entourée de personnes venant de l'Occident. Les miens. Le médecin de cour et ma *Kammerfrau* sont des fonctions de confiance. Un Français, ancien voleur, et une Allemande, ancienne prostituée, servant une ancienne blanchisseuse qui ne sait même pas qui elle est. Les rebuts de l'Europe, la noblesse de la Russie impériale. Peut-on être un voleur repenti? Une prostituée repentie? Est-on pour toujours une prostituée dès lors qu'on a accepté d'être payée pour faire l'amour? Je n'ai pas pris le ducat de Peter. Je l'ai refusé la première fois qu'il a voulu payer pour la nuit chez Alexandre. J'ai refusé pour obtenir davantage. Je n'ai jamais exigé de dédommagement, ni argent, ni cadeaux, ni robes. Il a même souvent oublié de me donner de l'argent pour les dépenses quotidiennes. Même quand j'étais impératrice. J'ai dû emprunter de l'argent à Johanna, sur ses économies et son salaire. Ça paraît incroyable, quand j'y réfléchis. Je possédais des palais recouverts d'or, des jardins, des manoirs et des villages, des milliers de serfs, des diamants et des robes et je devais emprunter de l'argent à ma *Kammerfrau* pour les petites dépenses. Mais je n'ai pas à me plaindre de Peter... Il me donnait autre chose en contrepartie de mon amour : la protection. La puissance. Je n'en avais aucune au début, mais sa protection me permettait de survivre en tant que captive en territoire étranger. C'était une forme d'échange. Une transaction. Lui me donnait la puissance et la protection, moi la patience, la tendresse et mon corps. L'amour existe-t-il autrement entre un homme et une femme ? Sans aucun troc ? Un amour vrai ? La passion pure ? Peut-être quand il n'y a pas d'autre enjeu, quand on ne risque pas de se détruire. Un tel amour aurait-il pu exister entre Alexandre et moi ? On ne saura jamais... Nous n'avons pas osé essayer. Nous avons choisi de vivre, de survivre... et de nous en contenter. Peut-être Alexandre a-t-il voulu me protéger, sachant de quoi Peter était capable ? Comment cerner Alexandre... jusqu'à ce jour je ne sais pas qui il est, un héros ou un *svolotch* ? Ou les deux à la fois ?

Johanna dit à Lestocq que je recommence à cracher du sang dès que l'effet des médicaments s'estompe. Lestocq lui répond que l'on ne peut me maintenir dans la stupeur continue du laudanum. À quoi bon ? Les symptômes réapparaîtront quoi qu'il arrive. Lestocq sait ce qu'il dit. Johanna insiste : il est trois heures du matin, une nouvelle prise m'aiderait à tenir sans tousser jusqu'à sept heures. Johanna Petrovna Karo veut pouvoir dormir tranquillement au lieu de nettoyer mon sang, mais elle ne le dit pas franchement. *Blyad*, une putain. Elle prétend que c'est pour mon bien. À sa place, je ferais pareil. J'étais exactement la même, une menteuse qui vendait son corps. Si j'ai tenu patiemment la tête de Peter sur mon sein après ses convulsions, c'était pour la même raison : avoir de l'ascendant sur lui. Je savais qu'ainsi je gagnerais. Par ma tendresse et mon humilité. Je souffrais, je ne bougeais pas, je me taisais et je lui caressais tendrement les tempes, même si mon dos m'élançait et si tout mon corps s'engourdissait. Et cela a payé. Je ne l'ai pas fait par amour. Je me vendais, mais le prix était différent. Sa valeur était la survie et la puissance. Avais-je le choix ? Peut-être que la vie entière n'est qu'un choix, comme celui que je dois faire à présent entre la stupeur causée par le remède, ce poison qui raccourcit mes jours, et cette douloureuse toux sanguinolente. On meurt toujours, au bout du compte. Peut-être qu'une femme ne se vend pas quand elle tend la main pour des pièces, mais bien quand elle se dit, avant de donner son corps ou sa tendresse : ce n'est pas grave, c'est le prix à payer pour obtenir ce que je veux…

Johanna obtient ce qu'elle veut. Une prostituée arrive toujours à ses fins. À deux avec Lestocq, m'ayant mise sur le côté, ils m'aident à expectorer. Tout le sang dans ma bouche et dans le fond de ma gorge. Ils me nettoient. Me redonnent des remèdes. De quoi m'assommer pour qu'elle puisse continuer de dormir…

Mon cœur bat de plus en plus fort. J'entends aussi battre l'horloge. Une vague de chaleur envahit tout mon corps…

Donc. Je me vendais. L'important n'était pas d'aimer, ni d'être libre, l'important était de rester en vie. Je ne m'autoriserais à aimer que par intérêt. Mais après ce début d'année 1705, après avoir dansé avec Peter, après ses attentions, les diamants et les citrons, après ses lettres m'ordonnant de m'occuper de notre premier-né, j'étais en train de tomber amoureuse de lui. Pour de vrai. Quand j'ai appris qu'il avait été malade tout le mois de mai à Voronej, j'ai cru devenir folle. Et pas parce que je redoutais ce qui m'arriverait s'il mourait. Il avait été malade après les festivités du Nouvel An, mais il s'était remis et si la fièvre était revenue, c'est uniquement parce qu'il s'était de nouveau déchaîné avec le Synode au moment de Pâques, à Voronej. Il avait bu. Il n'avait pas honoré la résurrection du Christ, mais celle de Bacchus... J'avais peur pour le père de mes enfants, le père de cet enfant chétif qui avait hérité d'un handicap, et de celui que je portais. Mais peur aussi de ne plus revoir cet homme souriant dont les mains m'avaient soulevée dans les airs durant cette danse, de ne plus être caressée par ses mains de menuisier aux veines apparentes et de ne plus plonger mes doigts dans sa toison noire pendant ces instants de félicité, quand il fallait s'accrocher à quelque chose pour ne pas s'envoler dans le ciel, vers les étoiles... Natalia, sa sœur, me voyait si inquiète, errant dans le manoir de Preobrajenskoïe dans l'attente de ses lettres de Voronej, que sa dureté a fondu comme la neige au printemps. Elle voyait que je ne faisais pas semblant, que je devenais folle à cause de lui, et chaque fois qu'elle recevait de ses nouvelles, elle me faisait appeler et me lisait les *tsidoulka* de son frère. Nous avons fini par apprendre que le souverain avait guéri et qu'il était parti pour Polotsk. Alexandre a encore repoussé une attaque suédoise près de Saint-Pétersbourg, il est rentré à Moscou rendre visite à Daria avant de repartir inspecter l'armée de Cheremetiev en Lituanie. Peter avait été rusé : il avait promis au roi de Pologne un dédommagement de trois cent mille pièces d'or, en lui laissant entendre que cette somme serait suivie d'au moins un million deux cent mille l'année suivante, mais Alexandre et lui étaient revenus sur leur parole et ne lui avaient pas donné un sou de plus. C'est en grugeant Auguste qu'ils avaient obtenu le droit de faire stationner l'armée russe en Lituanie. Il était bien moins coûteux de nourrir des dizaines de milliers d'hommes en les installant dans un pays étranger où ils détruisaient non pas leurs récoltes mais celles des paysans étrangers. Ils égorgeaient les poules, les cochons et les veaux, prenaient les femmes étrangères et leur faisaient des bâtards, de nouveaux soldats, déjà à moitié russes. Ainsi, depuis le début de l'année, les forces du tsar étaient massées en Lituanie. On a reçu une *tsidoulka*, adressée à Alexandre : Peter écrivait de Kaunas et demandait qu'on lui envoie « Catherine Trubatchiova », c'est-à-dire moi, et deux *portomoïkas*.

Les mots sont parfois plus cruels que les coups. Je n'avais pas besoin qu'on m'explique pourquoi il réclamait des *portomoïkas*. J'en étais une encore peu de temps auparavant. Alexandre a serré les dents. Il avait vu mon visage se durcir. Puis il a dit sans s'émouvoir : « Eh bien, Catherine, tu vas te rendre à Kaunas, en Lituanie. Avec une escorte et deux putains de rechange. »

Je sentais des larmes de colère rouler sur mon visage. Je tremblais d'humiliation. Je ne m'étais jamais sentie aussi outragée, même quand Cheremetiev ou ses soldats s'étaient servi de moi… Les choses avaient changé. Un homme dont je portais les enfants, que je commençais à aimer, me bafouait.

Me voyant trembler, Alexandre a voulu me réconforter, puis aussitôt, comme s'il avait été ébouillanté, il m'a attrapée par les épaules et m'a secouée : « Arrête ça tout de suite, Catherine ! Calme-toi, *blyad*, et cesse de te comporter comme une enfant : crois-tu que parce que Peter couche avec toi il n'en ramone pas d'autres ? Pauvre sotte ! Fais le compte des jours où tu l'as vu l'année dernière. Combien, en tout ? Deux mois ? Qu'est-ce que tu crois qu'il a fait le reste du temps, à Saint-Pétersbourg, à Dorpat, à Narva, en Livonie et en Lituanie ? Qu'il priait, agenouillé devant une icône, te réservant sa chasteté ? Tu as perdu la tête, Catherine ! Il n'y a pas de Khmelnitski sans Yeremka… un homme doit se purger les couilles pour garder la santé ! J'ai fait en sorte de lui procurer des filles moi-même, ma tourterelle, et de choisir celles dont tu n'as rien à craindre. Celles que Peter se lassera de tripoter au bout d'une ou deux nuits ! Des pleurs ! *Blyad !* Pourquoi ? Tu as perdu la tête ! Réjouis-toi : tu es enceinte, et il te fait venir avec ton gros ventre ! Tu lui manques et il veut te voir. S'il a commandé deux *babas* supplémentaires, c'est qu'il a pensé que ton état ne lui permettrait pas de coucher avec toi, il s'en fiche, il veut seulement te voir ! Il veut être avec toi ! Tu ne comprends pas ce que ça signifie ! Tu devrais t'en réjouir au lieu de pleurer. Et mettre tes jalousies de côté. Une fois pour toutes. Oublie ce qu'il a fait ou fera avec les autres, et arrange-toi pour qu'il se sente le mieux avec toi. Qu'il veuille toujours revenir vers toi ! Je voudrais t'en dire plus, Catherine, mais je ne peux pas. J'ai donné ma parole… Sache seulement que tu as gagné le cœur de Peter, ne gâche pas tout. Choisis Daria comme compagne, tu me l'amèneras et je passerai du bon temps. »

Alexandre avait raison. Pour garder Peter, je devais mettre mes jalousies de côté. Ravaler mes griefs. Me taire, sourire, le charmer et l'amuser. Pourquoi l'accaparer avec les tourments de mon âme ? Personne n'apprécie une *baba* irritée, amère, pleurnicharde et insatisfaite. Alexandre m'avait prévenue d'emblée – en Russie, les femmes comme ça ne faisaient pas long feu.

Nous nous sommes préparés pour le départ en Lituanie, vers ce lointain Kaunas. Moi, Daria, une escorte et deux *portomoïkas* dans le deuxième carrosse. Alexandre nous rejoindrait ultérieurement, après avoir inspecté les unités de l'armée. Il viendrait de Vilnius. Peter, lui, nous attendait déjà à Kaunas. Quant à Petrouchka Petrovitch, il avait été confié à Varvara et Anissia, ainsi qu'à une nourrice, chez la sœur du tsar, à Preobrajenskoïe. C'était la première fois que je devais me rendre si loin au sud, dans les terres de nos ancêtres, avec Alexandre, dans ce grand-duché de Lituanie où se trouvent des châteaux entourés de parcs, des fontaines et des colonnes en porphyre, où les cabanes de pêcheurs sont ornées de rideaux blancs, où les champs de blé sont couleur d'or, où l'on semblait puiser la bière et la vodka directement à la source, où le lait paraissait couler dans les rivières aux rivages de miel... Des contrées que Peter lorgnait parce qu'elles étaient si proches tout en étant déjà l'Occident. Je ne me souviens pas par où nous sommes passés, si c'est par Vitebsk ou par Smolensk. Je ne me souviens plus, nous avons tant voyagé durant les années qui ont suivi... et nous les filles, nous n'avions qu'à bavarder, nous préoccuper de notre confort et trouver une auberge propre pour la nuit. Et propres, elles l'étaient presque toutes, dès notre entrée en Lituanie. Les draps de lin blanc étaient amidonnés, parfois même brodés, et dans certains endroits, on changeait la nappe rien que pour nous dans les tavernes. À croire que les femmes passaient leurs journées à tisser, à laver et à nettoyer. Elles n'avaient certainement pas une minute pour regarder par la fenêtre, comme en Russie. Je me suis rappelé les récits sur Peter et ce petit village de pêcheurs sur la côte. Nous étions loin de la mer, mais l'ordre régnait en Lituanie. Même là où la pauvreté crevait les yeux, tout était nettoyé et propre. Pour moi qui avais grandi dans la maison de Frau Glück, mon cœur se réjouissait... Ce qui était étrange, c'était d'être constamment entourée de gardes à moustaches en uniforme vert et rouge : j'étais protégée par ceux qui avaient constitué ma plus grande menace autrefois. Et à voyager avec eux, on a constaté qu'ils étaient comme nous : ils souffraient, ils étaient tristes, ils s'amusaient et chantaient, la seule différence c'était qu'ils avaient une voix plus puissante et qu'ils juraient plus souvent. Je n'oubliais pas pour autant qu'un seul mot d'ordre suffisait pour qu'ils se transforment en véritables machines à tuer, des machines sans cervelle que même Peter n'était pas toujours en mesure d'arrêter – on l'avait vu à Narva. En accompagnant le bien de leur souverain d'un lieu à un autre, de Preobrajenskoïe à Kaunas, ils ne faisaient qu'exécuter un ordre comme un autre. Quand Daria et moi demandions à faire halte pour nous soulager dans les fourrés ou les fossés, ils nous protégeaient en rang, le dos tourné, le temps qu'il fallait. Le soir, dans les tavernes, ils n'osaient pas nous lancer un regard, ils étaient assis à une autre table, en alerte, prêts à sauter sur le premier voyageur qui nous manquerait de respect. Leur vigilance s'est accrue une fois sur les terres fertiles de Lituanie, où nous attendaient les clochers, les coupoles des couvents qui se dressaient au milieu des champs, les manoirs en bois aux toits recouverts de bardeaux, les petites villes de brique et de bois dans lesquelles s'affairaient des gens que l'on ne rencontrait pas en Moscovie : ici tous étaient habillés à la mode européenne ou polonaise, les femmes portaient des blouses ou des corsets, et les hommes de longs zupans fermés par des bandes de soie et d'or ainsi que des bottes. Même les plus pauvres portaient des houppelandes tissées à la main, dotées de ceintures tressées avec des fils de laine multicolores ; beaucoup avaient des bottes, et ceux qui n'en avaient pas les moyens portaient non pas des chaussures en écorce de bouleau mais des souliers lacés en cuir. Ici, on ne voyait aucune de ces barbes contre lesquelles Peter bataillait, c'était le plus souvent des moustachus rasés de près ; les seules barbes qu'on voyait étaient les barbes noires des juifs. Ici, les adorateurs de Moïse et leurs épouses aux tenues chamarrées étaient légion. À l'inverse de la Russie où les juifs étaient invisibles, ici ils faisaient commerce, criaient, travaillaient, vivaient leur vie en pleine rue, comme si de rien n'était. En Russie, ils étaient chassés, en Lituanie, ils déambulaient librement. Une autre différence sautait aux yeux en Lituanie : les gens se tenaient droits, ils parlaient fort et sans crainte. Ils parlaient un polonais qui m'était inconnu, différent de celui de Jakobstadt, mais ils parlaient haut et fort, si bien que chaque noble en zupan était un orateur, chaque paysan un prophète ou un poète. Leurs nobles aussi discutaient, les mains appuyées sur les côtes, ils riaient aux éclats, lançaient des piques, se moquaient, conspuaient les lois et les règles du pays, à l'évidence sans redouter que quelqu'un les dénonce au roi ou à un fonctionnaire. Ils ne paraissaient pas craindre qu'un mot de travers les envoie vers la mort. À Moscou, à peine ouvrait-on la bouche pour colporter un ragot qu'on finissait sur l'échafaud. Les nobles lituaniens se moquaient de leurs souverains – de ce Leszczyński installé par les Suédois, de cet Auguste qu'ils avaient élu – et se moquaient les uns des autres. Ce qui n'empêche qu'ils savaient faire preuve de respect. Lorsque notre carrosse les dépassait, ils regardaient pour savoir qui se trouvait à l'intérieur et, voyant deux jeunes dames étrangères bien habillées, accompagnées de gardes russes – nous deux avec Daria, je ne compte pas les *portomoïkas* puantes dans l'autre carrosse –, ils ne crachaient pas comme les Moscovites à la vue des étrangers, mais soulevaient leurs chapeaux recouverts de plumes et s'inclinaient en une profonde révérence. Daria rougissait et gloussait : « Ah ces galants Lituaniens... Je reconnais bien là les manières d'Alexandre Danilovitch. » J'appuyais ma joue contre la vitre et je souriais en silence. Moi aussi, après tout, j'étais l'une d'entre eux. Là, derrière la vitre du carrosse, je me sentais fière, comme si je rentrais à la maison. Non pas dans le Marienbourg germano-suédois, ni à Jakobstadt, mais là d'où venaient mes parents, ces nobles lituaniens. Il ne m'échappait pas que ces Lituaniens devaient être un mystère pour les gardes de Peter, qui se tenaient tels des fusils chargés, prêts à tirer au moindre écart. Il était évident que cette terre et les habitants qui la foulaient les irritaient par leur comportement et leurs coutumes. Ils étaient en permanence sur le qui-vive. Ils se sentaient en terre étrangère, et étrangère signifiant pour eux adverse, je ne pouvais oublier que mon escorte était un instrument mortel que le tsar, même de sa main la plus ferme, ne pouvait retenir.

Il s'est avéré que le tsar n'était pas très différent d'eux. À peine arrivé à Kaunas, Alexandre nous a appris qu'à Polotsk, Peter s'était mêlé à une stupide tuerie aux possibles conséquences politiques. Alexandre mettait en cause la haine de Peter pour les religieux basiliens, ces orthodoxes de l'Église grecque qui avaient osé reconnaître la supériorité du pape de Rome en instaurant, à l'est de la Lituanie, un dangereux mélange entre l'Église orthodoxe et l'Occident. Ils se faisaient appeler les catholiques grecs, et s'étaient approprié l'ancienne religion grecque du Deuxième Empire romain pour la fusionner avec les papistes détestés. Or, de même que le diable craignait la croix, Peter craignait comme la peste le pape et les religieux catholiques, et surtout les jésuites instruits, qu'il avait juré de chasser de Moscovie. Les catholiques grecs étaient, à le croire, des loups sous des toisons de moutons, qui finiraient par avaler les Russes orthodoxes et par les asservir au pape de Rome. Que deviendrait Moscou dans tout ça ? Non pas la Troisième Rome, à l'évidence, mais la vassale misérable et docile du pape. J'avais du mal à démêler toutes ces considérations de croyance, mais elles sont devenues plus claires quand j'ai retrouvé Peter et

Alexandre à Kaunas : tout ça n'était qu'une histoire de boisson. À Polotsk, Peter avait passé plusieurs jours à lever le coude en compagnie de Cheremetiev, d'Ogilvy et du prince lituanien Ogiński. La veille de son départ, il était passé à la cathédrale uniate de la Sagesse du Seigneur, connue pour ses reliques du moine sanctifié Kuncewicz. Il était entré comme il était, avec quelques hommes de son escorte et son chien anglais en laisse. Dans la cathédrale. Agité, ne tenant pas en place, il a cherché à faire des histoires… ce qui n'est jamais une bonne idée dans un lieu saint. Il a demandé qui était celui que l'on gardait ainsi, tout desséché. Le religieux supérieur lui ayant répondu qu'il s'agissait du martyr Jozafat Kuncewicz, Peter a insisté et demandé pourquoi il était martyr. « Ce sont vos orthodoxes qui l'ont torturé : ils lui ont fendu la tête, ont frappé son corps nu, l'ont lapidé, traîné dans la ville et noyé dans la Dvina », a rétorqué le religieux uniate. Peter a exigé les clefs du tabernacle en affirmant que si l'occasion était si grandiose, il fallait boire du vin et manger des petits gâteaux. Et quand le supérieur a refusé, une altercation a éclaté entre les religieux et les hommes du tsar. Peter a sorti son épée, il a tranché la tête du pauvre basilien, ordonné aux soldats de noyer les quatre autres religieux dans les flots de la Dvina, et a saccagé les tableaux saints à coups d'épée. Puis il a donné l'ordre à ses soldats de forcer le tabernacle, il a répandu le Saint Sacrement et l'a piétiné. Quel besoin avait-il eu de faire ça ? S'il n'avait pas bu la veille, cela ne se serait pas produit… Il s'est ensuite vanté auprès d'Alexandre d'avoir transformé la cathédrale en entrepôt de poudre et d'y avoir installé un commandant. J'écoutais ce récit comme un mauvais rêve, avec la sensation de tout voir et de tout ressentir : l'innocent religieux pris par surprise, le visage écarlate et narquois de Peter, ses yeux vitreux et gonflés, l'altercation, le coup ayant tranché la tête du basilien, l'autel éventré. D'ordinaire, les nobles qui visitaient ce pays, même s'ils étaient d'une autre croyance, faisaient des dons à ces lieux saints, ils ne venaient pas pour tuer… Peter n'était même pas en guerre contre Polotsk. C'était une voïvodie alliée… C'est seulement maintenant que je comprends. Que je m'explique ce qui s'est passé. Peter avait alors trente-trois ans, l'âge du Christ, il était jeune, mais commençait déjà à payer pour ses excès de boisson. À ses médecins, il expliquait qu'il souffrait d'*altérations* de son humeur. Je parlerais plutôt d'altération de sa personne. Il n'était plus lui-même, digne d'admiration, brillant et aimé, mais obtus, imprévisible et cruel. Après l'altération, il devenait toujours cette personne épouvantable. Alexandre hochait la tête : « *Mein Herz*, disait-il, était-ce nécessaire ? Désormais toute la frange orientale de la Lituanie nous haïra, n'aurait-il pas mieux valu les garder de notre côté ? Ce sont des orthodoxes, après tout, n'aurait-on pas mieux fait de les avaler peu à peu, de grignoter discrètement leur territoire avant de les asservir ? Dorénavant tous ces popes uniates seront nos ennemis, ils monteront les gens contre nous, s'en prendront à notre armée, nous aurons des difficultés avec le ravitaillement et ce sera à moi de nettoyer cette merde et de trouver un moyen de nourrir les soldats. » Peter est entré dans une colère noire. Alexandre avait raison. Il a hurlé contre lui : « Toi, Aleksachka, mêle-toi de ce qui te regarde, d'où te vient cette pitié pour la voïvodie de Polotsk ? Tu te prends déjà pour un prince lituanien ? Tu oses me faire la leçon, toi le prince tiré de la boue ? Sérénissime, je t'ai fait prince, mais je peux te renvoyer à ta merde, ne l'oublie jamais, *svolotch*, je n'ai qu'à claquer des doigts ! » Peter avait les yeux rouges, il savait comment blesser son ami et l'avait appelé par le surnom qu'il détestait, celui dont l'avaient affublé les jaloux à

Moscou quand avait couru le bruit de son nouveau titre de prince. Voilà comment se concluait la grande majorité des querelles avec Peter. Dès qu'il se sentait vaincu, il menaçait Alexandre de sa puissance. Je savais qu'il valait mieux ne pas plaisanter quand il était hors de lui, et Alexandre, poussé à bout, pouvait s'attirer des ennuis. À cet instant, il n'était plus Peter, il était Pakhom Pikhaykhouï Mikhaïlov, le protodiacre Pine-en-avant, le même qui était sorti de ses gonds dans la cathédrale de Polotsk. Je ne savais encore rien de ses altérations. Mais j'avais déjà vu qu'il y avait en lui deux personnes différentes. Le Peter que j'aimais et l'autre, Pikhaykhouï Mikhaïlov. À moi de réveiller le Peter que j'aimais, capitaine d'artillerie, gouverné non pas par la rage mais par le bon sens, la *raison*. Le Peter qui aimait les femmes et les enfants et voulait ériger des villes, construire des navires et reproduire le mode de vie occidental. En souriant tendrement, affectueusement, j'ai dit : « Monsieur le capitaine, vous n'allez quand même pas vous quereller avec Alexandre Danilovitch à cause de quelques religieux, qui sont au fond de la rivière à sept cents verstes d'ici à l'heure qu'il est ? Et toi, Alexandre Danilovitch, cesse de te tracasser pour ce qui ne s'est pas encore produit. » C'était audacieux de se mêler d'une querelle d'hommes, peut-être même suicidaire. Mais cela a aidé à calmer le jeu. Peter s'est radouci et a dit : « Tu as raison, Catherine, allons plutôt nous divertir. » Et nous nous sommes amusés, nous avons bu et mangé dans cette ville de Kaunas.

Nous habitions une belle demeure dont les chambres étaient parfaitement aménagées et avaient même des cabinets. La garde avait pris ses quartiers dans les maisons alentour. Kaunas était une assez grande ville, pas aussi grande que Moscou, mais plus que Marienbourg et, malgré ses églises allemandes de brique rouge, c'était une ville catholique, aux couvents tout neufs. Avec son château et ses solides fortifications, elle avait été construite à la confluence de deux grandes rivières. À Kaunas, Peter et Alexandre se concertaient depuis un certain temps avec les seigneurs lituaniens et polonais pour écraser Charles de Suède et empêcher le couronnement de Leszczyński. Le soir, lors des festins, j'avais l'occasion de les observer de plus près. Les bals étaient agréables, les salles disposaient de galeries où jouaient des musiciens, les tables ployaient sous les rôtis et les mets raffinés, hommes et femmes s'amusaient, debout dans la salle ou assis à table. Daria observait la mise des dames de la ville, dont les toilettes osées n'étaient pas encore à la mode à Moscou. Moi, j'observais les magnats. Ici aussi, ils se vêtaient de deux manières : certains portaient des perruques et des justaucorps, d'autres s'habillaient à la mode polonaise, avec de longs zupans. Mais le plus étonnant – j'ai posé la question quand Peter a eu le dos tourné – était qu'il n'existait aucun oukase royal et qu'ils choisissaient eux-mêmes comment se vêtir. « Et qui nous l'interdirait ? Il ne manquerait plus qu'un souverain dicte à un noble libre quelle chemise et quel pantalon il doit porter ! » s'esclaffa quelqu'un que j'avais abordé. En Lituanie, les femmes pouvaient engager la conversation lors des bals. Il m'expliqua patiemment que ceux qui choisissaient de s'habiller à l'ancienne le faisaient par fierté pour l'ascendance romaine de leur nation. Dans ce pays où les nobles tenaient tant à leur liberté, l'entêtement de Peter à habiller les Russes à l'européenne – il avait réitéré son oukase en voyant les boyards converger vers Moscou pour le Nouvel An portant barbe et caftan – aurait probablement provoqué une révolte. Les magnats élisaient eux-mêmes leur roi, ils pouvaient aussi bien le renverser… Daria, qui ne parlait pas un mot de polonais, essayait de comprendre de quoi nous parlions. Certains convives s'étonnaient que je maîtrise leur langue et n'en revenaient pas que je sois originaire de Livonie, mais de parents lituaniens, la famille des Skowroński. « Vous êtes donc de Livonie polonaise ? » souriaient-ils. Le patronyme noble de mes parents ne leur disait rien ; ce devait être une noblesse trop insignifiante, sans influence, et j'ai perdu tout intérêt aux yeux de ces messieurs du bal ; je n'avais pas de rang, je n'étais que la dame enceinte de la cour du tsar russe. Je ne sais pas à quoi je m'étais attendu. À ce que les dames et les messieurs de Kaunas me reconnaissent et me considèrent comme une des leurs, une noble lituanienne ? J'ai vite compris qu'il n'en serait rien. L'espoir qui m'avait fait tenir chez les Glück et comme prisonnière chez les Russes, cet espoir que j'étais quelque chose, ne serait-ce que d'une pauvre noblesse lituanienne, s'est réduit en poussière à mon arrivée en Lituanie. Je n'étais rien pour ceux à qui je croyais appartenir, rien dans ce pays où je croyais être chez moi. À Moscou, j'étais une étrangère de l'Ouest – prisonnière livonienne ou suédoise –, en Lituanie, j'étais une Russe, de l'Est, dans l'escorte du tsar, au mieux originaire de Livonie polonaise, qu'ils considéraient comme une province vassale. En Livonie, je restais une orpheline, une servante, une blanchisseuse… Je m'étais accrochée à ce rêve de noblesse pour ne pas me sentir tel un butin de guerre qu'on se passe de main en main. Une chose. Je m'étais imaginé avoir une ascendance… pour avoir, même en tant que trophée, une histoire qui me donne un peu de valeur aux yeux de Peter. Les arbres généalogiques ne servent qu'à cela, à se sentir moins insignifiant face au présent, face à la vie qui nous broie et nous rabaisse à chaque instant. J'ai vu et j'ai compris, pendant le bal à Kaunas, que c'était pareil pour Alexandre : la Lituanie le rejetait tout aussi poliment. Au bout d'une demi-douzaine de verres, il s'est vanté de son nouveau blason princier qu'il a montré, fraîchement gravé sur la lame de son épée, à côté du pommeau serti de diamants. On y voyait l'aigle russe bicéphale, le griffon et le *Pogonia,* le chevalier lituanien, pour souligner l'ascendance lituanienne de son père Daniel Mężyk. Les nobles lituaniens et polonais se sont contentés de lever poliment leur verre à la santé de Menchikov, le prince sérénissime et compagnon du tsar. Mais ensuite, j'en ai vu certains se lancer des regards avec un sourire compatissant et d'autres se détourner d'Alexandre pour lever les yeux au ciel d'un air narquois. Pas besoin d'être un sage pour percevoir leur léger mépris pour ce favori couvert de diamants par le tsar des barbares, ce prince tiré de la boue dont la distinction manquait de naturel, désirant à tout prix être un des leurs, un véritable Lituanien. Mais les Lituaniens et les Polonais étaient polis, hospitaliers, dignes et bien élevés, je n'ai vu personne briser son verre, débarrasser ses os dans le plat, se moucher dans un coin de la nappe ou essuyer ses moustaches graisseuses sur sa manche, toutes choses que Peter essayait de bannir des bals à Moscou et dont il voulait déshabituer les jeunes Russes. En Lituanie, personne ne crachait, ne se raclait la gorge ni ne posait les coudes sur la table ! À quelques jours de route de la Russie avaient cours de tout autres coutumes. La bienséance, la *politesse* – à laquelle Peter aspirait tant – paraissaient naturelles, à croire que les gens naissaient élégants et maîtres d'eux-mêmes. Tous ou presque avaient étudié à l'université à l'étranger et s'étaient rendus dans les cours royales européennes – ils parlaient des langues très diverses, le latin, le français, l'italien et l'allemand et comprenaient parfaitement le russe, quand Peter manquait de vocabulaire en polonais. Ils étaient si courtois qu'ils ont porté quelques toasts à ma santé – il fallait les entendre, ces Zabiełłos,

Zawiszas, Flemings, Radziwiłłs et Pacs, improviser les vers les plus recherchés – et pas seulement parce que j'étais arrivée avec Peter ou en raison de mon état, mais parce que j'étais jeune et belle et que ces messieurs lituaniens et polonais savaient se montrer galants avec les belles jeunes femmes : ils déclamaient des tirades célébrant leurs yeux noirs comme la nuit que les éclairs de leur âme faisaient briller de la beauté éternelle des étoiles, ils vous baisaient la main et vous regardaient longuement sans que ce soit obscène. Ils faisaient honneur aux dames d'où qu'elles soient, chose dont je n'avais pas fait l'expérience chez les bourgeois livoniens, et encore moins à Moscou. La liberté et la dignité semblaient se transmettre dans le lait maternel ; il n'était donc pas étonnant qu'ils vénèrent la Sainte Vierge comme un chevalier vénère sa mie. La Vierge n'était pas uniquement Bogoroditsa, la mère de Dieu, mais le miracle en soi de l'amour et de la beauté. Ils s'en faisaient une tout autre représentation que ce qu'on voyait sur les icônes : elle n'avait pas de tristes rides sévères qui lui barraient le front, pas de cernes gonflés par les larmes, les commissures de ses lèvres n'étaient pas affaissées par le martyre amer, et il lui arrivait même de ne pas porter de coiffe. Sur les tableaux catholiques, ses cheveux bouclés étaient souvent lâchés, elle ressemblait non pas à une jeune vierge mais à une femme de chair et de sang : les joues rouges, vivante, l'œil brillant rempli de tendresse et d'amour – elle pouvait être souriante et était parfois même entourée de fleurs de toutes les couleurs. Le grand greffier de Lituanie Michał Kazimierz Pac, chevalier de l'ordre de Malte, nous a invités par une belle journée ensoleillée à nous rendre sur le chantier d'un couvent dans les environs de Kaunas – à l'intérieur, dans le chœur de l'église non encore consacrée, nous avons admiré un magnifique tableau de la Vierge à l'Enfant : on aurait dit qu'elle était vivante tant son expression était douce au milieu des fleurs. Les religieux vêtus de blanc et qui avaient fait vœu de silence n'ont pas apprécié qu'on accompagne le tsar russe aux côtés de leur fondateur – les femmes avaient interdiction de pénétrer dans le couvent, à l'exception des patronnesses et des reines. Ils avaient fait exception pour le tsar, allié et bienfaiteur, mais il était clair qu'à leurs yeux il n'y avait rien de plus fugace qu'une alliance militaire, surtout avec les Russes. Rien de plus fugace que la vie : le grand greffier a raconté que son oncle avait lancé la construction de l'église et n'avait pas vécu pour en voir l'aboutissement. Il avait dépensé des sommes considérables pour faire venir du marbre italien rouge et noir et engager les meilleurs artisans italiens; la construction se poursuivait depuis trente ans et touchait presque à sa fin : Pac disait qu'il espérait la terminer et consacrer l'église l'année suivante. Peter s'est enquis du coût total et le grand greffier lui a répondu que son oncle, lui-même effrayé par ses dépenses, avait brûlé les factures; mais il pouvait affirmer qu'il avait dilapidé des sommes déraisonnables rien que pour achever les travaux. Peter a dit en riant que cet argent aurait été mieux employé à nourrir et équiper l'armée polonaise dans son entier, mais le greffier a répondu en haussant les épaules que le marbre de la maison de Dieu était plus pérenne que les armées et la vie humaine, et que la foi de l'homme en la providence éternelle l'était encore davantage que le marbre. Il était étrange d'observer cet homme bien en chair qui ressemblait à Peter comme un frère – si le chevalier était plus âgé et plus petit, tous deux étaient bruns, avaient les mêmes yeux noirs et brillants, les mêmes moustaches et presque la même perruque noire. Ce qui les différenciait, c'était qu'il émanait du noble lituanien une grandeur solennelle et un dédain pour les biens terrestres qui distinguaient les nobles ne rendant de comptes qu'à Dieu. De retour du couvent, Peter s'est emporté contre les religieux catholiques austères et les folies dépensières de la famille du greffier Pac : l'église et le couvent qu'ils avaient construits à l'écart du monde ne souligneraient en rien la grandeur de l'État. Les catholiques, le pape en tête, étaient une bande de brigands qui envoûtaient inutilement les esprits des croyants et les détournaient de l'obéissance à leur souverain; le pape, Peter en était convaincu, n'aspirait qu'à régner au-dessus des rois européens. Alors que Peter, en tant que monarque de la Moscovie, souhaitait être le seul intermédiaire entre le Seigneur et ses vassaux; les religieux devaient lui obéir, l'assister et non le déranger... s'ils avaient une mission, c'était de former des soldats fidèles, prêts à mourir pour lui. Avec Alexandre, nous sommes restés silencieux. J'avais vu que la construction de l'église avait fait grande impression sur Alexandre, qui avait lui-même lancé celle de l'église de l'archange Gabriel à Moscou, dans les marais qui sentaient si mauvais. Je l'avais vu renverser la tête en arrière pour mieux voir les fresques et les voûtes où se reflétaient la grandeur et l'harmonie italiennes. À cet instant, silencieux, figé, les yeux brillants de jalousie, il m'avait paru incroyablement beau, tel un jeune saint torturé sur les toiles des maîtres italiens. Alexandre était esclave de la beauté, il aurait pu vendre son âme pour elle, que ce soit celle de la nature, du corps d'un être ou des créations de l'homme, celle des sons, des images et des odeurs. Il lisait difficilement et seuls les mots et la beauté des pensées qu'ils exprimaient ne lui étaient pas accessibles, pourtant quand nous avons voyagé en Europe nous avons vu, dans les salons, les gens boire pendant des heures les vers enflammés d'un poète ou les paroles sages d'un écrivain, que nous ne pouvions pas comprendre.

Alexandre ne pouvait apprécier la beauté des mots qu'au théâtre ou à l'opéra, où ils étaient accompagnés de musique et parfois même de danseurs et de jeunes ballerines – peu importait, alors, que ce soit en allemand ou en italien. Il était de ceux que la beauté atteint par les yeux : les femmes, les tableaux, les bâtiments ou les paysages… En construisant Pétersbourg, Alexandre disait que Dieu nous montrait peut-être Sa présence grâce à ces exemples de beauté au milieu de la laideur de la vie, à ces terrains parfaits gagnés sur le chaos et les marécages. J'ai compris ce qu'il voulait dire malgré mon ignorance. J'avais ressenti la même chose que lui en admirant le tableau de la mère de Dieu près de Kaunas : elle m'avait semblé si réelle, faite de chair et de sang, généreuse et douce, aimant inconditionnellement. Elle était sainte, mais elle partageait avec toutes les mères du monde, y compris moi, ce sentiment de tendresse et de tourment mêlés, tendresse de l'amour et tourment de savoir que son enfant tout juste né est condamné à mort. J'aimais ainsi mon pauvre petit qui n'atteindrait pas l'âge du Christ… Je pleurais chaque fois que j'étais loin de Petrouchka. Et en rentrant de ce couvent, mes yeux étaient remplis de larmes. Alexandre a même dit à Peter : « Tu as remarqué, *Bruder*, comme leur Bogoroditsa italienne ressemble à Catherine, elles ont le même visage… » Mais Peter s'est fâché : « Allons, tu dis n'importe quoi, Danilovitch, ne va pas devenir catholique ! Ce n'est pas la religion qui aidera les Polonais ! Et nous finirons par les avoir, tu verras. Un jour leurs couvents nous serviront d'écuries ! » J'aurais voulu me boucher les oreilles pour ne plus entendre ses sarcasmes. Au contraire d'Alexandre, Peter était incapable d'apprécier la musique si elle n'était pas assourdissante, joyeuse et destinée à danser lors des bals. Il était aveugle à la beauté si elle ne servait pas son intérêt ou celui de son pays. À l'exception de la beauté des femmes, qu'il pouvait aussi utiliser à son profit.

Je ne sais pas si, après notre arrivée à Kaunas, il s'est servi des deux *portomoïkas*. Je ne crois pas, j'ai tout fait pour qu'on passe le plus de temps ensemble. Il a couché presque toutes les nuits avec moi, bien que mon ventre ait été déjà gros. Nous étions au milieu de l'été, les nuits étaient chaudes, collantes et suaves, j'ai recouru à toutes sortes de positions pour qu'il puisse être avec moi sans que je l'écrase. Il avait besoin d'une femme. Agréable et qui soit à lui. Les tractations avec les Lituaniens et les Polonais étaient ardues, tous cherchaient à se berner les uns les autres, et il ne devait rien montrer, rester poli et diplomate. Surtout deux semaines plus tard, quand nous sommes partis de Kaunas pour Vilnius, la capitale lituanienne, une ville royale et sainte de confessions multiples. Parmi les nombreuses églises qui s'y trouvaient, certaines appartenaient aux basiliens qui avaient déjà appris la nouvelle du meurtre commis par Peter à Polotsk. Le voïvode de Polotsk, Dominik Mikołaj Słuszko, lui a offert l'hospitalité dans son palais. Peter était un allié indispensable et il fallait apaiser la haine des habitants de la voïvodie après la tuerie des uniates un mois plus tôt ; il était évident qu'ils allaient se servir du massacre comme d'un levier dans les négociations, leur hospitalité n'était qu'une façade. Le palais de Słuszko était à la dernière mode, haut, carré, doté d'immenses fenêtres donnant sur une rivière et sa cascade, d'une terrasse et d'un jardin italien qui, parsemé de fleurs, d'orangers, de fontaines, de bassins et de statues de déesses en marbre, s'étendait vers les collines. C'était la première fois que je résidais dans un palais digne des rois, je n'avais rien vu de tel à Moscou : Preobrajenskoïe, en comparaison, n'était qu'une vieille maison de campagne, la demeure des Menchikov ressemblait à la maison d'un marchand et le palais de Lefort à une taverne. J'ai eu le souffle coupé à la vue de l'escalier en marbre, des fresques et des moulures qui décoraient le plafond. Le maître de maison nous a accueillis et nous a signalé une inscription en latin, enjoignant les invités à laisser à la porte leurs toges officielles et leurs distinctions militaires ; ici, dans sa demeure, régnait la déesse de la paix. En passant devant les rideaux en velours de soie, les consoles dorées et les plus beaux tableaux, j'ai aperçu mon reflet dans un miroir vénitien – j'étais empourprée, heureuse, enceinte et parfaitement à ma place, comme si j'étais née dans ce palais. En montant les escaliers, Peter a trébuché et j'ai cru que ses jurons allaient faire tomber les anges et les allégories du plafond. Son page noir, un petit garçon d'une dizaine d'années acheté à Constantinople, a hurlé de frayeur, et il est parti se cacher dans un coin en fermant les yeux et en se bouchant les oreilles. Sachant que le luxe superflu irritait Peter et connaissant son tempérament, je craignais qu'après une telle déconvenue son séjour à Vilnius soit marqué par la colère. Mais Słuszko avait réservé à Peter les appartements les plus luxueux et, le soir, voulant lui faire oublier son entrée malheureuse, il avait prévu un bal dédié aux divinités de la mer, à la fois pour flatter le goût du tsar pour les choses maritimes et pour lui souhaiter une prompte victoire sur les Suédois en mer Baltique : les tables ployaient sous les caviars, les écrevisses, les esturgeons et autres poissons luxueux, le vin coulait à flots, les meilleurs vins du Rhin, français et hongrois, que l'on servait à Peter dans une immense coupe façonnée avec la nacre d'un nautile ; j'ai pensé qu'on allait le retrouver allongé par terre au bout de deux coupes de cette taille… Au milieu de la salle, dans la chaleur de cette soirée d'été, les sculptures de glace, représentant Neptune et ses tritons, gouttaient et fondaient, et en levant la tête, nous avons aperçu une merveille : le plafond de la salle était fait de plaques de verre et au-dessus clapotait de l'eau. Le maître des lieux appelait ça un *aquarium*; dans cet aquarium décoré d'algues nageaient de véritables sirènes, des filles presque nues qui faisaient onduler leurs poitrines et leurs cheveux. Peter ne pouvait détacher son regard de ce spectacle profane, sensuel, troublant, mais d'une beauté féerique. Il feignait de s'intéresser à sa réalisation, s'étonnant que du verre puisse supporter le poids d'une telle quantité de liquide, sans parler de celui des filles. Le maître de maison, avec un sourire amusé, lui a expliqué qu'il s'agissait du secret des dieux de l'Eau. J'ai pensé qu'une telle vision aurait provoqué des convulsions chez les bourgeois de Livonie et que les popes de Moscou auraient déjà crié « *Anathème !* ». Dans le même temps, des femmes, peu nombreuses, luxueusement vêtues, pour la plupart épouses des dignitaires, se promenaient dans la salle comme si de rien n'était; elles étaient, à l'évidence, habituées à toute cette volupté et ne voyaient dans la nudité des sirènes que le noble habit de l'Antiquité, l'art de vivre indispensable à la fête. À l'inverse du Synode pochard, ce genre de débauche était, à n'en pas douter, de l'art. Mais que pouvais-je y comprendre ? Alourdie par l'enfant dans mon ventre et voyant toutes ces délices, j'avais surtout très faim. C'est lors de ce bal à Vilnius que j'ai bu pour la première fois un vin mousseux et goûté à ces huîtres si prisées en Europe, que nous appelions *usters* et qui dégoûtaient tant l'escorte de Peter. Personne ne comprenait qu'on puisse avaler des limaces. Par esprit de contradiction, j'en ai goûté – après tout, j'étais une Occidentale. Toute la saveur de la mer, à la fois rafraîchissante et salée, était enfermée dans cet écrin de nacre. Pendant que l'huître, accompagnée d'une gorgée de vin, glissait contre mon palais et que je regardais par la fenêtre en direction du jardin italien et de ses lumières scintillantes se reflétant dans le canal, Alexandre est passé à côté de moi avec Daria : « En voilà une belle vie, Catherine… Tu verras, c'est une question de temps, mais nous aussi nous vivrons ainsi ! Et encore mieux ! » Une fatigue s'est abattue sur moi. J'étais épuisée par tant de nouveauté et dévorée par une curieuse envie : comme Alexandre, je voulais que tout ça soit à moi, et n'avoir jamais connu autre chose que la richesse, la beauté, la politesse et l'art de vivre. Je ne voulais pas que nous soyons de passage. Je voulais que ça nous appartienne. J'avais la tête qui tournait. Je devais m'excuser auprès de Peter, mais je ne l'apercevais nulle part. Accompagnée de Daria, passant par le labyrinthe des couloirs du palais où des laquais serviables nous ouvraient les portes, je me suis retrouvée dans ma chambre.

Peter n'est revenu qu'à l'aurore. J'ai feint de dormir. Titubant dans la faible lumière de l'aube, il s'est déshabillé en laissant tomber tous ses vêtements et s'est affalé lourdement sur le lit.

Le devant de sa chemise était mouillé. Il sentait l'huître. Ou la sirène ? L'odeur de l'huître n'est pas si éloignée de celle du sexe d'une femme…

Que pouvais-je faire ? Interdire les plaisirs d'un aquarium à un homme qui rêvait de navires et de suprématie sur les mers ? Qu'avais-je à proposer à la place ? Des caresses prudentes et malhabiles dues à ma grossesse avancée ?

Sans le réveiller, je me suis rapprochée pour lui offrir une poitrine chaude, pour éviter qu'il ne prenne froid avec sa chemise humide. Il ne fallait pas qu'il tombe malade en plein été. Il m'a serrée contre lui, sans même se réveiller, et a seulement marmonné *Matka*, ou *Moeder*… Matka… Je détestais qu'il m'appelle ainsi.

Mon oreiller a fini mouillé, lui aussi. De larmes…

Je devais pardonner, aimer inconditionnellement. Puisqu'il le fallait, j'allais être Matka… Je n'avais pas le choix : un homme peut avoir beaucoup de sirènes, de putains et de femmes dans sa vie. Mais seul l'amour de sa mère est inconditionnel. La sienne était décédée. La place était libre. J'étais la mère de ses enfants, mais je pouvais aussi devenir la sienne. Une mère jeune, désirable, offrant même l'amour charnel, défendu à la mère… Ce matin d'été après le bal, les oiseaux gazouillant dehors, le tsar et chef d'une armée de centaines de milliers d'hommes ronflant contre ma poitrine et son enfant me bourrant de coups de l'intérieur, j'ai su que je m'en sortirais. Je me souviens de m'être adressée un sourire à moi-même et, avant de m'endormir, j'ai levé les yeux au plafond. Depuis la fresque, juchée sur un tas de nuages, une déesse joyeuse à la poitrine nue, aux ailes dorées avec une étoile brillant au-dessus de son front me regardait en souriant d'un air entendu. Son visage au teint mat ressemblait beaucoup à la sainte mère de Dieu du couvent.

Peter s'est réveillé avec un mal de tête terrible. Ce matin-là, comme tant d'autres à Vilnius. Mais, après cette nuit, la déesse ailée a continué à me regarder avec bienveillance et tendresse. Son nom, j'ai demandé aux domestiques qui en savaient plus long que moi sur les divinités romaines, était Aurore. Une déesse promettant un jour nouveau, même après la nuit la plus sombre. Je devais me rappeler quotidiennement sa promesse. Et à lui aussi.

À Vilnius, il était en mauvaise posture en dehors des bals et des négociations diplomatiques. Comment ne pas remarquer les regards que lui lançaient les citadins ? Il n'était pas aveugle. Et il n'y avait pas que les regards des religieux basiliens. Lorsqu'il était à cheval ou dans son carrosse avec l'aigle bicéphale sur la porte, les regards des gens le transperçaient tels des couteaux aiguisés. Des passants crachaient dans sa direction, et personne ne se hâtait de les punir. Les magnats faisaient poliment comprendre à Peter que Son Excellence aurait tort d'accentuer les tensions dans la Rzeczpospolita avec les gens, les citadins et les religieux. « Surtout après Polotsk », ajoutaient-ils pour le mettre en garde, obligés toutefois de rester diplomates puisqu'ils avaient besoin de lui pour lutter contre les Suédois, en Livonie, en Ingrie et partout sur les confins, surtout près de l'Ukraine. Besoin d'un souverain disposant de chair à canon, des dizaines de milliers de garçons dociles, prêts à tuer, rassemblés d'Arkhangelsk jusqu'à la Sibérie et ne craignant pas les froids hivernaux – contrairement aux Saxons choyés de l'armée d'Auguste le Fort. Contrairement aux Lituaniens et aux Polonais sur les terres desquels les batailles ne laissaient pas aux femmes le temps de mettre au monde de nouveaux fils. Peter aussi devait se modérer, lui aussi avait besoin de ces messieurs de la Rzeczpospolita. Il ne pouvait se les mettre à dos. Chacun, les dents serrées mais le sourire aimable, devait s'adapter. Peter aux Polonais, les Polonais à lui. Mais il avait du mal à retenir sa colère. Fin juillet, à Vilnius, il avait le sommeil agité, il se réveillait au son des cloches qui sonnaient les heures – cinq, le plus souvent –, pris d'une immense soif. Le matin, je m'efforçais de le laisser tranquille. Il travaillait à ses papiers. À la mi-journée, il commençait les audiences, qu'il conduisait en buvant – ces messieurs de Vilnius lui apportant du vin hongrois, son préféré –, or il ne savait pas boire à moitié. Pendant que les messieurs de Vilnius sirotaient un verre en discutant affaires, il en descendait trois, puisque le vin était offert et coulait à flots. Comme la ville était sûre, nous partions avec un soldat et un page nous promener et admirer les belles églises de la ville, catholiques, orthodoxes et de l'ordre de saint Basile. Je priais pour le supérieur basilien transpercé par Peter à Polotsk. La guerre était la guerre, je l'avais vu à Marienbourg, et depuis Nöteborg et Narva je savais qu'il avait tué de ses mains sur le champ de bataille… Mais à Polotsk, il s'agissait d'autre chose. D'un religieux inoffensif, dans un lieu saint, près d'une relique… Peu importe qu'il soit d'une autre religion, ou que Peter ait bu… Il avait commis un péché mortel. J'ai supplié le Seigneur de lui pardonner, allant même jusqu'à entrer dans les églises catholiques et dans leur cathédrale pour prier. Les beaux visages des saints et des anges miséricordieux nous regardaient depuis les murs et les autels, ils n'étaient ni sombres ni sévères, mais lumineux et humains. Quand l'orgue a retenti, mon cœur a vibré ; les paroles du prêtre, en latin, étaient comme une déclaration d'amour. Les cantiques catholiques résonnaient avec passion, tel le chant des amoureux de Dieu. Pendant ces quelques instants, entourée de beauté, je me suis sentie à la maison. J'étais de retour chez moi et j'ai prié pour qu'on m'accorde la force d'aimer Peter pour ce qu'il était, comme je me l'étais promis. Avec la même indulgence que notre enfant, notre petit Petrouchka Petrovitch, affligé de défauts dont je savais qu'il ne guérirait jamais. Seul l'amour me permettait de les supporter.

L'un des domestiques avait dû nous dénoncer. À moins que ce ne soit Daria qui lui ait parlé de nos détours pour prier dans les églises de Vilnius… Toujours est-il qu'une nuit, en caressant pensivement mon ventre, il a dit : « Catherine, il faudrait te baptiser selon le rite orthodoxe, tu ne peux pas porter mes enfants en étant toi-même d'une autre confession… Ce n'est pas bon… Es-tu luthérienne ? » Je lui ai répondu que seul mon père adoptif était luthérien et que j'étais baptisée catholique. Il a soupiré : « C'est pire encore, Catherine… il ne manquait plus que les jésuites… Je vais rentrer à Moscou et la première chose que nous allons faire, c'est te baptiser. Ne tremble pas comme ça, cela ne fera pas mal. Ce sera mieux pour tout le monde. Si tu veux, nous baptiserons d'abord le petit noir, le petit nègre, pour que tu voies ? »

Il ne plaisantait pas. Il a baptisé le garçon quelques jours plus tard à Vilnius. C'était un geste politique. Pour Peter, les nègres n'étaient pas des hommes… Comme les nains, les géants et les moujiks, ils n'étaient que des créatures. Des divertissements, d'apparence humaine. Pas des animaux, mais pas des hommes non plus. Quelque chose entre les deux. Qu'on pouvait utiliser pour leurs dons s'ils en avaient, mais qui avaient aussi leur place dans un bocal. En baptisant le garçon, Peter faisait une démonstration de sa puissance tout en me montrant ce qui allait se passer. Il adressait aussi un signe politique aux habitants de Vilnius. Il leur montrait que, dans leur église orthodoxe de sainte Parascève, le tsar de Russie pouvait faire comme bon lui semblait. Il pouvait même baptiser son esclave noir comme la suie, qu'on lui avait rapporté de Constantinople, et le transformer en être humain, dans une église qui avait appartenu aux uniates si détestés. Peter a officié comme parrain : le petit Abraham, après le baptême, était devenu Avram Petrovitch. Le page, qui n'avait rien compris, était très fier de cet honneur. De retour au palais de Słuszko pour la fête du baptême, où Peter l'a fait boire, il a déclaré dans un russe hésitant que c'était parce qu'il était un prince africain que le tsar en personne l'avait baptisé. Déjà à l'époque, c'était un fieffé menteur qui finissait par croire aux mensonges qu'il débitait. Encore aujourd'hui, formé à l'étranger et devenu capitaine, il continue de mentir comme il respire et raconte à qui veut l'entendre qu'en plus de Peter, la reine de Pologne en personne l'a baptisé à Vilnius… Où est-il allé chercher ça ? Cet été-là, il n'y avait ni reine ni roi… Encore heureux qu'il n'affirme pas que je l'ai baptisé… Mais qui se souvient de la vérité après tant d'années ? Qui, à part Alexandre et moi… Comment Alexandre désignait-il des gens comme lui ? Des étrons couvés par Peter, des étrons qui ne coulaient pas. Maintenant Avram veut sa perte et complote avec ses ennemis dans son dos, mais il est trop sot pour parvenir à ses fins. À l'époque, c'était un gentil petit garçon noir, mignon comme une statuette. Je l'appréciais, et je l'emmenais toujours dans mon escorte quand je montais à cheval… Il me faisait de la peine quand il se prétendait prince africain. Je le comprenais, lui comme moi et les autres rescapés avions besoin de nous inventer une ascendance noble. Pas plus que moi il ne voulait être un esclave sans passé. Il voulait avoir son histoire à lui. Rien de plus.

4

QUATRE heures… L'heure qui précède l'aube, quand le corps endormi s'éveille et que les pensées s'affolent. Peter se réveillait à quatre heures – il bondissait hors du lit, la chemise collante de sueur, et commençait à tourner en rond. Ça a été comme ça dès le début. Ces dernières années, c'est moi qui me suis mise à me réveiller à quatre heures. Le plus simple était de cesser de me coucher le soir… Pour éviter de me réveiller à cette heure où les membres s'engourdissent et où les pensées se transforment en un essaim de guêpes bourdonnant, battant douloureusement contre les tempes. Je m'endormais à cinq heures du matin et me levais dans l'après-midi – tout ça pour éviter les questions qui me tourmentaient à quatre heures. Des questions qui restaient sans réponse. Des dangers qui disparaissaient dès qu'on ouvrait les yeux. Des décisions dont on s'apercevait au réveil qu'on ne pouvait pas les mettre à exécution. Il n'y avait que Peter pour faire de ces divagations des ordres au lever du jour. Parfois des condamnations à mort. Le jour même, son essaim de guêpes coûtait la tête à quelqu'un. Ce n'est qu'à la fin de sa vie, grâce à Lestocq, que j'ai compris pourquoi il se réveillait à quatre heures du matin : c'est l'heure à laquelle le corps se libère de tout le vin et la vodka qu'il a ingérés. Quelque chose à voir avec l'écoulement du sang dans les veines, le flegme, la bile et les quatre éléments. Tout ce dont je me souviens des longues explications de Lestocq, c'est qu'à quatre heures l'ivresse se dissipe pour laisser place à la douleur. Aux maux de tête et de cœur. De conscience aussi... Le laudanum aidant, je ne ressens ce matin que de la stupeur. Pourtant j'ai conscience de ce qui m'arrive. L'expérience... J'aperçois un trait d'aurore rosée par la fenêtre. On entendra bientôt gazouiller les oiseaux, les rossignols... quel bonheur. J'avais voulu appeler cet endroit – que les Finlandais nomment Saaren Kyla, village de l'île – Blagovechtchenskoïe, en l'honneur de la Révélation de la mère de Dieu, mais en cinq ans ce nom n'a pas pris. Nous voulions le rebaptiser à la manière orthodoxe, et nous y sommes presque arrivés : Saaren est devenu Tsarskoïe, du tsar, et Kyla, Selo, le village. Mais tout le monde appelle cet endroit d'après mon prénom : le palais Catherine. Un beau palais, large de seulement seize fenêtres, à l'intérieur duquel est allongée une femme souffrante. Non, pas souffrante : mourante. Je me meurs... Peut-être ne suis-je pas en train de mourir, peut-être est-ce juste une impression, parce qu'à quatre heures du matin tout paraît toujours plus sombre ? Vais-je guérir ? Cela finira-t-il par passer ? Peut-être n'est-ce qu'une crainte infondée qui disparaîtra avec le jour ? Un mauvais rhume qui cessera quand le temps se réchauffera ? J'ai la nausée et mal au ventre. Il est énorme, à croire que je suis de nouveau enceinte. Est-ce le laudanum ? La peur ? À l'époque, quand j'avais très peur et qu'il me fallait garder mon calme, on aurait dit qu'une guerre éclatait dans mon ventre. À présent je le sens qui gargouille... De quoi ai-je peur désormais ? De quatre heures. Cette heure où les gens en bonne santé sont réveillés par la peur. Cette heure où les malades meurent. Si j'y survis, peut-être que tout ira bien. Johanna… Johanna… le pot de chambre… J'ai le ventre trop gonflé, je ne peux plus, ça déborde…

Johanna ronfle paisiblement, elle n'entend pas. Cette fainéante a cru que le laudanum allait lui donner quatre heures de répit. Mais comment lui en vouloir ? Ma voix reste coincée au fond de ma gorge qui ne produit plus que des sifflements et du sang…

Je ne peux plus me retenir… Cela sort, comme le massepain d'une poche… Schrotter, le pâtissier des Menchikov, en avait une de ce genre. En la pressant, il arrivait à façonner des sculptures de massepain pour les tables de bal. Ma masse est plus liquide, chaude, elle se répand sous mes fesses, répugnante, dans une odeur douceâtre. Ceux qui ont survécu à la torture racontent que la mort a cette odeur. La mort n'est pas encore là, c'est juste de la merde. Dans le coin, un fantôme bleu est assis près du poêle en carreaux de Delft que les navires hollandais ont apportés. Au plafond, j'aperçois à l'extérieur du baldaquin des dorures brillant faiblement dans l'obscurité. On dirait des algues et des écrevisses agitant leurs pinces. Il y aurait de quoi nourrir des villages entiers pendant des années avec tout ce massepain en or. Et à quoi me sert-il, là, au-dessus de moi ? À rien. Je ne lui trouve plus rien de beau. De la merde dorée au plafond, rien de plus… Tout cet or… Je me noie dans le sang et la merde, mais je suis illuminée d'or. Une parfaite allégorie du pouvoir impérial…

J'ai honte… je me sens si humiliée. L'or n'est d'aucune utilité quand on est incapable de s'occuper de soi-même et que l'on baigne dans sa propre merde. Une telle impuissance me donne envie de pleurer de colère. J'ai honte… je veux être propre. Propre et forte. Mais je suis trop faible pour bouger. Quelque chose me secoue de l'intérieur. Je tremble. Je ne sais pas si c'est le laudanum ou les sanglots…

Ça m'est souvent arrivé, de sangloter intérieurement, d'être secouée de tremblements en mon âme et de ne rien laisser paraître. J'étais dans cet état quand il m'a baptisée. Je baigne dans les excréments et voilà que je pense au baptême et à Dieu… Peu importe, peut-être qu'Il ne s'en offusquera pas. Il doit avoir l'habitude qu'on pense à Lui quand on baigne dans sa merde, le plus souvent par notre propre faute… Qui a besoin de Dieu quand tout va bien ? Les gens se tournent vers Lui quand ils ont peur. Quand il n'y a plus d'espoir. Quand ils sont impuissants.

Le jour du baptême, j'étais rongée par la peur. J'espérais que Peter oublie et que tout reste comme avant, comme avant Vilnius. Il nous a raccompagnées, Daria et moi, jusqu'en Livonie, puis nous avons voyagé seules jusqu'à Moscou, car le jour de mon terme approchait. Nous étions tristes de quitter la Lituanie, Vilnius et tous ces somptueux palais où nous avions passé l'été. Nous savions que ce luxe, cette légèreté et cette liberté propres aux voyages à l'étranger allaient nous manquer. Le front appuyé contre la vitre du carrosse alourdi par les malles remplies de robes et de tissus luxueux achetés aux marchands de Vilnius et de Kaunas, Daria regardait la route, songeuse. *« Chto je kontchilis' prazdniki, natchinaiutsia budni… »* « La fête est finie, la vie reprend son cours », a-t-elle marmonné. Et elle avait raison ; Natalia et Preobrajenskoïe nous attendaient. Là-bas, cantonnées aux pièces de sa demeure qui nous étaient attribuées, nous n'étions pas libres. Nous aurions voulu que ces mois d'été 1705 durent toujours : à voyager tous les quatre, avec les hommes que nous aimions, à faire la fête et passer du bon temps. Mais les hommes devaient retourner à leurs affaires militaires – et nous, à notre attente. La fête était finie. Ce que nous avons compris aussi, à notre retour, c'est que, de l'avenir, nous étions revenues dans le passé.

La Lituanie vivait selon un autre temps, selon le calendrier européen et papal. La Lituanie avait plus de dix jours d'avance sur la Russie où le temps lui-même était en retard. Ce retard, ce passé redevenaient notre présent. La Lituanie et l'Europe se trouvaient loin devant, dans cet avenir où Peter voulait conduire sa patrie. Dans un autre calendrier, en avance sur le nôtre. Nous n'aurions su dire où se situait cette frontière invisible entre l'Ouest et l'Est. À combien de verstes elle passait de Vilnius, de Livonie ou de Moscou. Pourtant elle existait, Daria et moi l'avons bien senti en rentrant en Russie.

Le 15 septembre, Peter a pris Mitau : cette ville, a-t-il écrit, était d'une importance capitale, car elle ouvrait à la Russie la porte de la Rzeczpospolita. L'Europe se rapprochait. Non seulement ça, mais le butin comprenait deux cents canons des plus récents. Il pouvait enfin affirmer qu'il possédait une grande artillerie et il s'en réjouissait dans ses lettres. En octobre, je l'ai réjoui à mon tour : un petit garçon tout rose, à la voix forte et en parfaite santé nous était né. Nous avions déjà décidé du prénom, alors dans ma lettre j'ai félicité Peter pour sa victoire et pour la naissance de son fils : « Piotr et Pavel prient leur père de leur accorder sa bénédiction et le félicitent. » Nous leur avons donné les noms des apôtres Pierre et Paul, qui protégeaient la forteresse en train d'être construite à Saint-Pétersbourg. Pavel criait plus fort que Piotr, pourtant d'un an son aîné. Mais je les aimais tous les deux : le deuxième comme un espoir, comme une promesse de bonheur, le premier, en dépit de tout.

À l'hiver, Peter est rentré. Il fallait baptiser Pavlouchka, puis moi. Le fils de Peter, le tsarévitch Alexis Petrovitch, serait mon parrain : je l'ai pris comme un signe de respect et de remerciement. Peter n'aurait pas ordonné à son fils de baptiser n'importe quelle *portomoïka.* J'étais fébrile, mais je n'avais pas peur. Il fallait en passer par là. En embrassant sa religion, je me rapprochais de lui. Il ne me l'aurait pas proposé si nos enfants et moi ne comptions pas à ses yeux. Jamais il n'avait proposé ça à Anna Mons. Son sourire quand il me voyait avec les petits ne mentait pas.

J'ai peu de souvenirs des préparatifs de la cérémonie, ils n'ont pas dû être très importants. Je venais d'accoucher et nous avons célébré la naissance de notre fils en même temps que le baptême – nous avons bu et fait la fête. Mon baptême s'est déroulé à Izmaïlovo, dans la belle église érigée par le père de Peter. Conduite par un homme aimé et son fils mal-aimé – mon parrain –, et par Ekaterina Alexeïevna, la demi-sœur de Peter née d'un premier mariage de son père – une femme entre deux âges, moins effrayante que Sophie –, suivie par mon ancien amant et sa fiancée Daria, j'ai été pétrifiée par la peur en entrant dans cette église sombre qui exhalait l'encens. Je frissonnais, je tremblais, et le pire, c'est que mon ventre a commencé à se tordre. En chemise, un cierge tout fin entre les mains, je me tenais sur un seuil invisible : quelques instants plus tard, j'allais devoir descendre dans l'eau marche après marche, enjamber un fossé de coutumes et de temps pour commencer une nouvelle vie. Franchir le pas qui sépare l'Occident de l'Orient… Tout ce que j'avais vécu jusque-là devait rester à l'Ouest, là où les cloches des églises catholiques de mes parents sonnaient les heures et où les représentations de la mère de Dieu souriaient parmi les fleurs; où, dans le silence des églises luthériennes blanchies à la chaux, résonnaient le froissement des pages de la Bible et les sages sermons de Glück. Mes lendemains seraient à l'Est : dans la pénombre aux reflets d'or de l'Église orthodoxe, avec ses cierges aussi fragiles que le destin des croyants de ce pays, ses nuages d'encens entêtants qui se confondent avec la barbe grisonnante du pope, cette église où les visages des saints, barbus, sévères et torturés, vous observent dans l'obscurité, où la ride qui barre le front de la Bogoroditsa montre qu'il ne faut pas en attendre de la compassion, uniquement du tourment, de même que ses cernes gonflés promettent des torrents de larmes. Franchir ce pas signifiait que j'appartenais encore plus à Peter qu'avant. Il possédait mon corps. Seulement, le corps d'une femme peut appartenir à plusieurs. C'était à moi de faire le dernier pas, de lui céder mon âme en adoptant sa religion.

Un pas de la lumière de l'Occident vers la pénombre de l'Orient…

Prions le Seigneur…

Vo imia Otsa, i Syna, I Svyatogo Doukha…

L'encensoir balançait ses larges volutes de fumée, comme le battant d'une horloge, égrenant les derniers instants de mon ancienne religion…

Le pope psalmodiait de sa voix monotone… Tout comme les cloches russes, les *kolokolas,* qui vous plongent dans un état de stupeur où vous avez le sentiment qu'on vous a ôté toute volonté…

Où il devient impossible de remonter le temps et de changer le passé.

Je l'avais vu par moi-même, cet été-là en Lituanie : plus personne ne m'attendait en Occident. Là-bas, je n'étais rien. Si je disparaissais, personne ne s'en inquiéterait. J'étais une prisonnière disparue, l'une des malheureuses victimes sans nom de l'attaque de Marienbourg… Et j'ai compris que pendant ce séjour en Rzeczpospolita, j'aurais pu m'enfuir et demander l'asile – à la mairie, dans le palais d'un magnat, dans un couvent –, dire que j'étais une prisonnière de Sémigalie devenue esclave russe, que j'étais lituanienne. Peut-être m'auraient-ils protégée.

Peut-être pas. Ça ne valait pas la peine de contrarier Peter, leur allié malgré le meurtre du basilien, pour une femme. Si je n'avais pas fui, si cela ne m'était pas venu à l'esprit, c'est que je m'étais habituée à Peter, peut-être même à ma condition d'esclave. Trois ans auparavant, je l'aurais tenté. Mais je n'avais pas encore Peter. Ni nos enfants. Ni Alexandre. Ni Daria. Ni même Varka et Anissia. À l'Ouest, je n'avais plus rien. Je ne savais même pas où trouver la tombe de mes parents. La vie y était plus douce, plus libre, plus agréable. Pas si ténébreuse et féroce. Et les gens étaient plus polis, moins cruels et grossiers. Mais personne ne m'attendait là-bas.

Peter, lui, se situait dans l'obscurité de l'Orient. Il recherchait la lumière. La lumière de l'Occident. Car Peter avait beau être plein d'obscurité, il y avait aussi de la lumière en lui. De cette lumière sage que l'on perçoit dans le son clair des cloches des beffrois. La *raison*. Il souhaitait le bien pour sa patrie, je n'en doutais pas. Ce qui l'attirait chez moi, c'était ma simplicité et mon bon sens. Ma bonne humeur, ma capacité à aimer librement et mon infini désir de vivre, dénué de croyances et de superstitions. Peu importait que je n'aie pas été instruite. Je sais, je perçois dans mon cœur ce qui est bon, ce qui vient de Dieu ou de Satan. Je devais soutenir Peter, l'aider à être honnête et audacieux, à être le bon capitaine d'artillerie Piotr Mikhaïlov souhaitant le bien des gens. Le désir de lumière chez lui était tel qu'il ne craignait pas de nager à contre-courant ni de passer pour l'Antéchrist aux yeux de ses sujets. Il était prêt à détruire ce qu'il fallait pour le remplacer par du mieux. Je devais l'assister, car il se pouvait que je l'aime… Je ne devais pas laisser Pakhom Pikhaykhouï Mikhaïlov prendre le dessus. Je n'y arriverais pas toujours, mais je pouvais veiller à ce que cela arrive le moins souvent possible.

Renonces-tu à Satan et à ses anges des ténèbres, à son œuvre et à ses vanités ?

J'y renonce. Petite fille, j'avais déjà renoncé à la vanité. La vanité un luxe que les orphelins ne peuvent s'offrir s'ils veulent manger et s'épargner des coups. La vanité est pour les enfants gâtés, pour ceux qui mangent à leur faim. J'ai aussi renoncé aux anges des ténèbres et à leurs œuvres funestes… Il y avait déjà trop d'obscurité dans ce monde. Dieu m'en est témoin, je n'ai jamais désiré nuire à quiconque. Je me suis efforcée de ne jamais me venger ; quand j'ai agi, c'était pour me défendre… J'allais devoir dormir chaque nuit avec cet Antéchrist béni de Dieu, comme l'appelait son peuple, et être là s'il me désirait…

T'uniras-tu au Christ ?

Oui.

Par trois fois, je dois me laisser immerger dans les fonts baptismaux. J'ai peur de l'eau, de boire la tasse, de couler, mais j'ai confiance en Peter, à mes côtés, qui ne le permettra pas. Leur baptême exige d'avoir confiance. Et je sais, je sens qu'il me protégera. Il sourit d'un air encourageant, hoche la tête et me fait un clin d'œil. C'est ce Peter-là que j'aime.

Krestchiayetsa raba Bojiya Iekaterina Alexeïevna… Catherine Alexeïevna, esclave de Dieu, est baptisée…

La voix du pope est mélodieuse, belle, envoûtante. Deux fois, de sa main, il enfonce ma tête sous l'eau avec une force irréelle. Ses mots me tirent de mon hébétude, du tourbillon des eaux.

J'émerge en suffoquant, inspire, m'agrippe au rebord des fonts baptismaux, j'essaye d'ouvrir les yeux.

Une esclave ?

La main du pope enfonce ma tête une troisième fois, au nom du Saint-Esprit.

Quel est ce Dieu orthodoxe qui considère ses ouailles comme des esclaves ?

Existe-t-il un seul dieu qui se réjouisse de la condition des esclaves ? Jésus-Christ, qui aimait les hommes et qui est mort pour eux sur la croix, souhaitait-il en faire des esclaves ? Dieu est pourtant espoir et amour, il n'est pas violence !

Je veux bien être une domestique serviable, une blanchisseuse ou ce qu'ils voudront, mais pas une esclave. Pas un objet entre les mains de Dieu. Je veux redevenir une enfant de Dieu. Comme autrefois, quand j'étais Marta Helena Skowrońska, petite fille de Dieu.

En entendant ce mot, je veux m'échapper. Je veux faire marche arrière, mais c'est trop tard. Je suis immergée.

Me voilà une orthodoxe baptisée.

Je quitte la cérémonie dans ma chemise mouillée. Je suis mouillée et neuve. Je suis Catherine Alexeïevna Vasilieva. Esclave de Dieu. Même la religion est un asservissement en Russie. Elle impose d'aimer son maître. Je tremble au point que mes dents s'entrechoquent au rythme des cloches. Je grelotte de froid et de peur, les larmes ruissellent sur mon visage. Mais mon visage est mouillé et personne ne s'en aperçoit. Mon parrain, le tsarévitch Alexis Petrovitch, fixe mes seins. Ils paraissent nus, ma chemise mouillée est collée à mes tétons durcis par le froid. Alexis n'est encore qu'un adolescent… Alexandre, qui n'est plus un adolescent, les regarde aussi. Et les vieilles *babas* agglutinées dans l'église, avec leurs foulards aux couleurs sombres et leurs méchantes gueules, regardent aussi – ici elles régentent tout, même les tsars. Je ne leur échapperai pas. Dans ma tête, j'entends encore, *esclave de Dieu…* Peut-être est-ce là la plus grande épreuve ? Rester un être humain capable d'aimer, tout en étant esclave ?

Le fils de Peter m'a donné mon patronyme, la sœur de Peter mon prénom, et Peter, à défaut de me donner la foi, m'a donné sa confiance. Il sourit et m'entoure les épaules d'une serviette en toile brute en me frictionnant pour me réchauffer. C'est bientôt l'hiver et une nouvelle fourrure de zibeline de Sibérie m'attend, ainsi qu'une robe, le nouvel habit somptueux de baptême. Les orthodoxes offrent toujours un vêtement aux baptisés. S'ensuit la fête, nous buvons, mangeons et levons nos verres à ma santé. Cette nuit-là, Peter est particulièrement tendre et gentil. Mais j'ai trop bu, la tête qui tourne et le corps d'un bois trop dur pour apprécier ses caresses. J'ai besoin qu'elles soient plus rudes, plus puissantes, j'ai besoin qu'il me batte, qu'il me tringle, qu'il me martèle pour ressentir quelque chose et m'abandonner au plaisir. Je comprends l'importance que ce jour a pour lui, même s'il prétend ne pas croire tant que ça en Dieu et s'efforcer de garder l'Église sous sa coupe. Je ne suis pas dupe. Ce jour a marqué une étape. Pour moi aussi. Même si différemment. Nous savons tous deux que je suis passée de son côté. Du côté de l'obscurité, à laquelle j'apporterai un peu de lumière.

Vingt-deux ans se sont écoulés et je me souviens de la cérémonie comme si c'était hier… En vingt-deux ans, l'Occident a gagné un peu de terrain en Russie : nous avons construit des villes, des manufactures, des palais et des parcs, des fontaines, des cascades, des jardins et des orangeries, des hôpitaux, des lycées et des académies. La jeunesse est revenue de l'étranger, instruite, différente, ressemblant déjà un peu plus aux Occidentaux. Nous avons édifié de si beaux palais qu'en comparaison, ceux de nombreux souverains européens sont des *berlogas*, des tanières. L'or brille aux murs et aux plafonds, quelle importance que je sois couchée dans ma propre merde. Johanna va se lever et me nettoyer.

Mais or et lumière ne sont pas la même chose. Il suffit de s'éloigner de Tsarskoïe, de Saint-Pétersbourg ou de Moscou. D'aller non pas dans une manufacture, sur un chantier naval, dans une usine ou dans le nouveau manoir d'un boyard, mais dans un village… Rien n'a changé. Je l'ai vu de mes yeux… Dans les villages, tout est aussi lugubre qu'il y a deux cents ans : une masure en rondins, un four à pain en argile blanchi à la chaux, une couche posée sur le grand poêle, des enfants en chemise devant, une grosse marmite de chou noire de suie posée sur un trépied, une pelle, une *baba* usée, fatiguée, en sarafane, la tête recouverte d'un foulard ; une table, un banc, une icône et une petite lampe dans un coin. Un vieillard bossu et barbu sculpte quelque chose dans le bois ou tisse de l'écorce de bouleau. Il y a moins de vaillants jeunes hommes qu'autrefois. L'armée rendait rarement ceux qu'elle avait ingurgités… Et quand elle les rendait, il leur manquait un bras ou une jambe, ils marchaient avec des cannes ou des béquilles. Mais, le plus souvent, elle ne les rendait pas. Saint-Pétersbourg en avait besoin pour sa construction, elle les a dévorés. Je ne serais pas étonnée que ces villages soient toujours les mêmes dans deux cents ans. Malgré les calendriers et les réformes de Peter… le temps y tourne en rond : automne, hiver, printemps, été, puis à nouveau automne. Le matin, le jour, le soir, la nuit… Les poches d'obscurité y sont tellement figées que les gens s'effraient de toute tentative d'y faire entrer la lumière. Malgré tous ses efforts, Peter n'est pas parvenu à apporter aux villageois la lumière de l'Occident. Comment éclairer le peuple quand il croule sous les impôts, qu'il se tue à la tâche, que l'armée avale ses fils ? Peter ne comprenait pas qu'ils ne s'instruisent pas, qu'ils refusent de se perfectionner. Qu'attendaient-ils pour vivre à l'occidentale ? Il ne comprenait pas plus que Cheremetiev qui, après m'avoir violée, disait : « Allons, pourquoi tu ne souris pas, donne-moi un baiser. » Personne ne se réjouissait de nos réformes. Ainsi, chaque soir, la nuit tombe-t-elle en Russie, implacable et immuable. Peut-être la lumière viendra-t-elle pour la nouvelle génération. Peut-être qu'Anna et Lizenka connaîtront des temps plus lumineux. Peter aspirait à une lumière venue de l'intérieur, une lumière capable d'éclairer la nuit la plus profonde. Même dans le désespoir, même au fond d'un cachot. Comme Glück, qui brillait par son savoir même dans l'esclavage…

Peter pensait me faire un cadeau en me permettant de rendre visite à Glück dans sa maison, me remercier pour l'enfant et le baptême. Seulement, les présents de Peter n'étaient pas toujours réussis. Cette fois-là, il m'a dit, un peu triste : « Pardonne-moi Catherine, je voulais te faire une surprise… » Il m'avait emmenée, par la route de Preobrajenskoïe, dans une rue du nom de Maroseïka menant aux portes de Pokrov. Un pasteur allemand nous a ouvert la porte, il s'appelait Paus. J'ai levé les yeux vers Peter, et il a souri d'un air gêné : « Je suis désolé, Catherine, ton pasteur Glück est mort au mois de mai. Je voulais te surprendre, te montrer l'école qu'il avait fondée sur mon ordre… On y forme les cadets, on enseigne les langues, le latin, la danse, l'escrime… Un lycée ! Des jeunes gens nous faisons des hommes. » Peter m'a montré – d'un geste du bras – les enseignants, les bancs et les élèves. « Mais sa femme est là. Allons au moins la saluer. »

Kristina Emerentia Glück était dans l'une des pièces du premier étage, mal aménagée, mais bien chauffée. Elle était avec les filles et Ernst Gottlieb Glück. Je me souvenais de lui bébé, c'était maintenant un grand garçon de sept ans. En me voyant, il a couru se cacher dans le dos de sa mère. Je pensais qu'il ne se souvenait pas de moi, qu'il était timide comme souvent les petits garçons devant les jeunes femmes. Kristina Emerentia, elle, n'était pas intimidée. Elle avait un peu maigri, ses lèvres étaient encore plus pincées, son teint plus pâle qu'avant et ses cheveux grisonnants, mais elle était la même. Elle s'est levée, a fait une profonde révérence devant Peter et m'a transpercée d'un regard réprobateur. Moi et ma fourrure de zibeline. Je ne me souviens plus en quels termes j'ai demandé à Peter de nous laisser entre femmes, mais je me rappelle que la conversation n'a pas été très agréable. Pesant chaque mot, elle m'a appris qu'ils étaient à Moscou depuis le mois de janvier 1703, qu'ils avaient transité par Pskov et le camp de prisonniers. Leur fille aînée avait été violée en allant chercher de l'eau, ils n'avaient pas réussi à la protéger… Kristian, Dieu merci, était déjà parti étudier en Allemagne ; du revers de la main, elle a essuyé ses larmes. Ils avaient été emprisonnés de longs mois à Kitaï Gorod, à Moscou, dans le couvent d'Ipatiev, au milieu de bottes de foin, comme du bétail… Une chance que son défunt mari, paix à son âme, parlait le russe : il s'était rendu utile aux moines. S'éclairant grâce à des copeaux de bois, s'abîmant les yeux, les mains gercées, il leur traduisait toutes sortes d'écrits : des correspondances religieuses ou de guerre, du latin, de l'hébreu, du grec, du suédois et de l'allemand vers le russe. Sachant qu'il ne tiendrait pas dans de telles conditions, les moines avaient plaidé sa cause auprès de Sa Majesté, ou de son entourage – le secrétaire aux Affaires étrangères Chafirov. La famille avait été emmenée dans le Faubourg allemand, chez le pasteur Bartold Vaget, un Allemand, où ils avaient été assignés à résidence quelques années. En plus de ses traductions, Glück était devenu le précepteur des trois fils d'une riche famille de Moscou. Mais pour sortir, il devait demander une autorisation signée de la main de ce Vaget.

Un bonhomme obtus, à l'âme sordide et affreusement pingre, qui considérait Kristina Emerentia et ses filles comme des domestiques de la plus basse classe.

En l'écoutant, je me retenais d'afficher un sourire méchant.

La vengeance ne m'appartenait pas, la vengeance appartient au Seigneur, mais Son plus grand présent est le pardon. Avais-je le droit de me réjouir que Kristina Emerentia ait subi ce que j'avais vécu dans sa demeure ?

Je me suis retenue, et finalement je n'ai plus éprouvé que de la pitié. Je lui ai même pardonné son air désapprobateur : à ses yeux, selon ses règles de vie bourgeoise, je n'étais qu'une femme déchue. Que ma déchéance m'ait menée à la couche du souverain élu de Dieu n'y changeait rien…

Ils avaient appris que j'étais saine et sauve, que je résidais chez le prince Menchikov et sa fiancée et que j'avais eu deux enfants avec le tsar. Frau Glück a raconté que tout le Faubourg allemand parlait de la captive du tsar, de comment le tsar et Menchikov emmenaient leurs femmes partout avec eux, telles des cantinières… Eux-mêmes m'avaient un jour vue passer dans le carrosse du tsar… Puis, après avoir repris des forces, ils avaient eu connaissance de l'ambitieux projet d'école du souverain et Glück avait fait revenir Kristian. Au mois de février, Peter avait fondé le lycée. Ils s'étaient réjouis, pensant qu'ils vivraient plus librement, que leur martyre serait récompensé par le Seigneur. Glück n'avait jamais perdu la foi ni l'espoir, il avait travaillé dur, s'était sacrifié et s'était toujours comporté en honnête homme, avec le sentiment du devoir sacré. C'était la colonne vertébrale de son être. Ils étaient convaincus que la vertu finirait par triompher, qu'ils vivraient heureux, ayant résisté aux épreuves et gagné la grâce du souverain par leur labeur. Glück et Kristian enseigneraient et percevraient un bon traitement. Le tsar, sur les conseils du pasteur, avait recruté des professeurs allemands, non pas parmi les prisonniers, mais parmi les gens libres. Mais il était trop tard : la santé de Johann Ernst s'était dégradée et il était mort en mai. Kristian aurait dû hériter du poste de son père, mais l'intrigant pasteur Paus s'était débrouillé pour remplacer Glück. À ce moment-là de son récit, Kristina Emerentia a à nouveau versé quelques larmes pleines d'amertume. Elle m'a montré un à un les livres de son défunt mari, ses traductions des Saintes Écritures luthériennes et de sa propre poésie en russe, la langue de l'asservisseur. Il avait espéré diffuser le beau et le bon, affirmant que ni la science ni les lettres n'étaient des armes de guerre. « Le pauvre homme était si crédule... En Russie, tout sert à faire la guerre, la moindre découverte, la moindre strophe est politique. Seuls les flagorneurs sont récompensés ! » À chaque livre, la haine et la colère se faisaient plus fortes dans la voix de Kristina, comme autrefois quand elle enrageait que Glück perde son temps à traduire. Elle soulevait ses écrits comme les reliques d'un martyr. Il ne fallait pas que Peter la voie dans cet état et j'ai tenté de la calmer. Quand il est revenu me chercher, j'ai déclaré que Sa Majesté n'oublierait pas le travail fourni par son mari pour la gloire de la Russie. Je lui avais déjà pardonné en mon for intérieur, et je m'étais promis de l'aider. Alors que nous sortions de la pièce, Ernst Gottlieb a accouru vers moi et, m'attrapant par la taille, il a crié : « Ne t'en va pas, Marta ! » J'ai entraperçu Kristian à travers la porte de l'étude. Il s'est figé en me voyant. Il paraissait d'un autre monde ; nos baisers enfantins étaient restés en Livonie, ici nous étions à Moscou ; la Marta Helena Skowrońska aux tresses blondes avait été remplacée par cette Ekaterina Alexeïevna Vasilieva, aux cheveux noirs et en fourrure de zibeline ; une femme proche du tsar qu'il ne convenait pas d'aborder. Dieu sait que j'ai fait ce que je pouvais pour lui. Il avait souffert à cause de moi à Marienbourg, c'était la moindre des choses. Toute sa vie, dès qu'il en a eu besoin, je l'ai tiré d'affaire, le plus souvent sans qu'il le sache : quand il ne s'est pas entendu avec Paus et que ce dernier l'a renvoyé, je lui ai trouvé une place chez Alexis Petrovitch, puis un poste au Kammerkollegium et il a donné des cours de latin à Anna et Lizenka... Il s'est marié et empâté, il n'a jamais eu à se plaindre... J'ai fait mon possible pour chacun des Glück : nous avons marié Élisabeth à Villebois, j'ai nommé Ernst Gottlieb officier de justice en Livonie et en Estonie, nous avons même versé une pension à Kristina Emerentia. C'est Peter qui l'a voulu. Après cette première visite, il m'a dit en riant : « Il faut donner une pension à la veuve, mon Dieu, quelle femme féroce, elle me fait peur, même à moi ! » Il a ensuite demandé : « Catherine, pourquoi l'enfant t'a appelée Marta ? »

J'ai dû raconter à Peter toute ma vie passée, mes parents nobles, ma tante et les Glück. Je n'ai pas parlé de Kristian, pour ne pas le mettre en danger. Mais je lui ai parlé de Johann Cruse, mon époux de quelques jours. Il a juste dit : « Ah ! Le clairon, je me souviens, Varka l'a mentionné. Il est sûrement mort, peu de Suédois ont survécu à Marienbourg. » Il a ajouté qu'il valait mieux ne pas me vanter de mon ascendance lituanienne, que cela m'apporterait plus d'ennuis qu'autre chose à Moscou. Des années après, j'ai appris qu'il avait fait des recherches sur moi dans les registres des églises et des mairies de Livonie. J'étais loin de tout savoir.

L'école fondée par Glück, dirigée par Kristian, avant qu'il en soit évincé, puis par Paus, a résisté encore dix ans, déclinant peu à peu jusqu'à disparaître, à mesure que les gens quittaient Moscou pour Pétersbourg. Et moi, j'ai appris que donner l'ordre de fonder une institution est une chose, mais que trouver les gens qui la feront vivre en est une autre. Alexandre l'avait compris avant moi et soutenait Peter dans ce qu'il entreprenait. Sans lui, aucun projet n'aurait vu le jour.

C'est un miracle que Saint-Pétersbourg ait survécu. Rien n'était moins sûr. Ce sont les hommes, pas les bâtiments, qui font des villes ce qu'elles sont. Sans eux, les palais les plus élégants, les maisons et les rues ne sont que des coquilles vides. Au début, il fallait obliger les gens à venir à Saint-Pétersbourg et ils s'enfuyaient à la première occasion. On craignait qu'à la mort de Peter toute la ville soit désertée. Qui voudrait y rester ? Moi-même, j'étais horrifiée en y arrivant pour la première fois. Cet endroit était édifié sur des marais, tout y était humide… On distinguait à peine la limite entre la Neva et la terre ferme. Les rivières du delta divisaient le paysage en îlots parsemés de pins aux maigres troncs qui paraissaient imbibés d'eau et de bouleaux ternes et chétifs. L'humidité était telle que les arbres refusaient de pousser… Les villages se composaient de constructions en bois, baraques militaires ou masures d'ouvriers. Il y avait aussi les remparts et la forteresse, bâtis en vitesse. Il a fallu commencer par planter des pilotis pour consolider des bâtiments qui s'étaient enfoncés dans la terre humide. Les soldats du régiment de Semionovsk avaient construit pour Peter, au moment où il avait ordonné l'édification de la ville, une cabane rudimentaire en bois de trois pièces : une chambre à coucher, une salle à manger et un cabinet de travail. Quand le temps s'est réchauffé, nous nous y sommes installés.

Je ris encore en repensant à cette maisonnette en rondins, qu'il voulait faire passer pour de la brique… C'était tout Peter : il était russe, mais faisait semblant d'être hollandais. Les rondins étaient peints comme des briques rouges, les fenêtres étaient bien trop larges pour les froids hivers russes. Peter y résidait seulement l'été, pour de courts séjours, et n'y avait fait installer ni poêle ni cheminée. Au début, je ne voyais pas l'intérêt de bâtir une maison si inconfortable. Les soldats qui l'avaient construite ne savaient construire que des baraquements de fortune. Puis j'ai compris que ce n'était pas une maison mais un décor de théâtre. Une mascarade. Quand il habitait cette cabane de rondins devenue une maison hollandaise en briques, il n'était plus le tsar mais le capitaine Mikhaïlov…

Je détestais cette maisonnette. À partir de 1706, nous nous y installions pendant la belle saison, et chaque été je priais pour que ce soit le dernier. Les soldats qui l'avaient construite étaient habitués aux camps militaires et ne comprenaient rien au confort. Une chambre à coucher, une salle à manger et le cabinet de travail de Peter, cela aurait dû suffire. Mais l'agencement des pièces était malcommode, on manquait de place. Surtout avec des enfants en bas âge. Peter s'était imaginé qu'on y vivrait agréablement, comme une famille de citadins occidentaux… Dès la première nuit, il a envoyé les enfants dans la maison voisine. Qui voudrait dormir dans la même pièce que des enfants qui se réveillent et pleurent constamment ? Heureusement, dans l'autre maison se trouvaient Daria, qui était venue m'aider puisqu'elle ne voulait pas rester à Moscou avec Natalia, et une nourrice. Il n'y avait pas de cuisine chez nous, et quand Peter voulait que je lui prépare à manger, je devais traverser la cour avec mes casseroles, me hâtant pour que ça ne refroidisse pas. Il n'y avait pas non plus d'endroit où faire la lessive, où ranger nos affaires, ni le moindre débarras. Les domestiques devaient tout préparer ailleurs. Je ne sais pas comment j'aurais fait avec les enfants si Daria n'avait pas été là. Sans son aide, Peter n'aurait pu profiter chaque soir de mes charmes…

Il était tout le contraire d'Alexandre. Alors que le Sérénissime savait transformer, en l'espace de quelques jours à peine, une cabane provisoire ou les appartements d'une forteresse en palais, Peter transformait un palais en taudis. Il semblait toujours rechercher l'inconfort. S'il faisait froid ou qu'il pleuvait, il ne se déplaçait pas en carrosse, mais à cheval – un homme, un vrai, ne voyageait pas au chaud et au sec. Il ne nouait pas de foulard autour de son cou, dédaignait les toques en fourrure, ne voulait d'aucun remède autre que la vodka s'il avait pris froid… Moyennant quoi, l'homme, le vrai, avait le nez qui coulait pendant un mois. Sur les chantiers, plutôt que de faire rouler un tronc ou de transporter une charge dans une brouette, Peter préférait les porter. Le soir, il avait mal aux articulations… Tout cela pour affirmer sa virilité, comme si un ennemi intérieur lui interdisait le confort de la richesse. Éreinté après avoir joué les ouvriers toute la journée, le tsar s'asseyait à une table recouverte d'une nappe blanche, buvait son vin hongrois préféré, lampait la soupe que j'avais cuisinée, découpait le rôti, racontant ce que « ses hommes » avaient construit durant la journée, les progrès du chantier, lisant les *tsidoulkas* d'Alexandre… Je m'occupais des petits, car il aimait nous voir ensemble, Pavlouchka dans mes bras et Petrouchka installé sur mes jupons… Un tableau idyllique, même si ce n'était pas aisé pour moi. Durant ce mois d'avril, Peter a écrit à Alexandre : « Je ne peux pas ne pas t'écrire, *Brudder*, depuis mon paradis. Nous sommes ici au paradis. Il ne manque que toi… » Peter a ordonné au courtisan Tikhon de nous faire envoyer, depuis Izmaïlovo, des fleurs odorantes pour notre paradis. On nous a apporté des plants de pivoines, des œillets turcs, des herbes odorantes, du thym et de la menthe. Tout en indiquant où planter les fleurs sous les fenêtres de la petite maison, je priais pour que nous vivions ailleurs l'été suivant. Mais je savais que Peter aimait vivre là, et je m'efforçais de ne rien montrer. Après avoir confié les enfants à Daria pour les endormir dans sa petite maison, je revenais, j'écoutais Peter en souriant, je hochais la tête tout en regardant les moustiques venir mourir en crépitant sur la flamme de la bougie. Le delta de la Neva était envahi de moustiques; une fois, au réveil, je n'ai pas pu rouvrir un œil à cause d'une piqûre à la paupière... Tout en hochant la tête, je rêvais à un palais, comme en Lituanie, avec des appartements, des antichambres, des chambres d'enfants, des couches moelleuses à baldaquin, avec au plafond des déesses ailées souriantes, et non des moustiques, pour me saluer au réveil. Fin avril, j'ai découvert que je portais un nouvel enfant. J'avais à peine le temps de me remettre de la naissance d'un enfant qu'un autre s'installait; la graine de Peter trouvait en moi un terreau fertile. Je le lui ai annoncé et il s'est réjoui que sa famille s'agrandisse dans sa maison hollandaise. Je voulais un peu de confort et d'espace, pour pouvoir au moins étendre mes jambes le soir, avoir un coin où m'apprêter à l'abri des regards, sans devoir toujours courir chez Daria. À côté de notre bicoque, la demeure des Glück à Marienbourg était un palais. Mieux valait ne pas penser au palais de Vilnius. Je n'avais pourtant pas le droit de me plaindre et je continuais de sourire, même si je pestais en mon for intérieur. Pourquoi cette mascarade? Pourquoi ne pouvait-il pas s'autoriser le train de vie d'un tsar?

D'autant que certains de « ses hommes » ne s'en privaient pas. L'amiral Cruys et Trezzini, l'architecte de Saint-Pétersbourg, ainsi que quelques officiers de haut rang, vivaient plutôt bien. S'ils s'étaient construit des maisons en bois, elles étaient de loin préférables à celle du tsar. Quant aux autres… Les soldats vivaient dans des baraques, les ouvriers dans des taudis. Quand ils n'enfonçaient pas des pilotis ou ne façonnaient pas les quais, ils grelottaient et mouraient à petit feu dans des cabanes crasseuses traversées par les courants d'air. Le typhus, le scorbut, la fièvre des moustiques, la dysenterie provoquée par l'eau croupie et le manque de nourriture, ou encore la colique : on se serait cru dans des lazarets. Un jour, Peter a voulu me montrer la construction de Saint-Pétersbourg et « ses hommes ». J'ai été effrayée par tous ces malades, et Peter ne m'a plus jamais emmenée avec lui dans ces quartiers de désolation. Lui ne s'en souciait que lorsque les surveillants rapportaient que l'on évacuait plus de cadavres vers la fosse commune que l'on n'amenait de recrues pour participer au chantier. Et aussi quand les vivres venaient à manquer, car il fallait se réapprovisionner ailleurs, même en plein été après les récoltes : presque rien ne poussait dans les prairies humides des environs, et le peu qui poussait pourrissait aussitôt. Le bois de ces terres marécageuses ne convenait pas aux constructions, les arbres étaient trop fins. Il fallait faire venir des billes de bois. Et après avoir abattu les murs de la forteresse de Nyenskans, il a fallu faire venir des pierres. Même moi, une stupide bonne femme, je comprenais que construire une ville ici n'avait aucun sens… Mais Peter était obstiné, il lui importait de voir les travaux avancer, les murs s'élever, les toits aux hautes crêtes prendre forme. Les précédents habitants, des Finlandais, avaient presque tous été exterminés, décimés par la guerre et la peste deux ans auparavant ; peut-être auraient-ils eu quelques conseils à nous donner… Nous avons compris trop tard pourquoi ils ne s'étaient pas installés durablement ici et partaient chaque année au moment de la crue. Peter et son maître d'œuvre Trezzini dirigeaient tout. Un flux intarissable de main-d'œuvre arrivait de toute la Russie pour aider à la construction : des gens de Sibérie habitués au gel et aux rondins plutôt qu'à l'eau et à la brique, des Kalmouks des steppes ne craignant pas de vivre sous des tentes, des Tatares et des Cosaques nomades, plus habitués à détruire qu'à construire. Trezzini leur avait dessiné le plan des travaux selon les goûts de Peter : des maisons sur le modèle anglais, à colombages et aux murs de torchis, et des maisons hollandaises aux toits hauts. Il est étrange, après tant d'années, de se remémorer que la première Saint-Pétersbourg, celle de l'époque de la cabane de Peter, était presque entièrement en bois, y compris la cathédrale Pierre-et-Paul, tout en rondins… Quelle drôle d'idée, maintenant que j'y repense, de construire la première ville en bois pour la détruire et la reconstruire en briques. Il savait déjà que ce serait sa capitale, il aimait cet endroit. Il l'appelait son éden, son paradis. Mais c'était comme ça et je ne posais pas trop de questions, pas plus que « ses hommes » ou que ceux qui mouraient par douzaines chaque jour et dont les os pavaient le sol marécageux de son paradis. Les constructions en bois, bâties sans aucune connaissance ni expérience de l'édification d'une ville, étaient branlantes et partaient rapidement en fumée. Il ne se passait pas une semaine sans que quelque chose ne s'enflamme à cause d'une étincelle imprudente : les hommes fumaient, buvaient, se fouettaient avec des branches dans le banya, allumaient des feux, alors qu'il n'y avait que du bois aux alentours, amené de domaines forestiers au prix d'énormes efforts. Une seule étincelle et tout prenait feu. Heureusement, la cabane de Peter était près de l'eau, et je m'y sentais en sécurité. Après les premiers incendies, une garde de nuit a été installée dans l'une des tours. Dès que la cloche retentissait, à quatre heures du matin ou à l'aurore, Peter sautait du lit, s'habillait et fonçait aider à l'extinction. Il n'y avait pas d'approvisionnement en eau, ils éteignaient en s'attaquant au foyer à la hache et en étouffant les flammes avec de la terre humide. Plus d'une fois, Peter a lui-même démoli un toit à coups de hache. Il en était particulièrement fier et avait publié l'ordre de verser un salaire de sapeur-pompier au capitaine et ouvrier Mikhaïlov. Au début, quand cette cloche retentissait au petit matin, je priais, sachant qu'il serait le premier à accourir. Puis je m'y suis habituée, car elle retentissait souvent. Nous avons appris ensuite que quand il était en déplacement hors de Saint-Pétersbourg, personne ne se précipitait pour éteindre les incendies : les ouvriers asservis observaient, indifférents, ou profitaient du chaos pour piller les maisons en feu. Peter a édifié une ville, mais c'était la sienne, les Russes n'y étaient pas attachés. Même la sœur du tsar, Natalia, qui y a emménagé plus tard, affirmait que Saint-Pétersbourg ne nous survivrait pas : dès que nous aurions disparu, tous déguerpiraient. Quant à Prascovia, elle crachait et jurait à l'encontre de Peter : qu'il aille au diable avec sa Pétersbourg, qu'elle sombre et que la mer l'engloutisse !

Aujourd'hui, il me semble que tous ces sortilèges et ces malédictions tournoyaient au-dessus de la ville comme un essaim de moustiques. Elle était bâtie sur des cadavres, qu'on avait entassés par milliers durant son édification, mais que les terres finlandaises semblaient rejeter. À la fin du printemps ou au début de l'été 1706, après une nuit tempétueuse d'un vent de sud-ouest, je me suis réveillée dans un silence étrange. De ces silences du petit matin, quand, à quatre heures, on quitte la douceur du sommeil, conscient que quelque chose ne va pas… Tout était calme, on n'entendait qu'un léger clapotis. Je rêvais que nous nous baignions avec Peter dans un immense coquillage rempli de vin hongrois. J'ai fini par comprendre que le clapotis était bien réel. J'ai ouvert les yeux et j'ai vu qu'il y avait de l'eau partout autour de moi, assez pour y plonger la main, des vaguelettes en agitant la surface. J'ai réveillé Peter et me suis précipitée vers la fenêtre. Le long de la maison, les pivoines ne sortaient plus de la terre, mais de l'eau ; le thym et la menthe étaient engloutis ; au loin, il n'y avait plus qu'une étendue d'eau, les sentiers et les trottoirs en bois en étaient recouverts ; des cris d'alarme se sont fait entendre aux premières lueurs du jour. La cloche s'est mise à sonner – pas le *kolokola,* mais le tocsin. Peter a enfilé ses bottes et couru vers le bâtiment où se trouvaient les enfants : heureusement, il n'était pas encore inondé. En toute hâte, nous nous sommes habillés, avons attrapé les enfants, la nourrice et Daria, les papiers officiels de Peter et avons trouvé refuge dans la maison de l'amiral Cruys, qui était la plus élevée.

Deux jours plus tard, Peter a tout écrit à Alexandre, en Lituanie : « Avant-hier, le vent de sud-ouest a amené plus d'eau que personne n'en avait jamais vu. Dans ma maison, le niveau de l'eau est monté à vingt et un pouces au-dessus du sol ; on pouvait se déplacer en barque dans la rue et jusque dans notre jardin. Mais l'eau n'est pas restée longtemps, pas plus de trois heures. C'était drôle, *zabavno,* de voir les hommes et leurs *babas* perchés dans les arbres et sur les toits. Même si le niveau de l'eau est monté très haut, il n'a causé presque aucun dommage. Cela reste le paradis. Une unique pensée me préoccupe, tu le sais. À cet égard, je m'en remets à la volonté de Dieu, tu sais ce qu'il te reste à faire. »

C'était la vérité. L'eau n'avait emporté que les affaires des pauvres cabanes situées en bas. Mais elle charriait aussi les cadavres encore frais des cimetières aménagés trop près de la rive. Les corps des ouvriers, autrement dit des prisonniers et des bagnards, avaient été jetés dans des fosses communes que l'eau était venue rouvrir. Depuis la fenêtre du grenier, j'observais ces corps en train de flotter au milieu des planches, des bouteilles vides, des déchets et des charognes, en songeant que c'était le signe que cette baie était maudite et qu'elle ne voulait pas de cette ville ni de ses habitants. Elle refusait même les cadavres enterrés. Puis les corps putréfiés ont été emportés par le reflux, dans une direction inconnue, certainement vers la mer Baltique. Bien que l'eau soit montée très haut, il n'y a pas eu beaucoup de dégâts. Les pivoines sous ma fenêtre ont survécu, et une fois le beau temps revenu elles se sont redressées et ont continué de fleurir. Je l'ai pris comme un autre signe.

Une *tsidoulka* d'Alexandre est arrivée : « *Mein Herz*, ne te tracasse pas, nous construirons les prochains palais tout en briques, et sur les hauteurs. Et nous ferons aussi des canaux. Ce sera une véritable Venise, et les gens viendront par curiosité, pour en admirer la beauté. » Il poursuivait en parlant de la guerre, du nouveau maréchal de camp, Ogilvy, qui était plutôt fainéant et n'exécutait pas les ordres du tsar. À cause de lui, Alexandre était tombé dans une embuscade. Ogilvy ne voulait pas se retirer de Grodno, il croyait tout savoir mieux qu'Alexandre. Les Suédois ont riposté si fort contre ce dernier qu'il a été obligé de couler ses canons dans le Niémen avant de prendre la fuite avec ses hommes. Peter s'est tant inquiété qu'il en a eu des convulsions. Il m'a ordonné de ne rien dire à Daria. La nuit, il soupirait dans son sommeil : *Bruder, mein Herzenkin,* Sachka… il gémissait et jurait dans ses rêves, s'attaquant à un ennemi imaginaire avec Alexandre… Dans ses missives, Alexandre s'efforçait de rassurer Peter et de dessiner avec lui la future Saint-Pétersbourg.

Alexandre, comme à son habitude, a tenu parole : il

a tout reconstruit en quelques années. Il a même transformé l'amirauté, tout juste achevée, en un palais de brique. Après quoi Peter a publié un oukase interdisant de chier n'importe où plutôt que dans les endroits prévus à cet effet. Ceux qui n'obéiraient pas seraient fouettés et devraient nettoyer eux-mêmes leur merde. Peter était l'homme des grandes entreprises et des détails, mais la construction était le domaine d'Alexandre – c'est lui qui avait mis par terre la première ébauche en bois de Pétersbourg pour la reconstruire en pierre. Peu importait qu'il sache à peine écrire – il écrivait sur la terre, en se servant de l'eau, des pierres, des plantes. Il écrivait des tableaux entiers. Cela lui allait bien d'être prince. On aurait dit qu'il l'avait toujours été.

Malgré tout, chaque automne, et parfois même au printemps, l'eau inondait la ville de Peter et Alexandre. L'inondation était toujours inattendue, et c'était la débâcle. L'origine en était toujours la fonte des glaces et le vent du sud-ouest. Au son de l'alerte, les gens grimpaient sur les toits, et on voyait à nouveau flotter les bouteilles, les fûts, les réserves de nourriture provenant des caves... et les cadavres. Même si, avec le temps, les gens avaient appris à se protéger des inondations ; elles tuaient surtout le bétail. La famine s'ensuivait à cause de tous ces vivres gâchés, et les prix s'envolaient... Nous, nous ne connaissions pas la faim, évidemment. Nous n'en avons gardé que des souvenirs amusants : un jour, une goélette à deux mâts, mal fixée, a été emportée par la marée et s'est retrouvée, avec sa voile carrée, sur le toit d'une maison. Quand les eaux se sont retirées, elles ont déposé la goélette dans la rue, abandonnée. Nous avons ri, plus de la maladresse de son propriétaire que du déchaînement des éléments, qui n'avait rien de drôle. J'ai ri aussi quand les nouvelles d'Alexandre sont parvenues à Peter et que Daria a ouvert le colis qu'il lui avait adressé. Dans sa *tsidoulka*, il écrivait qu'il était encore sur le champ de bataille près de Grodno, qu'il n'avait pas écouté Ogilvy, qu'après avoir été obligé de battre en retraite, il avait embourbé les forces suédoises dans les marais de Polésie. Même en pleine guerre, il avait envoyé un cadeau à Daria. Mon cœur s'est serré à la vue du paquet. Mais quand Daria l'a déballé, son visage s'est allongé de déception. À l'intérieur se trouvaient cinq citrons ; Alexandre écrivait que c'était tout ce qu'il avait pu trouver, et qu'elle devait les partager avec le tsar.

Daria avait horreur du citron. Alexandre avait beau lui dire qu'il fallait en manger, que toutes les princesses d'Europe en mangeaient – il protégeait du scorbut et blanchissait les dents –, Daria détestait ça. Elle aimait la confiture – plus tard le massepain.

Quant à Peter, il appréciait le citron comme remède et parce que c'était à la mode en Europe.

J'ai compris que les citrons étaient pour moi : je raffolais de leur acidité, surtout quand j'étais enceinte. Alexandre ne pouvait pas savoir que j'attendais un nouvel enfant, puisque j'étais tombée enceinte après son départ à la guerre. Il savait toutefois que Daria n'aimait pas ça, voilà pourquoi il l'enjoignait de les partager avec le tsar.

Ces citrons étaient pour moi, j'en étais convaincue.

Certaines coïncidences ont une signification limpide. Quand Alexandre est parti en guerre quelque part au sud-ouest, en Lituanie, c'est un vent en provenance du sud-ouest qui a fait monter les eaux à Saint-Pétersbourg et provoqué l'inondation de la ville. Et par un heureux hasard, mes frêles pivoines ont survécu et ont continué de fleurir comme si de rien n'était.

Peter se doutait de quelque chose, comme les animaux pressentent le danger.

Il a écrit une lettre à Danilovitch en la lisant à voix

haute, dans laquelle il le remerciait pour les citrons. Il lui ordonnait aussi de lui rendre visite à Kiev pour la célébration de l'Assomption, afin que son *liebste Kamerat* accomplisse enfin ce qu'ils avaient évoqué de nombreuses fois.

Il a scellé la lettre, fait un clin d'œil à Daria et lui a dit : « Prépare-toi pour Kiev à la fin de l'été. Prends tes plus belles robes, je te donnerai de l'argent, tu ne vas pas épouser Danilovitch dans de vieilles fripes. » Elle pleurait de joie. Il l'a étreinte, l'a soulevée dans les airs et l'a embrassée sur la joue.

Nous nous sommes embrassées en riant. Je pleurais aussi, et à travers mes larmes, je riais, fort, comme quand on riait après avoir survécu aux inondations.

Je n'avais qu'une chose en tête durant ces années : m'enfuir de cette cabane, loin des moustiques, des inondations et de mon labeur quotidien de domestique – cuisiner, m'occuper des enfants, laver le linge et rapiécer les habits de Peter. Aujourd'hui, quand j'y réfléchis, je me trouve idiote de ne pas en avoir profité. Peu importe que nous ayons manqué de confort – c'est là que nous avons été le plus heureux : nous menions une vie simple –, il y avait un homme, une femme, des enfants, un toit au-dessus de la tête, une assiette pleine sur la table, un verre de vin, du travail, du repos, de l'amour et du sommeil. Je ne pensais presque jamais aux centaines d'ouvriers qui mouraient sur les chantiers, ni même aux cadavres tout autour. Peter rentrait tous les soirs, il me regardait et, lampant sa soupe, sirotant son vin ou lisant ses papiers, il disait : « Tu sais, Catherine, à la fin d'une dure journée, après le travail, en rentrant, j'aperçois notre petite maison et je sais que tu m'attends, avec les enfants et le repas… C'est si simple, cela fait du bien à l'âme. La joie, le paradis, que faut-il de plus à l'homme ? »

Un soir, au début de l'été, de retour des chantiers

navals, Pierre a ouvert ses larges mains balafrées. Dans la pénombre, j'ai cru qu'elles étaient pleines de sang – mais elles étaient remplies de fraises des bois, mûres et rouge écarlate : « Regarde, Catherine, ce que j'ai trouvé pour toi en chemin. »

J'en ai attrapé une, la lui ai glissée dans la bouche et je l'ai embrassé.

Il a ri : « Mange-la, toi, Matka. Je les ai rapportées pour toi. »

Plus tard, il a dit comme en passant : « Je t'aime, Catherine. »

Et il n'avait pas parlé dans son sommeil.

5

CINQ coups ? Une heure, déjà ? Une heure que je suis allongée dans ma propre merde sans que personne ne me nettoie. Johanna continue de ronfler béatement. Ou est-ce un rêve ? Je ne ressens plus rien… On dit que rêver de fumier signifie que l'on sera riche, de fraises des bois que l'on va mourir et de dents qui tombent qu'un proche va mourir. Toute sa vie, Daria a eu des ennuis avec ses dents –, gâtées par trop de confitures, de fruits confits et de massepain. Mais elle n'a jamais rêvé de dents qui tombaient, même avant le décès de ses enfants… Ses dents la faisaient souffrir dans la vie, pas dans ses rêves. Quand elle avait mal, elle évitait de croiser Peter, de peur qu'il lui prenne l'envie de lui arracher la dent douloureuse. Tous ses voyages à Amsterdam et ses visites dans des salles d'opérations chirurgicales l'avaient convaincu qu'il était un grand médecin. Il tenait à soigner les domestiques lui-même : il perçait les abcès, arrachait les dents de ses propres mains, en s'aidant du rasoir du barbier ou des pinces du menuisier s'il n'avait rien d'autre sous la main. Il a arraché comme ça une partie de la mâchoire à un laquais, qui a fini par succomber à la fièvre dans d'atroces douleurs… Quand ils souffraient, les domestiques se cachaient – ils craignaient moins la mort que les soins de Peter. J'ai caché Tanka Kobyliakova quand son cou a enflé. Je lui ai ordonné de courir chez un docteur allemand avant que le tsar Batouchka ne la voie… Peter se croyait au-dessus des barbiers chirurgiens. Mon Dieu, qui lui avait mis ça dans la tête ? Il était incapable de s'occuper de sa propre santé, et même moi, je voyais qu'il n'y connaissait rien, mais il était toujours prêt à soigner les autres. Dieu me pardonne de préférer qu'il soit mort le premier. Qui sait quelles expériences il aurait tentées sur moi, dans mon état, quand même la pauvre Daria devait se cacher pour une dent qui la lançait !

Peter s'était entendu avec Alexandre pour offrir à Daria une noce joyeuse et fastueuse à Kiev. Je m'en souviens parfaitement. C'était en août 1706, le 18, je crois… Les réjouissances ont duré plus d'une journée. Je revois Kiev avec ses dômes magnifiques – c'était une ville orthodoxe, mais beaucoup plus occidentale que les villes orthodoxes russes, parce que les princes lituaniens et les magnats polonais y avaient construit de nombreux palais et de splendides églises du temps de leur règne, tout comme l'avait fait le gouverneur de Kiev et d'une grande partie de l'Ukraine, l'hetman Ivan Mazepa ; avant cela, on disait que la ville avait appartenu aux Khazars et aux Varègues, ou à d'autres, bien que Peter ait toujours soutenu qu'il s'agissait de terres russes. À l'en croire, toutes les terres qu'il convoitait étaient « russes depuis des temps immémoriaux » – qu'elles soient finlandaises, estoniennes, livoniennes, courlandaises, tatares, ou même les khanats musulmans du sud. À côté de ça, il négligeait les coins les plus reculés de son propre royaume… Kiev ne ressemblait à aucune ville que je connaissais. Peut-être parce qu'elle se trouvait sur l'ancienne route commerciale de Constantinople et qu'elle avait hérité quelque chose de ce vieux monde byzantin, encore plus à l'est, dont j'avais entendu Peter et Alexandre parler en fumant la pipe… Alexandre avait choisi Kiev pour ses noces en raison de ses églises et parce que, combattant là-bas, il en avait fait sa résidence principale. La guerre allait reprendre après le mariage et, dans ses lettres, Alexandre évoquait les fortifications insuffisantes de la ville. Il reprochait à l'hetman Mazepa de n'avoir pas utilisé ses richesses pour en bâtir davantage. Kiev était sous la protection de la Russie depuis plus de quarante ans, depuis les traités de Pereïaslav et d'Androussovo, mais ces traités n'ayant jamais été signés, elle avait un statut bien à elle. J'ai compris, quand j'ai fait la connaissance de Théophane Prokopovitch, que ce pays n'appartenait ni à l'Orient ni à l'Occident mais louvoyait quelque part entre les deux, désireux d'être son propre maître. Les gens de ce pays, à la croisée des routes commerciales comme des conflits entre l'Est et l'Ouest, tenaient avant tout à leur liberté d'agir et étaient habitués à regarder dans un sens comme dans l'autre selon ce qui leur convenait.

C'est au mariage d'Alexandre et de Daria, à Kiev, que nous avons rencontré le père Théophane pour la première fois. Personne ne savait qu'il allait devenir le puissant héraut de notre royaume. C'était un mince jeune homme de vingt-cinq ans, qui brillait comme une étoile. Le nom de cet érudit de l'académie Mohyla se murmurait dans tout Kiev, et évidemment, Peter a voulu faire la connaissance de ce monument de sagesse qui avait changé trois fois de confession : né orthodoxe, il était devenu uniate, puis, convié au Vatican par les Jésuites en raison de sa grande intelligence, il s'était converti au catholicisme en présence du pape. Il avait voyagé dans toute l'Europe, avait vu la France, la Suisse, l'Allemagne, Rome et, après toutes ces conversions religieuses, il était redevenu orthodoxe en rentrant à Kiev. Ce parcours avait de quoi plaire à

Peter. Les mariés et moi n'avons pas compris grand-chose au sermon de Théophane Prokopovitch lors de la cérémonie, contrairement à Peter, qui a semblé en saisir le sens. Mais ce devait être un bon sermon, car pendant que le peuple restait bouche bée, les popes hochaient la tête en marmonnant dans leur barbe d'un air approbateur. À l'évidence, le jeune Théophane Prokopovitch, avec son regard enflammé, savait ce qu'il disait. Il s'exprimait avec conviction et subjuguait la foule, ce qui pouvait se révéler précieux.

J'étais ailleurs. Je regardais les couronnes scintillantes qu'on posait sur la tête des jeunes mariés. Alexandre, esclave de Dieu, et Daria, esclave de Dieu. Alexandre, épuisé par les combats, avait maigri et ressemblait à la statue en marbre d'un dieu romain, le visage osseux. Je regardais sa perruque, aux reflets dorés et argentés, étincelant à la lumière des cierges, son nez aquilin d'empereur, ses fines lèvres patriciennes, sa mâchoire franche. Sa mise était si somptueuse qu'on n'aurait jamais cru qu'il était né à Moscou, d'un noble appauvri et d'une fille de marchand ; il ressemblait à un prince lituanien, couvert de diamants, ses yeux clairs brillant eux aussi comme des diamants. Tant que les couronnes n'ont pas été posées sur leurs têtes, je n'ai cessé d'espérer que ce mariage ne serait jamais célébré. Alexandre l'avait encore repoussé après m'avoir rencontrée, malgré l'insistance de Peter pour que son *Kamerat* honore la promesse faite à Daria cinq ou six ans plus tôt – Daria qui l'aimait depuis avant la Grande Ambassade. Pendant un instant, un seul instant, j'ai eu l'impression que le regard de diamant d'Alexandre brillait dans ma direction, là où je me tenais avec Peter. C'est peut-être une idée que je me suis faite. Au côté d'Alexandre et de ses airs de divinité, Daria, apprêtée, revêtue d'un voile de dentelle précieuse scintillait comme si on avait allumé une bougie sous sa peau pâle. On aurait dit qu'elle frissonnait d'excitation, d'amour et de bonheur. En les contemplant, je revoyais notre reflet dans le miroir, à Alexandre et moi, quelque part en Livonie, longtemps auparavant, quand j'avais encore les cheveux blonds et qu'Alexandre n'était pas prince. Face à l'iconostase se tenaient désormais le prince du Saint-Empire romain, chevalier de l'ordre de l'apôtre André et de l'Aigle blanc, gouverneur général de Saint-Pétersbourg et général de cavalerie Alexandre Danilovitch Menchikov, trente-trois ans – l'âge du Christ –, et sa promise de vingt ans, qui l'avait attendu patiemment pendant plus de cinq ans en faisant l'objet de toutes les rumeurs, la fille du voïvode Daria Mikhaïlovna Arseneïeva. Quand on les a déclarés mari et femme, Peter m'a pris la main. Son regard brillait tellement que je pouvais me voir dans ses yeux. Il s'est penché vers moi et, me chatouillant l'oreille avec sa moustache, il a dit : « Voilà, maintenant personne n'aura rien à redire quand Daria et toi nous rejoindrez. » Puis, de façon tout à fait inconvenante dans une église, il m'a attrapée par la taille, que j'avais très large, et a posé ses lèvres sur le sommet de ma tête.

Le festin était abondant, luxueux et bruyant : je me souviens du tumulte, des lumières des candélabres, du vin coulant à flots. J'ai bu un peu plus que de raison, mais je n'ai rien laissé paraître, j'ai levé mon verre comme tout le monde et j'ai dansé avec Peter qui, légèrement ivre, a porté un toast à Alexandre. On voyait qu'il était ému, il n'a pas hésité à l'appeler son bras droit, son partenaire, son frère d'arme et de cœur, avec qui il avait affronté les dangers du combat, se protégeant l'un l'autre des balles et des coups d'épée. Ils avaient rêvé ensemble, aimé les filles ensemble ; il avait conscience que leurs vies allaient changer, qu'Alexandre aurait désormais une vie de famille, et il lui souhaitait d'avoir rapidement des enfants. Plus il parlait, plus il était ému, et je voyais qu'une partie de son visage commençait à tressauter, près de la commissure de ses lèvres et autour de son œil. Je craignais qu'il ait une crise de convulsions au milieu du festin. Mais non. Il a achevé son discours, essuyé une larme avec sa manche, vidé son verre d'un trait et a étreint Alexandre avec force, l'embrassant sans retenue sur la bouche. Ce baiser a été si long que les Kiéviens au crâne rasé, porteurs de zupans, non habitués aux coutumes du tsar russe, ont commencé à gesticuler, à marmonner et à saisir leurs épées courbes par le pommeau; le père Théophane Prokopovitch, installé en bout de table, a regardé à droite puis à gauche. J'ai remarqué plus tard qu'il le faisait souvent, quand il réfléchissait et s'efforçait de comprendre de quel côté soufflait le vent. Je savais que Peter et Alexandre étaient des compagnons inséparables, je les avais souvent vus s'étreindre amicalement. Mais, cette fois, leur étreinte a été si tendre et a duré si longtemps que je me suis rappelé les rumeurs à propos de leur péché de Sodome, *bludnoyo zhitio*; elles circulaient depuis de longues années et quelques personnes, dont un sous-officier du régiment Preobrajensky, avaient été arrêtées, torturées, déportées ou décapitées pour les avoir colportées. À dire vrai, ce baiser ressemblait à l'adieu désespéré d'un amant : Peter embrassait Alexandre les yeux clos, comme quand il m'embrassait dans les instants de félicité. Un frisson m'a parcourue, j'ai ressenti un pincement au cœur. Mais la raison l'a emporté : il était impossible de ne pas aimer Alexandre, moi aussi je lui avais dit adieu…

Un mariage est toujours un adieu, mais il y est interdit d'être triste. C'est comme si on célébrait une vie après la mort – car, avec le mariage, la jeunesse, les rêves et l'insouciance meurent et laissent place aux devoirs du quotidien. Comment disait Daria ? *Kontchilis' prazdniki… natchinaiutsa budni…* La fête est finie, la vie reprend son cours. On regarde s'éteindre l'espoir. Pourtant les gens croient au mariage comme ils croient en une vie meilleure après la mort – une chose impossible à vérifier. La vie conjugale, nous l'observons chaque jour, est la mort lente et inévitable de l'espoir comme de l'amour. Chaque mariage est une tragédie en devenir et le voile de la mariée un linceul. Ce qui n'empêche que nous continuons à célébrer ces unions à rebours : on fait précéder la mort de l'amour par des funérailles solennelles et joyeuses. Aucun conte de fées ne commence par un mariage, mais c'est toujours par un mariage qu'ils se terminent. C'est la fête, jusqu'à ce que la mort les sépare – seulement, la mort de l'amour est déjà entamée.

J'avais trop bu. Dans la salle, l'air était étouffant et le bruit assourdissant : tout le monde criait et transpirait sous les brocarts, les velours et les soies lourdes; rares étaient ceux qui avaient pu se rendre au banya avant le festin. Les relents âcres de la sueur des hommes flottaient au-dessus des tables, tout comme leur haleine chargée. Il n'y avait presque pas de femmes, hormis celles de la suite de Daria.

Je suis sortie respirer un peu d'air frais sous les arcades qui bordaient la salle du festin. J'ai entendu des pas résonner : Alexandre arrivait du côté opposé, d'un pas mal assuré. Alors qu'il passait devant moi, j'ai attrapé sa main et je l'ai embrassée. Je ne sais pas ce qui m'a pris, j'étais pleine d'audace. Il venait de se soulager et avait les doigts humides. Mais il en fallait plus pour me repousser – j'étais parcourue d'un agréable frisson. « Que Dieu te garde, Alexandre Danilovitch, soyez heureux. Merci de tout ce que tu as fait pour moi… »

Il s'est arrêté, chancelant, a regardé autour de lui et s'est rapproché de moi. J'ai senti mes genoux flancher et je me suis adossée à une colonne. Je ne pouvais pas reculer. « Ne me remercie pas, Catherine, je n'en ai pas fini… » Il s'est signé : « Que Dieu me pardonne, le Tout-Puissant en est témoin, je n'ai pas eu le choix… »

Il avait les yeux rouges, et il était si proche que je percevais l'odeur du vin sur ses lèvres, la fumée du tabac dans sa perruque et le parfum sur sa cravate.

Il a regardé craintivement autour de nous. « Je ne devrais pas te le dire, mais je veux que tu le saches pour que tu ne commettes pas d'impair et que tu sois patiente… J'irai en enfer pour ce que j'ai fait aujourd'hui… mais je l'ai fait pour nous. Promets-moi de ne rien dire : Peter veut t'épouser. Mon mariage fait partie de son plan… ce serait trop long à raconter ici. Eudoxie est encore vivante… *Gospodom Bogom moliu*, au nom de Dieu, sois vigilante… » Il m'a prise par les épaules en me secouant doucement. « Rien, tu entends, rien n'a changé… Sinon qu'on ne peut pas être ensemble, mais on ne l'aurait jamais pu, de toute façon… Jure que tu me feras confiance quoi qu'il advienne, ne me pose pas de questions… et sache que jamais je ne te trahirai, et toi… »

Il s'était tellement rapproché que son souffle humide me chatouillait la joue.

Un sifflement perçant s'est fait entendre derrière moi, un crépitement infernal et une lumière semblable à la foudre.

J'ai tourné la tête : un feu d'artifice…

Le temps que mon regard revienne à lui, il n'était déjà plus là.

Mieux valait qu'on ne regagne pas la salle du festin ensemble. Tout le monde se pressait pour sortir voir le feu d'artifice. J'ai aperçu Peter, debout, en grande conversation avec Théophane Prokopovitch. En me voyant entrer, il a tendu sa longue main et, tout en continuant d'écouter, m'a enlacée, comme s'il n'était pas le tsar. Ils discutaient de hiérarchie religieuse, et de l'évêque Yavorski. Puis nous sommes tous allés admirer le feu d'artifice. Varka, qui était venue de Preobrajenskoïe pour le mariage, s'est signée et a dit : « Bénis-les, Tout-Puissant. *Pozhenili*, ils sont enfin mariés, un poids en moins, longue vie à eux. » Même dans les mots les plus simples, Varka savait insuffler un peu de venin. Peter et moi nous sommes regardés et avons souri.

Bien plus tard, j'ai compris l'envers du décor, dans les moindres détails, jusqu'au dernier rapport remis à Peter par ses secrétaires. Il y avait une raison pour que Peter se montre avec moi sans se gêner. Et Alexandre avec Daria. Je n'avais que vaguement entendu parler du soulèvement réprimé des streltsy d'Azov, qui avait eu lieu cette année-là alors même que le peuple, écrasé par les impôts et forcé d'envoyer ses fils à la mort, commençait à gronder. Partout où il se rendait, que ce soit à Saint-Pétersbourg, en Lituanie ou en Ukraine, et même lorsqu'il se montrait en Moscovie, Peter choquait par ses mœurs hérétiques. L'évêque Yavorski, qui occupait provisoirement les fonctions de patriarche, avait prononcé un anathème, repris par les popes dans tout le pays, annonçant l'arrivée de l'Antéchrist et la fin du monde. Le peuple russe avait clairement saisi qui il visait et voyait dans les résolutions novatrices de Peter le début de l'apocalypse : les impôts, la levée de fonds pour la guerre, les lois interdisant de battre sa femme comme on le voulait, de noyer les enfants nés avec des malformations, imposant le rasage des barbes, l'enrôlement des fils qu'on envoyait vers cet Occident corrompu. Un Occident sur lequel régnait Satan, et d'où provenaient le mal, le chaos et la débauche, le calendrier païen et le nouveau décompte du temps. Où avait-on vu qu'il fallait commencer la nouvelle année au 1er janvier et la journée à minuit, plutôt qu'à l'aube ? Qu'il n'était plus question de jour et de nuit, mais de vingt-quatre heures ? Un tel bouleversement de l'ordre divin témoignait forcément de l'avènement de l'Antéchrist et de la fin du monde. L'Antéchrist avait rejeté son épouse orthodoxe, la tsarine Eudoxie, descendante de la vieille lignée des boyards Lopoukhine, et l'avait enfermée dans un couvent pendant que lui s'amusait avec des putains étrangères, *chlyukhi zamorskie*, comme ils disaient ; d'abord avec une Allemande, la Monsoukha, ensuite avec moi, une Suédoise, une *portomoïka* prisonnière. C'était la preuve ultime que Peter était l'envoyé de Satan. On m'avait tenue à l'écart de tout cela, je ne me savais même pas en péril, mais c'était pour cette raison que Peter m'avait ordonné de ne pas trop parler de mon origine, même si mon accent lituanien suffisait à me trahir. Même nos déplacements avec Alexandre et Daria étaient risqués, car nous menions, aux yeux des gens, une vie de débauche et de péché, *bludnoye zhitie*. Longtemps après, Peter m'a avoué avoir craint qu'on se fasse tirer dessus par un fou religieux ou même par un de ses soldats. Si Alexandre avait épousé Daria, c'était afin que je puisse passer pour sa dame de compagnie lorsque je voyageais avec elle. Ils devaient se protéger et éviter de donner du grain à moudre au peuple insatisfait, qui voyait l'Antéchrist et son prince tiré de la boue trimballer leurs putains cantinières sur les champs de bataille. Avant le mariage, il n'y avait qu'à l'étranger que nous pouvions être tous les quatre. Lorsque nous étions trois, Peter, Daria et moi, comme à Saint-Pétersbourg, il pouvait feindre de surveiller et protéger la fiancée de son ami, avec sa dame de compagnie. Au début, j'ai trouvé étrange que Peter, malgré son pouvoir, se préoccupe tant de ce que l'on racontait. Aujourd'hui, je le comprends : il avait gagné le surnom d'Antéchrist, il ne pouvait se permettre de passer pour un faible, toujours accroché aux jupes de la même *baba*. C'était un autocrate, il commandait à des centaines de milliers d'hommes qui devaient être prêts à mourir pour lui. Ils pouvaient le craindre, ne pas le comprendre, l'appeler Antéchrist, mais ils devaient le respecter. Et un homme respectable, d'autant plus un tsar, n'obéissait pas à une *baba*, surtout pas étrangère.

C'est pourtant ce qu'il faisait. Pendant ses crises, je le tenais pour qu'il ne se blesse pas, apaisant ses convulsions et l'endormant contre ma poitrine. J'étais son meilleur remède, et il le savait. Quand nous étions séparés, il m'écrivait : « Je n'en peux plus, je me languis de toi, comme je voudrais que nous soyons ensemble. » Il exigeait que je lui écrive tous les trois ou quatre jours, avec l'aide d'Anissia, et voulait connaître mon quotidien. Savoir qu'en rentrant, ses habits seraient lavés, rapiécés, qu'il serait aimé et nourri, que je ne le contrarierais pas, était pour lui la preuve de mon amour et de ma fidélité. Il était avide de mon corps, il s'en nourrissait, l'aspirait, s'y glissait, le goûtait, le mordait et le léchait, comme s'il ne pouvait s'en rassasier. Enfin, il savait qu'avec moi, on pouvait faire l'amour, mais aussi boire, rire, jurer et se moquer des choses, comme le font les gens libres : il était libre parce qu'il possédait tout, j'étais libre parce que je n'avais rien à perdre. J'étais l'une des rares personnes en ce monde qui n'étaient d'aucune menace pour lui : j'étais orpheline, je ne pouvais donc pas être liée à un boyard convoitant des privilèges et des profits. Je n'avais aucune aspiration politique. Je n'étais pas là pour lui transmettre les doléances d'un quémandeur venu le supplier en se frappant le front par terre. Je ne demandais ni ne réclamais rien. Le fait de ne rien posséder est parfois une force – on ne pouvait rien m'ôter. Ne rien avoir à perdre est une forme de liberté. Je n'avais que mes enfants, mais je les partageais avec Peter et il ne me les enlèverait pas tant qu'il m'aimerait. Après le mariage, j'ai dû rentrer à Moscou avec Daria, la princesse Menchikova, pour accoucher de mon troisième enfant. Cette grossesse-là était difficile, j'étais sans cesse épuisée. En nous quittant, Peter a dit qu'il prierait pour moi et nous avons choisi deux prénoms, pour une fille et pour un garçon. Il est rentré à Saint-Pétersbourg et Alexandre est retourné au combat. L'automne lui a apporté une victoire considérable, malgré la trahison d'Auguste, le roi de Pologne. Ce dernier, après la signature du traité d'Altranstädt, avait renoncé au trône polonais et s'était rapproché des Suédois. Mais à la fin octobre, quand Alexandre est arrivé en Pologne, dans les environs de Kalisz, Auguste lui a prêté main-forte pour terrasser les Suédois et leurs partisans, qui se sont retrouvés à treize mille cinq cents hommes contre les trente-six mille d'Alexandre et de son allié retrouvé – des Saxons, des Lituaniens, des Polonais, des Russes, des Cosaques et des Kalmouks. Honteux de sa trahison, Auguste a ensuite cédé tout son butin à Alexandre et aux Russes. Peter était au septième ciel et, dans un accès de générosité, a ordonné, pour son ami, la confection d'un bâton de maréchal orné du blason de Menchikov, en émeraudes et en diamants, qu'il a lui-même dessiné. La Pologne étant débarrassée des Suédois pour un moment, nous allions faire un triomphe à Alexandre à son retour pour le Nouvel An.

Ces mois d'attente, froids, longs et lugubres, s'éternisaient. Alexandre s'était plaint que sa maison était trop étroite et se préparait à la rénover. Daria et moi avons attendu dans le grand manoir en bois de Preobrajenskoïe, avec Natalia qui habitait des appartements séparés ; elle ne faisait pas attention à nous, occupée à sa distraction favorite, le théâtre, obligeant ses servantes à jouer dans les pièces qu'elle écrivait. Alexis Petrovitch vivait aussi à l'écart, chaperonné par ses professeurs. Nous étions seules dans une aile indépendante, avec Varka, Anissia et mes enfants, mais j'avais désormais la clef des appartements de Peter. Nous vivions sous le même toit, mais à la vérité, chacun faisait sa vie. Mon terme touchait à sa fin et je me déplaçais avec difficulté. Par peur d'attraper froid, je me promenais surtout à l'intérieur, dans le labyrinthe des pièces. Je priais Dieu de me laisser me reposer après cette grossesse, ne serait-ce qu'une année. J'avais perdu de ma beauté, j'étais enflée et pâle, les yeux cernés de noir. On aurait dit que je m'étais imprégnée de l'odeur étouffante du bois dont était fait le manoir et de la fumée des poêles. Ma plus grande distraction était l'arrivée des missives de Peter ou d'Alexandre et mes allées et venues dans le palais. Les appartements de Peter étaient petits : une antichambre pour son *denstchik*, son valet, une chambre à coucher et une étude ; les autres pièces servaient de débarras, débordant d'armes, de cartes et de globes terrestres, de livres ramenés depuis des contrées lointaines et de malles ouvertes remplies de cadeaux des envoyés étrangers. Si Peter avait jugé ces cadeaux inutiles – si ce n'étaient pas des instruments de navigation, des outils ou des livres –, c'était là qu'ils croupissaient, prenant la poussière. Parfois, quand Peter me manquait, j'ouvrais le coffre contenant ses habits – quelques justaucorps, des perruques démodées –, mais rien n'avait conservé son odeur. Tout ce qu'il portait était à Saint-Pétersbourg. Il possédait plus de cuirasses et d'armes que d'habits, et encore plus d'outils, de livres et de papiers. Un jour, en poussant la porte d'une des pièces, j'ai découvert des étagères remplies d'objets insolites, les prémices de son cabinet de curiosités. Mon regard a été attiré par un magnifique oiseau multicolore empaillé, je n'avais jamais rien vu de si beau, à l'exception des paons dans le jardin du palais de Vilnius. Une créature de la taille d'une oie, aux plumes bleues et rouges, au bec jaune et doté d'une longue queue. Juste derrière cet oiseau, un objet en dentelle rouge qui ressemblait à une fontange ou à un réseau de veines humaines. C'était un corail pétrifié. J'avançais, une bougie à la main. Contre le mur reposait une toile encadrée représentant une femme aux cheveux clairs qui me faisait face, un sourire avide aux lèvres. Le visage avait été tailladé et les yeux troués ; ce devait être Anna Mons. Partout brillaient des minéraux, des coquillages des mers du Sud. Il y avait une carapace de tortue géante, semblable à une grande bassine. Des animaux empaillés, un lézard à écailles tout desséché – on aurait dit un dragon. Ces curiosités m'envoûtaient, je n'arrivais pas à en détacher les yeux. J'ai tendu la main vers une petite boîte en bois au couvercle incrusté de nacre. En l'ouvrant, j'y ai trouvé six molaires humaines ; Peter en était au début de sa passion médicale ; au fil des ans, il en a collecté des dizaines... J'ai découvert des bocaux remplis de liquide dans lequel baignaient des animaux : un immense serpent coloré, un oisillon, un têtard inhabituellement grand, doté de mains et de jambes. Avant que je devine de quelle créature il s'agissait, le bocal voisin m'a suggéré la réponse : à l'intérieur, la tête d'un enfant d'environ un an me fixait d'un regard vide. Elle était tranchée au niveau du cou et le dessus du crâne avait été coupé, laissant apparaître l'enchevêtrement du cerveau et le tracé corail des vaisseaux sanguins ; juste derrière, baignant dans le liquide d'un récipient en forme de vase, j'ai reconnu le bras dodu d'une fillette. J'ai pensé que c'était celui d'une fille car au niveau du coude, où le bras était coupé, était noué un magnifique ruban blanc en dentelle hollandaise, de ceux que l'on trouve autour des pots de confiture... Il restait des traces de terre sous ses ongles : tu es poussière et tu retourneras à la poussière... Mais rien dans les Saintes Écritures ne parle de se retrouver plongé dans un bocal après sa mort… Dans un autre récipient de verre de forme allongée macérait la tête d'un enfant, les yeux fermés. Elle ressemblait épouvantablement à mon petit Petrouchka quand il dormait… J'étais comme ensorcelée par ces horreurs : ça m'a ramenée à l'époque de Marienbourg et de la forteresse de Chlisselbourg, quand j'avais été incapable de détourner les yeux de ces atrocités.

J'ai senti que j'allais m'évanouir. J'ai saisi la bougie et, prenant garde à ne rien casser, je suis sortie de là à reculons. J'ai compris que je venais de voir ces choses achetées à Ruysch dont il me parlait quand j'étais enceinte de notre premier enfant. En poussant la porte de cette pièce, j'avais découvert ce qui fascinait Peter. J'ai failli me rendre malade tellement j'ai pleuré – ces images me hantaient, alors même que je devais bientôt accoucher… Au fil des ans, je m'y suis habituée. La maison ne suffisant plus à contenir ses collections de raretés, Peter leur a fait construire des palais spéciaux, une Kunstkamera à Saint-Pétersbourg – cette église de science sur les rives de la Neva, avec une tour et un observatoire. Et il y a dix ans, lors de son deuxième voyage à Amsterdam, il a acquis toute la collection de bocaux de Ruysch pour la Kunstkamera. J'ai appris que c'était Rachel, la fille de Ruysch, une célèbre artiste d'Amsterdam, qui, par pitié et par respect, ornait de dentelle les membres des enfants. Peter a acheté une autre importante collection de ces horreurs hollandaises, et les deux lui ont coûté trente mille florins. Les bocaux ont été apportés par bateau, protégés par de la paille, et avec eux les corps de personnes malformées marinant dans la saumure. L'année de la naissance de Petrouchka, notre pauvre petit, Peter avait publié un ordre interdisant de noyer ou d'achever les nouveau-nés malformés : il fallait les apporter à son cabinet de curiosités. Je ne connaissais que la première partie de l'oukase… Ces curiosités ne concernaient pas que les nourrissons, on trouvait aussi des enfants plus grands, et des nains. Quand le Français Nicolas Bourgeois, dit le Géant, notre colosse, est mort, il l'a fait empailler comme un oiseau – et envoyé à la Kunstkamera. Toute sa vie, notre petit Noir, Hannibal Avram Petrovitch, le soi-disant prince africain baptisé à Vilnius, a craint de finir dans la Kunstkamera malgré son grade de lieutenant ingénieur. Heureusement pour lui, Peter est mort le premier… Dachka aussi a eu de la chance – bien qu'elle ne m'ait pas écoutée quand je lui disais : « Arrête de te gaver de sucreries » –, j'ai fait en sorte que Peter ne lui arrache aucune dent. Elle devrait me remercier, sans moi ses dents pourries seraient exposées aux yeux de tous dans la Kunstkamera, devenue l'Académie des sciences de Russie… Les popes s'indignaient : que se passerait-il quand tous ces morts charcutés ressusciteraient le jour du jugement dernier et exigeraient de récupérer leurs membres exposés à la Kunstkamera ? Et il n'y avait pas que les morts, les vivants n'appréciaient pas non plus de voir leurs dents ou leur bras amputé exposés aux yeux de tous. Peter rétorquait que tout cela n'avait pas pour but d'amuser la galerie mais d'apporter la science à leur pays. Toujours dans l'intérêt de l'instruction du peuple, l'entrée à la Kunstamera était gratuite, et on offrait aux visiteurs un verre de vodka, afin de mieux faire passer le spectacle de la science. Le peuple se pressait donc pour boire de la vodka, et certains, qui avaient forcé sur la dose, vomissaient devant ces horreurs. Peter se réjouissait de voir le peuple se précipiter vers la connaissance. Les gens montraient du doigt les enfants, les malformations, les membres amputés marinant dans des bocaux, sans se douter qu'ils pourraient subir le même sort. Au nom de la science ou d'une sentence. Seigneur, il ne se passe pas un jour sans que je prie pour Willy… Lors de la bénédiction de l'Académie, des professeurs venus d'Angleterre, de Hollande, de France et d'Allemagne m'ont fait une profonde révérence et m'ont dit : « Votre Majesté l'Impératrice, l'Académie des sciences de Russie, et la Russie en général, sont un véritable paradis pour les scientifiques : on ne manque pas de cadavres de condamnés pour les autopsies ni d'anomalies pour la recherche. » Ils avaient raison, où peut-on, ailleurs qu'ici, disséquer un lion de la ménagerie du tsar, un phoque septentrional, une baleine, un éléphant d'Afrique, des enfants malformés par suite des coups portés à leur mère pendant la grossesse, un géant ou un galant de la cour impériale à qui l'amour a fait perdre la tête, tout cela à des fins scientifiques ?

La Kunstkamera et l'Académie font aujourd'hui honneur à la science et à la Russie, mais quand j'ai découvert cette collection, elle ne faisait que remplir une pièce sombre du manoir de Preobrajenskoïe où j'étais entrée en secret et où la lueur d'une bougie m'avait révélé toutes ces horreurs. Je n'arrivais pas à en chasser le souvenir. J'étais si bouleversée que j'avais les mains qui tremblaient et que les objets m'échappaient sans cesse. Un jour, après avoir fait tomber une tasse, je me suis assise et j'ai fondu en larmes… Comme à Marienbourg, quand j'avais cassé le pot de Kristina Emerentia et que j'avais pleuré, refusant de devenir un récipient sans volonté, seulement destiné à avoir des enfants. J'ai compris que j'étais devenue ce que je ne voulais pas être ; que je porte ou non les enfants du tsar. En trois ans, j'ai eu peu de répit, mon ventre déchiqueté par l'accouchement n'avait pas le temps de cicatriser que mes entrailles devaient accueillir le prochain enfant. J'avais oublié ce que c'était d'être seule avec soi-même, maîtresse d'un corps qui n'était pas gonflé de lait, sans cesse en train de s'élargir, de ne pas avoir d'urine qui coulait le long de mes cuisses à cause de la pression et un corps étranger qui bougeait à l'intérieur… J'étais à bout de forces. Assise là à sangloter, j'avais plus que jamais l'impression d'être une esclave, que mon corps était devenu la possession d'un homme, ou celle des enfants que je portais, mais qu'il ne m'appartenait plus. Glück avait raison de dire dans ses sermons que, en accouchant, les femmes payaient pour le péché originel, ce qui les rapprochait des souffrances du Christ. Où étaient donc Glück et toute sa sagesse ? Il ne devait plus rester que son squelette rongé par les larves et les vers sous la terre de Moscou… Daria m'a trouvée là, à me lamenter sur mon sort et sur la destinée de toutes les femmes qui ne sont pas maîtresses de leur corps – elle m'a prise dans ses bras et m'a demandé ce qui se passait. Ce qui l'inquiétait, elle, c'était de ne pas être enceinte, malgré ses nuits passionnées avec Alexandre à Kiev après leur mariage. Elle enviait ma fertilité, qui se déclenchait tel un canon sitôt armée par le capitaine d'artillerie Mikhaïlov. Je n'avais d'autre choix que de lui répondre : « Je me languis de Peter, Daria, notre souverain me manque. » Et j'ai continué de pleurer…

Alexandre est arrivé avant le Nouvel An, avec le butin et des cadeaux qu'il avait maraudés en Pologne, dans le grand-duché de Lituanie et autour de Kiev. « Regardez, les filles, ce que j'ai pour vous. Regarde ce que je t'ai apporté, ma princesse Daria Mikhaïlovna… On en profitera tous, dans l'église de l'archange Gabriel. » D'un geste gracieux mais théâtral, il a soulevé un linceul à franges d'un velours luxueux et s'est signé : « Le portrait de la Très Sainte Mère de Dieu, par l'évangéliste Luc ! Voilà à quoi ressemblait vraiment la Très Sainte, assise en face de saint Luc quand il l'a peinte. Sainte Euphrosine a rapporté cette icône de Constantinople à Polotsk… Elle est miraculeuse, elle protège du mauvais œil et des sortilèges ! » L'émotion s'entendait dans sa voix.

Légèrement penchée, la Bogoroditsa à l'Enfant, au teint mat et auréolée d'or, nous défiait du regard. Elle n'avait l'air ni torturée ni sévère. De sa représentation sainte émanaient un calme impassible et une détermination presque virile. Son portrait miraculeux devait avoir tout vu en mille sept cent cinq, peut-être mille sept cent six années. Plus rien ne pouvait la surprendre.

Ce jour-là, pour la toute première fois, en regardant ce tableau et l'éternité dorée s'élargissant derrière la Bogoroditsa, de tout mon cœur j'ai adoré une icône.

Peu importait qu'il ait été volé, comme tous les somptueux cadeaux d'Alexandre.

Un butin de guerre, plus exactement, bien qu'aucune guerre n'ait été déclarée à Polotsk.

La Bogoroditsa avait vécu assez longtemps pour être volée à maintes reprises et avoir traversé plus d'une guerre ; elle portait les stigmates des clous, si souvent arrachés puis replantés, qui avaient servi à fixer les placages d'or et d'argent. Toutes ces cicatrices témoignaient de son immortalité.

Avant de trouver sa place en l'église de l'archange Gabriel, que personne n'a jamais appelée autrement que la tour de Menchikov, l'icône a séjourné à Preobrajenskoïe – où je venais prier devant elle –, puis dans la demeure d'Alexandre. Grâce à elle, j'ai attendu l'accouchement paisiblement, et juste avant le Nouvel An Dieu m'a accordé de donner naissance, sans trop de mal, à une jolie petite fille en bonne santé, comme un cadeau pour Peter. Deux jours après, j'ai dicté une lettre à Anissia : « À notre gracieux Batouchka, monsieur le colonel. Que Dieu t'accorde encore de nombreuses années en pleine santé. Nous te félicitons pour la naissance de la petite Ekaterina, née le 27 décembre. Sois aimable, Batouchka, fais-nous l'honneur de nous écrire et donne-nous des nouvelles de ta santé. Rappelle-toi de nous avec amour, grâce à tes prières nous sommes en bonne santé ce 29 décembre. Ne nous oublie pas, reviens-nous ou fais-nous venir jusqu'à toi. » Puis, pour le rassurer, j'ai ordonné à Anissia d'ajouter : « Ne sois pas attristé, petit père, qu'une fille soit née : cela signifie que la paix adviendra. De la part de Matka et sa fille. Tante te salue. »

Environ vingt jours plus tard, nous avons reçu une réponse, envoyée de Żółkiew : « Mesdames Tante et Matka ! J'ai reçu votre lettre m'annonçant qu'une nouvelle Catherine était sortie, et puisque vous écrivez que cela signifie la paix, que ce vœu soit exaucé, je me réjouirai plus encore de ma fille que de mes deux fils. Rendez-vous à Kiev sans tarder et écrivez-moi de là-bas, n'en repartez pas avant de m'avoir écrit car la route n'est pas sûre depuis Kiev. Je joins un cadeau à la mère et à la fille. Peter. »

J'étais si contente, cette invitation à nous rendre en Pologne m'était plus précieuse que les tissus et les bijoux que j'avais reçus avec la lettre. J'ai compris que, de Kiev, nous irions à Żółkiew, où nous pourrions enfin être ensemble, lui et moi. Il ne disait rien au sujet des enfants j'ai décidé de les emmener, comme toujours, avec moi, ainsi qu'Anissia, qui pourrait m'aider, puisqu'il l'avait aussi invitée. Je me réjouissais de le voir, peut-être même avant Mardi-Gras, et aussi de passer le printemps, voire l'été, avec lui, à l'étranger, où je respirais plus librement.

Arrivés à Kiev début février, nous avons trouvé une lettre de Peter : « Tante et Matka, à réception de cette lettre, venez sans tarder à Żółkiew. » Mais nous avons répondu que nous étions malades et devions retarder notre départ. Il s'impatientait et nous pressait de le rejoindre, ou, si nous ne pouvions nous mettre en route avant Mardi-Gras, de faire au moins la moitié du chemin, jusqu'à Dubno ou Ostrog.

Nous ne voulions pas lui écrire la vérité. Jusqu'au dernier moment, nous avons continué d'espérer. Le vigoureux Pavel avait été le premier à avoir de la fièvre, suivi de Piotr. Pendant quelques jours, j'ai cru que c'était ma faute, qu'ils avaient pris froid dans le traîneau ou que, au contraire, je les avais trop couverts. Mais en découvrant des taches rouges sur leurs corps, nous avons compris que si ce n'était pas la variole, c'était du moins une maladie contagieuse dont nous devions protéger la petite Catherine. Je ne m'en serais pas sortie si nous n'avions été deux. Nous avons réussi à sauver Katinka. Mon solide Pavlouchka est mort, entraînant avec lui le chétif Petrouchka.

Perdre un enfant vous change à tout jamais. On n'est plus jamais la même. Que cela arrive une fois, ou bien dix, il est impossible de s'y habituer. Chaque fois c'est un nouveau gouffre qui s'ouvre.

La mère de Dieu n'a perdu qu'un fils, pourtant sa douleur est intacte et se perpétue depuis mille sept cents ans, semblable à ces marques de clous sur l'icône ou aux stigmates sur les mains du Christ. Des trous, dans l'âme et dans la tête.

Durant les premiers jours, on perd la raison.

Heureux ceux qui n'ont jamais traversé cette épreuve.

On commence par s'accuser de tout. De les avoir laissés prendre froid, de ne pas les avoir surveillés, de ne pas les avoir protégés de la maladie. On s'accuse de mille torts, on voudrait remonter le temps, ne serait-ce que de quelques jours, pour pouvoir changer le passé. Peut-être aurait-on mieux fait de n'aller nulle part ? De les emmitoufler pendant le voyage, ou au contraire, de ne pas trop les couvrir, pour les endurcir ? À la vérité, dès lors qu'on a mis un enfant au monde, on endosse la responsabilité de tout ce qui lui arrive. Un enfant ne se conçoit pas sans un homme, mais le fardeau de ses souffrances à venir incombe tout entier à la mère. Pourquoi ai-je pleuré cette tasse cassée, pourquoi me suis-je plainte de toutes ces grossesses et ai-je prié pour un répit d'une année ? Pourquoi suis-je tombée sur un Antéchrist qui, pour se divertir, collectionne des têtes et des bras d'enfants dans des bocaux ? Dieu avait envoyé Son châtiment pour ce loisir inhumain… Pourquoi avais-je choisi de survivre, de me vendre au pouvoir et aux ténèbres ?

Je n'ai eu que ce que je méritais.

Deux corps inertes constellés de petites taches rouges. Deux ans et demi, un an et demi.

C'était bien fait pour moi. J'avais demandé un répit – je l'avais, mes prières étaient exaucées. On m'avait retiré mes enfants !

J'y réfléchirais à deux fois avant de redemander quelque chose.

J'ai vécu ces journées comme dans une brume. Quand Peter m'a rejointe, il s'est torturé autant que moi. Il s'accusait : « Pardonne-moi, Catherine, je n'aurais jamais dû dire que si une fille apportait la paix je m'en réjouirais encore plus que de mes fils ; c'est le diable qui a parlé à ma place, c'était une malédiction… Je n'aurais pas dû vous demander de voyager dans le froid de l'hiver… » Lui non plus ne se pardonnait pas, il a bu, pleuré, et à nouveau pleuré et bu… Nous avons bu et pleuré ensemble, dans les bras l'un de l'autre. Il m'a dit : « Dieu nous les a donnés et retirés, protégeons la petite Catherine, peut-être Dieu nous en donnera-t-il d'autres… » Nous avons laissé les moines les enterrer. Je ne suis jamais retournée voir leurs tombes. Mais je vois encore leurs petits yeux clos.

Je n'avais plus plaisir à rien, ni à l'air libre du printemps de Pologne ni à la belle ville de Żółkiew avec ses églises, ni à Lublin, la ville de la justice, ni à la magnifique Varsovie royale où nous résidions dans le plus luxueux palais, celui des princes Radziwiłł, dans le faubourg de Cracovie, d'où Stanislas Leszczyński, soutenu par les Suédois, avait récemment fui. Je suis certaine que c'est là, à Varsovie, dans le palais de Radziwiłł, en faisant l'amour sous le baldaquin de brocart rouge, entre les draps de lin hollandais à l'odeur de lavande, que nous avons conçu notre Anna Petrovna. Tellement européenne… Notre beauté, une vraie dame, avec des goûts de reine depuis l'enfance et rien d'une Russe. Grande, comme son père, avec les mêmes cheveux noirs, elle a pris le meilleur de nous deux : la prestance impériale et l'esprit scientifique de son père ; et de moi la bonté, le charme et l'amour maternel. Elle parle quatre langues, le français, l'allemand, l'italien et le suédois ; Ernst Gottlieb lui a aussi enseigné le latin. Si Dieu le veut, elle sera, elle aussi, une excellente mère. Nous lui avons trouvé un bon mari, européen, le duc de Holstein-Gottorp… Moi aussi, j'aurais pu être une grande dame dès ma jeunesse si Dieu avait eu pitié de moi… Oh, je ne suis pas jalouse, je ne vais pas lui envier sa noblesse, sa beauté, sa santé et ses dix-neuf ans. Ni le fait qu'elle n'ait pas – comme moi à son âge – arpenté les champs de bataille et eu à se cacher pendant les assauts. Oui, nous l'avons conçue à Varsovie, après un bal, après une danse, entre les draps parfumés d'eaux florales. Notre princesse européenne… Varsovie est devenue, pour nous et toute notre suite, la ville de l'amour, y compris pour le nain de Peter, le diablotin Yakim Volkov, qui y a contracté la maladie de l'amour… Ce séjour n'a pas épargné Peter non plus : les fêtes et les souleries l'épuisaient. Le matin, à son réveil, son oreiller était si trempé de sueur qu'on aurait pu l'essorer… Il voyageait beaucoup, en Lituanie, à Merkinė, à Vilnius, à Grodno et à Tykocin. Un nouveau scandale s'est produit en juillet, à Lublin, où il avait retrouvé Alexandre. Lors d'une réception à la mairie, Keyserling, l'envoyé de Prusse, a barré le chemin de Peter et l'a prié de lui donner son accord pour qu'il épouse Anna Mons, dont j'avais vu le portrait lacéré à Preobrajenskoïe. Je n'ai pas pu m'empêcher de penser qu'Alexandre y était pour quelque chose. Peter a pâli, il a envoyé le diplomate au diable, disant qu'il ne voulait plus entendre parler de cette femme qu'il avait lui-même élevée, éduquée et envisagé d'épouser, tout ça pour qu'elle aille se fourvoyer avec Keyserling. Le pauvre Keyserling était si effrayé qu'il s'est confondu en excuses, affirmant qu'il n'aurait jamais osé déranger Sa Majesté sans l'intercession du Sérénissime prince Menchikov, ce à quoi Alexandre a rétorqué qu'il n'en était rien et qu'il s'était contenté, comme le tsar, l'envoyé et la moitié des hommes présents à la réception, de trousser cette putain qui passait de bras en bras. Keyserling a alors saisi son épée pour défendre l'honneur de sa fiancée, et Alexandre a répondu en riant qu'elle n'était pas digne d'un duel. Chafirov, le secrétaire aux Affaires étrangères, s'était précipité pour les séparer, soucieux de préserver de bonnes relations diplomatiques. L'altercation s'est arrêtée là, Alexandre n'étant pas plus enclin que Peter à verser du sang pour une favorite oubliée depuis longtemps. Ils ont fait sortir Keyserling, l'ont poussé dans l'escalier de la mairie : le diplomate a dégringolé jusqu'en bas, jusque sur la place. C'est ainsi qu'a pris fin l'histoire d'Anna Mons. Keyserling a bien fini par l'épouser, mais il n'a pas beaucoup profité de sa compagnie car il est mort peu de temps après. Qu'Anna Mons lui ait survécu pendant quelques années n'avait pas d'importance : elle était morte aux yeux du monde depuis ce soir, à Lublin, où le tsar l'avait publiquement traitée de putain. Et si Peter a une fois de plus forcé sur la boisson à cette occasion, ce n'était pas pour calmer ses tourments au souvenir d'Anna Mons, mais plutôt pour célébrer avec Aleksachka le tour qu'ils venaient de jouer au Prussien.

Peter avait beau être encore jeune, ces beuveries permanentes mettaient sa santé à rude épreuve. Il a pris froid à son retour à Varsovie en août, et il est tombé si malade qu'on a cru le perdre, là, dans le palais des Radziwiłł : la fièvre a duré près d'un mois, pendant lequel je ne l'ai pas quitté. Jour et nuit je le veillais, lui appliquais en permanence un linge humide sur le front pour le soulager ; je le bordais, lui faisais boire du bouillon et l'empêchais de boire de la vodka. On ne pouvait pas faire confiance aux domestiques, surtout aux Polonais, qui le craignaient tellement qu'ils obéissaient à tous ses ordres, même si cela devait le tuer. Je montais la garde. Quand Peter souffrait, il attrapait ma main et ne la lâchait plus, comme un enfant… Je me suis habituée à rester de longues heures à son chevet. Quand il se sentait un peu mieux, il disait : « Va Catherine, ce serait horrible si je contaminais l'enfant dans ton ventre », et je lui répondais tranquillement : « Tu es peut-être capitaine, Peter, mais la faucheuse ne prendra pas d'ordres de toi, depuis ton lit de malade… Elle s'abat sur le roi comme sur le pauvre, elle ne me fait pas peur et elle le sait. Je n'irai nulle part, je la repousserai et je continuerai de te soigner. Évite seulement de l'attirer avec de la vodka… Ne t'inquiète pas pour l'enfant, rétablis-toi – de toute façon, sans toi, il ne sera rien et moi non plus. » Ses cheveux noirs collés à son front, sa chemise trempée de sueur, il n'était plus ni capitaine ni tsar, il n'était qu'un homme faible, épuisé et malade, dont je connaissais chaque cicatrice et jusqu'au moindre poil. Je le désirais et voulais le voir à nouveau fort et en bonne santé, pour qu'il puisse m'aimer, me faire danser, me faire rire et me défendre. Par deux fois, il a failli mourir au petit matin. Il s'est mis à suffoquer, a été saisi de frissons… J'ai couru dans les couloirs, criant pour réveiller les médecins. Dieu m'a permis de le guérir. J'ai compris qu'il était en train de se rétablir quand, un matin, il m'a attirée dans son lit et qu'il m'a dit : « Matka, que ferais-je sans toi ? Tu es à mes côtés pour le meilleur et pour le pire, tu me donnes des enfants… Dieu en est témoin, tu es devenue une véritable épouse pour moi ; maintenant que je t'ai je n'ai besoin d'aucune autre fille. » J'ai cru qu'il plaisantait.

Mais il ne plaisantait pas. En novembre, alors que nous rentrions de Varsovie, nous sommes passés par Saint-Pétersbourg. Il m'avait préparé une surprise. Sur la rive, en face de l'île Vassilievski, on terminait de nous construire une maison hollandaise : avec des poêles en faïence, une cuisine, deux salons et huit chambres à coucher pour accueillir les enfants, tante Anissia et quelques invités. Peter avait ordonné de planter des arbres autour de la maison. J'ai compris que mon rêve de posséder une maison confortable devenait réalité. Mais des travaux restaient à faire et, dans un premier temps, nous avons continué de nous chauffer avec des chaufferettes remplies de braise dans le maudit petit chalet de Peter. Un soir, après le dîner, il m'a dit : « Viens Catherine, allons nous promener et respirer l'air frais. Ne crains rien, nous n'irons pas loin. » J'ai obéi et me suis emmitouflée dans mes fourrures. Il neigeait, le vent nous transperçait, le ciel était d'un noir d'encre. Des gardes avec des flambeaux nous éclairaient le chemin, deux autres marchaient légèrement en retrait. Peter s'est arrêté sur le pont Jean, il a fait un signe en direction de l'île aux Lièvres et les lanternes des gardes sont venues éclairer les murs de la forteresse Pierre-et-Paul, illuminant la flèche en bois de la cathédrale qui s'enfonçait dans le ciel comme une épée.

« Devine où je t'emmène, Catherine. »

Est-ce que je le savais ? Avec Peter, il était impossible d'être sûr de quoi que ce soit... Pakhom Pikhaykhouï Mikhaïlov aurait pu m'emmener n'importe où, jusque sur le billot de la forteresse Pierre-et-Paul. Ce soir là, il ne paraissait pas en colère, il avait peu bu, il était affectueux et amical. Mais qu'avait-il derrière la tête ? Pourquoi m'emmenait-il soudain me promener, par une nuit neigeuse de novembre, sur le pont menant à la forteresse ? Un frisson m'a traversée, et j'ai sursauté.

« Que se passe-t-il, Catherine ?

— L'enfant m'a donné un coup, capitaine. »

Mon ventre était déjà imposant, j'étais enceinte de six ou sept mois. J'ai fait allusion à l'enfant au cas où un danger m'attendrait dans cette forteresse. En espérant qu'il ait pitié d'une femme enceinte.

Il a glissé la main sous ma fourrure en riant :

« Eh, petite oie, *Ganzenkien*, même du fond de ta cave tu entendras tout ce que ton père va dire maintenant. »

Il a pris mon visage dans ses larges mains chaudes :

« Je t'emmène à l'église, Catherine. Je veux t'épouser. Si tu veux bien du capitaine pour mari. Nous ne pouvons pas le faire publiquement, tu comprends. Plus tard... Mais devant Dieu, nous serons mari et femme, pour le meilleur et pour le pire. Nous avons tant vécu ensemble. Tu as mis mes enfants au monde, tu as tenu la faucheuse à distance, tu ne cherches pas à me gruger et personne ne m'a jamais apporté autant de joie et de calme que toi. Je n'ai jamais été aussi proche de quelqu'un, si on excepte Aleksachka. Une année tourmentée nous attend à la guerre, il y aura de nombreuses batailles... Je pourrais ne pas revenir, j'ai failli mourir à Varsovie, et je veux avoir la conscience tranquille au moins devant le Seigneur, qu'Il sache que je prends soin de la femme qui m'est la plus chère au monde. Et de notre fille, ainsi que de cette petite oie qui va sortir… »

J'ai failli m'évanouir au milieu du pont. À nouveau, je me suis vue de tout là-haut, comme observée par Dieu. Peter ne plaisantait pas. J'ai senti résonner en moi le rire inexorable du triomphe. Le Seigneur me voyait, Il me protégeait.

« Non, capitaine… Peter… Je ne t'épouserai pas. Tu me parles toujours de la mort, tu n'as que ce mot à la bouche… on dirait un *pokoïnik*, un macchabée… Promets-moi de rentrer vivant de toutes les batailles, alors seulement je t'épouserai, et nous vivrons heureux. »

Une bourrasque de neige a emporté son tricorne. Un garde, flambeau à la main, a trébuché en essayant de le rattraper, et Peter s'est esclaffé. Je me suis mise à rire aussi.

« *Blyad*, Matka, tu m'as fait peur ! Toi et tes plaisanteries ! Allons-y, tu vas finir par prendre froid… » Il s'est penché vers moi, tête nue, et m'a embrassée passionnément. Là, au milieu des flocons sur le pont Jean, devant les gardes. La neige boueuse de la mi-novembre recouvrait le pont, mais Dieu, quel magnifique instant, je m'en souviens comme si c'était hier… Le temps s'était arrêté.

Le pope nous attendait dans l'église en bois Pierre-et-Paul, feignant de ne pas reconnaître Peter. Il n'y avait pas de témoins, les gardes étaient restés derrière la porte. Nous n'avions pas d'alliances, si bien que le pope a lié nos deux mains de son épitrachelion en chantant avant de nous faire faire trois fois le tour de l'autel, où reposaient les Saintes Écritures, en tenant les couronnes au-dessus de nos têtes. Ensuite, nous avons bu du vin de la même coupe et nous nous sommes embrassés. Nous sommes ressortis mari et femme, Peter Mikhaïlov et Catherine Mikhaïlova, époux devant Dieu. Sans témoins, ni alliances ni fouet russe. Je n'étais pas sûre de la validité de ce mariage – son épouse était toujours en vie, enfermée dans un couvent, et je n'avais aucune preuve que Johann Cruse soit mort. Mais cette nuit-là, nous n'y avons pas pensé.

De retour à la maison, il a sorti un petit coffre. J'ai poussé un cri de surprise quand il l'a ouvert : à l'intérieur se trouvaient un collier de diamants blancs, roses, jaunes et bleus d'une beauté incomparable, des boucles d'oreilles et une broche d'une telle valeur que l'on aurait pu acheter Pétersbourg avec. Cette nuit-là, j'ai fait l'amour avec lui, enceinte et avec pour seul habit les diamants qui scintillaient à la lumière de la bougie. Peter m'a dit ensuite :

« Tu es pleine de surprises, Catherine… Si j'avais su, je t'aurais épousée plus tôt. »

6

Une heure de plus… Et Johanna continue de ronfler. Il fait presque jour, les oiseaux chantent. C'est à qui chantera le mieux. Leur gazouillis est si doux… Toujours cette odeur douceâtre de merde, cette merde étalée sous moi qui commence à me démanger… Je n'ai pas la force de bouger, je me contente de rester là et de me réjouir des derniers instants de paix avant que l'effet du remède s'estompe et que la douleur revienne, que les quintes de toux reprennent… Ça va aller. Les domestiques vont bientôt se réveiller, ils secoueront Johanna, ou alors Tanka va arriver, quelqu'un viendra me nettoyer… Je peux le supporter. Et puis, la merde est signe d'argent…

L'argent ne m'a jamais intéressée. Jamais. Les diamants, c'est autre chose… Ils ont l'attrait de la beauté. Surtout ceux que Peter m'a offerts le jour de notre mariage secret. Je n'en ai vu de plus beaux sur aucune reine des cours d'Europe. J'en ai eu d'autres par la suite, tout aussi gros… Mais ceux-là étaient si précieux, si magnifiques, blancs, bleus, jaunes et roses… Leur poids et leur froideur, tandis que je chevauche Peter en cette nuit de noces, Peter à l'intérieur de moi, et ce sentiment quand on se sert d'un homme, quand on l'aspire dans son corps en ne pensant qu'à soi et qu'il obéit, désarmé, comme un petit garçon, une ride d'exquise torture sur le front, illuminée par le reflet des diamants – sa grande main caresse ma toison cachée là sous mon ventre… J'ai vingt et un ans, je suis enceinte et fertile, belle et noble, à cheval sur le tsar, resplendissante de beauté et de diamants, de longs cheveux noirs jusqu'aux fesses, les recouvrant comme la nuit, comme la mort… L'épouse du souverain, secrète ou non.

Peter m'aimait, j'en suis sûre. Il aimait me voir prendre mon plaisir. Cela l'excitait. Des maîtresses et des putains qui s'allongeaient docilement en attendant de savoir comment le satisfaire, il en avait autant qu'il voulait. Avec moi, c'était différent. Oui, il m'aimait. À sa manière. Il avait peut-être deux personnalités, mais son amour était entier. En y réfléchissant, il est curieux qu'il ait voulu m'épouser cette nuit de novembre 1707 à Saint-Pétersbourg. Ce mariage ne devait pas avoir beaucoup de valeur aux yeux de la loi. Ce qui comptait pour lui était de se tenir avec moi sous les couronnes, devant l'iconostase et le pope. Il avait besoin de cette bénédiction de notre union. D'habitude, c'était quand il avait peur, quand il regardait la mort en face qu'il en appelait à Dieu. Comme à Varsovie. J'avais été là, je ne l'avais pas quitté. Il avait compris qu'avec moi il pouvait non seulement vivre, mais affronter la mort. Peter passait sa vie à lutter contre la mort, à la défier. Voilà pourquoi il m'a emmenée à l'église de Saint-Pétersbourg. Il avait à ses côtés une femme capable de supporter une telle vie, quelqu'un de fort. Les faibles, il n'en avait pas besoin… Il m'a raccompagnée à Preobrajenskoïe où je devais accoucher, entourée de femmes. Début décembre, il est reparti en Lituanie, à Grodno puis à Vilnius. Avant son départ, menaçant, il a ordonné à sa sœur de m'aimer, de me respecter et de veiller à ce qu'il ne m'arrive rien… Il fallait voir la tête de Natalia quand elle a compris que j'étais là pour longtemps… Si elle avait su ! Il lui a également ordonné de se préparer à venir à Saint-Pétersbourg au printemps. La cour du tsar y passerait désormais tous les étés. Natalia et les deux veuves de ses frères, Prascovia et Marfa, et les nobles de Moscou. Tous devraient y faire construire des palais en brique ou au moins des demeures anglaises à colombages. Ainsi, au fur et à mesure, la ville se remplirait. Début janvier, Natalia a reçu une lettre alarmante qu'il lui avait envoyée avant de se retirer de Grodno : « S'il m'arrive quelque chose, selon la volonté de Dieu, les trois mille roubles qui se trouvent dans le manoir du prince Sérénissime Menchikov sont à donner à Catherine Vasilievskaïa et à sa fille. » Comme un testament. Sans doute était-ce tout l'or qu'il avait à sa disposition. Il n'avait pas besoin de plus : tout le pays et tous les trésors du Kremlin lui appartenaient. Nous n'avions aucun moyen de savoir si Peter était vivant depuis l'envoi de sa lettre, s'il avait atteint Vilnius ou s'il lui était arrivé malheur. Les lettres et le temps… Il peut se produire un millier de choses avant qu'une lettre parvienne à son destinataire… Qu'aurais-je fait de ces trois mille roubles sans Peter ? Ce jour-là, j'ai prié Dieu pour qu'il soit en vie, qu'il ait le temps de voir l'enfant que nous avions conçu à Varsovie. J'ai prié avec autant de ferveur que j'avais récemment prié pour qu'il lui arrive quelque chose… J'ai ordonné à Anissia de lui répondre immédiatement, et j'ai accompagné le message de cadeaux – des chaussettes chaudes, une écharpe pour qu'il ne prenne pas froid. Je lui disais de ne pas songer au pire, car nous aurions bientôt une nouvelle à lui annoncer, l'arrivée d'un garçon ou d'une fille.

Une petite fille est née. Le 27 janvier, en l'an 1708 de notre Seigneur. Anouchka, Anna Petrovna, les cheveux très noirs et tout collés et des sourcils marqués. J'ai perdu tellement de sang en la mettant au monde que j'ai failli mourir, mais cela en valait la peine.

Nous avons tout de suite vu qu'elle ressemblerait beaucoup à son père. On dit que les enfants sont heureux si la fille ressemble à son père et le garçon à sa mère. Que les enfants sont beaux quand ils sont le fruit de l'amour. Anna est belle et ressemble à Peter. Elle sera heureuse, elle l'est déjà. Je me languis d'elle… mais j'ai ordonné à Lestocq de ne pas la faire appeler, sauf si ma dernière heure sonnait. Ils essayent d'avoir un enfant avec Karl Friedrich, son mari… Ce n'est pas le moment de se rendre auprès de sa mère mourante, crachant du sang et pleine de merde. Elle n'a pas besoin de voir cela, je risque de la contaminer – on ne sait pas ce que j'ai, si c'est un refroidissement, une maladie contagieuse ou un empoisonnement… Qu'elle vienne quand ma dernière heure aura sonné, nous nous ferons nos adieux. Anna me manque. Elle est si belle et intelligente… Parfois je la regardais et je ne pouvais croire que quelque chose d'aussi merveilleux soit sorti de moi…

Peter aussi l'adorait. Conçue par amour et attendue dans l'amour. Quand elle est née, il se languissait de moi à Vilnius. Nous avons reçu sa lettre datée du 29 janvier. Elle était adressée à « Tante, Matka avec la deuxième – et bientôt la troisième ». Il pressentait que sa lettre arriverait quand le *Ganzenkien* sortirait de son *Kelder*, quand l'oie sortirait de sa cave, et il s'en réjouissait, peu importait ce que Dieu déciderait de lui donner. Il me remerciait pour les cadeaux, les chaussettes et l'écharpe, il était impatient de me retrouver à Saint-Pétersbourg, mais cela dépendrait du moment que choisirait l'ennemi pour se montrer. Il écrirait dès qu'il le saurait, il était si triste sans moi. Il n'avait personne pour repriser et laver ses habits, il se méfiait des *portomoïkas* de Vilnius qui pourraient lui transmettre la même chose qu'au nain Yakim, à Varsovie.

Il espérait avoir vite la joie de me revoir, mais l'ennemi approchait, et il ne pouvait pas écrire de longues lettres. Il envoyait des cadeaux de Vilnius, une soie couleur d'or pour mes robes, une soie rayée pour remercier Anissia de transcrire notre correspondance et une bague en diamant pour moi.

Sa lettre était pleine de passion et de désir.

Mais il s'exprimait aussi rudement que dans un corps de garde. Quel mari écrirait à sa jeune épouse : tu me manques car personne ne fait ma lessive, et je n'ai personne à trousser, j'ai trop peur d'attraper la syphilis auprès des putains d'ici, rejoins-moi dès que possible ? Je m'en contentais – je ne connaissais pas autre chose. Jamais un poète ne m'avait écrit des louanges.

Peter n'a pas fréquenté les *portomoïkas* de Vilnius. Il est allé trouver des filles à l'étuve, dans les bains des palais de Pac et de Sapieha décorés de faïence bleue hollandaise : là, il s'est lavé et a baisé. C'est lui qui a donné l'idée de construire des étuves à Saint-Pétersbourg, comme celles de Vilnius, qui étaient somptueuses. C'est seulement un an plus tard, quand j'ai acheté les confidences d'Avram Hannibal avec des sucreries et des menaces, que j'ai su. À Vilnius, Peter emmenait le Noir avec lui à l'étuve, comme une curiosité, pour que les filles puissent observer un corps noir et, chose incroyable, une pine noire. Je croyais Avram, même s'il avait tendance à inventer. Il était bavard, et Peter le traînant partout avec lui, j'ai fait en sorte de devenir sa protectrice. Ainsi, je savais tout.

Mais quand j'ai reçu la lettre de Peter, je ne savais rien des filles de l'étuve. Je voyais seulement que Peter se languissait de moi à Vilnius et qu'il l'exprimait de façon simple. Tel un rustre. Il était ainsi. Ce n'était pas un poète.

Les mots ne m'importaient pas à l'époque. J'étais peut-être aveuglée par l'amour, mais les mots ne m'importaient pas, contrairement aux actes. Peter m'avait épousée. Qu'aurais-je pu lui demander de plus? Il était la personne dont j'étais le plus proche... Je lui manquais, et ça l'amusait peut-être de le dire avec ses mots à lui. Mieux valait en rire. Et lui écrire des lettres tout aussi badines. D'autant que nous n'allions pas nous revoir tout de suite... Il me réclamait, m'invitait à le rejoindre vers Smolensk. Mais au moment du Carême j'étais encore trop faible pour voyager. Une heure ou deux de marche dans Preobrajenskoïe, et je devais m'allonger pour me reposer. Je n'avais pas de forces. J'ai dicté une lettre à Anissia pour en informer Peter, lui dire qu'il me manquait et que je n'avais personne pour coiffer mes boucles. Que je guérirais en un rien de temps si seulement j'avais quelqu'un pour me brosser les cheveux. Peter a répondu sur-le-champ, par une *tsidoulka* remplie d'inquiétude. Il insistait pour que je le rejoigne, me pressant de me mettre en route : « Si ma lettre te trouve entre Mojaïsk et Viazma, prends tout de suite la direction de Pétersbourg. Viens vite, nous trouverons ici un vieux peigne et te lisserons les cheveux. » Nous avions tous les deux compris ce que cela signifiait, contrairement à Anissia, qui a hoché la tête et dit : « Catherine Alexeïevna, pourquoi lui parles-tu de peigne? Le voilà ton peigne, ma tourterelle, il n'est pas perdu! » J'ai souri sans un mot. Si j'avais su écrire, j'aurais mis sur le papier les obscénités affectueuses que nous nous disions, mais je devais me contenter de les déguiser en niaiseries. Nos corps s'appelaient. « Je suis triste de ne pouvoir ni t'entendre, ni te voir », m'écrivait Peter. Et Anissia rougissait.

Je ne l'ai rejoint qu'au printemps, à Saint-Pétersbourg, après un voyage difficile sur des routes embourbées, cahotant dans le carrosse avec Anissia, Anouchka dans son berceau et Katinka sur mes genoux. Mon Dieu, quelles retrouvailles ! La maison hollandaise en bois sur les rives de la Neva était achevée. C'était une vraie maison, confortable, avec un haut toit, quatre cheminées et une tour surmontée d'une flèche. Des arbres étaient déjà plantés dans le jardin, relié par un pont à l'île aux Lièvres. Peter avait consacré une pièce à un atelier de menuiserie. Il se réjouissait comme un enfant, ou plutôt comme un menuisier qui a fabriqué une maison pour sa petite épouse : « Voilà, Matka, regarde, tu ne prendras pas froid, nous pourrons même y habiter en hiver. Voilà ton cadeau, le palais d'Hiver. » J'étais heureuse.

Trois ans plus tard, nous avons démoli ce premier palais d'Hiver, quand Alexandre a mis par terre tout ce qui était en bois pour reconstruire une ville en pierre et en brique. Ce n'était pas une mauvaise chose, car le souvenir de ce premier palais d'Hiver était marqué par la mort. Katinka y était tombée malade et avait succombé en juin. Elle avait pris froid, avait toussé et eu une fièvre terrible. Je ne pouvais rien faire. Même en été ce palais était traversé par les vents venus des eaux. L'été, à Pétersbourg, la nuit ne tombait presque pas. Ces nuits blanches étaient encore allongées par le bruit du vent et les quintes de toux de mon enfant mourante : une toux qui faisait penser à un tissu qu'on déchire. De plus en plus doucement, comme si la mort, en approchant, transformait ce tissu en soie. Jusqu'à ce qu'on entende les derniers kof… kof… puis le silence. Le tissu était déchiré jusqu'au dernier fil.

Katinka a été la première de nos enfants à reposer dans la cathédrale Pierre-et-Paul, sur l'île aux Lièvres de Saint-Pétersbourg, où nous nous étions mariés avec Peter. Lorsque la cathédrale a été reconstruite en brique, nous avons conservé la petite tombe. Elle ne serait pas la dernière…

Ce palais d'Hiver avait malgré tout l'avantage d'être spacieux avec ses huit chambres, et nous avons réussi à sauver Anouchka, en la gardant à l'autre bout de la maison pour qu'elle ne soit pas contaminée.

Peter n'était pas aussi affecté qu'après la mort de ses fils. Je ne sais pas si c'était parce qu'il s'agissait d'une fille, ou s'il s'y était habitué. Ou si les hommes le vivent différemment. Pourtant, toute sa vie, il a été fou d'Anouchka et de Lizenka, il les protégeait comme la prunelle de ses yeux. Moi, j'étais anéantie, comme morte. Un nouveau clou dans mon âme, un nouveau coup dans mon cœur. J'allais prier dans la cathédrale Pierre-et-Paul, en me cachant de Peter, qui appréciait peu les dévotes. Il en avait déjà eu une, Eudoxie.

Il me semble que c'est cet été-là, alors que je faisais mon deuil, qu'il a commencé à s'éloigner de moi. Le soir, il allait boire de la bière avec les hommes, pour se changer les idées, répétait-il. Il rentrait éméché, et s'agaçait que je ne sois pas de joyeuse humeur comme lui, que je ne rie pas quand il l'ordonnait. J'avais l'impression qu'il se lassait de moi. Nous n'étions mariés que depuis six mois, et déjà il s'ennuyait. Il me désirait encore, mais je me donnais trop simplement à lui, sans entrain, sans envie. Je n'avais pas la tête à cela.

Je pensais constamment à Petrouchka, Pavlouchka et Katinka… Je les voyais en face de moi. Leurs visages, leurs yeux enfoncés, leurs paupières violacées. Une fois qu'on a vu cela, il n'y a pas de retour en arrière. Quel désir peut bien subsister quand cette image est gravée dans la mémoire et que la gorge se serre ? Anouchka était ma seule source de bonheur. Elle était en bonne santé, robuste : plus vive que ses frères et sœurs, elle faisait tout ce qu'un enfant doit faire. Elle seule réchauffait mon âme. Ce n'était plus le cas de Peter : j'étais hantée par l'idée que Dieu le punissait pour sa manie de collectionner les corps d'enfants. Mais je n'en parlais à personne, et les pensées qu'on garde pour soi finissent par fermenter, comme du levain. Elles vous rongent, vous dévorent, jusqu'à jaillir hors de vous, avec une rage folle.

Par deux fois, nous nous sommes disputés dans le magnifique palais d'Hiver alors que Peter était rentré saoul. On aurait pu croire qu'enfin installés dans une confortable demeure, nous vivrions heureux, mais non. Nous y étions malheureux, en colère, irrités sans raison, et j'ai eu le malheur de me trouver sur son chemin. Son visage s'est tordu en un horrible rictus, il s'est mis à trembler. Son regard était de glace, comme s'il voulait me tuer. Heureusement, il ne m'a pas jetée par la fenêtre dans la Neva – il a seulement lancé une bouteille qui est allée se briser dans un coin de la pièce.

Peter était toujours en guerre, mais il ne remportait aucune victoire. En juillet, les Suédois sont entrés en Moscovie après avoir battu l'armée de Cheremetiev et de Repnine, deux fois plus importante que la leur, près d'Holowczyn. Les Russes, malgré leur nombre, n'avaient rien pu faire. Les circonstances militaires et diplomatiques nous interdisaient de nous rendre pour l'été en Pologne, où la vie était plus douce et où Peter se conduisait plus raisonnablement. Mazepa, l'hetman de Kiev, avait trahi Peter en se ralliant au Suédois Charles XII. À l'automne, Peter m'a renvoyée à Preobrajenskoïe avec Anissia. Il a continué de nous écrire, plus rarement et surtout pour nous raconter des faits militaires. La présence constante de l'ennemi occupait toutes ses pensées. Plus tard, il a connu quelques victoires. Il se félicitait particulièrement de celle près de la rivière Lesnaya, où Alexandre et lui avaient battu l'armée suédoise, deux fois moins nombreuse que la leur, et vaincu son chef, Löwenhaupt, le gouverneur de Riga.

Peter détestait Riga depuis l'époque de la Grande Ambassade, quand le gouverneur de la ville avait pris au pied de la lettre son désir de voyager incognito et ne lui avait réservé aucun accueil – ni salve d'honneur ni coups de canon, même pas un festin ou une réception.

À Preobrajenskoïe, j'attendais ses lettres, qu'Anissia me lisait, sans savoir ce que me réservait l'avenir. J'étais malade. J'avais des douleurs dans les entrailles, alors que je n'étais pas enceinte. J'avais des crampes et des saignements, et personne à qui me confier : Daria, devenue princesse, vivait à Moscou, dans le palais de Lefort, que Peter avait offert à Alexandre. Elle tentait d'y dissiper les relents de beuverie et d'en faire une demeure luxueuse, digne de son époux, dans laquelle Peter pourrait tenir de grands bals. Elle se souvenait des palais des magnats en Lituanie et en Pologne et cherchait à s'en inspirer en aménageant le sien, mais ses domestiques ne voyaient pas ce qu'elle avait en tête, et la tâche n'était pas aisée. J'essayais de l'aider, d'autant qu'elle attendait l'enfant d'Alexandre qui, si Dieu le voulait, naîtrait après le Nouvel An. Daria s'inquiétait pour son époux, reparti au combat. Elle craignait aussi de mourir et faisait régulièrement appeler le docteur de Natalia, Laurentius Blümentrost. Il lui répétait qu'elle n'avait rien, qu'elle devait s'amuser et boire du vin. Mais le vin ne faisait qu'accentuer sa mélancolie, et Alexandre nous a écrit, à Varka, Anissia et moi, en nous priant de tout faire pour la distraire : de danser, de sautiller ou de faire le poirier s'il le fallait, du moment qu'elle cessait de se ronger les sangs.

Daria avait des raisons de se tourmenter : Alexandre se battait contre Mazepa et ses féroces Cosaques en Ukraine, et il les avait massacrés à Batourine avant de raser la ville. Les habits d'Alexandre étaient si tachés de sang quand il est rentré à Moscou que Daria n'est pas parvenue à les nettoyer. Il y avait aussi des taches plus claires, jaunâtres, comme de la graisse, dont ni le sel, ni les cendres, ni la soude ne venaient à bout. « Ce doit être de la cervelle, a dit Alexandre en haussant les épaules. Jette-les, si ça ne part pas. »

Pourquoi je me tracasse avec ça ?

Pourquoi m'inquiéter, après tant d'années, pour des inconnus et leur cervelle ? À Batourine, quelque part en Ukraine, où je n'ai jamais mis les pieds ? Ma conscience m'a toujours rongée à l'idée qu'Alexandre ait massacré des dizaines de milliers d'Ukrainiens et rasé la ville avec son armée. Pourquoi ? Pourquoi me soucier du salut de son âme ?

Alexandre ne se tourmentait pas, lui.

Et Daria non plus. Il n'y avait que deux choses qui comptaient pour elle : qu'Alexandre ait la vie sauve et que le moment venu elle mette au monde son enfant sans encombre.

J'avais mauvaise conscience. C'est toujours le cas. À cause des guerres de Peter, de ce qu'Alexandre a fait. C'est peut-être idiot – je n'y étais pour rien, mais j'étais hantée par les cadavres de Batourine. On accepte que des soldats meurent sur le champ de bataille, même s'ils sont les maris, les fils, les pères et les frères de quelqu'un. Mais Son Altesse Sérénissime avait envahi une ville. Je savais ce qui se passait quand des soldats russes envahissaient une ville. Je l'avais vécu. Une fois morts, les habitants ne sont plus que des chiffres sur les registres de la chancellerie militaire. Pour moi, ce sont des gens. Les Russes n'avaient pas égorgé que des soldats. Les vieux, les femmes et les enfants y étaient passés aussi. J'étais l'une d'entre eux, j'avais fait partie de ces égorgés. À la différence que j'ai survécu. À Batourine, personne n'a été épargné. Le sang a giclé. La cervelle aussi. Batourine n'était plus – la ville avait été rayée de la carte.

Pour Daria, c'était différent. Elle était russe. Tout ce qui lui importait, c'était que son soldat, son Alexandre, rentre vivant et en bonne santé. Elle ne savait pas ce que c'était de se trouver de l'autre côté, du côté des attaqués. Elle n'a jamais eu à fuir et à se cacher pour ne pas être violée et finir en bouillie. Elle n'avait rien à faire des taches de cervelle sur le pantalon, la chemise ou le justaucorps de son époux. Du moment qu'Alexandre n'était pas blessé et n'avait que quelques égratignures.

Moi, j'ai toujours été prise entre les deux, entre les Russes et le reste du monde. Je ne savais pas à qui être fidèle : aux Russes qui m'avaient protégée, ou aux Livoniens qui m'avaient élevée et aux Lituaniens dont le sang coulait dans mes veines ? À l'Ouest qui ne se souciait plus de moi, ou à l'Est que je haïssais ? Ma fidélité allait à tous les tyrannisés, à tous ceux qui souffraient. Qui étaient tués et violés. Mon peuple est celui des gens qui souffrent. Si je me suis faite à la Russie, c'est peut-être parce que la souffrance n'y manque pas. Comment expliquer autrement que mon cœur saigne à la fois pour les Russes qui souffrent et pour tous ces Ukrainiens sans nom ? C'est peut-être simplement que ce sont des êtres humains, et que leurs âmes pèseront dans la balance du Seigneur le jour où nous, les souverains, serons jugés pour nos actes.

Daria, Alexandre, Peter et moi avons célébré le Nouvel An à Soumy, où se trouvait le quartier général provisoire du tsar. C'était l'hiver le plus froid qu'on ait connu. Peter et moi nous étions languis l'un de l'autre, nous avions fait notre deuil, et tout semblait de nouveau comme avant. À nouveau, il m'embrassait les yeux fermés. Il voulait me voir sur lui, vêtue seulement de mes pierres précieuses comme lors de notre nuit de noces, mais à cause du froid nous portions nos fourrures jusque dans le lit. Parfois, il disparaissait s'égayer avec les soldats. Ou avec le Synode pochard. Je n'en sais rien. Aux obscénites et aux moqueries, j'avais appris à préférer l'élégance des réjouissances polonaises, aussi arrosées de vin soient-elles. S'il devait y avoir des putains à un festin, rien n'empêchait que ce soit beau, avec des sirènes et des sculptures de glace, plutôt qu'avec des ours, des saucisses, des cochons et des peaux de rats. Je laissais ça à Peter. Je craignais simplement qu'il prenne froid. Il rentrait fatigué, et moins disposé que moi à faire l'amour, j'ai parfois senti qu'il le faisait à contrecœur. J'ai compris que la couche conjugale était différente de celle des amants. Elle était un lieu de négociation.

Peter est reparti. Avec sa sœur Natalia, son fils Alexis Petrovitch, Anissia, Daria, Varka et Anna Menchikova, nous nous sommes mis en route pour Voronej tout de suite après le Nouvel An. Daria se préparait à y accoucher, et elle a emmené avec elle le docteur Blümentrost. Nous voyagions par les routes gelées, allongées dans nos kibitkas sous des couches de fourrure. Nous nous réchauffions les pieds avec des bassinoires et des pierres chaudes, et gardions la nourriture près de nous pour qu'elle ne gèle pas. Malgré tout, je voyais de la vapeur quand je respirais. Le froid était terrible cette année-là. Heureusement que Daria avait fait venir un médecin car mon état a empiré pendant le voyage. J'ai commencé à avoir mal en urinant. J'ai pensé que j'avais pris froid en faisant mes besoins par ce temps glacial. J'ai commencé à perdre un liquide verdâtre et j'avais de telles douleurs dans le bas-ventre que je me suis confiée à Blümenstrot dans une taverne.

Il a pris mon pouls et m'a priée de me déshabiller pour m'ausculter. Il m'a demandé où cela me faisait souffrir tout en appuyant sur mon ventre, puis a sorti un miroir en forme de poêle avec un long manche. Après avoir glissé le miroir entre mes jambes, il a examiné le reflet. Il m'a demandé quand et avec qui j'avais fait l'amour, me rappelant qu'il avait prêté serment à Hippocrate et qu'il garderait pour lui tout ce que je lui dirais. Je n'avais d'autre choix que de dire la vérité, que depuis de nombreuses années je n'avais fait l'amour qu'avec notre Batouchka, Sa Majesté.

Blümentrost a levé les yeux au ciel et m'a expliqué que j'avais une maladie française appelée chaude-pisse. J'avais de la chance, celle-ci était curable. Seulement, si je disais la vérité et que je n'avais fréquenté personne d'autre, il fallait d'abord guérir le souverain. Comment annoncer une chose pareille à Peter ? Est-ce que j'en aurais l'occasion à Voronej ? Le médecin m'a prescrit des remèdes âcres à base de poivre américain et de la pommade au mercure, qui soignait toutes les maladies de l'amour.

Les écoulements sont passés du vert au jaune, puis ont éclairci jusqu'à devenir transparents et ont fini par cesser. Peut-être grâce à la vodka, le remède de Peter, sans lequel ce voyage en traîneau aurait été insupportable. Je me serais changée en glace. En plus de me réchauffer, la vodka apaisait ma colère et ma tristesse : elle me forçait à oublier et, une fois ivre, je m'endormais. Sans la vodka je n'aurais pas fermé l'œil, ni dans le traîneau ni dans les tavernes. J'aurais ruminé ma colère, la rage explosant contre mes tempes… Peter m'avait trahie, contaminée, je voulais sa peau. Heureusement pour lui, il n'était pas là, et nous avons eu d'autres préoccupations quand nous sommes enfin arrivés : Daria était sur le point d'accoucher et cela la terrifiait. Elle a mis trois jours à expulser le bébé, trois jours qui ont failli la rendre folle de souffrance. J'ai compris quelle chance j'avais d'être robuste et d'accoucher si facilement. Ayant manipulé quelque chose, Blümentrost a fini par trouver le moyen de l'aider et un petit garçon est né. Le petit prince Menchikov. Daria était au septième ciel. Alexandre est arrivé à la mi-mars, fou de joie.

Mais il voyait bien, à me regarder, que quelque chose n'allait pas. Profitant de ce que les autres femmes s'extasiaient devant son nouveau-né, il est venu frapper à ma porte et est entré sans attendre de réponse. « Tu as mauvaise mine, Catherine, par le sang Dieu, tu as l'air d'une sorcière... Peter ne doit pas te voir comme ça. Raconte-moi. Qu'y a-t-il ? »

Alexandre me connaissait par cœur. Je pouvais lui faire confiance. Je lui ai tout dit : que Peter m'avait passé la chaude-pisse, que je ne savais pas où il l'avait attrapée, mais certainement pas avec moi puisque lui, Alexandre, était le dernier homme avec qui j'avais couché avant Peter. Je lui ai avoué que j'avais envie de l'étrangler ; fermer les yeux sur les putains était une chose ; attraper une maladie en était une autre. Et si j'avais été enceinte, ou si notre Anouchka avait attrapé cette saleté ? Je hurlais, je pleurais, et Son Altesse Sérénissime m'écoutait en se mordillant la lèvre. Puis il m'a saisie par les épaules et m'a secouée. Quand j'ai repris mes esprits, j'ai vu qu'il s'était mordu jusqu'au sang.

« Je sais ce qu'il te faut, Catherine. Une séance de tir. Pas sur la tête en carton de Cheremetiev. On va trouver une autre cible. »

Par une journée ensoleillée un peu moins froide que les précédentes, il m'a attendue avec les chevaux sellés et nous sommes partis. Je ne sais pas comment il a justifié ça auprès de Dachka, Anissia et les autres. Elles étaient tellement affairées à préparer le baptême du nourrisson qu'elles ne se souciaient pas beaucoup de moi. Une fois en selle, Alexandre a dit : « Allons-y, Catherine. Cette fois, nous allons chasser. » Nous avons galopé le long de la rivière jusqu'à ne plus voir les collines et les tours blanches des églises de Voronej, et nous nous sommes arrêtés à la lisière de la forêt. Il a armé le fusil et me l'a tendu. Il faisait un froid abominable.

« Écoute-moi bien, Catherine. Je ne le répéterai pas deux fois. Sais tu pourquoi Peter ne va pas à la chasse ? Il n'a pas besoin de ça puisqu'il peut traquer, arrêter et anéantir qui il veut. Même toi, ma belle… bien qu'il t'ait épousée… Il est ainsi et on n'y peut rien… Je sais tout. J'ai tout de suite su que tu lui plaisais. Peter a imaginé toutes sortes de ruses pour que nous puissions nous déplacer tous les quatre, pour t'avoir à son côté sans déclencher de mutinerie. Son idée était que j'épouse Daria afin que tu te déplaces avec elle en attendant qu'il puisse t'épouser. Nous nous sommes donné notre parole. En novembre, le lendemain de votre mariage, il m'a écrit de Saint-Pétersbourg pour me dire qu'il avait tenu parole. Il vous aime, toi et vos enfants. La maladie, Catherine, je sais d'où elle vient. D'Avdotia Rjevskaïa. Tu te souviens de la princesse higoumène, Daria Rjevskaïa, celle avec les seins qui lui pendaient jusqu'à la taille ? C'est sa fille, Avdotia, qu'on surnomme Dunka, une jeune gourde de quinze ans. Peter s'est acoquiné au début de l'été à cette putain qui se donne au premier venu. Je mettrais ma main à couper que ça vient d'elle. Peter aussi la soupçonne. Maintenant, Catherine, regarde ce canard en train de nager et imagine que c'est Avdotia. Imagine que c'est elle et tire, sans pitié. »

Alexandre avait armé le fusil avant de me le tendre. J'arrivais à peine à le tenir tant mes mains tremblaient. De froid et de rage. Mais Son Altesse Sérénissime n'a rien voulu savoir : « Catherine, tu dois te mettre en colère et tirer sur cette cane. C'est elle ou toi. Tire, Catherine, ou bien je te raconte où et comment Peter a troussé Avdotia – qui devait bien se moquer de toi d'ailleurs. Tire, tu dois la fusiller, qu'elle aille au *khouï*, sinon elle te dominera. Tu sais comment Peter appelle Dunka ? *Avdotia Boï-Baba*, la *baba* guerrière. Et toi, tu comptes te laisser faire ? »

C'était Alexandre que je voulais tuer.

Mais j'ai visé, et, le sang battant dans mes tempes, j'ai tiré sur la cane qui filait à la surface de l'eau, là où elle n'était pas gelée.

Le contrecoup a été si violent que j'ai reculé.

Je l'avais ratée.

Quelques canards se sont envolés des roseaux en caquetant, suivis d'autres oiseaux.

« Tu dois te maîtriser, Catherine. Applique-toi. Ne tremble pas. Recommence, vise cette putain infectée, descends cette *souka*. Tu rendras service à tout le monde. Et à toi la première. »

J'ai visé à nouveau, mais à la place d'Avdotia, j'ai vu Peter. Celui qui m'avait trahie. Qui pouvait être si bon, si doux, qui avait porté le deuil de nos enfants avec moi mais qui, sitôt reparti, était allé trousser une petite chienne stupide de quinze ans. Qu'avait-elle de plus que moi ? Toute ma haine se concentrait sur la tache brune qui glissait au loin, au milieu d'un bleu étincelant.

Un coup. Un bruit sourd sur l'eau. Les plumes tourbillonnant lentement, tels des flocons.

L'effet de soulagement a été immédiat.

« Catherine, souviens-toi de ce que je t'ai dit. Cesse tes crises de jalousie, *blyad*. Peter connaîtra encore d'innombrables putains. Toi, tu es unique. C'est toi qu'il a épousée – de son plein gré, on ne l'y a pas forcé comme avec Eudoxie. Il t'a épousée en secret ? Et alors, il l'a voulu. Il te désire et te craint peut-être même un peu. Ne gâche pas tout. Ne deviens pas une bigote de plus, une deuxième Eudoxie, ou bien tu sais où tu finiras. Au couvent. J'ai regardé Peter se rapprocher d'Avdotia en me demandant ce qu'il trouvait à cette bécasse. Elle n'est même pas belle, elle a le nez écrasé, de petits yeux et la face si large qu'il faudrait s'y mettre à trois pour la couvrir de merde… Ce qui l'a attiré, je l'ai compris, c'était qu'elle soit idiote. De la chair fraîche. Simple. Brute. Avec elle, il n'avait aucun effort à fournir. Elle hennissait à chacune de ses blagues, jurait comme un garde dans une taverne, buvait jusqu'à en vomir et lui offrait sa *pizda* dès qu'il le voulait. *Boï-Baba.* Et toi, Catherine, tu as baissé la garde. L'amour, sans doute, et cette belle vie que tu mènes avec Peter. Tu voudrais qu'il n'appartienne qu'à toi. Ça lui arrivera, mais pas tout le temps. N'oublie pas que nous avons un travail, toi et moi, celui de rendre Peter heureux, de deviner chacun de ses souhaits, chacune de ses envies, avant même qu'il en ait conscience. Il ne doit pas pouvoir se passer de nous ! Tu sais combien de personnes voudraient être à notre place, le côtoyer de si près ? Plus près que sa famille, ses sœurs, son propre fils ? Ils sont si nombreux à nous envier que leurs os recouvriraient le fond d'un étang. Et nous ne sommes que deux, toi et moi, à être aimés de Peter. Nous avons parcouru tant de chemin. Aurions-nous pu imaginer, à Chlisselbourg, ce que nous réservait l'avenir ? Que je deviendrais prince et chef de guerre, et toi l'épouse du tsar sérénissime ? Non, *blyad* ! Et pourtant nous sommes là, bien vivants, et nous rions. Ne gâche rien, par pitié, et continuons à rire. »

Je ne me souviens pas combien de coups j'ai tirés. J'ai souvent raté ma cible, mais il m'arrivait de viser juste. J'ai tiré sur Avdotia et sur plein d'autres choses. Alexandre avait à peine le temps d'armer. Puis les balles sont venues à manquer, la nuit a commencé à tomber et l'heure est venue de retourner à Voronej.

Cette nuit-là, comme une ombre, il s'est faufilé jusqu'à ma chambre. Je dormais et j'ai pensé qu'il s'agissait d'Anissia lorsque j'ai entendu frapper doucement. Je suis descendue du lit en chemise de nuit pour aller entrouvrir la porte. Alexandre était là, dans la pénombre : il a repoussé le verrou, verrouillé mes lèvres avant que je dise un mot. Mes genoux se dérobaient, je manquais d'air ; j'essayais de lui dire que je n'étais peut-être pas complètement guérie, mais il arrachait déjà ma chemise et la jetait à terre en disant : « Je m'en fiche, j'ai eu cette saleté il y a de nombreuses années, ce n'est rien, je m'en fiche comme d'un *khouï*, tu es certainement déjà guérie. »

À quelques chambres, à quelques murs de là dormaient Daria, son nouveau-né, Varka, mon Anouchka avec Anissia Kirilovna, Anna Danilovna, la sœur d'Alexandre, la tsarevna Natalia, l'héritier du trône Alexis Petrovitch, les gardes, les domestiques, tout Voronej sous la neige. Nous n'y pensions pas.

Cette nuit-là, nous l'avons vécue dans un autre temps – chaque minute était employée à rattraper les six dernières années de désir et de manque, à engranger du plaisir pour toutes les années à venir.

Nous savions tous les deux que ce temps était volé. Que nous l'arrachions à la pénombre, l'avalions à mesure que nous nous dévorions à pleine bouche, pour l'enfouir quelque part au fond de notre poitrine, dans la petite poche près du cœur, pour le jour où nous serions frappés de malheur ou d'humiliation, nous y prélèverions en cachette, à petites doses et sans que personne ne le sache, un peu de la douceur de cette nuit – comme un remède, un antidote, comme cet élixir qui, dans les contes, ressuscite les morts, fait repousser les têtes, les bras et les jambes coupés, elle nous aiderait à supporter la tornade déchaînée qu'était Peter.

Dix-huit ans ont passé et je me souviens de cette nuit comme si c'était hier.

Je revois Alexandre dans le clair de lune de ma mémoire, allongé sur le côté, la tête posée sur sa main, il me regarde et murmure :

« Tu es encore plus belle que dans mes souvenirs.

— Il fait si noir, pourtant. »

Il aurait été dangereux d'allumer une bougie.

Nous rions tous les deux sans bruit. Peu importe que ce soit à travers nos larmes.

Des larmes qui me viennent à ce souvenir.

« Ça ne m'empêche pas de te voir. J'ai un œil au bout de chaque doigt. »

Et du bout des doigts il commence à me caresser, il commence par les pieds, embrasse mes orteils puis remonte le long de mes cuisses, et la dernière chose que je vois avant de sombrer dans le plaisir, ce sont ses fesses qui se rapprochent, ses fesses en forme de cœur dans la lumière bleutée de la lune.

Comme un cœur percé sur du papier bleu-gris avec la pointe d'une aiguille.

Je veux voir au-delà de cette lune, je veux le prendre dans ma bouche moi aussi, et bientôt nous ne formons plus qu'un seul monstre de passion, doté de huit membres, sans début ni fin, sans endroit ni envers, frémissant de plaisir et n'obéissant plus qu'à ses propres lois charnelles. Un monstre tapi dans le cabinet de curiosités de mes souvenirs, dont je n'ose m'approcher sans rougir.

Heureusement qu'il faisait si noir. Que seule la lune nous éclairait.

Aux premières lueurs du jour, il a dit :

« Maintenant, je te vois un peu. » Et il a ajouté : « Tu sais, n'est-ce pas, que quand le jour sera levé, nous ne devrons jamais plus… »

J'ai répondu que je le savais. Que c'était trop dangereux, pour lui comme pour moi. Puis j'ai ajouté :

« Une dernière fois, alors, tant que le jour n'est pas levé. »

Quand il a joui, je lui ai dit :

« Reste encore un peu. »

Et nous sommes restés l'un dans l'autre, retenant en silence ces derniers instants volés au temps qui nous avait été donné.

Quand il s'est levé pour rassembler ses vêtements, ses chaussures et sa perruque, j'ai aperçu quelques cicatrices nouvelles sur son corps et des mèches grises dans ses cheveux.

Il a disparu aussi furtivement qu'il était apparu.

Quelques jours plus tard, Peter est arrivé, et avec lui le tumulte et la hâte fébrile qui l'accompagnaient toujours, tel le tourbillon d'une tempête. Nous avons fait comme si de rien n'était et nous sommes préparés pour le baptême solennel du nouveau-né des Menchikov.

Mais j'étais devenue quelqu'un d'autre.

Dans mes veines coulait cet élixir de vie puisé dans la petite poche près de mon cœur. Je me sentais vivante. Invincible. Immortelle.

Quand nous nous sommes retrouvés seuls, il m'a regardée avidement : « Comme tu es belle, Matka… tu m'as manqué… viens ici que je te chatouille. »

Je portais une robe d'un jaune doré confectionnée dans la soie qu'il m'avait offerte en plus des diamants blancs, roses, jaunes et bleus et d'une bague envoyée de Vilnius. Tout ce que je portais, les pierres précieuses, l'or, la robe, jusqu'au dernier ruban, lui appartenait. Tout, sauf moi. Je n'étais l'esclave ni de Peter ni de Dieu. Je n'étais l'esclave de personne.

J'ai poussé le verrou de la porte, me suis approchée de lui et, de toutes mes forces, je lui ai asséné une gifle.

Aussitôt j'en ai reçu une en retour, de sa main large

comme une pelle. Si forte qu'elle m'a projetée contre le mur. J'étais abasourdie et mes oreilles ont sifflé pendant un long moment.

J'ai senti le goût du sang dans ma bouche. J'avais la lèvre fendue. Ma bague en diamants avait laissé sur sa joue une marque qui commençait à rougeoyer. Incrédule, il regardait le sang sur ses doigts et s'est précipité pour me relever.

« Eh quoi, Matka, tu as perdu la tête ? Qu'est-ce qui te prend, par le sang Dieu ?

— C'est pour Avdotia. Et pour sa maladie, dont j'ai mis du temps à guérir. Voilà comment tu me remercies... Le diable t'emporte ! »

J'avais du mal à parler. Ma tête me lançait, ma lèvre gonflée palpitait.

Soudain, Peter m'a étreinte, il sanglotait presque.

« Pardonne-moi Catherine, au nom de Dieu, pardonne-moi... je ne savais pas que la maladie t'avait atteinte. J'étais certain d'avoir guéri en Lituanie, je ne pensais pas te la transmettre... Ce n'est rien de sérieux avec Dunka. Il m'arrive d'avoir des maîtresses, ne t'imagine pas avoir épousé un moine, mais toi seule m'es nécessaire... J'enverrai Avdotia en Sibérie divertir les loups, si c'est ce que tu veux. J'ordonnerai deux douzaines de coups de fouet pour la guérir de ses sales manières. Elle n'est rien pour moi. Pardonne-moi, Catherine... »

J'ai fait ce que font les épouses lorsqu'elles se réconcilient avec leur mari. Je lui ai offert mon corps. Je lui ai prouvé que je n'étais plus en colère, et lui, qui se sentait coupable, s'est montré doux. En se relevant du lit, il m'a dit : « Ne lève plus jamais la main sur moi, Catherine, je pourrais te tuer sans le vouloir. »

Je lui ai pardonné.

À la vérité, j'estimais que j'avais un peu mérité ce

coup, même si Peter me l'avait donné pour une autre raison. J'ai pensé qu'il s'agissait d'un malentendu qui ne se reproduirait plus.

J'étais naïve. Aussi docile qu'une serpillière.

Quelle idiote.

Je n'ai pas pu assister au baptême du jeune prince Luka Piotr Menchikov, qui a eu pour parrain Sa Majesté le tsar Piotr Alexeïevitch. Une ecchymose couleur de prune écrasée couvrait la moitié de mon visage et mon œil était cerné de noir. Aucun fard n'a réussi à dissimuler ces marques, pas même la céruse qu'affectionnaient les Russes. Personne n'avait encore inventé une pommade de beauté capable de cacher la gifle de Peter. J'ai attendu qu'ils soient tous ivres pour prendre part à la fête, le visage derrière un voile. Et ce bleu sur mon visage m'a finalement été très utile : la réaction de chacun m'a permis de savoir qui était de mon côté. J'ai vu de la joie mauvaise dans les yeux de Natalia, d'Alexis Petrovitch, de Prascovia. Et de l'inquiétude chez mes alliés : Alexandre a pâli, Anissia a tremblé pour sa position, qui dépendait entièrement de la mienne, le visage de Varka était insondable et Daria m'a emmenée à l'écart, m'a enlacée et a pleuré en disant : « Tiens bon, ma Katerinouchka, il faut le supporter… *pereterpi*… c'est notre lot à toutes… Le destin de la femme est de souffrir. » Sa compassion me mettait mal à l'aise tant j'en étais indigne. Si Daria avait su…

Avdotia Rjevskaïa a débarqué avec sa mère et le Synode pochard à Voronej. Alors que la fête battait son plein, elle m'a aperçue et a lâché un hennissement. Elle paraissait plus vieille que son âge, mais je l'ai reconnue tout de suite. Elle était exactement comme Alexandre l'avait décrite : le nez écrasé, de petits yeux et la face si large qu'il faudrait s'y mettre à trois pour la couvrir de merde. Peter, déjà ivre, ne lui a pas pardonné ce ricanement : il l'a attrapée, l'a renversée sur ses genoux et, devant toute l'assemblée qui regardait en s'esclaffant, il a relevé sa jupe et fessé son cul nu et rebondi, qui a immédiatement viré au rouge. La main de Peter était un vrai battoir, et elle a hurlé de douleur jusqu'à tomber à ses pieds. Alors, hoquetant, décoiffée, ses jarretelles et ses bas sur les chevilles, elle a rampé hors de la salle. Peter avait montré à tous qu'il convenait de me respecter. J'étais son épouse. Même secrète.

Cela ne l'a pas empêché de retourner auprès d'Avdotia, quand il voulait de la chair fraîche. Un an plus tard, elle est tombée enceinte, et Peter s'est empressé de la marier à son valet, Gricha Tchernychev. Les gens en ont conclu que les sept enfants de Tchernychev étaient du tsar, mais j'en doute ; Dunka Rjevskaïa était une *blyad*, et elle a été infidèle toute sa vie, à son amant couronné autant qu'à son mari. Les enfants pouvaient être de n'importe qui. Ce qui a changé c'est qu'une fois mariée, selon la tradition russe, c'était à son mari, et à personne d'autre, qu'il revenait de la battre. Elle était devenue son souci, et non plus celui du tsar.

Le baptême du premier-né d'Alexandre a été mémorable : la fête était grandiose… Malgré son âge, Anissia Kirilovna n'a pas laissé indifférent l'*okolnitchy* Kuzma Krisanfovitch Patrikiev, un courtisan de Peter. La pauvre Anna Menchikova a eu le malheur de rencontrer son Antochka, le grenadier sous-officier Antonio de Vieira, qui attirait tous les regards et dont le nom était si difficile à prononcer pour les Russes qu'ils l'ont simplement appelé Devier. Il était beau, grand et svelte, la peau mate, les yeux noirs et ce regard d'ange rebelle qu'ont parfois les hommes du peuple persécuté. Il prétendait être portugais, mais nous savions que c'était un juif converti. Autrement dit pas du tout un bon parti, surtout pour la sœur du Sérénissime. Mais Anna a été comme foudroyée, elle ne voyait plus que lui. Elle n'a plus jamais été la même après avoir dansé avec lui à ce baptême, il l'avait envoûtée. C'est l'arrêt de mort de cet Antochka qu'Alexandre veut me faire signer aujourd'hui. Il est assoiffé de sang… Que nous est-il arrivé ?

Après le baptême, Alexandre est devenu encore plus riche. Pour la naissance de son fils, Peter lui a dit de choisir un village d'une centaine de maisons. Alexandre en a choisi un de cent cinquante, déclarant qu'il n'en avait pas trouvé de plus petit qui puisse convenir. Luka Piotr a reçu le grade de *poroutchik* pour son baptême. Alexandre savait y faire. Daria et lui sont tombés malades dès le lendemain des festivités. Ils ont eu de la fièvre.

Mais je ne m'intéressais pas à ces histoires de richesses et de villages, de juifs ou de Portugais. Il n'y avait qu'un homme dont j'avais le devoir de m'occuper, que je devais aimer et respecter. Alexandre avait raison, Peter était un travail. Le travail de ma vie. Telle une vocation ou la croix du Christ.

C'est cette année-là qu'Elisaveta s'est accrochée à mes entrailles.

Elle est née le 29 décembre 1709, pour le Nouvel An. Elle avait donc été conçue à Voronej, et elle était, une fois encore, le fruit de la passion printanière. Celle de Peter. À moins que…

Mais mieux valait ne pas penser à cela. En quittant Voronej, nous avons vu un attroupement sur le bord du chemin : les gens vociféraient en agitant les bras. En descendant du carrosse, nous avons compris qu'ils faisaient cercle autour d'une femme enterrée jusqu'au cou, gémissante. L'affaire était sérieuse – les moujiks avaient creusé la terre gelée afin de la lapider pour avoir trompé son mari. M'imaginant à sa place, j'ai lancé un regard implorant à Peter dans l'espoir qu'il la gracie. Peter avait à cœur d'améliorer les conditions de vie des femmes. Il a murmuré quelque chose au garde, qui s'est précipité vers l'attroupement pour faire exécuter la clémence du tsar, et un coup a retenti avant que j'aie eu le temps de comprendre ce qui se passait. Un trou sanguinolent est apparu sur le front de la femme et sa tête est tombée sur le côté, sa tresse étendue par terre. La loi était la loi, les femmes adultères n'y échappaient que si elles avaient fauté avec le tsar lui-même. Toutes les autres devaient être punies. Cela valait aussi pour moi. Lizenka était l'enfant du tsar, il ne pouvait en être autrement.

Liza est née avec les yeux bleu clair, et ils ont gardé ce bleu ciel lumineux, des diamants ou des topazes. Elle a hérité de mes cheveux blonds, leur couleur d'origine. Mais mes yeux, comme ceux de Peter, étaient marron. Si bien que quand Peter prenait la petite Lizetta dans ses bras, on aurait dit un Tatare qui avait volé un enfant étranger. Mieux valait ne pas y penser. Rien de ce que je pouvais penser ne m'apportait de réponse. Je ne sais pas… Lizenka est née à la fin de l'année 1709, une année de guerre durant laquelle nous avons beaucoup voyagé, tels les virevoltants parcourant la steppe au gré du vent et répandant leurs graines. Au mois de juin, à Poltava, Peter a écrasé Charles XII, le Suédois. J'étais là, j'attendais avec le cortège à quelques verstes du champ de bataille, avec Daria, Hannibal et le nain Yakim Volkov. J'ai vu partir au combat les trois hommes qui m'avaient pénétrée : le maréchal Cheremetiev tout cuirassé, Alexandre, plein d'audace dans son justaucorps blanc brillant, et Peter, portant simplement l'uniforme rouge et vert de colonel du régiment Preobrajensky. On entendait les canons au loin, comme des coups de tonnerre. Je serrais contre moi le Noir et le nain – ce dernier, effrayé, se cachait dans mes jupes. J'étais si inquiète que toute ma colère s'est évaporée. Puis il y a eu le silence. L'incertitude. Jusqu'à ce qu'un envoyé de Peter arrive avec une *tsidoulka* que Daria nous a lue : « Matka, bonjour. Dieu très miséricordieux nous a aujourd'hui accordé une victoire sans précédent contre l'ennemi. Viens vite nous féliciter ! Peter. » Nous sommes tombés dans les bras l'un de l'autre. Devant tout le monde. Alexandre était indemne, et Peter l'a élevé au rang de maréchal. Après la messe de remerciements, nous avons célébré la victoire sous une tente perse, et un coup de canon a été tiré après chaque toast. Ils ont bu durant plusieurs jours, puis nous avons pris le chemin de Kiev. Naturellement, Peter a pris froid et est tombé malade. À nouveau, il a failli mourir. Puis il est parti en Pologne. Il m'envoyait des cadeaux et des citrons et s'impatientait, disant que si je ne pouvais pas me rendre à Vilnius, je devrais faire la route avec le régiment d'Astrakhan jusqu'à Toruń, où il s'était réuni avec Auguste, le Polonais, en compagnie d'Ivachka Khmelnitski, pour arroser la signature de leur traité. J'étais déjà en chemin quand j'ai appris que Peter était en fait à Varsovie et se dirigeait vers la Prusse afin d'y prendre des eaux curatives. La vodka avait fait tant de dégâts qu'il devait se soigner par l'eau. Sous la plume d'Anissia, je lui ai écrit qu'il avait dû se trouver de nouvelles *portomoïkas* et demandé si cela valait la peine que je vienne. Mais Peter m'a assuré qu'il s'ennuyait de moi et désirait me voir. La ville de Toruń était belle, avec de nombreuses échoppes luxueuses. Je me suis arrêtée dans la taverne préférée de Peter, Aux trois couronnes. Toruń était célèbre pour son pain d'épices, appelé Katarzynka, Catherinette, en forme de pièce de six ducats, et à base de farine, d'œufs, de miel, de poivre, de gingembre, de vodka et je ne sais quoi encore. Il était doux-amer, et la vodka le rendait brûlant, comme cette vie qui avait commencé lorsque j'avais refusé le ducat de Peter.

Alexandre aussi est venu à Toruń. Voyant mon ventre, il a profité de ce que nous n'étions que tous les deux pour me demander si j'avais quelque chose à lui annoncer. J'ai fait semblant de ne pas comprendre. Cette nuit volée n'avait jamais eu lieu. Mais il a insisté : « Catherine, tu peux tout me dire. Et me demander n'importe quoi. Nous ne devons pas avoir de secrets l'un pour l'autre. » Puisque nous ne devions rien nous cacher, je l'ai pressé de me dire pourquoi il avait tant tardé à épouser Daria. Au fond de moi, j'espérais en être la raison. Il est d'abord resté évasif, évoquant seulement un péché mortel commis pour Peter, comme il l'avait évoqué à Kiev le jour de son mariage. Puis il m'a dit, sans plus de détour : « Ce n'était pas pour toi, Catherine, mais parce que j'étais déjà marié. Bien avant la Grande Ambassade. À vingt-trois ans, j'ai épousé une fille à la longue tresse, une erreur de jeunesse, j'étais encore un jeune homme. Après ça, j'ai parcouru le monde et tout a changé, je ne l'aimais plus, mais je n'ai pas eu le cœur de l'envoyer finir ses jours au couvent. Elle a vécu protégée, dans un de mes manoirs, comme on en avait convenu. Elle est morte à présent. Elle est tombée malade après une chute dans un trou de glace, puis est décédée. Mais pendant un temps, Catherine, je vivais dans le péché, j'avais deux épouses. Tu sais tout. À toi, maintenant. »

Il y a des choses qu'il vaut mieux taire, surtout si on n'est sûr de rien.

Mais quand Lizenka est née avec ces yeux bleus qui n'ont jamais foncé…

Je crois savoir, mais c'est impossible à vérifier. Dieu seul en a la certitude. Et qu'est-ce que ça peut faire à présent ? Mon testament est déjà rédigé…

J'ai passé les derniers jours de ma grossesse à Kolomenskoïe. Peter était retourné à Moscou pour la procession de la victoire de Poltava, et Lizenka est née juste avant le début de la procession. Il a reporté les célébrations du triomphe de quelques jours pour me rejoindre à Kolomenskoïe et me féliciter. C'était un soldat victorieux, un mari et un père aimant. Il était beau et ému, il la regardait en répétant « petit ange ». Il a soulevé Anouchka pour qu'elle puisse voir sa petite sœur, et m'a embrassée. Il était heureux. Je ne pouvais pas ne pas l'aimer dans ces moments-là, il fallait oublier ses excès et ses méchancetés et ne retenir que ces moments de vérité – ces moments où le temps était suspendu et qu'on avait envie de prolonger à l'infini. Peter a choisi Elizaveta comme prénom pour le « petit ange », en l'honneur de la reine Élisabeth, qu'on appelait la souveraine des mers. Ce prénom, inhabituel pour les Russes, lui était cher : il avait déjà donné le nom de Lizetta à un navire, une jument et une chienne de race anglaise. Désormais c'était sa fille qui portait ce prénom. Elizaveta Petrovna, Lizenka, est aujourd'hui une charmante jeune fille de dix-huit ans, indocile, menteuse, profiteuse, une jeune chienne dévergondée. Je la soupçonne souvent d'être la fille d'Alexandre. Ce qui est impossible à vérifier.

— Pardonne-moi, Catherine Alexeïevna, ne m'en veux pas. Je ne dormais pas alors je suis venue voir si… Oh, Seigneur miséricordieux, Johanna, lève-toi !

Qui est là ?

Qui est cette horrible femme avec un double menton, à l'air endormi ?

Les yeux entrouverts, sortie de la somnolence des médicaments, je vois enfin les choses comme elles sont. Mais aussitôt, la mémoire vient les recouvrir d'un voile. Je ne vois plus le visage flasque, le réseau des veines rouges sur le nez, les cernes sous les yeux, les cheveux clairsemés où ne subsistent que quelques mèches, des taches brunes sur le décolleté : à travers le verre poli des souvenirs, j'aperçois toujours la jeune fille de dix-huit ans qu'elle était lorsque je l'ai rencontrée. Ses yeux sont toujours les mêmes – bleus, sereins, bien que la flamme qui les animait se soit éteinte depuis longtemps.

— Cesse de crier, Dachka… Assieds toi… Pourquoi tu ne dors pas ?

7

— IL est sept heures, Catherine, déjà sept heures. Et tout le monde dort encore ici, je vais les houspiller…

— Qu'est-ce que tu fais là, Daria ?

— Catherine Alexeïevna, tu ne te souviens pas ? Nous séjournons chez toi… Ce serait trop long de faire des allers-retours depuis Oranienbaum ou Saint-Pétersbourg. Alexandre Danilovitch et moi avons passé la nuit ici, à Tsarskoïe, pour être plus près de toi.

La toux. Dès que je prononce un mot, des caillots de sang s'échappent de ma bouche. Le premier, d'un rouge foncé, a presque la taille du poing d'un nourrisson. Je tousse, encore et encore, je ne peux pas m'arrêter. Mon Dieu, quel besoin avait Dachka de venir me déranger ? J'étais bien, allongée dans ma stupeur et dans ma merde… Au moins, je ne toussais pas…

Quand vient le moment où l'on préfère l'absence de douleur à la compagnie des autres, c'est peut-être que notre dernière heure a sonné… Même si… on ne chérissait pas grand monde en dehors de nous-mêmes… J'ai vécu tant de choses avec Daria, mais sommes-nous amies pour autant ? Est-elle venue me rendre visite, ou attend-elle quelque chose ? Était-ce de l'amitié qui nous liait tous, ou chacun se servait-il des autres tout en s'efforçant de leur être utile ?

Daria, heureusement, ne craint pas la vue du sang. Elle me nettoie. Nous en avons tant vu au cours de nos vies… Les blessures des hommes, les fausses couches, les menstrues… le sang sur l'échafaud… Les taches de sang et de cervelle sur les chemises ne sont que des broutilles quand on a vu autant de ventres étripés, de corps trucidés, de colonnes vertébrales brisées, de gorges tranchées… Après tout cela, on apprend à craindre seulement de voir couler son propre sang, et celui de ses enfants…

Daria trempe le linge dans la bassine et m'essuie la poitrine. En repoussant le drap, elle voit ce qui s'est passé. Elle attrape d'autres linges et commence à me nettoyer.

— Réveille Johanna, elle va t'aider… dis-je en toussant toujours.

— Ce n'est rien Catherine, je vais le faire, on se connaît si bien…

Daria a un haut-le-cœur, mais elle nettoie. Elle pourrait demander de l'eau chaude. Elle me frotte les cuisses avec le linge froid, c'est désagréable et elle salit plus qu'elle ne nettoie… Au contraire du sang, la merde se nettoie mieux à l'eau chaude. Si Daria ne réveille pas Johanna, c'est qu'elle préfère être seule avec moi. Elle a besoin de quelque chose… Je me trompe peut-être.

Seigneur, que nous as-Tu fait ? À force de nous accabler de malheurs toute notre vie, nous sommes devenues des chiennes battues. Nous ne savons plus accepter un peu de bonté. Quand quelqu'un se montre bon envers nous, nous craignons le coup de bâton qui suivra. Comme si personne ne pouvait faire le bien sans espérer en tirer un quelconque profit… Nous ne pouvons plus nous fier à rien… Que nous as-Tu fait, mon Dieu, pour que mon cœur grogne quand je vois Daria me venir en aide ?

Daria, Daria… Es-tu mon amie ou attends-tu quelque chose de moi ? M'as-tu été fidèle au moins une fois ou étais-tu juste une compagne de boisson ? Ton affection et ta compassion étaient-elles sincères ou était-ce seulement pour rester en bons termes avec moi qui avais l'oreille de Peter ? Avais-tu réellement pitié de moi quand tu m'as consolée la première fois qu'il m'a frappée ? Tu m'as toujours assuré que je pouvais pleurer sur ton épaule. Je ne l'ai jamais fait. Je ne pouvais pas me le permettre. Tu as dû penser que j'étais forte. Une femme venue d'Occident, choisie par le tsar. J'avais peur, c'est tout. Je devais me méfier de tous. Ici, il est impossible de montrer ses faiblesses et ses peurs, on anéantit les faibles et les peureux. On ne peut baisser la garde devant personne. Alexandre est le seul à m'avoir vue impuissante, nue et vulnérable. Et toi, Daria, tu étais toujours dans son ombre. Tu étais sa silencieuse princesse Menchikova. Encore aujourd'hui tu lui écris des lettres piquetées de cœurs. Pourtant il n'y a pas de place pour toi à sa table, ni au déjeuner ni au dîner. En cela, il ne ressemble pas à Peter, qui a toujours apprécié la compagnie d'une femme à table. Alexandre préfère manger seul qu'avec toi. Je le sais par les domestiques. Il n'y a pas de secret à la cour. Je sais tout de vos habitudes. Tout savoir est le devoir des empereurs. Le Haut Conseil secret, la police de Devier, Golovkine, tous s'espionnent les uns les autres et me rendent des comptes. Et le Sérénissime m'espionne certainement par le biais du valet Olsufiev… Mais toi, t'es-tu doutée un seul instant qu'il y avait quelque chose entre Alexandre et moi ? Peut-être. Avant que Peter n'arrive telle une tornade et que tout se mette à tourner autour de lui. Plus personne n'avait le temps de réfléchir. Même toi, Dachka, notre innocente colombe, notre chère amie depuis les premières escapades amoureuses, tu craignais surtout qu'il ne t'arrache les dents ou qu'il envoie ton Aleksachka sur le billot… Ce qui a bien failli arriver, parfois… Tu peux me remercier qu'il soit encore en vie. Qu'attends-tu de moi maintenant? J'ai déjà rédigé mon testament en faveur de ta Machka. Que veux-tu de plus? Es-tu là en amie? Notre amitié était-elle de ces camaraderies forcées entre deux prisonnières? Juste assez solide pour s'aider mutuellement à tenir. Ou à s'échapper. Mais on ne s'échappe pas de la cour impériale de Russie, on en est relâché pour être jeté aux ordures et tomber en disgrâce, comme Anna Mons. Peut-être n'as-tu jamais voulu t'échapper, peut-être étais-tu comblée de bonheur. Peut-être aussi que sans les hommes, nous aurions suivi chacune notre chemin, dans des directions opposées. Sans Alexandre, et sans Peter, nous ne nous serions jamais rencontrées.

— Catherine Alexeïevna, je suis là pour Anyuta… Elle est folle d'inquiétude, elle a si peur pour Anton Manouïlovitch… Je jure devant Dieu, je ne supporterais pas qu'Anyuta Danilovna mette fin à ses jours… Alexandre Danilovitch ne sait plus ce qu'il fait…

Ah, voilà… C'est pour Anyuta qu'elle est là. Qu'est-ce qu'elle croit? J'ai beau être impératrice, j'ai encore des sentiments. Bien sûr que je protégerai Anton face à Alexandre. Je revois Anna Menchikova avec Anton il y a dix-huit ans, en ce mois de mars à Voronej. Ils dansaient en tourbillonnant, lui bel homme, elle moins belle mais, ce soir-là, elle rayonnait d'amour… Anyuta était une fille courageuse, elle ne craignait pas son frère et se fichait qu'Antochka soit juif… L'amour avait pris le pas sur tout le reste. Je me remets à tousser avant d'avoir pu répondre à Daria.

J'entends la porte se refermer. C'est Varka. Elle se précipite vers Daria :

— Dachka, qu'est-ce que tu fais? Pourquoi tu ne

réveilles pas les domestiques ou n'appelles pas le médecin ? Ce n'est pas prudent d'être seule avec l'impératrice…

Une ombre d'inquiétude traverse le visage de Varvara. Elle est intelligente, elle ne le dit pas tout haut, mais je sais ce qu'elle pense : si j'avais rendu l'âme en la seule présence de Dachka – elle était seule avec l'impératrice quand elle a poussé son dernier soupir –, on aurait pu l'accuser. Mon testament est en faveur de la fille des Menchikov. Elle ne dit rien, mais je comprends : ma mort est proche. Tout le monde attend, tout le monde sait. La question n'est pas de savoir si je vais mourir, mais quand. Ça ne relève ni de la science ni de l'intuition : plus on a de pouvoir et moins on est libre de ses mouvements, plus on a de pouvoir et plus on est visible – c'est le prix à payer. Les courtisans servent toujours de témoins : si l'un d'eux se trouve dans la chambre de l'empereur, il en faut un deuxième, qui n'ait pas de lien avec le premier. Plus il y a de domestiques et de courtisans, plus on est en sécurité. Chacun étant prêt à poignarder son prochain dans le dos, ils ont intérêt à se surveiller les uns les autres. Et chacun voulant tirer la couverture à soi, la vie à la cour est tendue comme le tissu d'une tente impériale. Une méfiance permanente plane au-dessus de nous comme un nuage avant la tempête. Tout n'est que soupçons et fourberies. Ce que personne ne sait, c'est si je souffre d'une maladie ou d'un empoisonnement… N'importe qui aurait pu m'empoisonner. Un domestique. Dachka… Alexandre… N'importe qui. Quelqu'un à qui ma mort serait utile. Suis-je encore utile à quelqu'un vivante ? Je ferais mieux de ne pas me poser cette question.

Quand Varvara secoue Johanna, cette dernière ouvre les yeux en marmonnant puis se lève d'un bond, tel un officier allemand. Varka ressemble à un char funèbre : elle est vêtue de noir, un voile de dentelle dissimulant sa bosse. Elle n'a presque pas changé, notre Varka. Comme si elle avait passé sa vie dans un bocal du cabinet de curiosités. Suspendue dans le temps, entre deux âges. Elle qui a toujours été laide est aujourd'hui mieux conservée que Daria et moi. Son visage est lisse, lumineux, les contours de sa bouche ne sont pas striés de petites rides amères, et elle a le regard encore plus vif que lorsqu'elle était jeune. Il y a deux raisons à cela : elle n'a pas eu d'enfants et elle n'a pas bu. Varka n'a pas eu à boire à chaque toast que portaient les hommes lors des festins. Elle n'a pas eu besoin de noyer dans une rivère de vin ou un lac de vodka la douleur d'avoir été trahie ou le supplice de la perte d'un enfant. Toute sa vie, elle a prié, lu des livres, elle s'est occupée des enfants de Daria et des miens et s'est instruite avec eux. Elle a appris les langues, la géographie et surtout l'histoire. Quand un malheur arrive, elle est capable de le relier à l'histoire romaine ou aux Saintes Écritures. Elle sait que nos malheurs ne sont pas uniques, ce qui la rend moins seule et la réconforte. Elle disait à Peter : « Les choses paraissent différentes quand on les regarde avec le recul de l'Histoire. » Il l'écoutait et la respectait. Il la taquinait mais il l'appréciait, la considérait presque comme son égale. L'Histoire permettait de faire le tri entre ce qui était important, éternel, et ce qui ne l'était pas. Un peu à l'image de cette icône de Polotsk dérobée par Alexandre. On pouvait la voler, y enfoncer autant de clous qu'on voulait, elle était indemne.

Pendant que Johanna court chercher des domestiques, Varka me prend par la main :

— Catherine Alexeïevna, Matouchka Impératrice... Anyuta...

Une nouvelle quinte de toux m'empêche de lui répondre, mais je ferme les yeux et lui serre la main. Elle comprend, serre plus fort la mienne et, avec des larmes dans les yeux, l'embrasse. Je suis émue aussi. Varka n'a jamais essayé de me flatter, elle est sincère. Elle est une pièce d'or, pas une quelconque monnaie d'échange. Nous nous sommes toujours comprises sans avoir besoin de parler. *Meine Hoffraülein.* Que ferais-je sans elle ? J'aurais dû la décorer de l'ordre de Sainte-Catherine, à la place de Dachka.

Les servantes entrent dans la chambre en chuchotant : Johanna, Tanka Kobyliakova encore somnolente, Ustinia, Akulina et Fedoria, la *portomoïka* – celle-là est responsable de mes dessous, et de rien d'autre. Le *Kammerherr* Matveï Olsufiev trépigne devant la porte. Il ne peut pas entrer, pas tant que l'on me nettoie avec des linges et de l'eau chaude et que l'on me change. Mais les servantes travaillent vite et en silence, elles ne bavardent pas en présence de Johanna, qui a su imposer son ordre allemand. On n'entend que les oiseaux gazouiller derrière la fenêtre et le tic-tac de l'horloge.

Le temps doit s'écouler différemment pour Antonio de Vieira. Depuis combien de temps est-il enfermé et interrogé dans la forteresse Pierre-et-Paul ? Cinq jours, une semaine ? S'il est encore vivant… J'espère qu'ils ne l'ont pas attaché sur le *dyb* de torture. Il aura du mal à étreindre son Anyuta si ses bras ne sont plus attachés à ses épaules. Quand je pense qu'il était sénateur, commissaire de police à Saint-Pétersbourg, général-major, un oiseau du nid de Peter, et que maintenant il dépend de la grâce de ses subordonnés, du commandant de la forteresse et de Menchikov. Il faut aider Antochka. Et Anyuta… C'est une fille forte, la rage de son frère ne lui fait pas peur. Et Antochka doit l'aimer sincèrement, car depuis le début cet amour ne lui a apporté que des malheurs. Remarquant que le ventre de sa sœur grossissait, Alexandre, ce *svolotch*, a été rusé : plutôt que de réprimander sa sœur ou de la menacer, il a suivi Anton et l'a pris sur le fait. Antonio s'est comporté comme un homme, il ne s'est pas dérobé, il a juré son amour, fait une révérence et demandé la main d'Anyuta à son frère. Alexandre est entré dans une colère noire, il a commencé à lui taper dessus et ils se sont battus. Les domestiques ont accouru, le Sérénissime a ordonné qu'on attache Devier et qu'on le fouette jusqu'à ce que mort s'ensuive. Anyuta, enceinte, s'est alors précipitée pour implorer la grâce de Peter, se jetant à ses pieds et sanglotant : « Batouchka, Votre Majesté, peu m'importe qu'il soit juif et portugais, il serait nègre ce serait pareil ; il est droit, c'est un bon soldat, il donnerait sa vie pour Votre Majesté le tsar… Dieu m'a envoyé cet homme, il est tout pour moi. Qu'est-ce que je ferais d'un boyard que je n'aimerais pas, même s'il descendait de la lignée des princes Riourikides ? » Anna avait trouvé les mots pour convaincre Peter… Anton s'est alors traîné jusqu'à Peter pour implorer son aide – il faisait peur à voir, il ne pouvait plus ouvrir les yeux tellement il avait pris de coups. Peter a promis de l'aider et l'a calmé : « Anton Manouïlovitch, Aleksachka t'a refusé la main de sa sœur, mais à moi il ne pourra rien refuser. » La discussion qui a suivi entre Peter et Alexandre a été longue et orageuse, et Anyuta et Varka ont longtemps pansé les plaies d'Antochka… mais la parole de Peter était sacrée, et Anyuta et Anton ont été mariés. Les jeunes époux ont été envoyés pour un temps à Reval, où Devier a été promu commandant de la forteresse, loin du regard d'Alexandre. Mais Alexandre était rancunier – il ne pardonnait jamais à ceux qui s'étaient mis en travers de son chemin. Jamais. Il les détruisait. Or un juif avait ravi sa sœur, qu'il espérait marier à un parent du tsar afin d'élever la dynastie Menchikov. Encore aujourd'hui, Anyuta et Anton payent le prix fort pour leur amour. Je dois les aider. Peut-être que je peux encore sauver quelqu'un.

Je vais faire mon possible pour cet amour. Et puis, Anton a offensé Alexandre, pas Peter, auquel cas j'aurais eu du mal à le sauver. J'ai encore Johann Cruse sur la conscience… Quel crime avait-il commis ? Même pas celui de l'amour. S'il n'y avait pas eu la guerre – s'il n'y avait pas eu les ambitions de Kristina Emerentia –, si je n'avais pas croisé son chemin – si je ne m'étais pas trouvée sur les marches du Kremlin au pire moment… Quelques jours après la naissance de Lizenka, Peter faisait une entrée triomphale à Moscou à l'occasion de la victoire de Poltava. Emmitouflée dans des fourrures, scintillant de diamants, je regardais Peter chevaucher sous les sept arcs de triomphe, sa couronne de laurier dorée sur le front, les jeunes filles lancer des branches de sapin à ses pieds et les femmes sourire aux gardes à cheval des régiments Preobrajensky et Semionovsky. Peter était beau, majestueux, un véritable empereur ! Il a ensuite gagné le Perron Rouge et, avec toute la cour, nous avons regardé les prisonniers suédois avancer en une longue colonne. Le triomphe était immense et, devant cette procession, j'ai saisi l'importance de la victoire de Poltava : Peter, Alexandre et Cheremetiev, avec des forces trois fois plus nombreuses que celles de l'ennemi, avaient vaincu les Suédois et le traître Mazepa. Le roi de Suède avait été blessé et avait réussi à s'échapper de justesse avec Mazepa, mais les Russes avaient fait prisonniers de nombreux généraux et chefs de guerre, et environ dix-sept mille soldats. En haillons, pitoyables, ces derniers avançaient derrière les trois cents drapeaux suédois saisis pendant la bataille, qu'on faisait traîner dans la neige boueuse. On entendait leurs tambours rouler tristement et leurs clairons lancer de longues plaintes, les Suédois étaient forcés de défiler en l'honneur de leur propre défaite. Soudain, comme dans un rêve, j'ai vu un clairon jeter sa trompette dans la neige, courir vers moi et crier en suédois : « Marta ! Marta ! C'est moi ! » jusqu'à ce qu'il s'étale sur la glace et se fasse emmener par les soldats russes. Je l'ai reconnu à sa tache de naissance : huit ans avaient passé, mais c'était bien lui, sans aucun doute, mon mari de Marienbourg, Johann Cruse. J'ai senti mes jambes flageoler, mais très vite je me suis rappelé que personne, parmi les nobles autour de moi, ne savait qui était Marta. Personne, à l'exception de Peter et d'Alexandre, qui venait de souffler quelque chose à l'oreille du tsar. J'ai regardé devant moi. Sans rien laisser paraître sur mon visage.

Qu'aurais-je pu faire pour Johann ? Il a dit tout ce qu'il ne fallait pas dire quand ils l'ont interrogé. Même si en Russie on vous fait dire ce qu'on veut dans un interrogatoire. Il a dit la vérité, voilà tout.

Peter ne m'a pas laissée l'approcher. Il m'a seulement lu le compte rendu de l'interrogatoire quand il l'a reçu. J'étais sa femme et l'apparition de mon premier mari était un problème pour nous deux. D'après le compte rendu, le clairon avait cru pendant tout ce temps que son épouse d'une semaine, Marta Skowrońska, était morte, personne ne l'ayant revue après l'assaut de Marienbourg. Il avait même écrit au consistoire luthérien de Pärnu pour demander l'annulation du mariage, car le pauvre homme projetait d'épouser la fille d'un meunier. Mais personne ne pouvant confirmer que j'étais morte, on lui avait demandé d'attendre les sept ans d'usage. Au lieu de cela, cet idiot s'est vanté d'avoir reconnu son épouse de Marienbourg, Marta Cruse, à côté des courtisans de Pierre Ier. Il a supposé qu'elle était une dame influente à la cour.

« Catherine, tu comprends j'espère que le clairon doit disparaître ? »

Je savais ce que signifiait « disparaître » dans la bouche de Peter. La peine de mort, sans jugement. Ni crime.

Ç'a été une année difficile : Avdotia, Voronej, les accès de colère, les voyages incessants, la maladie et les longues périodes sans nous voir. À l'automne, quand Peter est parti se soigner avec les eaux curatives et quand j'étais coincée sur les routes lituaniennes en direction de Moscou, j'ai senti notre amour s'éteindre, je craignais de ne plus être dans ses grâces. Je me suis mise à écrire des lettres humiliantes : j'écrivais que je me sentais triste sans son amour, que je l'aimais même lorsque sa colère s'abattait sur moi. Je tentais de le séduire, de l'amuser, de le retenir, tout cela avec des mots que j'étais incapable d'écrire moi-même… Comment être sûre de ce qu'Anissia transcrivait ? Quand il a accouru auprès de moi et s'est réjoui de la naissance de Lizenka, il semblait que tous les doutes et toutes les discordes appartenaient au passé. Et c'est là qu'un obstacle a surgi. Un obstacle en chair et en os, du nom de Johann Cruse. Quand le tsar envoie la tsarine au couvent et que les popes appellent cela un divorce, c'est une manœuvre politique. Quand le tsar épouse son amante en toute confidentialité, il s'agit d'un secret. Mais quand le tsar épouse une femme dont le mari est encore vivant… il s'agit d'un crime contre Dieu. Contre l'Église orthodoxe. Contre l'Église luthérienne. Et d'une honte devant toute l'Europe. Mais si l'homme en question, trop bavard, disparaît sans laisser de traces, sans avoir eu le temps de claironner quoi que ce soit, alors il n'y a plus de crime. Ne restait qu'à nettoyer, aussi habilement que discrètement, la fange impériale. De la même manière que les domestiques me nettoient maintenant.

Que pouvais-je faire ? Je ne souhaitais pas provoquer le courroux de Peter et revivre les disputes et les colères de l'année précédente. Mais je ne pouvais pas laisser mourir Johann, qui n'était coupable de rien, si ce n'était d'avoir ressurgi dans ma vie au mauvais endroit et au mauvais moment. Je ne voulais pas avoir un tel péché sur la conscience. Le Seigneur me surveillait – en me convertissant à la foi orthodoxe, j'avais donné ma parole que je m'efforcerais de tenir Peter éloigné de l'obscurité.

J'ai réussi à le convaincre que nous avions péché par ignorance, et qu'il ne fallait pas ajouter une vie assassinée sur notre conscience.

Johann Cruse est parti quelques jours après, sans bruit, vers un lieu inconnu en Sibérie. Il a vécu là-bas encore onze ans. Si on peut appeler cela vivre…

Théophane Prokopovitch m'a consolée en me disant que, de toutes les peines infligées par Peter, la déportation en Sibérie était la plus clémente. Une sorte de purgatoire. Ceux qu'on y déportait travaillaient pour la Russie, œuvrant pour le bien de leur pays en plus de se repentir et de prier. Les moines diffusaient la parole du Seigneur, les enseignants enseignaient, on bâtissait des villes et des villages, abattait des forêts, repoussant toujours plus loin les pions qui, sur une carte, délimitaient les frontières de la Russie. Le plus souvent, les déportés suédois ne revenaient jamais, a-t-il ajouté. Ils travaillaient, vivaient, chantaient et jouaient de la musique, parce qu'il y avait même un orchestre de déportés. La Sibérie était, pour ces malheureux, la possibilité de se racheter et de se rendre utiles. Un purgatoire.

Mais la Sibérie était tout sauf un purgatoire. C'était les limbes. L'antichambre de l'enfer. On n'en revenait pas vivant sans l'aide du Seigneur Jésus. Ou du tsar. Comme dans les limbes, lorsque vous vous y retrouviez, la Russie vous oubliait, vous n'existiez plus. Les seuls revenants de Sibérie que j'ai pu voir donnaient l'impression de revenir de l'enfer : grisonnants, édentés, doigts et orteils mangés par le froid et seulement quelques restes de lucidité.

Johann Cruse a dû me maudire. J'aurais peut-être commis un péché moins grave en le laissant mourir. La mort passe en un instant, contrairement à onze années de supplice en Sibérie. Onze années à vivre dans le néant, surveillé et utilisé pour la force de vos bras – alors que vous n'existez déjà plus.

En 1721, nous avons reçu le rapport du surveillant indiquant que Johann Cruse était mort. L'affaire était réglée.

Seigneur, j'ai voulu éviter le pire : je ne voulais pas qu'on l'assassine par ma faute. J'espère qu'il ne m'a pas maudite d'avoir eu la vie sauve...

Antochka Devier, s'il a de la chance, restera lui aussi en vie et partira pour la Sibérie. Que Dieu lui vienne en aide.

Que puis-je faire de plus pour Devier? Pour contrer Alexandre? Quel démon le pousse à s'acharner contre Devier? Le Seigneur voit tout, je crains qu'Alexandre s'étouffe avec sa propre rancœur...

Johann a été la première personne à qui j'ai sauvé la vie. Anton sera peut-être le dernier. Seulement, en sauvant Johann Cruse, j'étais convaincue d'agir pour le mieux. Aujourd'hui, je n'en suis plus si certaine. C'était peut-être moi que j'essayais de sauver, d'empêcher de devenir folle. Mon combat silencieux et acharné. Une vie de combat contre Peter.

J'ai remercié Peter de sa clémence en déployant des trésors d'affection. À la vérité, c'était aussi dans un moment de passion que j'avais obtenu la grâce de Johann. Un homme ne vous refuse rien quand vous tenez tendrement en bouche le canon de son amour. J'avais sauvé Johann et nous l'avons oublié. La fête a repris, Peter faisait des farces : quelques jours après leur défaite, les commandeurs suédois ont été amenés au Kremlin, dans le palais à Facettes, l'ancien palais des tsars. Là, au lieu de l'immense tsar qu'ils avaient aperçu lors de la bataille de Poltava, ils ont trouvé un vieux type saoul, poilu et flasque, Romodanovski, le prince-césar du Synode pochard. C'était à lui que Cheremetiev, Menchikov, et même Peter, faisaient leur rapport de la bataille. Les généraux suédois ont dû être surpris… On a alors retiré les paravents, les tables pleines de victuailles et de candélabres sont apparues, et chacun s'est jeté dessus, la beuverie pouvait commencer. Avant chaque toast, le maître de cérémonie de Peter tirait au pistolet par la fenêtre, et des coups de canon retentissaient à l'instant où nous levions nos verres. Après les toasts, nous avons admiré un feu d'artifice. Ça devait coûter cher, mais nous pouvions nous le permettre. Les impôts levés pour la guerre rapportaient, nous collections bien plus d'argent qu'auparavant. Tout était désormais soumis à l'impôt : à celui sur la barbe s'est ajouté celui sur les moustaches. Les pantalons, les chapeaux et les chaussures en cuir étaient taxés. Ne pas porter ces habits était puni par la loi, mais pour les revêtir, il fallait verser de l'argent au tsar et au pouvoir. Les Russes ne pouvaient plus se cacher, on venait collecter les *nalogi* dans tous les foyers de Moscou. Pas un lit, pas un banya, pas une taverne, pas une cheminée n'étaient négligés. Fuir la ville était impossible : les chevaux, les attelages et le cuir aussi étaient taxés. Il fallait même payer un impôt pour noyer ses chagrins une fois que l'État s'est mis à taxer la vodka, le vin, la bière et l'hydromel. Fabricants et bouilleurs étaient surveillés de près ; en plus de percevoir les impôts, les fonctionnaires touchaient des pots-de-vin. Car celui qui avait la mainmise sur la vodka avait la mainmise sur le peuple. On payait un impôt pour le cornichon qu'on mangeait en buvant, pour les noix, le miel, la rhubarbe, les courges, le saindoux et le suif, la résine, la craie et la chaux, le tabac et les jeux de cartes. Il était impossible de boire de l'eau sans avoir affaire au pouvoir et aux *nalogi* : l'eau potable était une source de revenus pour le Trésor. Et pas d'échappatoire non plus dans la mort : enregistrer un décès, une naissance, un mariage ou un héritage était inévitablement taxé. Enfin, tout document officiel, qu'il soit juridique ou commercial, devait être rédigé sur du papier à en-tête portant le sceau du tsar, lui aussi taxé. Les caisses du Trésor s'étaient remplies, nous pouvions nous permettre de puiser des dizaines de milliers de pièces d'or pour célébrer le triomphe de Poltava en tirant un feu d'artifice. Les roues de Catherine tournoyaient et répandaient des étincelles dorées dans toutes les directions en l'honneur de Peter et de la Russie.

Poltava a tout changé. Après cette victoire et la défaite du mal-aimé Charles XII, l'Europe a commencé à nous regarder d'un autre œil, à nous prendre au sérieux. L'Europe a compris que la Russie était une puissance. Une puissance sauvage, barbare, qui remportait ses victoires uniquement par la force du nombre – mais une puissance. À l'été 1710, quand les Russes ont assiégé Vyborg, puis Riga – tant détestée par Peter – et enfin Reval, il ne restait plus une forteresse suédoise en Livonie ni en Estonie. Toute la rive baltique depuis la Courlande appartenait aux Russes. Peter souhaitait voir un homme de confiance à la tête de ce territoire ; il a arrangé le mariage d'Anna Ivanovna – la fille de l'abominable tsarine Prascovia Saltykova, veuve de son frère Ivan – avec le prince de Courlande, Friedrich Wilhelm. Ce dernier n'avait aucune envie d'épouser une horrible Russe, certainement recouverte de fourrure ou d'écailles. Mais personne n'a écouté ses protestations. Son oncle Friedrich, le roi de Prusse, l'y a encouragé. Au nom de la diplomatie, l'Orient et l'Occident devaient s'unir dans la couche royale et concevoir des héritiers. C'était la volonté de Peter, le vainqueur de Poltava, de voir naître une nouvelle race de souverains, moitié russes et moitié européens. Pour la première fois, un gouvernant occidental acceptait dans son lit une fiancée de la si peu désirable lignée des Romanov, et c'était là la meilleure reconnaissance de la nouvelle puissance de Peter.

Le mariage d'Anna et de Friedrich Wilhelm, fin octobre 1710, a été la première fête à la fois étatique et citadine célébrée à Saint-Pétersbourg. En l'espace de quelques années, le paradis avait pris forme, surtout depuis que la menace d'une attaque suédoise s'était éloignée. Les palais de pierre et de brique sortaient de terre les uns après les autres, on construisait d'innombrables quais, les flèches des tours et les mâts des navires s'élançaient vers le ciel. Notre première demeure en bois hollandaise, le palais d'Hiver, paraissait très modeste au milieu de tous ces nouveaux bâtiments, si bien que, l'année suivante, Peter déciderait de la reconstruire en brique, au même endroit, sur la rive de la Neva, près du canal d'Hiver. La demeure d'Alexandre sur l'île Vassilievski était achevée : on aurait dit que le palais de Słuszko avait été transporté depuis Vilnius comme par magie. Ses avant-corps proéminents étaient coiffés de la couronne du prince lituanien ; à l'arrière, on était en train d'aménager des jardins à l'italienne ; l'architecte du palais, Fontana, était de la même famille italienne que l'architecte du roi de Pologne. À l'intérieur, on retrouvait les goûts d'Alexandre et sa révérence pour son ami couronné : la lettre P entrelacée à l'infini sur la rambarde de l'escalier, le portrait du jeune Peter, à l'époque de leur voyage à travers l'Europe… Le reste était une imitation des palais lituaniens, en plus somptueux, en plus grandiose : des carreaux de faïence de Delft d'une grande valeur, des meubles italiens, des tapisseries françaises, des commodes et des vases japonais et des tentures de soie chinoise représentant des hommes et des dragons, apportés de sa maison de Moscou. Il possédait tant de belles choses que tout ne rentrait pas dans le palais et qu'il avait décidé de construire de nouvelles ailes pour les accueillir. Pris d'une folie de construction, il s'était mis à bâtir, sur les terres offertes par Peter à l'extérieur de la ville, un palais encore plus grand, Oranienbaum, avec non plus un jardin, mais un parc. L'île Vassilievski était devenue trop petite depuis qu'elle abritait son palais lituanien – l'eau lui imposait des limites, et il n'avait jamais aimé ça. Les limites, pour Alexandre, ne servaient qu'à être dépassées et à prouver que rien ne lui était impossible. Peter, lui, ne connaissait pas de pire torture que de devoir décider de l'aspect ou de la couleur d'une chose. La beauté des formes ne lui apparaissait que lorsqu'il rabotait ou façonnait un objet lui-même, sur son établi, dans son atelier au rez-de-chaussée de notre maison. Il ne discutait donc pas des questions de décoration ou d'architecture avec Danilovitch, et se laissait surprendre. Ce qu'Aleksachka ne manquait pas de faire. La maison de Peter était petite et modeste, destinée à notre vie à deux. Celle d'Alexandre était digne d'un roi, pourtant il n'a cessé d'affirmer qu'il ne construisait pas pour lui, mais pour Peter, que sa maison de feld-maréchal et de gouverneur général était celle de son souverain dont il n'était que l'humble serviteur. Et ses maisons servaient en effet de lieu de représentation : tous les bals que donnait le tsar, à Moscou ou à Saint-Pétersbourg, avaient lieu chez le Sérénissime. Le mariage d'Anna Ivanovna n'a pas fait exception.

Pierre n'avait exigé qu'une chose : qu'on s'amuse après la cérémonie solennelle. On ne laisserait pas les jeunes mariés s'en aller vers la Courlande sans avoir festoyé comme il se devait, et personne ne repartirait sobre. Les feux d'artifice n'ont pas été les seuls à faire des étincelles : nous avons aussi eu droit à quelques rituels du Synode pochard, le bal masqué ainsi qu'une pièce de théâtre mettant en scène le mariage du nain Yakim Volkov. Peter avait ordonné à Romodanovski de s'assurer que les nobles envoient leurs nains à Saint-Pétersbourg – et pas seulement ceux de Moscou, mais ceux de leurs propriétés à l'extérieur. Ce mariage devait prouver aux Courlandais que les Russes savaient faire la fête aussi bien que les Européens. Durant les préparatifs, les nains, venus de toute la Russie, ont été enfermés dans des cages, comme des animaux mangeant, buvant et se soulageant dans leur enclos, même si la plupart du temps ils mouraient de faim en gémissant. Jeunes et vieux, femmes et hommes, et leurs enfants. Une naine venue de Novgorod, accrochée aux grilles de sa cage, se lamentait d'être séparée de son fils de deux ans. Il était de taille normale et n'avait pas été amené à Saint-Pétersbourg avec elle. On percevait dans ses yeux le désespoir et la tourmente. Personne n'avait daigné leur expliquer pourquoi ils étaient là et la plupart d'entre eux étaient convaincus que le tsar Antéchrist allait les exécuter.

J'ai dicté à Anissia Kirilovna mon premier ordre, à l'attention de Romodanovski, demandant qu'on explique à ces petites personnes qu'elles ne couraient aucun danger, qu'elles allaient participer à une fête, une *machkara*, pour laquelle elles recevraient de l'argent. J'ai aussi ordonné qu'on leur apporte de l'eau et de la nourriture.

Seulement Anissia a écrit « fourrage » au lieu de « nourriture ». Pour elle, les nains étaient des bêtes, des animaux à forme humaine, des curiosités avec lesquelles se distraire. Pour moi, ils étaient des êtres humains. Cette femme séparée de son enfant avait des yeux humains et une âme chrétienne. Ce n'était pas sa faute si elle était née plus petite, avec des articulations tordues et des membres difformes. Tout comme Peter n'avait pas choisi d'être si grand. Ni de naître avec une âme torve. Et pourtant, personne ne doutait qu'il soit humain. Pourquoi en irait-il différemment pour les nains ?

Si seulement j'avais su lire ou écrire. Je ne pouvais pas deviner qu'Anissia avait écrit « fourrage ». Je l'ai compris lorsque Peter m'a remerciée d'avoir approvisionné les nains en fourrage, évitant ainsi qu'ils crèvent avant la fête. Il s'en était fallu de peu que Yakim Volkov et sa fiancée n'aient ni garçons ni demoiselles d'honneur, mais grâce à moi ils auraient un cortège de soixante-douze nains qui, de l'avis général, n'étaient pas des hommes mais des erreurs de la nature, des brouillons du Seigneur, des homoncules, des essais de laboratoire échappés du cabinet de curiosités de Dieu.

Beaucoup d'entre eux valaient pourtant bien mieux que les jeunes époux de sang royal. Anna Ivanovna et Friedrich Wilhelm n'étaient pas les meilleurs spécimens de reproduction des dynasties orientale et occidentale. Le Seigneur n'avait été généreux qu'en rondeurs avec Anna Ivanovna. Elle avait dix-sept ans et ressemblait déjà à un tonneau : un petit cou, de grosses bajoues et une coiffure prétendument inspirée d'une quelconque mode étrangère. Le devant était convenable, mais deux tresses pendouillaient sur le côté telles des saucisses. Sous le diadème en diamants, un front bas et deux yeux de rat, comme ceux de sa mère ; on n'y lisait pas de cruauté, plutôt de la peur. Elle allait vers l'inconnu, l'inconnu de la vie conjugale mais aussi d'un pays étranger, la Courlande, où elle avait été promise à un prince, âgé de dix-sept ans lui aussi et bien en chair, pour ne pas dire obèse, qui s'intéressait très peu à l'affaire. Ce qui l'intéressait se voyait à son visage rougeaud, à son nez violacé qui n'avait rien à envier à celui du vieux Nikita Zotov, le « pape » archiprince qui s'imbibait de vodka depuis près d'un demi-siècle.

À l'occasion de ce mariage, les émissaires européens ont envoyé à leurs souverains des rapports – rapports qui, avant de sortir de Russie, devaient être lus par les gens du secrétaire Chafirov –, où les jeunes mariés étaient surnommés le Jambon de Westphalie et le Veau. Les choses auraient pu tourner plus mal, sachant que la mère de la mariée, Prascovia Saltykova, était capable de brûler vifs ses domestiques, mais elle s'est contentée de malmener ses servantes, de leur crier dessus et de les bousculer comme à son habitude, et les premières noces royales célébrées dans la ville de Peter se sont déroulées sans heurts. La cérémonie a eu lieu dans le palais des Menchikov, elle était dite en russe et en latin, le secrétaire de Juel, l'envoyé du Danemark, traduisant tout à voix haute pour les Courlandais qui ne comprenaient pas un mot de russe. Peter présidait la cérémonie, vêtu d'une cape de velours rouge doublée de fourrure de zibeline, avec un justaucorps brodé de fils d'or et une immense perruque de boucles blanches à la mode française. On ne le voyait jamais apprêté ainsi. Il avait beau avoir les yeux tournés vers l'Europe, les vêtements européens lui allaient si mal qu'il avait toujours l'air déguisé.

Peter était si mal à l'aise dans cette tenue qu'après les toasts et les feux d'artifice, il a envoyé d'un coup de pied sa précieuse perruque quelque part sous une table. Je l'ai trouvé plus beau sans. Maintenant qu'il s'était montré à tous les envoyés en maître de cérémonie, il pouvait enfin redevenir lui-même, un capitaine. Trois jours plus tard, nous avons procédé au mariage de Yakim Volkov, présidé par le plus petit de tous les nains. Ce dernier a ouvert le défilé dans l'église, suivi par Volkov dans ses habits luxueux, qui avaient coûté vingt-sept roubles, et sa promise, elle aussi parée d'une somptueuse robe taillée pour une poupée. Les soixante-dix autres nains portaient également de riches habits à la mode allemande et, comme les tuyaux d'un orgue, ils étaient rangés par taille. Le pope a demandé à Volkov s'il voulait prendre sa fiancée pour épouse, et Volkov a répondu d'une voix émue, en la regardant avec tendresse : « Oui, et je n'en voudrais aucune autre. » Un ricanement a parcouru l'église. Puis le pope, s'adressant à la fiancée, a voulu savoir si elle n'était pas promise à un autre homme. Elle n'a pas caché son étonnement face à cette question absurde, et elle a répondu d'un ton aussi sincère que celui de Volkov : « Ce serait la meilleure ! » provoquant l'hilarité. Même le pope n'a pas réussi à garder son sérieux. Peter devait couronner le jeune marié. Mais il était si grand et le nain si petit qu'au lieu de lever les bras il a dû se pencher pour tenir la couronne au-dessus de la tête du nain. Voyant cela, toute l'assemblée – les Russes, les Courlandais, les nobles, les envoyés et les officiers, leurs épouses et leurs suivantes, les princesses et les princes, les boyards et leurs domestiques – a éclaté de rire dans l'église. Des bateaux à voile nous attendaient à la sortie de la cathédrale Petropavlovsk pour nous emmener sur l'île Vassilievski : là, dans le palais des Menchikov, dans la salle même où nous avions fêté l'alliance solennelle du Jambon et du Veau trois jours auparavant, les tables étaient à nouveau dressées et disposées en un carré au milieu duquel se trouvaient des petites tables rondes pour les nains, afin que les invités nobles et respectables puissent admirer le mariage miniature. Peter s'est amusé à faire servir aux nains de la vodka dans des verres assez grands pour terrasser un géant. Naturellement, les nains se sont saoulés en un instant, ils ne tenaient plus sur leurs jambes tellement ils étaient ivres. Les plus amusants étaient ceux qui venaient des plus lointains villages. Une naine qu'Alexandre avait autrefois offerte à sa femme, et que Daria avait appelée Grand Perroquet, est tombée dès le premier verre. On a ordonné aux autres de danser à la russe, en s'accroupissant, ce qu'ils ont fait jusqu'à onze heures du soir en titubant. La plupart finissaient par terre dans leur propre pisse, entourés de bris de verre. L'une d'entre eux était si ivre qu'elle s'est mise à courir éperdument, s'est jetée sur un coin de table comme si elle voulait se tuer et s'est écroulée, la tête en sang. J'espérais que ce n'était pas la pauvre naine de Novgorod, mais c'était difficile à dire : je ne l'avais aperçue qu'une fois, et c'était avant qu'ils soient tous habillés à l'européenne, cachés sous des perruques. Ils se ressemblaient tous, malgré leurs difformités différentes.

Peter s'esclaffait, cela faisait longtemps que je ne l'avais pas vu aussi gai. De nombreux invités, abreuvés de force, étaient si avinés qu'ils riaient aux larmes en montrant les nains du doigt. Peter, aussi ivre que les autres, étreignait l'envoyé du Danemark, et se frappait les cuisses en disant que tout cela lui rappelait sa propre cour : une ribambelle d'erreurs de la nature habillées à la dernière mode occidentale.

« Ivres et couvertes de pisse et de sang, ai-je ajouté. Existe-t-il une cour du tsar qui ne soit pas un bain de sang ? » J'étais moi-même tellement saoule que je n'avais plus aucun discernement.

« Écoutez-la un peu, s'est moqué gentiment Peter. La tsarine a parlé ! Bientôt tu auras ta propre cour, on verra si tu arrives à la nettoyer de son sang, de sa pisse et de sa merde. On verra comment tu t'en tires. J'imagine que vous vous mettrez tous à chier des violettes et des roses ! Maintenant, allons danser, Catherine, allons regarder le feu d'artifice.

— Ce qui est sûr, c'est que personne fera tache, n'oublie pas que je suis une *portomoïka* », ai-je répondu en riant.

Il a éclaté de rire.

Peter appréciait les gens qui avaient de la repartie et ne se prenaient pas au sérieux. Nous avons beaucoup dansé ce soir-là. Et pour la première fois, devant tout le monde, il m'a appelée sa femme. Je devais rester prudente et ne pas gâcher son humeur.

Mais il n'y a pas eu de feu d'artifice. Alexandre et Daria venaient d'apprendre que le jeune prince Menchikov, Luka Piotr, le filleul de Peter, était gravement malade, nous étions priés de ne pas faire de bruit et nous sommes partis continuer la fête dans notre palais d'Hiver en bois, où Peter a prêté notre chambre et notre grand lit à Yakim Volkov et à sa fiancée. Avec les Courlandais et les envoyés étrangers, nous avons continué de boire dans la salle, jusqu'à ce que Peter ordonne qu'on aille observer la nuit de noces des nains. Il affirmait que c'était par intérêt scientifique. J'aurais voulu ne pas regarder ; notre petit groupe en train de les observer était aussi laid que ce qu'ils faisaient. Je ne trouve pas d'autre mot : laid. Autant la beauté est parfois à couper le souffle, autant ce que nous faisions était l'exact contraire, c'était d'une laideur stupéfiante, dont on ne pouvait, malgré tout, détacher les yeux. Je n'arrivais pas à croire que je me tenais là, avec les autres, sans rien oser dire. Le Seigneur est témoin de ma lâcheté. J'avais honte, plus encore que lorsque j'ai été emmenée, à moitié nue, sur la place de Marienbourg. Mais j'ai compris ce soir-là que le fardeau de la honte est moins lourd quand on le porte à plusieurs. Ce qui était effrayant, c'était de sortir du lot et de tenter de résister. Voilà pourquoi les crimes les plus honteux ne sont jamais commis par des individus mais par la foule. Ceux qui essayent de résister aux pulsions de la foule deviennent des saints, même si la plupart du temps, la foule les anéantit.

Peter ne ressentait aucune honte. Il n'avait honte que du retard de la Russie, jamais de lui-même. Je crois qu'il se sentait tout-puissant face aux nains : il pouvait jouer avec eux et leur destin, les observer à tout moment, tel un dieu tout-puissant. Un dieu qui n'aime pas ses esclaves. Qui se contente de les diriger. Voilà pourquoi Peter avait besoin des nains pour se sentir grand.

Cette nuit-là, nous n'avons finalement pas tiré de feu d'artifice, nous n'y avons plus pensé.

À l'aube, nous avons appris que le petit Luka Piotr Menchikov avait succombé à la fièvre durant la nuit. Il n'avait pas un an.

J'y ai vu une punition de Dieu pour ce que nous avions fait. Certains nains, dont le Grand Perroquet de Daria, s'étaient blessés à mort lors de la cérémonie. J'étais certaine que celle qui s'était cogné la tête était la naine de Novgorod, séparée de son enfant. Parfois, on sait les choses sans les savoir. Si ce n'était pas Dieu qui nous punissait, c'était le pire lendemain de beuverie qui soit, et tout me semblait aussi lugubre qu'un châtiment du Seigneur.

Les jours qui ont suivi, j'ai tenté de consoler Daria. Je comprenais sa douleur… Elle errait dans son nouveau palais en pleurant, persuadée qu'il était maudit et qu'elle ne pourrait jamais y vivre. Je savais qu'elle le pourrait : « Ne dis pas de sottises, Dacha, tu y arriveras. » Perdre un enfant était comme perdre un membre, je le savais. Soudain, il n'existe plus, et il n'y a plus à sa place qu'un éternel manque, un vide dont les infirmes disent qu'il les fait parfois souffrir. Mais lorsqu'on ne peut plus marcher, on apprend à claudiquer. Ce jour-là, après la perte de son enfant, Alexandre allait et venait, le visage fermé. Ce n'était pas la première fois que je le voyais comme vidé de toute vie. Peter lui a servi son futile « Dieu a donné, Dieu a repris ». Mais il avait trop mal à la tête pour réconforter son ami. Il avait déjà le crâne en bouillie, sans y ajouter le malheur d'Aleksachka.

La naine Volkova, la jeune mariée, est morte un an plus tard en accouchant de son premier enfant. Les nobles se disputaient déjà sa propriété. Ils voulaient pouvoir assister à sa naissance. Accoucher d'un enfant conçu par deux nains mettait souvent en péril la vie de la mère et l'enfant lui-même avait peu de chances de survivre. C'est pourquoi les nourrissons nains étaient des curiosités très convoitées.

Ni Volkova ni son enfant n'ont survécu. Dieu a sans doute préféré les délivrer de leurs souffrances et de cette existence vouée à faire rire les autres. Ce qui n'empêche pas que les deux Volkov étaient capables d'amour et de tendresse l'un envers l'autre. La preuve qu'ils étaient comme nous, peut-être même plus humains encore.

Peter, malgré les altérations de son humeur, savait être tendre, bon et affectueux. C'était un homme au grand cœur. La tendresse incarnée.

Après ces noces et après le Synode pochard, il m'a emmenée sur la Neva, dans un de ses bateaux à voile. C'était une matinée froide et claire d'hiver, les mouettes d'un blanc immaculé criaient au-dessus de l'eau, la ville en construction paraissait d'or. On n'aurait jamais cru qu'elle était bâtie sur des ossements. Peter plaisantait avec le commandant du bateau, regardait dans les jumelles et, en me les passant, il me décrivait ce qu'il restait à construire. Les fondations de notre palais d'Été étaient déjà coulées, on avait apporté de la terre pour le jardin, les sillons étaient creusés; mais la ville ne serait pas constituée uniquement de palais : il y aurait des hospices et des hôpitaux, des écoles militaires pour les cadets et les fonctionnaires, des collèges scientifiques et administratifs, des ambassades pour les envoyés du monde entier, des tavernes pour les marchands étrangers, des manufactures où l'on fabriquerait du papier, du verre et de la porcelaine, où l'on tisserait des tapis et de la soie, des ateliers où l'on assemblerait des carrosses et confectionnerait des meubles, qui n'auraient rien à envier à la qualité hollandaise. Les rues seraient propres et éclairées la nuit par des lampadaires ; les gens pourraient s'y promener sans craindre les ivrognes, les voleurs et les égorgeurs, surtout lors des sombres mois d'hiver. Avant le Nouvel An, quand partout se dresseraient des sapins décorés, l'air embaumerait le gâteau et l'on entendrait les cris des enfants patinant sur la glace. Peter avait ordonné qu'on emporte un panier avec du vin et des victuailles, et, tout en sirotant son tokaj, un bras autour de mes épaules, il m'expliquait ce que tout allait devenir. Il partageait son rêve avec moi. S'arrêtant au milieu d'une phrase, dans le vent qui soufflait, il m'a embrassée : « Tu verras, Matka, une nouvelle Russie adviendra, plus humaine. Il faut juste un peu de patience, nous dégrossirons les nôtres, ils ne se distingueront pas des Allemands. Ils seront encore meilleurs, le Russe a beau être fainéant, il est plus doué. D'un rien, il produit un miracle si on le mène au fouet. Tu verras, Matka, tu ne regretteras pas de m'avoir épousé. Si Dieu le veut, nous terminerons bientôt la guerre et aurons une belle vie devant nous. Prépare-toi à devenir tsarine, Catherine, choisis tes courtisans. Tu montreras à la Russie comment doit être une cour. Montre l'exemple, toi qui as bon goût. Si Dieu le veut, nous terminerons la guerre et nous serons heureux. Nous et nos enfants. »

Le moment ne pouvait être mieux choisi pour lui annoncer que j'étais de nouveau enceinte.

Nous étions heureux sur le pont de ce bateau. Il m'a étreinte et m'a embrassée avec douceur. Nous avons ri de bonheur. Il était persuadé que tout irait pour le mieux. Il était impossible à cet instant de ne pas l'aimer, de ne pas être fière de lui et de ne pas se sentir protégée par lui. J'étais certaine que le destin l'avait choisi pour moi.

Le Pikhaykhouï Mikhaïlov qui avait regardé les nains en train de forniquer était une autre personne, qu'il valait mieux oublier. Il fallait aimer Peter, se raccrocher à ce qui était bon en lui, en espérant que l'avenir serait clément.

Le plus grand bonheur est parfois de ne pas connaître l'avenir. Savoir ce qui nous attend empoisonnerait tous nos moments de joie.

Nous ignorions que la guerre durerait encore dix ans. Tel un boyau sanglant avalant toutes nos forces de vie. Emportant l'enfant que je portais. Encore aujourd'hui, ce souvenir est trop douloureux.

Mais c'est le propre de la guerre d'être imprévisible. Le meilleur des stratèges ne peut prévoir comment elle se déroulera. La guerre, comme la vie, dépend du hasard. Et, aussi étrange que cela paraisse, des sentiments.

Je sens quelque chose. C'est Lestocq, il est à nouveau ici. Il me tâte le poignet et prend mon pouls. Avec Olsufiev, il m'installe sur le côté et colle son oreille contre mon dos pour écouter. Je ne sais pas ce qu'il entend, sans doute un sifflement dans mes poumons. Le bruit de la mort en train de déchirer le tissu qui me servira de linceul. Il me retourne délicatement, me remet sur le dos, colle respectueusement son oreille contre ma poitrine et écoute à travers ma chemise en dentelle trempée de sueur. Lestocq sera-t-il le dernier homme à poser sa tête sur mes seins ?

Quand je lève la tête, il s'est déjà retourné. Mais j'aperçois les visages de Daria et Varvara, de Johanna et de Tanka, d'Ustinia, d'Akulina et de Fedoria, de Matveï Olsufiev et des pages. Leur expression est sombre, et j'imagine qu'elle reflète celle de Lestocq. Il dit en tout cas qu'il faut nourrir Sa Majesté impériale, et soudain je suis affamée. Je dis :

— *Kuddelmuddel*… À la vodka.

Lestocq hoche la tête. Il dit que c'est bon signe que Sa Majesté ait faim. Ces dernières semaines on ne me nourrit que de ce dessert qui passe pour un remède contre les refroidissements et la toux. Tanka Kobyliakova se précipite chez les cuisiniers. Au lieu d'un *Kuddelmuddel,* elle rapportera un *Goggelmoggel,* comme le prononcent les Russes. Ils déforment tout. Ils ne savent même pas prononcer le prénom de ma Johanna. Ils disent : Yagana Petrovna.

Si j'ai faim, c'est que je ne vais pas mourir tout de suite. Lestocq ne sera pas le dernier homme à s'être blotti contre ma poitrine. Je vais vivre encore, vous verrez. Je n'en ai pas fini.

Je ne sais pas pourquoi, je pense à Lovisa von Burghausen. Ah si – c'est parce que j'ai pensé à ma poitrine. Il lui manquait un sein après qu'un soldat russe l'avait transpercée de son épée pendant l'assaut de Narva. Il n'avait jamais repoussé. Elle disait avoir été blessée parce qu'elle avait résisté. Une enfant de six ans peut-elle vraiment tenir tête à un soldat russe ? C'est quand un autre soldat avait voulu la lui prendre pour l'offrir à leur capitaine – une petite esclave blonde –, que le premier lui avait transpercé la poitrine, de rage. C'est un miracle qu'elle ait survécu… Quand est-ce que je l'ai rencontrée ? À l'époque du mariage des nains, sans doute. Ou d'une autre cérémonie. Je me souviens seulement qu'elle était l'esclave de la femme d'Anikita Repnine, la princesse Prascovia Repnina, qui était une furie, tout comme la tsarine Prascovia Saltykova. Un moment, j'ai même cru que toutes les Prascovia étaient des bêtes sauvages. Prascovia Repnina attachait Lovisa la tête en bas et lui donnait des coups de bâton parce qu'elle la soupçonnait de tout rapporter à son mari. Repnine, pourtant sans scrupule, était effaré qu'on puisse traiter une enfant comme ça et, quand Lovisa a eu douze ans, pour la sauver, il l'a mariée à son valet, un autre prisonnier suédois converti orthodoxe. C'est à cette époque que je l'ai rencontrée : elle avait treize ans, un sein manquant et un ventre énorme de femme enceinte. Nous avons parlé en suédois. Elle m'a confié tout ce qui s'était passé à Narva... Comment elle était restée allongée, blessée et appelant sa mère, jusqu'à ce que sa voix faiblisse. Comment elle était devenue esclave chez les Repnine, qui l'avaient baptisée. Elle ne comprenait pas ce qu'on attendait d'elle, et ils l'avaient battue à leur tour. Mais elle avait désormais un mari, esclave lui aussi. Elle ne l'aimait pas mais il s'occupait d'elle. J'étais stupéfaite par la force de cette enfant, par sa détermination et sa foi – ses malheurs étaient des épreuves envoyées par Dieu et la souffrance une lutte contre l'empire de Satan – de la Russie et de sa prison. Elle était le contraire de moi : incapable de se soumettre, de courber l'échine pour survivre. Elle s'était rebiffée à six ans. À treize, elle n'avait pas plus l'intention de se rendre. Je lui ai dit qu'elle pouvait me demander de l'aide, que je ferais tout ce qui était en mon pouvoir. Je m'étais juré de la prendre avec moi quand je choisirais ma cour.

Une promesse que je n'ai pas tenue.

—J'ordonne... j'ordonne qu'on fouille dans les papiers de la chancellerie, je veux savoir où se trouve actuellement la prisonnière suédoise Lovisa von Burghausen.

Varvara, Daria, Lestocq et les domestiques se regardent. Ils pensent certainement que je délire. Au contraire, je sais exactement ce que je fais. Simplement, ils ne savent pas de quoi je parle ni qui est cette Lovisa.

Tanka Kobyliakova revient de la cuisine avec les domestiques chargés de plateaux et une petite table qu'elle rapproche du lit. Elle me couvre la poitrine d'un linge. Le *Kuddelmuddel* est servi dans une coupelle à pied en vermeil : une douzaine de jaunes d'œufs battus avec du sucre et de la vodka, jusqu'à obtenir un mélange ferme et rond, avec une petite montagne au centre, à l'endroit où on a ressorti la cuillère. Un sein de vierge et son téton dans un bol.

Tanka rompt la surface lisse du *Kuddelmuddel* en prélevant une cuillerée.

Ce délice si sucré coule comme de la soie dans ma gorge écorchée. J'avale goulûment, bouchée après bouchée, je ne suis pas rassasiée, je pourrais en manger un seau entier. La vodka commence à picoter au fond de mon palais. Je me remets à tousser, essaie de me redresser sur l'oreiller. Je suis toute tordue. Je crache du sang et des glaires. Tanka n'a pas le temps d'éloigner le bol.

Le *Goggelmoggel* n'est plus qu'une bouillie sanguinolente. Comme le sein blessé de Lovisa qui n'a jamais guéri.

8

Lestocq tire sa montre de son gousset et compte les coups que sonne l'horloge de ma chambre. Je tousse à chaque coup. Il soupire et dit :

— Huit heures, il est un peu tôt, mais il va falloir faire une saignée pour arrêter la toux.

Je ne veux pas, mais je tousse tellement que je ne peux pas protester. Combien de saignées peut-on supporter ? Lestocq prétend qu'elles permettent d'évacuer les saletés de la maladie et de renouveler le sang. Elles freinent aussi la toux, peut-être parce qu'elles nous affaiblissent.

Lestocq plaque mon avant-bras sur le lit. Je tousse et n'ai pas la force de résister. Il place sous mon coude un bol vermeil strié d'encoches. Mon sang est clair et rouge, comme celui d'une personne saine, contrairement à celui que je crache. À celui des menstrues ou des fausses couches. Quand le sang atteint la première encoche, le sommeil me gagne. Je voudrais lui ordonner d'arrêter. Mais je n'ai plus de forces. Plus la force de décider de mon propre sort !

Je me souviens très nettement du jour où j'ai eu le pouvoir d'ordonner. Où on a commencé à m'écouter. C'était au printemps 1711, avant la campagne du Prut. Peter avait essayé de me dissuader de les accompagner, mais j'y tenais : les choses allaient bien entre nous, cela faisait presque six mois que nous ne nous disputions plus. Je portais son enfant, je me sentais bien et je voulais rester près de lui; quand il aurait une heure de répit, je serais à ses côtés pour m'occuper de lui, le nourrir, faire sa lessive et surveiller qu'il ne boive pas trop de vodka. Il m'a expliqué que c'était dangereux : il s'attendait à une confrontation avec les Turcs, et le voyage jusqu'en Moldavie serait long. Après la joie d'avoir conquis les rives de la mer Baltique, il avait appris que les Turcs, à la veille du Nouvel An, avaient emprisonné l'ambassadeur russe, Piotr Tolstoï, à Constantinople. Il fallait répliquer avec une campagne militaire rapide, écrasante et victorieuse. Peter a accepté que je l'accompagne, mais seulement jusqu'en Pologne. Alexandre, en Lituanie, appliquait la stratégie de la terre brûlée, si bien que la famine et la peste faisaient des ravages. Peter fulminait, c'était la première fois que je l'entendais parler méchamment de son ami : « Aleksachka aurait au moins pu nous laisser un corridor intact; on aurait pu s'emparer des terres lituaniennes, mais à quoi bon maintenant qu'il n'y a plus rien à manger? Ce *svolotch* a pillé jusqu'au dernier manoir lituanien pour décorer ses palais, sale voleur, prince tiré de la boue, dire que j'ai fait confiance à ce fils de putain, il a été si avide qu'il a tout ravagé sur son passage… » Voilà pourquoi Peter souhaitait que je reste en Pologne, dans le luxueux palais de l'un des alliés, pendant qu'il affronterait en Moldavie les Turcs qui avaient accueilli Charles XII lors de sa fuite. Le voïvode de Moldavie, Dimitrie Cantemir, pressentant l'affaiblissement du joug turc, avait demandé la protection du tsar russe et était devenu son allié. Il avait passé sa jeunesse dans le palais du sultan à Constantinople, mais il avait l'air d'un Européen et avait des manières irréprochables. Il était même plus instruit que Glück : il écrivait des livres, parlait onze langues et composait de la musique turque dont il nous réjouissait à Moscou. J'étais devenue curieuse de cette contrée qui s'étendait dans le lointain Orient, et Peter a fini par accepter de m'emmener avec lui. Avant notre départ, il a fait venir sa sœur Natalia, l'héritier du trône Alexis Petrovitch, les veuves de son frère, Prascovia, Marfa et quelques autres parents à Preobrajenskoïe. Là, il m'a prise par la main et m'a présentée comme Catherine Alexeïevna, son épouse légitime. Il n'avait pas le temps de faire un mariage officiel, mais il m'emmenait avec lui en campagne et m'épouserait à la première occasion, dès la fin des combats. S'il mourait, sa famille devait savoir que j'étais la tsarine légitime. Tous devraient se comporter avec moi, nos filles et notre enfant à naître comme avec les héritiers et la veuve du tsar.

Quand Natalia m'a baisé la main, selon la tradition russe, son regard était vide de toute expression. Elle était la sœur de Peter et plus rien ne pouvait la surprendre.

Celui de Prascovia, en revanche, était rempli de peur. Et d'une pointe de haine. Je voyais ses pensées fourmiller derrière ses yeux noirs, tels deux raisins enfoncés dans un visage de pâte, tandis qu'elle essayait de se souvenir si elle m'avait un jour offensée, moi qui jusqu'alors n'avais pas compté.

Je ne peux que m'imaginer ce qu'elles ressentaient en me baisant la main, celle d'une *portomoïka*, d'une putain de l'armée, d'une esclave d'Occident.

J'ai accepté leurs marques de respect et Peter m'a embrassée devant toute la famille.

J'ai décelé dans les yeux de mon parrain, Alexis Petrovich, le désespoir de la défaite.

Personne ne lui avait demandé ce qu'il pensait de sa nouvelle belle-mère. Un autre destin l'attendait : il devait être marié à Charlotte Christine, princesse de Brunswick et de Lunebourg, originaire de Wolfenbüttel et belle-sœur de l'empereur du Saint-Empire. Le sang occidental contribuerait à élever la race russe, puisque la tentative d'injecter du sang russe dans l'Occident avait été un échec : le prince de Courlande, le mari d'Anna Ivanovna, n'avait pas survécu longtemps aux coutumes accueillantes du pays de son épouse : début janvier, alors qu'ils repartaient de Saint-Pétersbourg, Friedrich Wilhelm avait été rappelé par le Seigneur. Deux mois de beuverie à la mode russe avaient eu raison de cet admirateur de Bacchus, mort sans jamais avoir dessaoulé. Le rapport des médecins qui avaient procédé à l'autopsie disait qu'ils ne soupçonnaient ni complot ni empoisonnement : son foie était déjà confit, son pancréas en gelée, un ulcère avait rongé ses intestins, ses veines étaient bouchées par des résidus de liège, et son cerveau marinait dans la vodka. Quant à l'instrument qui aurait dû lui servir à se reproduire, il n'était plus bon qu'à faire pipi après tant d'années d'ivrognerie.

L'héritier Alexis Petrovitch non plus ne s'endormait pas sans sa bouteille, mais il était ensuite pris de tels accès de remords qu'il se repentait et jeûnait. Et comme j'avais déjà surpris une lueur obscène dans son regard quand il regardait les femmes, il y avait une chance qu'il donne à Charlotte Christine l'héritier russe allemand tant désiré par Peter.

Nous nous sommes mis en route après avoir fêté Mardi-Gras et baptisé le deuxième fils de Daria et Alexandre, Samson Pavel, né en janvier. Nous avons confié Anouchka et Lizetta à Daria et Alexandre. Avant de partir, le 25 février, nous avons célébré au Kremlin un deuxième mariage, modeste mais public, dont la messe solennelle a été suivie d'une cérémonie d'adieux sur la place de la cathédrale de la Dormition : brandissant une croix, Peter a appelé tout le monde à lutter contre les ennemis du Christ; ces païens mahométans avaient envahi les terres chrétiennes et devaient être refoulés dans les steppes et les déserts arabes, où était leur place. Avec une croix sur nos drapeaux, nous devions libérer les nations chrétiennes balkaniques asservies et vaincre l'empire Ottoman. Il m'a ensuite présentée aux régiments Preobrajensky et Semionovsky comme étant la Matouchka tsarine Catherine Alexeïevna, souveraine toute-puissante et légitime que le Batouchka souverain Pierre Ier épouserait après la victoire. C'était magnifique, cette forêt de soldats en uniforme vert ôtant leur tricorne, se signant et criant « hourra ! » pour saluer leur nouvelle tsarine. Leur mère à tous. Moi.

Je m'étonnais de ces « hourra ! » de la part de soldats dont le juron préféré revenait à souhaiter qu'on viole votre mère ou à se vanter de l'avoit fait.

Des pensées terrifiantes ont surgi dans ma tête : et si, au milieu de cette foule de soldats en rangs, se trouvaient ceux qui m'avaient violée ? Mais neuf ans avaient passé depuis Marienbourg, les chances étaient minces qu'ils soient encore en vie après avoir servi de chair à canon à l'immense armée russe. Et puis j'avais désormais la protection de Peter. C'était le plus important. Il couchait officiellement avec moi. Personne d'autre ne pouvait me toucher, moi, sa Matka.

À l'annonce de la nouvelle, j'ai lu sur le visage de Cheremetiev les mêmes craintes que sur celui de Prascovia. Allais-je me venger ? Que savait Peter ? Mais je n'allais pas me salir les mains : Cheremetiev faisait partie de la vie de la prisonnière Marta Helena Skowrońska, et cette dernière n'existait plus. J'étais dorénavant Catherine Alexeïevna, l'épouse du tsar.

Avant notre départ de Moscou, Kristina Emerentia Glück est devenue ma première *tchelobitnitsa*, ma première quémandeuse. Elle était vêtue de noir et se tenait toujours droite, même si le poids de ses soixante ans commençait à se voir. Son front était aussi ridé que l'écorce d'un arbre, et sa lèvre supérieure striée de plis. Son regard accusateur s'était assombri, mais il ne paraissait plus si terrible sous ses paupières affaissées.

Le temps qui passe se voit davantage sur le visage de ceux qu'on n'a pas vus depuis longtemps.

S'appuyant à la table d'une main noueuse, elle s'est agenouillée devant moi avec difficulté. Elle a seulement demandé qu'on la laisse quitter Moscou ; elle irait n'importe où, en Livonie ou en Estonie. Elle m'a dit : « Au nom de Dieu, je n'en peux plus Marta… je vous demande pardon, Votre Majesté la tsarine souveraine… Je n'en peux plus. »

Dès mon arrivée en Russie, j'avais su que ce pays n'était pas fait pour Kristina Emerentia. C'était un miracle qu'elle ne soit pas devenue folle. Ce qui m'étonnait aussi, c'était que ses enfants n'aient pas envie de retourner à leur vie bien ordonnée en Livonie. Ils s'étaient laissés happer par le tourbillon de Moscou, où tout pouvait arriver : Kristian avait une bonne place chez Alexis Petrovitch, Peter souhaitant entourer son fils du plus grand nombre possible d'Allemands instruits. Bien qu'étudiant toujours au lycée, Ernst Gottlieb, lui, rêvait de partir. Mais pas en Livonie. Il voulait rejoindre l'université allemande, comme son père, et s'il devait se montrer bon élève, il savait que son rêve dépendait surtout de la signature d'un oukase. Lorsque sa mère a parlé de partir, Elisabeta a fondu en larmes et a menacé de se tuer : elle était tombée amoureuse de François Villebois, l'adjudant français de Peter. Elle ne trouverait jamais de Français à Marienbourg. Quant à ses sœurs Kristina, Agneta et Margarita, elles avaient compris qu'à Moscou, même sans dot, elles pourraient se marier à un riche Russe désireux de suivre la dernière mode et d'épouser une Occidentale.

Nous avons accordé une pension annuelle de trois cents roubles à Kristina Emerentia pour le travail accompli par son défunt mari pour la Russie et lui avons donné le manoir d'Aia, en Estonie. Je lui ai promis de m'occuper de ses filles. J'avais besoin de personnes à ma cour. Tout aussi difficilement qu'elle s'était agenouillée, Kristina Emerentia Glück s'est relevée et elle est repartie. Je me répétais que le pouvoir et la puissance, c'était avant tout d'accorder sa grâce. Je ne me suis pas vengée, je lui ai permis de vivre le restant de ses jours là où elle le désirait. Je ne ressentais plus aucune colère. Sans elle et son affreux caractère, je ne me serais peut-être pas retrouvée là où j'étais. Mais les filles Glück et moi-même étions plus tranquilles quand ce dragon de vertu était loin de nous. En sa présence nous avions l'impression d'être des débauchées. Même le mot « tsarine » sonnait comme une raillerie dans sa bouche. Elle avait beau être percluse de rhumatismes, elle quittait la Russie en se tenant toujours aussi droite.

À partir du jour de l'annonce, Alexandre ne s'est plus adressé à moi, que ce soit en public ou dans ses lettres, que par « Votre grâce, la souveraine tsarine ». Sans aucune ironie. Plutôt avec une fierté paternelle. J'étais une tsarine tirée de nulle part, son projet à lui, Menchikov, le prince tiré de la boue, l'ingénieur des rêves.

Dès notre arrivée à Jaworów, en mai, j'ai aussi eu droit aux honneurs dus à une tsarine de la part des Polonais. Leurs envoyés avaient bien fait leur travail ; tout le monde était au courant pour notre mariage. Ils savaient aussi que Peter était tombé gravement malade pendant le voyage, et ils avaient conscience que s'il lui arrivait malheur je serais la représentante de l'État.

À nouveau, j'ai craint de ne pas réussir à guérir Peter. En novembre et en décembre nous avions eu les noces d'Anna Ivanovna ; en janvier, il avait fallu fêter la naissance du deuxième fils des Menchikov ; en février nous avions célébré Mardi-Gras et le baptême de ce même fils, et en mars, pendant que nous voyagions, il n'y avait pas eu un jour où il n'était pas ivre mort. Il ne fallait pas s'étonner que sa santé commence à décliner en avril. Il était faible, il avait pris froid, la fièvre et le rhume se sont installés. Il avait constamment mal dans les reins et les convulsions sont revenues. Je devais à nouveau tenir sa tête contre ma poitrine et le caresser. Mais les crises étaient encore plus longues qu'avant et nous épuisaient tous les deux. L'une d'elles a duré presque une journée. Le médecin et moi étions désespérés. Agité de spasmes, Peter se débattait comme un poisson échoué sur la rive. J'ai dû tenir sa tête toute la journée, de peur qu'il se fende le crâne ; je ne pouvais pas bouger, j'ai même dû uriner dans mes jupes. Quand la crise est passée, je l'ai imploré de ne plus boire autant. Mais il ne savait pas s'occuper autrement quand il n'était pas sur un champ de bataille : le jour, il s'occupait des affaires de l'État, répondait aux lettres et, le soir, au lieu de se reposer, il se tournait vers la bouteille. J'ai essayé de faire en sorte qu'il boive du vin au lieu de la vodka. Je restais près de lui, lui tenais compagnie.

En Pologne, à Jaworów, il a continué de boire, cette fois avec le prétexte des cérémonies et des banquets. Les magnats se disputaient l'honneur de nous recevoir. Chez le prince Karol Stanislaw Radziwiłł, nous avons beaucoup dansé et on m'a félicitée pour ma grâce, même si ma grossesse était déjà bien avancée. L'hetman Adam Mikołaj Sieniawski nous a régalés de plats et de présents luxueux et m'a honorée d'un « Votre Majesté ». Son épouse, Elżbieta Sieniawska, se souciait moins de l'étiquette : elle a commencé par une révérence, mais s'est ensuite précipitée sur Peter, qui lui a aussitôt embrassé les mains et a déposé trois baisers sur ses joues. « Mon Dieu, a-t-elle dit, deux ans ont passé et Votre Majesté n'a pas changé. Neptune et Mars réunis en une seule personne ! »

Tout le monde l'appelait la Minerve des Sarmates, reine de cœur de la Pologne.

Elle n'était plus très jeune, quarante-deux ans, trois de plus que Peter, mais elle paraissait moins âgée : son visage était lisse, parfaitement conservé à l'aide d'onguents qu'elle devait appliquer en abondance matin et soir. Il n'y a que les Polonaises pour passer la moitié de la journée devant le miroir à rafraîchir leur beauté, et prétendre ensuite à un don du ciel. Elżbieta Sieniawska avait beau avoir l'air jeune et porter les robes les plus magnifiques, elle avait trois ans de plus que Peter. Même un aveugle aurait deviné qu'ils étaient amants. Peter captait chacun de ses regards, on aurait dit un bichon attendant sa pâtée. Il fondait comme la cire devant ses œillades et souriait béatement, comme un enfant. J'avais honte pour lui. Neptune ! Ha ! si la Sieniawska avait pu voir Peter tel un poisson échoué sur la rive quand il avait une crise…

Deux ans, avait-elle dit – ils avaient dû se rencontrer en 1709, quand Peter voyageait beaucoup en Pologne, que nous ne faisions que nous croiser et que je me sentais éloignée de son amour.

De la poche secrète près de mon cœur, j'ai laissé s'échapper une goutte de mon antidote, le souvenir de Voronej.

Cela m'a aidée. J'ai cessé de souffrir. Comme avec le laudanum. Peter ne pouvait plus me blesser ; Elżbieta Sieniawska ne pouvait pas vaincre la tsarine. Sans rien dire, j'ai dicté une lettre à Alexandre à Pétersbourg : tout le monde nous avait magnifiquement reçus à Jaworów, bals et banquets s'enchaînaient et on me témoignait le plus grand respect. Il ne fallait pas qu'il se soucie de la colère de Peter dont il avait eu vent. Certes, Peter n'avait pas apprécié ses rapines en Lituanie, mais je l'avais défendu et désormais Peter parlait de lui avec le même amour qu'auparavant. Alexandre pourrait toujours compter sur moi pour plaider sa cause auprès du tsar. Je ne lui ai rien écrit sur la Sieniawska. Je ne lui ai même pas demandé s'il savait quelque chose.

Le pire, c'était que je n'arrivais pas à la détester. Cette diablesse était magnifique. Je n'avais encore jamais rencontré une femme si impérieuse, si puissante et sûre d'elle, et pourtant si enchanteresse ; elle était tellement auréolée de joie et de plaisir que même les hommes les plus vaniteux et les plus imbus de leur personne ne pouvaient lui résister. Elle possédait beaucoup de terres, exerçait une grande influence en politique, ce qui ne l'empêchait pas d'être une femme. Une femme respectée des hommes.

Les gens disaient que son hetman de mari, qui lui avait déclaré la guerre quand il avait appris son infidélité et avait voulu se séparer d'elle, s'était résigné à son sort : la vie auprès d'Elżbieta, avec tous ses péchés et ses tromperies, valait mieux qu'une vie morne sans elle. C'est pourquoi il observait avec un sourire indulgent les minauderies de sa femme à l'intention du tsar russe, qu'elle avait choisi comme parrain de sa fille. Elle avait aussi invité le roi de Pologne, Auguste le Fort, qui venait de remonter sur le trône, et le prince de Transylvanie et gouverneur hongrois Ferenc Rákóczi, dont on disait qu'ils avaient été ses amants. Cette femme choisissait ses hommes en fonction de l'étendue de leur royaume.

Que le diable m'emporte. Je ne pouvais pas détester la Sieniawska : je voulais lui ressembler. Quelle femme ne le voudrait pas ? Tellement charmante, tellement puissante. Malgré son âge.

Quand j'ai reçu le premier envoyé de ma vie, Schleinitz, le représentant du prince Wolfenbüttel venu à Jaworów pour préparer les noces d'Alexis Petrovitch, j'ai imaginé que j'étais elle, la Sieniawska. Schleinitz m'a félicitée pour l'annonce de notre mariage et m'a confié la future protection de la fiancée, la princesse Charlotte Christine. Je l'ai remercié en allemand et lui ai exprimé mon impatience d'étreindre ma future bru. Il n'en revenait pas que l'épouse du tsar, d'origine si modeste, soit si polie et que nous n'ayons pas besoin d'interprète.

J'ai découvert que Peter parlait un allemand médiocre même s'il était convaincu de le parler parfaitement, tout comme il était convaincu de savoir la médecine. Un mélange d'allemand et de hollandais qui ne suffisait qu'à désigner des choses du quotidien. Pour la diplomatie et les politesses, il avait besoin d'un interprète. C'est là que je me suis aperçue que la dot avec laquelle j'étais partie de chez les Glück se trouvait dans ma bouche : la langue allemande dans ce qu'elle avait de plus beau et de plus courtois, telle que la parlaient le pasteur Glück et les envoyés allemands. Je parlais également polonais. Et suédois.

J'étais transportée de joie, et Peter m'a félicitée d'avoir si dignement reçu l'envoyé. Tous les deux ont réussi à s'entendre sur les futures noces d'Alexis Petrovitch. Pierre voulait qu'elles se déroulent à Brunswick après sa victoire sur les Turcs en Moldavie et son séjour à Karlsbad, où je l'avais persuadé d'aller se soigner par les eaux.

Ce n'était pas avec Elżbieta Sieniawska qu'il allait réfréner ses excès. Avec elle, il buvait du champagne à longueur de temps. Il prétendait avoir besoin de son aide pour convaincre les Polonais de rejoindre l'alliance contre l'empire Ottoman. Il passait toutes ses journées avec elle, et elle avait toujours de nouveaux loisirs à lui proposer. S'étant déplacés dans son domaine de Jarosław pour le baptême, ils ont construit un bateau pour s'amuser. Je n'en croyais pas mes yeux quand je l'ai vu ramer dans une barque avec elle. Ils fumaient ensemble, elle tirait sur sa pipe. Elle a essayé en vain d'intéresser Peter à la musique, lui promettant de l'aider à former un orchestre de cour. Puis elle a voulu l'initier à des jeux de cartes à la mode. C'était de la folie, Peter ne jouait jamais aux cartes ni à aucun jeu tant il détestait perdre. Qu'il y ait ou non de l'argent en jeu, il finissait immanquablement par balancer les cartes par terre, par tirer sur la nappe, donner un coup dans un meuble ou dans le nez d'un joueur ; dans le meilleur des cas le gagnant s'en sortait avec un camouflet. Peter avait horreur des jeux, et Elżbieta Sieniawska n'a pas réussi à changer ça. Pas plus que Peter n'a réussi à la convaincre qu'il fallait que les Polonais rejoignent l'alliance contre les Turcs.

Avec moi, Elżbieta se montrait généreuse et gracieuse, comme cela sied à une grande dame.

Même ses affronts étaient délivrés avec grâce.

Dans les chambres qui nous étaient réservées à Jarosław, une surprise m'attendait. Sur la table de nuit était posé un panier en porcelaine avec les plus belles roses et de délicieux fruits mûris dans la serre : des abricots, des figues, des oranges et même des citrons. Et, à l'attention de la tsarine, pour ne pas qu'elle s'ennuie, un livre français, emballé dans de la soie épinglée par une broche en forme de nœud ornée de diamants, et un petit coupe-papier au manche lui aussi orné de diamants. Elle m'offrait un livre… Alors que les envoyés polonais, en lui faisant part de mon goût pour les citrons, avaient aussi dû l'informer que je ne savais pas lire…

Une boule s'était formée dans ma gorge et je me suis

piqué l'avant-bras avec le fermoir de la broche pour m'aider à la ravaler.

L'affront aurait été tout aussi terrible si j'avais su lire. Quand j'ai prié Villebois, l'adjudant de Pierre, de me dire de quel livre il s'agissait, il m'a répondu que c'était un superbe ouvrage de l'écrivain à la mode en France, Charles Perrault. Ça s'appelait *Histoires ou contes du temps passé.* J'ai retenu le titre, comme je retenais tout. En repartant, j'ai emporté la broche et le coupe-papier. Le livre, je l'ai laissé dans le palais des Sieniawski, en évidence sur la table de nuit, sans avoir coupé une seule page.

Des années après, assise à côté d'Anouchka et de Lizenka qui apprenaient le français, je brodais en m'efforçant d'apprendre un peu cette langue, et j'ai entendu le professeur leur lire ces *Histoires ou contes du temps passé.*

C'est seulement alors que j'ai compris qu'Elżbieta Sieniawska avait dû prendre un malin plaisir à m'offrir cette histoire de souillon qui épouse un prince grâce à la magie et craint que sa robe ne redevienne haillons aux douze coups de l'horloge. Quelle bêtise – à minuit, même les rois se moquent qu'on soit en robe ou en haillons, ce qu'il faut c'est être nue. Mais il y avait un autre conte, au message encore plus clair : l'histoire d'une femme qui avait épousé un seigneur à la barbe bleue qui massacrait ses épouses et conservait leurs cadavres dans une pièce secrète, qu'il était interdit d'ouvrir. Je pensais à Eudoxie chaque fois que je l'entendais. Et aux bocaux de Peter à Preobrajenskoïe, remplis de cadavres d'enfants. La jeune femme, avec l'aide de ses frères, réussissait à vaincre le seigneur. Moi, j'étais seule et je devais vivre avec le souverain et sa pièce secrète. Je ne pouvais pas le vaincre : la fin de Peter aurait été aussi la mienne.

Si je m'étais piqué le bras avec la broche le jour où j'avais reçu le cadeau de la Sieniawska, c'était pour dominer la douleur, comme je le faisais autrefois. Je me serais infligé bien pire si j'avais su ce que racontait ce livre. Parfois, mieux vaut ne rien savoir.

Je n'en savais rien et j'ai pu mettre ça derrière moi quand, quelques jours plus tard, le prince de Transylvanie, Ferenc Rákóczi, est arrivé à Jarosław avec quinze mille hommes. Elżbieta n'a alors plus eu d'yeux que pour le Hongrois – c'était elle le bichon. Puis le troisième souverain est arrivé : Auguste le Fort, l'ancien allié de Peter, qui l'avait trahi avant de redevenir son allié. C'était un homme charmant, de belle allure, aimé des femmes et changeant sans cesse de maîtresse, mais que les épouses enceintes des autres souverains laissaient à l'évidence indifférent. Après avoir prononcé les salutations d'usage, son regard a glissé sur moi comme si je faisais partie du décor. Ou comme si j'étais un récipient déjà ensemencé. Elżbieta disparaissait avec le Hongrois, laissant Pierre et Auguste à boire du vin en compagnie de son époux.

La Sieniawska a obtenu ce qu'elle voulait. Trois parrains, des souverains d'État, étaient présents au baptême tardif de sa fille de douze ans, Maria Zofia, auquel ont assisté en juin toute la Pologne et la moitié de l'Europe. J'ai demandé que l'on me traduise ce que le prêtre disait en latin. Il n'y était nullement question d'esclavage, seulement d'amour et de vie éternelle. Maria Zofia devenait une partie indissociable du Christ – du Seigneur Lui-même. La jeune vierge, je le voyais, acceptait cela ainsi que tout ce que sa mère avait fait pour elle comme allant de soi.

L'autre chose que j'ai comprise, c'est que chaque femme, même Elżbieta Sieniawska, avait dans sa vie un Barbe-bleue ; Rákóczi utilisait Elżbieta à des fins politiques. Il commençait déjà à regarder les dames plus jeunes et, à l'évidence, leur amour ne durerait pas. Alors que nous repartions de Jarosław en carrosse, Peter dormant la tête posée sur ma poitrine, j'ai eu de la peine pour la Sieniawska. Elle a malgré tout été la seule femme à qui j'aurais voulu ressembler. Elle était presque libre. Elle avait choisi Rákóczi en sachant à qui elle avait affaire. Mon Peter était pour elle une rareté, une curiosité dans sa collection d'amants.

En quittant Jarosław, nous avons traversé l'Ukraine et sommes entrés en Valachie puis en Moldavie ; ce n'était plus le moment de penser à ces histoires d'amour. Rien ne se passait comme Peter l'avait prévu. En arrivant avec sa petite armée de quelques dizaines de milliers d'hommes, il pensait être accueilli en libérateur par tous ces princes orthodoxes asservis par les Turcs qui se rallieraient à lui. Le prince de Valachie, Constantin Brâncoveanu, avait promis à Peter trente mille de ses soldats. Dimitrie Cantemir, le prince de Moldavie devenu secrètement l'allié de Peter, dix mille.

Cheremetiev était déjà sur place avec quatre mille hommes. Il préparait le terrain, comme disait Peter, distribuant partout où il le pouvait des papiers où il était écrit, sur les conseils de l'éloquent universitaire Théophane Prokopovitch, que les Turcs piétinaient la foi chrétienne. Qu'après toutes ces églises et ces couvents profanés, ces veuves et ces orphelins faits prisonniers, l'heure était venue de lutter, aux côtés des libérateurs russes, contre le joug musulman des païens de Satan. Peter voulait tant attirer les Valaques et les Moldaves de son côté, celui du libérateur des chrétiens, que pour la première fois il avait interdit à ses soldats de piller les terres envahies. Ils devaient payer pour stationner les chevaux et pour se nourrir, mais le faisaient rarement.

En arrivant, nous avons découvert que les champs avaient été brûlés et les vivres saccagés, mais on ne savait pas par qui : les Russes montraient les Turcs du doigt, les Moldaves accusaient les Russes. Imperturbable, Cantemir a reçu Peter à Iaşi, la ville-forteresse aux cent églises que je voulais tant voir. Mais je n'ai pas pu y entrer, ma grossesse était trop avancée pour que j'accompagne Peter et sa suite dans leur traversée à cheval de la rivière Prut, et je suis restée dans le camp militaire sur l'autre rive. Cantemir et sa princesse Cassandra nous ont rendu visite dans le camp, où nous avons célébré le deuxième anniversaire de la bataille de Poltava. Théophane Prokopovitch a béni l'armée et prononcé un sermon retentissant en l'honneur du « libérateur des nations chrétiennes asservies », ainsi qu'il appelait le tsar. Peter était tellement ravi qu'il a promis de nommer le père Théophane recteur de l'académie de Kiev, comme s'il pressentait qu'il ferait désormais partie de nos vies à tous ; il porterait sa parole auprès du peuple croyant de Russie et serait le baume sur ce qui restait de nos consciences. Mais à ce moment-là, au bord du Prut, nous fêtions la victoire de Poltava et avions encore la conscience légère. À Iaşi, les envoyés du sultan ont rencontré Peter en secret et lui ont fait comprendre qu'ils ne souhaitaient pas se lancer dans la bataille ; ils l'ont encouragé à se retirer, lui et son armée. Peter a pris cela comme la preuve de la faiblesse de son ennemi et, ne doutant pas de ses forces, a passé plusieurs jours à boire du vin moldave, âpre et sirupeux. En levant nos verres à la bataille de Poltava et à la future victoire, nous ne savions pas que l'armée du sultan, forte de deux cent mille hommes, avait déjà traversé le Danube et se rapprochait de nous. Au même moment, Brâncoveanu, le prince de Valachie, prenait peur et préférait faire alliance avec les Turcs. Je me demande si, l'ayant appris plus tôt – dans un monde où les nouvelles se seraient tranmises autrement que par messager à cheval –, nous aurions pu réagir. Dans un monde où on aurait inventé le moyen d'envoyer une lettre en quelques instants.

Quand nous avons su ce qui se passait, il était déjà trop tard. Après les célébrations, nous avons cheminé vers le sud en longeant le Prut. En quelques jours, nos soldats criaient famine. L'immense armée de Brâncoveanu, qui devait nous ravitailler, n'était visible nulle part. Au lieu de cela, on nous a annoncé que la colossale armée turque était de l'autre côté de la rivière. Peter a envoyé un tiers de ses hommes les attaquer par-derrière, emmenés par le chef des armées Karl Evald Rönne, sans se douter qu'ils étaient deux cent mille. La débâcle de Rönne a été renforcée par la présence des mercenaires du roi Charles de Suède, rassemblés grâce à l'argent emprunté aux banques anglaises et accompagnés de leurs alliés polonais, eux-mêmes aidés de leurs fidèles troupes de cruels Tatares. Aussitôt après avoir envoyé le baron Rönne, nous nous sommes hâtés de nous retirer des rives du Prut. Même si cela nous éloignait de l'eau.

De notre retrait rapide par la steppe, je me souviens surtout de la poussière. De la chaleur et de la poussière. Mon accouchement s'est déclenché plus tôt que prévu, dans la charrette de l'armée fuyant les coups de canons et de mousquets qui se rapprochaient. Accoucher dans ces conditions était au dessus de mes forces, même avec un médecin à mon côté. J'avais tellement mal que je ne voulais plus accoucher. Je voulais que la douleur s'arrête. Que la charrette s'immobilise, mais s'arrêter signifiait notre perte à tous et, après d'atroces souffrances, j'ai fini par expulser un enfant mort. Un petit garçon.

Nous l'avons enterré de nuit, à la hâte, dans une tombe peu profonde, enveloppé dans un linge. Quelque part au milieu de la steppe, loin des feux des soldats. Le père Théophane était là aussi et a prié. Ce n'est que des années plus tard qu'il m'a avoué qu'il n'aurait pas dû prendre part à cet enterrement – nous n'avions pas eu le temps de faire un baptême. La chose que nous enterrions n'était pas chrétienne. Je lui suis encore reconnaissante d'avoir été là. D'avoir compris que, même mort-né, c'était mon fils. Même non baptisé. Déjà à l'époque, le père Théophane connaissait les travers des souverains, et savait que contourner des règles de l'Église était parfois un moindre mal.

Peter s'est saoulé cette nuit-là. Le lendemain matin, il a fallu le faire voyager lui aussi dans la charrette. Il a repris ses esprits en milieu de journée, mais la nuit suivante, une fois le campement établi, il a été pris de convulsions. C'est un bruit étrange qui les a déclenchées. Une multitude de bruits. On n'avait jamais rien entendu de tel. Un grondement auquel s'ajoutait le frottement régulier du métal sur de la pierre. Comme si quelqu'un la frappait de son épée, comme si quelqu'un aiguisait son couteau. Puis cent autres couteaux s'y sont joints, formant une stridulation continue et entêtante. Peter a envoyé des sentinelles dans la nuit, convaincu qu'il s'agissait de l'armée ennemie. Mais ils n'ont rien trouvé et les bruits redoublaient d'intensité. Le visage de Peter s'est mis à trembler et il a hurlé : « Il faut que ça cesse ! Je donne l'ordre que cela cesse immédiatement ! » Il a été pris de convulsions si fortes que de l'écume se formait au coin de sa bouche. Je n'oublierai jamais cette nuit dans la tente à la lumière de la bougie. La veille, j'avais enterré un enfant mort-né, et transpirant et saignant encore, ma chemise et mes jupes tachées de sang brun séché, je serrais la tête tremblante de Peter, le caressant au rythme de cet horrible bruit d'épées que l'on aiguisait, quelque part au milieu de la steppe… De quelles armes pouvait-il s'agir ? À quelle armée appartenaient-elles ? Je priais pour que le Seigneur mette fin à ce calvaire.

Les convulsions de Peter se sont calmées avant l'aurore. Quand le jour s'est levé, les bruits métalliques se sont tus aussi soudainement qu'ils avaient commencé. Peter a dormi deux heures sur ma poitrine. Il en avait plus besoin que moi – une fois le jour levé, il devait continuer de se battre.

C'est en nous remettant en route dans la steppe que nous avons enfin compris d'où venaient ces sons. Nous approchions d'une étendue verdoyante qui bougeait imperceptiblement : à l'arrivée du convoi, elle s'est fendue en deux pour se reformer aussitôt derrière lui. Ce n'était pas de l'herbe, mais une armée géante de jeunes criquets qui ne savaient pas encore voler. Comme les fantassins en uniforme vert, ils avançaient en rangs serrés. Leurs parents ailés, dont les cris stridents nous avaient fait croire à une cavalerie armée d'épées, s'étaient déjà envolés.

Les criquets se dirigeaient, à leur suite, vers la petite tombe, recouverte à la hâte de quelques mottes de terre dans la pénombre.

Nous n'avions pas le choix, nous devions continuer notre route dans la steppe rongée par les criquets, vers la localité de Stănileşti, où Peter espérait rejoindre la division de Repnine et celle du général Janus. L'heure n'était pas aux sentiments. Il n'y avait pas de place pour eux dans nos cœurs asséchés. Taris par la chaleur de ce début de juillet dans la steppe, qui fait trembler l'air au-dessus de la terre. Nos cœurs assoiffés. Les chevaux tombaient les uns après les autres, puis ç'a été le tour des hommes qui trébuchaient lorsque leurs guêtres sanguinolentes se détachaient de leurs jambes. Même moi, qui en tant que tsarine avais le droit à de l'eau, j'avais les lèvres fendillées jusqu'au sang.

« Bénissez-moi, Matouchka, tsarine Sérénissime… »

Que peut-on refuser à un soldat mourant ? Moi aussi, à sa place, j'aurais supplié qu'on me bénisse – personne ne désire mourir seul. Je l'ai béni. Quelques autres, sentant leurs forces les quitter, me l'ont demandé. Je souffrais encore de l'accouchement mais j'ai enfourché un cheval pour aller au-devant des fantassins qui avançaient à pied. Peter et Théophane leur criaient des mots d'encouragement. Je me suis contentée de sourire et de les bénir en leur adressant des signes de la main. Ils tournaient vers moi leurs visages brûlés par le soleil, les yeux collés, et souriaient de leurs lèvres sèches et ensanglantées. Quelques-uns ont crié « Hourra ! » d'une voix faible. Il arrive qu'une femme, comme l'icône de Bogoroditsa, produise l'effet d'un miracle sur un champ de guerre. Surtout s'agissant de la tsarine. Je me penchais pour serrer la main de ceux qui avaient besoin de réconfort. Me faisant l'écho de Peter, je criais parfois dans un russe saccadé : « Pour la patrie, mes chers, pour la patrie ! » Tous répondaient : « Hourra ! »

Mais de quelle patrie parlait-on ? La Moldavie était-elle une patrie pour les Russes ? Que faisions-nous là-bas ?

Moi seule me trouvais dans ma patrie, où que je sois. Ma patrie était la souffrance. Partout où j'allais, elle m'accompagnait.

J'en ai eu la confirmation à la fin de cette journée.

Le soir, sous la tente, Peter et moi avons été pris de démangeaisons effroyables. Nous avions des poux. Celui qui affirme que ce n'est rien n'en a jamais eu, pas quand la peau du crâne est brûlée par le soleil. Dès qu'on se gratte, le sang coule, abreuvant les poux assoiffés, et les démangeaisons empirent. Nous avions échappé à l'attaque des criquets et devions affronter les poux. Peter a fait appeler son barbier et lui a ordonné : « Vas-y, Palytch, rase-moi tout ce *khouï*, qu'on en finisse. » Voyant le regard effaré du coiffeur, il a précisé : « Je te parle de la tête, Palytch, de la tête ! »

Peter et moi avons éclaté de rire. Même à la guerre, on pouvait s'amuser.

Quand Palytch a eu fini, j'ai demandé la même chose.

Il s'est signé plusieurs fois et a refusé.

« Rase, Palytch, ça va être une vraie *pizda* pour moi, avec mes cheveux longs. »

Et nous nous sommes remis à rire aux larmes.

Il a commencé par me couper les cheveux, mes boucles, teintes en noir depuis si longtemps et dont les racines repoussaient en blond ou en gris, et incrustées de brindilles et d'épines de la steppe. Je les regardais tomber sur la table. Il m'a ensuite savonné et rasé entièrement la tête. Comme Peter. Je me suis rincée avec très peu d'eau pour ne pas la gaspiller. Aussitôt, les démangeaisons ont cessé. Je me suis regardée dans mon miroir de voyage, on aurait dit un œuf auquel il manquait la moitié de sa coquille : le sommet de ma tête était tout blanc au-dessus de mon visage bronzé. Je me suis trouvée laide à faire peur, mais au moins ça ne démangeait plus. Le barbier est reparti et nous a laissés tous les deux avec nos têtes chauves. Peter m'a étreinte : « Tu verras, Catherine, nous allons vivre, nous ne nous rendrons pas. Je te revaudrai ça, tu verras. » Nous nous sommes embrassés, nos lèvres rugueuses comme de l'émeri, avant de nous coucher. Peter a bu de la vodka pour s'endormir. J'ai voulu l'en dissuader, mais j'étais trop épuisée pour discuter.

Heureusement que nous avons pu nous reposer cette nuit-là : les soldats tatares nous ont rattrapés dès le lendemain. Ils ont séparé le convoi, nous faisant perdre la moitié du ravitaillement. L'ennemi s'amusait à louvoyer entre les charrettes russes. Avec quelques femmes d'officiers nous étions au milieu, protégées par les unités disposées en carré. Alors que les hommes de Peter ripostaient, nous avons réussi à revenir vers la rivière pour boire à tour de rôle. Enfin nous avons atteint les tranchées de Stănilești, où se trouvaient les hommes de Janus. Repnine n'était plus avec nous. Le dimanche, les soldats turcs sont apparus et ont commencé à tirer sur nos tranchées. Nous avons décidé de nous retirer de nuit pour tenter de rejoindre Repnine.

Nous y sommes parvenus dans la soirée du lundi. À peine avons-nous débarqué dans son camp monté à la hâte et entouré de tranchées peu profondes que les fantassins turcs et les janissaires nous ont attaqués. Les éclaireurs ont rapporté que le grand vizir ottoman en personne, Baltacı Mehmed Pacha, se trouvait derrière leurs positions.

C'était la première fois que je voyais des soldats plus terribles que les Russes. L'uniforme vert des hommes de Peter les faisait paraître bien sages à côté de ces diables venus d'un autre monde avec leurs épées courbes sifflant dans l'air, leurs barbes dissimulant leurs visages, leurs chapeaux pointus, leurs turbans et leurs coiffes blanches. C'était le vrai visage de l'Orient, si éloigné de celui de l'Occident.

Et, pour la première fois, je me suis sentie du côté des Russes. Nos soldats tiraient des coups de mousquets et de canons sans discontinuer, mais les tirs des Turcs étaient impitoyables. Ce que nous ignorions, c'était qu'avec leurs alliés polonais, ainsi qu'avec les Tatares et les Cosaques ukrainiens qui soutenaient Charles XII, soit deux cent mille hommes, ils étaient en train de creuser des tranchées de l'autre côté du Prut.

Les hommes de Peter ont repoussé l'attaque des fantassins et des janissaires. L'ennemi avait subi de lourdes pertes, mais nous n'en avions pas idée, nous ne pouvions pas le savoir depuis nos tranchées. Un fossé protégé par un cercle de charrettes et recouvert de couvertures de cheval avait été creusé pour abriter les quelques femmes, Peter et son état-major. Au moins étions-nous à l'ombre et j'avais moins chaud sans mes cheveux, un foulard de soie noué sur la tête. Nous étions loin de l'eau, et à peine quelqu'un essayait-il de s'approcher de la rivière qu'une pluie de tirs s'abattait sur lui. Le soir, ils nous ont bombardés : le sol tremblait et des mottes de terre pleuvaient dans notre trou, nous entendions hennir les chevaux blessés. Les femmes sanglotaient, recroquevillées.

Moi, j'étais avec les hommes. Le visage de Peter s'était mis à tressauter, et il était convaincu que seule la vodka apaiserait les convulsions. Il était à moitié ivre, et terrorisé. La vodka lui a redonné courage dans un premier temps, mais la peur grandissait à chaque gorgée. Surtout quand, au coucher du soleil, les feux turcs se sont mis à briller : de l'autre côté de la rivière, aussi loin que portait le regard, luisaient de petites lumières. Il était impossible de détacher les yeux de cette beauté qui, pourtant, signifiait notre perte.

Je n'avais jamais vu Peter aussi apeuré. Son effroi semblait s'être transmis à ses soldats, mais lui seul se préparait à battre en retraite. Les larmes aux yeux, il a supplié un officier moldave de Cantemir de nous raccompagner au moins jusqu'à la frontière hongroise. L'officier a rétorqué que c'était impossible : il aurait fallu passer par les terres de Brâncoveanu, l'allié des Ottomans, qui grouillaient de Turcs. Aller dans cette direction signifiait une mort certaine. Nous étions encerclés. Ni le tsar ni son épouse ne pouvait fuir.

Le lendemain matin, Peter a rédigé une lettre pour Moscou dont il a eu honte toute sa vie. Il y écrivait qu'il s'apprêtait à périr ou à être pris en otage. S'il était fait prisonnier, le Sénat devrait attendre qu'on ait payé sa rançon et qu'il revienne. S'il mourait, il le chargeait de choisir son plus digne héritier. Il en avait trois : Alexis Petrovitch, Anouchka et Lizetta, mais ces dernières étaient nées hors mariage. C'était des bâtardes. Et des filles de surcroît.

J'ai compris que je n'avais pas le droit de mourir ou d'être faite prisonnière. Sans moi, Anouchka et Lizetta étaient *pizda.* Non seulement personne ne s'occuperait d'elles, mais il se trouverait quelqu'un pour les écarter prestement : si ce n'était pas Alexis Petrovitch, ce seraient ses partisans ou ceux d'Eudoxie, les vieux boyards. Alexandre et Daria ne pourraient rien pour elles. Une fois Peter décédé, Aleksachka, le prince tiré de la boue, serait le premier à être éliminé par ses adversaires.

Peter réfléchissait à son empire, à ses territoires, à sa réputation. Il devait survivre comme tsar et chef des armées, sans quoi les Turcs anéantiraient la Russie, et il n'y aurait plus personne pour reconstituer ses troupes.

Moi, je ne pensais qu'à mes filles.

Ce jour-là, nous avons repoussé une autre attaque turque, un peu étonnés que l'ennemi se retire si vite. Plus tard, nous avons su que les Turcs venaient d'apprendre que Karl Evald Rönne avait pris la forteresse de Brăila et fait exploser leurs réserves de poudre. Sans compter que les Habsbourg étaient en train de former une alliance et de réunir une armée contre eux. Livrer bataille aux quarante mille soldats de Peter dans ces conditions aurait été pure folie de leur part. Ils auraient beau être en surnombre, les pertes seraient énormes.

Mais nous ignorions tout cela. À la guerre, il n'y a pas que les armes qui comptent. On se bat aussi avec ce que l'on sait. Celui qui gagne est celui qui en sait le plus long, qui connaît le premier les points faibles de l'adversaire.

Une guerre, c'est toujours un combat contre le temps. Le temps est décisif dans la guerre. Parfois aussi le hasard.

Dans la nuit du 11 juillet, la décision a été prise de négocier avec les Turcs. Chafirov, le secrétaire aux Affaires étrangères, et Cheremetiev étaient contre. Ce dernier a tapé du poing sur la table en déclarant que les négociations étaient une ineptie, que les Turcs étaient plus nombreux, et que le chat ne négocie pas avec la souris. Les Turcs et les Suédois exigeraient de nous une capitulation sans conditions et la cession de tous les territoires conquis, au nord comme au sud, sur les rives de la mer Baltique comme sur celles de la mer Noire.

Je n'étais pas d'accord et je l'ai dit à Peter. Il fallait au moins écouter les souhaits des Turcs. Et, dans le pire des cas, on pourrait toujours tenter d'acheter le grand vizir, Mehmet Pacha : il pourrait feindre de ne rien savoir et nous laisser fuir en douce dans la nuit. Peter a enfoui la tête dans ses mains puis s'est effrondré sur la table : lorsqu'il s'est redressé, son visage tressautait, il avait les yeux rouges et vitreux.

« *Blyad*, Catherine, je ne peux pas négocier avec eux dans cet état… Je n'y vois pas clair, et si les convulsions me prennent… Négociez sans moi… S'il faut céder quelque chose, cédons les côtes, la Livonie et l'Estonie, mais pas Pétersbourg – tout sauf Pétersbourg… »

Convulsions ou non, la vérité c'est qu'il était trop saoul. Il s'était enivré en voulant calmer son agitation.

« J'irai. Je suis la tsarine, la deuxième par le rang. Ils ne me tueront pas, ils ne toucheront pas à la tsarine. »

Il fallait voir le visage de Cheremetiev. Il a ânonné qu'il ne savait pas si Sa Majesté la tsarine avait une expérience de négociatrice. Je revoyais sa gueule à l'époque de Marienbourg. Allonge-toi, ma belle, nous allons faire connaissance…

« Ne vous en faites pas, feld-maréchal, nous allons simplement faire connaissance. »

Il a été décidé que la proposition de paix serait rédigée par le feld-maréchal Cheremetiev, en tant que chef des armées. Tandis qu'il écrivait, j'ai ordonné de réunir dans un coffre tout ce que nous possédions dans ce camp : environ cent cinquante mille roubles, tous nos bijoux, les miens et ceux des autres femmes. J'ai revêtu ma robe la plus somptueuse, noué un foulard de soie sur ma tête et me suis parée des diamants que Peter m'avait offerts la nuit où nous nous étions mariés en secret. J'étais calme, je ne pensais qu'à mes filles. Nous avons traversé le Prut dans une barque, le drapeau blanc des négociateurs éclairé par des flambeaux dans la pénombre. Chafirov, Cheremetiev et l'escorte m'accompagnaient. La vie a parfois d'étranges retournements.

La tente en soie du pacha se composait de nombreuses pièces aux multiples tapis. J'ai observé le grand vizir sur l'estrade. C'était un bel homme, barbu, au visage mélancolique, qui regardait les femmes sans montrer aucun intérêt. Il paraissait agité, tirant sur sa manche puis croisant les bras sur sa poitrine comme pour se protéger. J'ai compris qu'il avait peur. Il avait son interprète, un Polonais qui parlait russe et turc. Après avoir écouté Cheremetiev, Pacha m'a fait signe de me rendre avec lui et son interprète dans la pièce au fond de la tente. J'ai ordonné d'y apporter le coffre. Quand nous avons été tous les trois, le grand vizir a demandé ce que le tsar de Russie avait à lui dire. « Que le grand vizir et lui se retrouvent dans une position qui n'est souhaitable pour aucun d'eux. Le tsar de Russie a beaucoup d'estime pour le grand vizir, ainsi que des présents qui devraient aider à trouver une issue », ai-je dit en polonais à l'interprète, qui m'a ensuite traduit la réponse du pacha : « Les propos du tsar russe doivent être sérieux pour qu'il envoie son épouse en cadeau. » Sur quoi il a ordonné que je me déshabille. Ainsi que me l'a traduit l'interprète rougissant.

J'ai commencé par donner mes diamants. J'ai ensuite dénoué mon foulard, découvrant ma tête chauve. Je me souviens d'avoir pensé : va au diable, scélérat musulman. Si tu crois me faire peur… J'ai connu tellement pire. Je pensais à mes filles. J'agissais pour elles.

La tête du vizir ! J'ai cru qu'il allait s'évanouir. Le Polonais a détourné le regard.

Le pacha a fait un signe de la main : je pouvais m'arrêter là. On peut humilier quelqu'un sans le forcer à se déshabiller, sans même le toucher. Tout comme on peut choisir de ne pas se laisser humilier. Tout passe par le regard.

Le Polonais a traduit la réponse du pacha : « J'enfreindrais la loi du prophète Mahomet en dédaignant un ennemi qui implore la paix. »

Il a gardé l'argent, naturellement. Et les bijoux, mes diamants, si gros que l'on aurait pu acheter Pétersbourg avec. Si beaux…

Chafirov et Cheremetiev devaient encore négocier les termes du traité de paix. Ils l'ont signé le lendemain. Peter a estimé qu'il s'en tirait à bon compte : il s'attendait à cent coups de fouet et n'en recevait que quinze. Nous avons perdu les rives de la mer Noire, la mer d'Azov et sa flotte, Taganrog et quelques autres forteresses russes qui ont dû être détruites. Peter avait interdiction d'intervenir dans les affaires d'État de la Pologne et de la Lituanie. Les marchands turcs, eux, ont obtenu le droit de franchir la frontière russe. Mais, surtout, nous n'avions pas perdu les rives de la mer Baltique. Ni Saint-Pétersbourg.

Le traité a été signé le 12 juillet. Dès le jour suivant, nous sommes repartis avec l'armée, les soldats m'acclamant de leurs « Hourra ! ». Peter a publié un oukase honorant mon abnégation pour la patrie, écrivant que je m'étais comportée héroïquement, comme un homme, ce qui était la plus belle louange. Personne ne se doutait qu'il fallait remercier mes filles, Anouchka et Lizetta. Il me tardait de les revoir. Si elles n'avaient pas été là, la campagne du Prut m'aurait été bien égale, et j'y aurais laissé ma peau.

Plus tard, nous avons appris que les Turcs s'étaient eux aussi réjouis de la paix, car Peter les avait passablement effrayés. Il est reparti de Moldavie et de Valachie avec un surnom qui l'a suivi dans ces contrées pour le restant de ses jours : *Deli Petro*, Pierre le Fou. Quant à moi, je suis rentrée en Russie avec le titre d'héroïne que m'avaient attribué les soldats. Ils avaient pour moi le plus grand respect, et c'est toujours le cas. La vie est parfois pleine de surprises.

Quand j'ai enfin embrassé Anouchka et Lizetta, quand enfin je me suis retrouvée seule avec elles, j'ai pleuré. Je devais attendre que personne ne me voie, les héros ne pleurent pas. Mes filles étaient belles, elles avaient grandi, l'une brune, l'autre blonde. Des anges. Quand Peter m'a épousée, le 19 février de l'année suivante, à Saint-Pétersbourg, ce sont elles qui ont ouvert la marche de la cérémonie en lançant des pétales… C'était si beau. En nous mariant, Peter et moi, nous les rendions légitimes, elles n'étaient plus des bâtardes.

Le matin du mariage, je me suis apprêtée avec la plus belle et la plus luxueuse de mes robes, j'ai caché mes cheveux, qui repoussaient, sous une perruque grise apportée de Paris, et me suis parée des nouveaux diamants offerts par Peter. Puis je me suis regardée dans le miroir.

Une *baba* puissante et robuste, le visage brûlé par le grand air, m'a renvoyé un regard interrogateur.

La beauté de ma jeunesse avait fané.

Peter ne m'a plus jamais appelée Matka. Après la campagne du Prut, dont nous n'avons plus reparlé, il s'adressait à moi avec tendresse, m'appelant sa Katerinouchka. Ses *tsidoulkas* commençaient ainsi : « Katerinouchka, amie de mon cœur… »

Après la campagne du Prut, il s'est mis à me respecter.

Le matin du mariage, quand nous nous sommes retrouvés à sept heures chez les Menchikov pour une réception arrosée de champagne, Peter m'a accueillie en uniforme. Il se mariait en tant que contre-amiral Peter Mikhaïlov. Il avait suivi le conseil de Théophane : à cause d'Eudoxie, à cause de Johann. Aussi parce que son fils Alexis était mon parrain. Ce qui aux yeux de l'Église faisait de moi une petite-fille du tsar Piotr Romanov. Le peuple russe, peu instruit, aurait pu s'en offusquer. Mieux valait être prudente. Cela ne m'embêtait pas d'épouser un contre-amiral, il restait le tsar, même en costume de carnaval. Peter m'a tendu la main et a souri. Il paraissait robuste et en bonne santé. Tout l'automne, il s'était soigné avec les eaux de Karlsbad. Dans ses lettres, il se plaignait qu'il s'ennuyait, que les médecins ne le laissaient même pas boire de la bière, seulement de l'eau puante qui le faisait pisser comme un cheval. Malgré tout, il a obéi aux médecins et sa santé s'est améliorée. Il était heureux, paisible, il se réjouissait de nos filles. Il était un père merveilleux.

Nous nous sommes mariés pour la troisième fois dans la nouvelle église de Saint-Isaac de Dalmatie, en cours de construction, puis, sous les salves des canons, nous avons glissé en traîneau sur la glace de la Neva jusqu'au palais d'Hiver. Une fois dans le palais, j'ai découvert son cadeau : un candélabre d'ébène et d'ivoire. Il l'avait tourné lui-même. Il y avait aussi une horloge de Dresde, à la dernière mode, pour compter le temps du règne de la nouvelle tsarine. Nous avons ensuite eu droit à un modeste festin, à l'européenne, sans que personne ne finisse ivre-mort.

Je n'en attendais rien, mais cela a été le plus beau jour de ma vie. Et quels feux d'artifice ! En forme de cœur, avec nos initiales et une inscription crépitant : « Unis par l'amour. » J'ai pleuré de bonheur…

— Seigneur miséricordieux, l'impératrice Matouchka s'est remise à pleurer dans son sommeil, elle sanglote… Seigneur, c'est terrible…

— Réveillez-vous, réveillez-vous, Votre Majesté, il est l'heure…

Une main lourde et fraîche me tapote les joues. Résolument, fermement, presque des claques.

Comment se fait-il que la vie avant le mariage soit comme un rêve ? La vraie vie commence quand on se réveille… Fini, le rêve.

Je n'ai pas envie d'ouvrir les yeux, mais je le fais. Maintenant, je vois qui me donne ces claques.

Le Sérénissime.

Pourquoi m'as-tu réveillée, *svolotch* ?

Et je me mets à pleurer. Parfaitement réveillée, cette fois.

FIN DU PREMIER TOME

L'histoire de Catherine se poursuit dans le tome 2 de *L'Impératrice de Pierre*, à paraître en octobre 2023.

CET OUVRAGE A ÉTÉ ACHEVÉ D'IMPRIMER PAR NORMANDIE ROTO IMPRESSION S.A.S. À LONRAI, EN MARS 2023, POUR LE COMPTE DES ÉDITIONS LA TABLE RONDE.

ISBN : 979-10-3710-927-9.
Dépôt légal : février 2023.
N° d'édition : 612583 (R1).
N° d'impression : 2301475.

Imprimé en France.